« LA NOSTALGE »

ROBERT HOSSEIN

« *La Nostalge* »

MICHEL LAFON

À Candice.

LES ARLEQUINS DE L'ENFANCE

C'était rue de [illegible], à Paris, [illegible] rue Monsieur-le-Prince et du théâtre de l'Odéon, au cinquième étage d'un immeuble qui frisait l'indigence. Notre univers se limitait à deux pièces minuscules sous les toits, avec un recoin servant de cuisine où une personne seule pouvait à peine se tenir debout. Le mobilier se trouvait réduit à sa plus simple expression : les lits [illegible] tenait lieu, une table pliante [illegible] sur tout petit [illegible] [illegible] et [illegible] de [illegible] [illegible] [illegible] [illegible] [illegible] [illegible] Les [illegible] de [illegible] [illegible] [illegible] [illegible] [illegible] [illegible] [illegible] [illegible] [illegible] [illegible] [illegible] [illegible] étages plus bas. Nous [illegible] sur la rue [illegible] entendions [illegible] aux mêmes heures les appels [illegible] [illegible] [illegible] [illegible] [illegible] jardin du Luxembourg [illegible] les jours avec les enfants [illegible] rue Monsieur-le-Prince [illegible] [illegible] [illegible] [illegible] [illegible] [illegible] [illegible]

Je [illegible] pas [illegible] souvent [illegible] pendant

I

LES AILLEURS DE L'ENFANCE

C'était rue de Vaugirard, à Paris, à deux pas de la rue Monsieur-le-Prince et du théâtre de l'Odéon, au cinquième étage d'un immeuble qui frisait l'indigence. Notre univers se limitait à deux pièces minuscules sous les toits, avec un recoin servant de cuisine où une personne seule pouvait à peine se tenir debout. Le mobilier se trouvait réduit à sa plus simple expression : les lits ou ce qui en tenait lieu, une table pliante, une cuvette, un broc, un tout petit réchaud à gaz, à feu unique, un poêle à charbon et, dans la « chambre » de mes parents, le piano de mon père voisinant avec une caisse en bois aux multiples fonctions. Les boulets de charbon dont nous faisions un usage plus que modéré étaient entreposés dans la soupente; une trappe permettait d'accéder au grenier au moyen d'une échelle accrochée dans le couloir. On avait l'eau sur le palier et les toilettes deux étages plus bas. Deux petites fenêtres donnaient sur la rue, d'où nous entendions monter, aux mêmes heures, les appels familiers du laitier et du vitrier. J'allais au jardin du Luxembourg ou bien je jouais avec les enfants du quartier sur les trottoirs de la rue Monsieur-le-Prince et de la rue Racine que j'aimais arpenter seul, le soir, lorsque je parvenais à m'échapper.

Je n'ai pas vécu là bien souvent, excepté pendant

l'Occupation, par périodes, car le manque d'argent de mes parents rendait la vie très difficile, et ils tenaient à m'épargner ce contexte. Dans les pensions où j'ai été placé en dehors de Paris, je leur en ai voulu, c'est vrai. Ils me manquaient et j'ai mis quelques années à comprendre que ma rancune à leur égard n'était pas dirigée contre eux, mais contre l'indignité d'une situation où je refusais de les voir. Très tôt je me suis mis à fuir les réalités blessantes, étriquées, à la recherche d'un autre monde où devaient régner l'amour, la justice et la beauté.

Dès l'enfance, en effet, je me suis consolé de la réalité en me fabriquant des royaumes. Mon imaginaire se nourrissait en permanence d'un mélange de contes russes dont ma mère m'avait bercé, de contes de Perrault, d'Andersen, des *Mille et Une Nuits,* de bandes dessinées, de romans de Jules Verne, de Dumas ou de la comtesse de Ségur... De ce foisonnement ressortait une vie onirique, la vie idéale, sans frontières et sans haine.

Je ne m'en suis jamais vraiment remis. Plus tard, quand je me suis frotté aux hommes et à l'existence terre à terre, j'ai vu que tout n'était pas comme je l'avais espéré. Alors j'ai recommencé à m'évader. On disait « c'est un utopiste, un rêveur ». Je ne faisais pourtant que retrouver les magies de mon enfance.

***

Je dis souvent, en plaisantant, que je suis né dans une poubelle ! La poubelle de l'Histoire, la tourmente qui plongea la génération de mes parents dans deux guerres et dans une révolution qui déposa ceux dont elle ne se nourrissait pas.

Mon père, Aminolah André Hossein, est né à Samarkand[1], ville et province mythique de la

1. Samarkand ou Samarcande.

Perse [1] conquise par les tsars avec tout le Turkestan, pour être placée dans le giron de la Sainte Russie. Dès cette annexion, tous ceux qui s'appelaient Hossein se sont appelés Hosseinhoff. Je me suis donc appelé ainsi jusqu'à ma majorité, ensuite j'ai enlevé le « hoff » et je suis revenu aux origines. Je parle le russe couramment, comme le français, car j'ai été élevé dans les deux langues, après que mes parents se sont installés à Paris. Mais je pense en russe, la langue maternelle de Dostoïevski, Tourgueniev, Gorki et Tchekhov, dont la richesse incomparable permet de traduire toutes les nuances de l'âme. Il y a toujours dix fois plus de mots pour exprimer un sentiment dans cette langue que dans les autres.

Anna, ma mère, a vécu de son côté une aventure prodigieuse. Son père jouissait d'une situation importante dans le milieu bançaire de la Russie des tsars et ma grand-mère était de très bonne famille. Très à cheval sur les principes mais de nature généreuse, mon grand-père a logé et nourri pendant des années des étudiants pauvres, « un peu » révolutionnaires — ce qu'il ignorait alors. Un jour, ces étudiants sont partis ; certains d'entre eux qui militaient activement sont allés rejoindre en Suisse Vladimir Ilitch Oulianov, plus connu sous le nom de Lénine. Puis ils sont revenus en Russie avec celui qui allait devenir le chef incontesté du parti bolchevik. Bientôt, la révolution a commencé. La guerre civile s'est propagée à la vitesse de la parole. Partout dans le pays, on s'en est pris aux aristocrates, aux banquiers, aux nantis.

Un soir, les étudiants révolutionnaires que mon grand-père maternel avait hébergés sont revenus frapper à la porte.

— Vous nous reconnaissez ?

— Malheureux ! Traîtres ! Qu'êtes-vous en train de faire ? Vous tuez, vous mettez tout à feu et à sang !

1. La Perse : l'Iran d'aujourd'hui.

— Tais-toi ! Ta vie est en danger. Tu nous as aidés, on n'oubliera jamais. Passeport, argent, prends tout ! On t'emmène à la frontière.

C'est ainsi que ma mère et son père — ma grand-mère maternelle était morte — sont passés en Roumanie avec de faux papiers, escortés par les tenants du nouveau pouvoir. Peu après, ils ont continué jusqu'à Berlin. Les rescapés de la révolution d'Octobre...

Cette histoire miraculeuse, maman ne me l'a livrée qu'à la fin de sa vie. Ce fut son dernier conte russe...

Mon père, lui, avait été envoyé dans la capitale allemande pour y faire des études de médecine dont il se moquait éperdument et qu'il ne termina jamais. Il n'avait qu'une passion en tête : la musique ! C'était un compositeur au génie infatigable qui se disait parfois zoroastrien, c'est-à-dire adepte de la religion de Zoroastre, ou Zarathoustra, qui s'était répandue en Iran avant que le pays ne soit islamisé par la conquête arabe. Il avait puisé dans cette doctrine une forme de sagesse et de droiture dont il n'allait jamais se départir. Je ne sais pas s'il aurait fait un bon médecin — je crois que oui — mais dans ce cas la musique y aurait beaucoup perdu. En Europe, le nom d'Hossein n'est guère connu, mais en Orient, c'est un nom magique ! En Iran, sous le régime du shah comme sous celui des ayatollahs, la musique de mon père n'a jamais cessé d'être jouée à flots, surtout sa musique traditionnelle. Son nom côtoie, dans les anthologies, ceux des compositeurs les plus illustres. Dommage que les droits d'auteur n'aient pas existé dans ces pays : cet homme n'aurait pas eu à se débattre dans les affres de la pauvreté. Beaucoup de choses auraient sans doute été différentes.

À l'époque de ses études à Berlin, toutefois, André Hossein, fils d'une riche famille de marchands établis à Samarkand, jouissait d'un confortable statut d'étudiant. C'est là-bas qu'il eut l'occasion de remarquer la beauté de ma mère. Elle était si ravissante qu'elle avait commencé à faire du cinéma, apparaissant dans quelques films. Lilian Harvey, la jeune étoile montante du cinéma allemand qui allait faire une carrière internationale, était devenue son amie. Puis elle a rencontré mon père. Un jour, alors qu'ils ne se quittaient déjà plus, elle lui a raconté que des producteurs l'avaient fait monter sur une table, tâtant ses cuisses, commentant son anatomie, spéculant sur les succès commerciaux qu'elle pourrait susciter, avec des manières de maquignons. Mon père est devenu rouge de colère. Lui a-t-il alors demandé de renoncer à sa carrière ? L'a-t-elle fait délibérément, par amour ? L'histoire ne le dit pas.

***

Lorsque la famille de mon père a appris qu'il renonçait à ses études de médecine, elle l'a aussitôt renié. Pensez ! Faire de la musique ! En plus, mes parents avaient décidé de vivre ensemble sans convoler en justes noces, ce qui était plutôt rare au début du siècle, et très mal vu. Ils se sont mariés par la suite, je ne sais même pas quand, mais pour l'heure, adieu les subsides familiaux.

Mon père a dit au revoir à ses camarades de fac, et mes parents ont décidé de venir s'installer à Paris.

Une des premières musiques que mon père écrivit en France fut un ballet génial, au nom évocateur de *Vers la lumière*. L'œuvre a été couronnée, ce qui lui a valu d'être jouée à l'Opéra où mon père noua des contacts.

J'étais né entre-temps et nous vivions à l'hôtel de Parme, rue de Clichy, où j'ai passé ma petite enfance. La gloire, éphémère, n'avait pas été pour autant source d'argent. Le métier de compositeur ne nourrissait pas son homme, encore moins une famille. Mon père courait le cachet, jouait dans des concerts ou dirigeait un orchestre, à Paris ou en tournée. Les musiciens s'organisaient pour survivre, ils échangeaient des informations et se repassaient entre eux les combines. Ma mère assurait le quotidien de son mieux. Elle travaillait comme modiste, créant des chapeaux à longueur de journée et parfois de nuit, du plus modeste au plus extravagant, avec tout un réseau d'autres femmes russes, émigrées elles aussi. Je jouais avec des soldats de plomb dans ses jambes. Je la revois encore faire bouillir l'eau du thé ou de la soupe sur le minuscule réchaud à alcool de la chambre. Il lui fallait beaucoup de persévérance et d'abnégation...

La vie n'était pas triste pour autant. Il y avait des chansons et des rires, des bavardages interminables, des confidences échangées sur le ton du secret, des hochements de tête, le chant des étoffes, le chuintement des ciseaux et le bruissement soyeux des robes en mouvement. Il arrivait souvent des histoires extravagantes ou cocasses. Ma mère m'a même raconté qu'un baron allemand était tombé fou amoureux de mon père. Il voulait acheter tout le quartier pour lui. Mon père en riait à perdre le souffle.

Ils vivaient tous les deux dans une sorte de folie douce, une bohème échevelée où, il faut bien le reconnaître, il n'y avait pas vraiment de place pour un gamin. Mes parents ne savaient pas très bien quoi faire de moi. J'étais, comme tous les autres enfants, venu au monde « par hasard », à une époque où la contraception n'existait pas. Je restais livré à moi-même, et refaisais le monde à portée de mes yeux.

L'hôtel de Parme était pour moi tour à tour infernal et sublime. J'aimais, le soir tombé, aller regarder les lumières du Casino de Paris tout proche. Elles me fascinaient. C'était comme un appel mystérieux, une magie douce qui opérait sur moi. Un peu plus loin, le cinéma Apollo, et en contrebas, comme une bouche rouge et gourmande ouverte sur la nuit, le Théâtre Pigalle avalait chaque soir son public à heure fixe.

Là encore, je me sentais irrésistiblement attiré. J'ai appris beaucoup plus tard que c'est la seule salle au monde dont le plancher se déplace et peut, en pivotant de 180° , être retourné. Pourquoi ne pas imaginer un spectacle où, pour quelques instants, tous les spectateurs, solidement attachés par un harnais, se retrouveraient la tête en bas, à regarder une scène se déroulant dans la cave ?

J'ai eu une enfance insolite. J'allais à l'école, ou je n'y allais pas, mais dès que j'avais vingt sous, je me débrouillais pour filer au cinéma, où l'on jouait alors deux films dans la même séance en matinée. J'ai connu ce temps merveilleux où, pour le prix d'un ticket, vous aviez droit au dessin animé, aux actualités, au premier film qui durait une heure, une heure et quart, à l'entracte — avec les Esquimau — et au grand film. Je m'installais dans un fauteuil en bois où je me prélassais comme un prince. La salle sentait le Crésyl et je voyais des images magnifiques. J'étais bouleversé. Je me souviendrai toute ma vie d'un film qui aurait pu ressembler à ma propre histoire : *Sans famille.* J'avais une terrible envie de faire pipi et je n'ai pas pu tenir jusqu'à l'entracte. J'ai fait dans ma culotte parce que je ne voulais pas sortir, je ne voulais pas couper la magie des images. Je me rappellerai toujours le petit garçon qui jouait dans le film, Robert Lynen, qui allait être fusillé par les Allemands quelques années plus tard pour faits de résistance, et j'entends encore la chanson de Vitalis : « Oh ma Lola, toi que j'aimais à la folie, tu as laissé mon pauvre cœur en Italie... » J'avais sept ans, mon père était en tournée et je voyais à peine ma mère. Je me sentais seul au monde, mais j'avais mes royaumes.

Peu de temps après *Sans famille,* ce fut le fabuleux *Cléopâtre* de Cecil B. De Mille. Là, je me suis mis à pleurer à chaudes larmes en pleine salle. On n'arrivait plus à me consoler. Claudette Colbert, qui jouait Cléopâtre, avait exactement la même coiffure que ma tante. Et comme elle lui ressemblait également de visage, je me disais : « C'est ma tante, ce n'est pas possible ! Elle a la même tête. C'est elle ! » Alors j'ai pleuré lorsque le serpent l'a piquée et qu'elle en est morte. Ma tante n'était pas plus comédienne que moi un élève appliqué, mais elle ressemblait effectivement à Cléopâtre. Ça peut paraître fou, mais à l'époque, je trouvais naturel qu'elle soit à la fois ma tante et Cléopâtre...

Le cinéma, pour moi, c'était ça : une évasion qui, paradoxalement, me rattachait à la réalité, en même temps qu'elle me faisait découvrir les perspectives infinies de l'imaginaire et du rêve. Cette dualité me troublait. Parfois je me disais : « Mais où suis-je en train de m'embarquer ? » Et puis, je me rassurais : « Non, je ne me suis pas embarqué. Ça va, c'est bien ça, puisque je vois une réalité dans le film, une réalité absolue et indéniable qui est bien la représentation de la vie au quotidien. » Je découvrais à tâtons cette particularité du cinéma qui est de présenter, par le truchement d'images familières, quotidiennes, normales — presque banales — des situations artificielles, extraordinaires, voire hallucinantes, c'est-à-dire totalement irréalistes. Pour moi, le cinéma, le théâtre, la musique et même les bandes dessinées accréditaient la réalité d'une vie parallèle...

J'avais vu jouer *Blanche Neige* à l'Ermitage et *Robin des Bois,* avec Errol Flynn, sur les grands boulevards, au cinéma Rex, sous le ciel étoilé de cette salle si merveilleuse pour un enfant. C'était tellement beau que je suis resté à deux séances. Je me suis dit : « Mais c'est ma vie ! » Le cinéma établissait un lien naturel entre mon imaginaire et la réalité. Quand ce lien se cassait, je retournais vite voir un film, et le lien se reformait. Parfois, j'allais poursuivre mes rêves de justicier sur les bateaux tamponneurs — aujourd'hui disparus —, que l'on manœuvrait allégrement, dans trente centimètres d'eau, comme les autos traditionnelles que tous les enfants connaissent. J'étais le capitaine d'un vaisseau montant à l'abordage de l'ennemi.

Dès cette époque, j'ai pris la fâcheuse habitude de considérer les êtres vivants comme faisant partie de mon univers onirique. Je décrétais : « Celui-là, c'est le méchant ! Celui-là, c'est le bon ! Celui-là, je le récupère, celui-là, non. Quant à lui, c'est un traître ! » Et je menais mes actions de la même manière. Je me disais : « Attention ! C'est la guerre de 14, on me donne le signal de l'assaut... Non, je ne tire pas avec celui-là. Je ne veux pas de celui-ci dans mon dos. Je choisis ceux avec qui je monte au front, lui, lui et lui, mais pas les autres. Je n'ai pas confiance. » Encore aujourd'hui, je procède de la même manière. Je reconnais que ma vie est assez bizarre, complètement dirigée par l'affectif. La raison se manifeste, mais plus tard. D'ailleurs, pour moi, l'affectif est aussi synonyme de raison.

Plongé dans un ailleurs de légende, je me suis habitué sans mal à ma condition, ou plutôt à celle de mes parents. J'aurais quand même dû être un petit peu plus curieux, et me poser davantage de questions. J'ai admis la misère dans laquelle vivaient mes parents sans m'interroger. Là, socialement, je crois que j'ai eu tort. Mais j'avais entre huit et dix ans ! C'était l'époque où j'allais à l'école communale en passant par une avenue bordée de marronniers que je traversais « comme dans un rêve de feuilles jaunes ». C'était l'automne et je commençais à goûter l'ivresse de la « nostalge ». La nostalgie, qui restera pour moi toujours ce qu'elle était.

À l'école, une de nos maîtresses, celle qui nous apprenait à écrire, m'obsédait. Elle nous faisait remplir des cahiers entiers avec les lettres de l'alphabet, que nous devions apprendre à bien former, or je les faisais d'une manière ignoble. Elle inscrivait en marge des exercices des « A.B., assez bien », des « T.B., très bien ». Les T.B. étaient rarement pour moi. J'avais plutôt droit au « passable ». Alors, pour exorciser la chose, je me suis appliqué à écrire les lettres, les « c », les « a », les « r », les « m », les « n », les « p », enfin toutes. Aujourd'hui encore, je peux faire ça pendant des heures lorsque je suis au téléphone. Une autre façon de retrouver l'enfance ?

⁂

Quand j'en ai eu l'âge, on m'a mis en pension. J'ai passé une partie de mon adolescence dans les pensionnats tenus par les Russes blancs immigrés, d'anciens officiers tsaristes pour la plupart, auxquels on continuait à donner du « Général », par habitude ou par flatterie. Je crois avoir fait tous les établissements existants : Brunoy, Chatou, Clamart, Versailles, Verrières-le-Buisson, Courcelles, etc. C'était le défilé, non parce que ça se passait mal, mais parce que mes parents n'avaient pas d'argent. Au moment de régler la facture du trimestre, bien souvent, ils ne pouvaient pas payer. Sur les papiers à en-tête des pensionnats, figurait souvent une phrase sibylline qui me laissa d'abord indifférent : « Cuisine moderne, prix modéré ». Mais dès l'âge de dix ans j'ai, par expérience, pris l'habitude d'inverser le slogan : « Cuisine modérée, prix moderne ». La formule me semblait plus conforme à la réalité.

Ces pensionnats ne dispensaient pas eux-mêmes d'enseignement, et nous étions conduits en rangs serrés à l'école communale voisine sous le regard zélé de nos surveillants, personnages par ailleurs assez folkloriques.

L'hiver, la nuit, je me découvrais exprès. J'étais nu et je grelottais de froid. J'inventais une histoire de combat, avec des princesses en danger, des dragons qui m'attaquaient pour m'empêcher de délivrer la captive et la romance venait couronner le tout... Peu à peu, je me recouvrais, la chaleur, le bien-être revenaient, le repos du guerrier après de rudes combats. La volupté passée, je me découvrais à nouveau, je me disais que j'étais l'enfant le plus malheureux du monde, je grelottais de froid et tout recommençait. Le sommeil finissait par m'emporter. La cloche me tirait de mes songes.

Un des charmes de ces établissements tenait, pour les trois quarts d'entre eux, à la mixité. Filles et garçons y étaient joyeusement mélangés, sauf dans les dortoirs, bien entendu. Il n'empêche qu'à l'âge de onze ans, il n'y eut pas besoin de m'expliquer quoi que ce soit. J'avais fait mes armes au complet, sexuelles et autres. Je savais tout de la vie. J'avais été marié cinquante fois, sous les pommiers. Mes petits camarades me servaient de frères et de sœurs, de maîtresse, de rivaux, dans un décor aux vertiges poétiques où j'inventais des personnages, des rues, des mondes, des odeurs de poudre ou de cannelle.

J'écrivais des essais. Des essais d'enfant. Je les gardais dans un cahier que j'ai perdu beaucoup plus tard. J'écrivais les saisons, j'écrivais l'automne. Des phrases me sont restées, au fil des pensions et des événements : « Ce matin la sonnette m'a réveillé, d'habitude c'est la pluie... Je me suis assis sur mon lit avec une grande envie de pleurer. » Déjà ! Et puis il y avait cette délicieuse mais parfois cruelle découverte de la féminité et de ses badinages. « Une petite fille a ri ; en écartant les jambes, une autre m'a tiré la langue, et j'ai eu honte... Trois têtes se penchent au-dessus de mon lit : "tu vas à l'école avec nous, quel âge que t'as, comment tu t'appelles ?... Nous on descend chez les filles !" Je me suis endormi inquiet. Nous, on descend chez les filles... »

J'ai aussi écrit une historiette en forme de conte, pour séduire une gamine, bien sûr. Un petit garçon — moi en l'occurrence — parlait à une petite fille, Marie, qu'il avait séduite. (L'élue de mon cœur s'appelait aussi Marie.)

— Tu vois, les renards, moi je sais comment on les apprivoise.

— Comment on apprivoise les renards ?

— Je leur parle. Je sais comment on fait.

— Moi aussi, j'en ai vu des renards. Ils étaient dans des cages, mais ils ne causaient pas !

— Évidemment, des renards qu'on met dans les cages, ça cause pas. Ça boude. C'est normal !

— C'est un dompteur qui t'a appris ?

— T'es malade ! Quand je parle avec les renards, je n'ai pas de fouet. Sinon, ils ne parleraient pas.

— Alors, comment on fait ?

— On leur parle. C'est tout. Ils ont l'habitude.

— Il faudra que j'essaie de parler aux renards. Maman ne m'a pas appris...

— Les parents, comment veux-tu qu'ils apprennent ? Ils n'ont pas le temps. Ils sont trop occupés et puis ils sont trop vieux.

— Nous, on peut leur dire comment on apprivoise les renards ?

— Ils ne nous écoutent pas. On est trop jeunes !

— Mais quand on sera grands ?

— Ils seront morts !

— Comme c'est triste de mourir sans savoir comment on apprivoise des renards...

⁂

Rien ne m'étonnait jamais. Aujourd'hui encore, les choses les plus invraisemblables, les situations les plus hallucinantes ne m'impressionnent pas du tout. Je persiste à les trouver « normales ». Les autres paniquent et, souvent, j'ai du mal à comprendre pourquoi. C'est pour cette raison que j'ai eu parfois des rapports difficiles avec les intellectuels. Bien sûr, ils sont intelligents, cultivés, mais ce sont des cartésiens, qui dissèquent tout, qui analysent tout. Ça me fait chier ! On n'analyse pas, on ne dissèque pas. Les intellos perdent un temps noir à vouloir prouver, à faire des démonstrations qui n'intéressent qu'eux-mêmes, puis à se remettre en question. De surcroît, ils récitent ce qu'ils ont lu. Je préfère le lire directement, c'est mieux écrit ! Et puis ils m'énervent. Ils font la morale avec autorité, et reconnaissent sans remords, vingt ans plus tard, qu'ils se sont gourés. Alors ils changent de veste et ils recommencent leurs leçons. Ils croient avoir tout compris, enfin. Ils n'ont oublié qu'une chose : leur capacité à l'erreur.

⁂

Le dimanche, ma mère venait me chercher et m'emmenait quelquefois au Palais Berlitz, une sorte de galerie marchande près de l'Opéra, un vrai paradis où elle allait aider ma grand-mère (sa belle-mère en fait, son père s'étant remarié après son veuvage). Celle-ci tenait un stand où l'on servait des thés de Ceylan et de Chine à tous les parfums et d'incomparables pâtisseries russes plus subtiles les unes que les autres. Les Russes blancs exilés se réunissaient autour du samovar pour palabrer interminablement. Ils venaient, partaient, revenaient. On se serait cru dans des romans de Kessel. Ma mère était jeune et d'une grande beauté, elle traînait derrière elle une meute de soupirants inconsolables. L'un d'eux, un bel opérateur de cinéma prénommé Willie, était tombé éperdument amoureux d'elle. Comme elle avait déjà une certaine expérience cinématographique, il réussit à la convaincre de tourner un petit rôle dans *Sœurs d'armes,* un film du réalisateur Léon Poirier, l'histoire tragique de deux espionnes françaises pendant la Première Guerre mondiale, qui finirent fusillées après s'être évadées. Les quelques semaines du tournage donnèrent à ma mère un bon moyen de s'évader de ses soucis quotidiens.

À dix ans, je fis une bronchite dont je ne parvins pas à me remettre tout de suite. Le médecin jugea opportun de m'envoyer me soigner à la montagne. Ce qui aurait pu être une épreuve se transforma en un bonheur extraordinaire. D'abord parce que je me trouvais dispensé de l'école et ensuite parce que je partis seul avec ma mère, dans un endroit délicieux près de Megève, à l'hôtel manoir des Brons, au-dessus de Combloux. J'étais aux anges. Je retrouvais l'intimité complice de ma petite enfance. Un mois s'écoula dans ce climat de plénitude. Puis ma mère dut rentrer à Paris tandis que je prolongeais mon séjour, choyé par la famille de l'hôtelier à qui l'on m'avait confié, traité et élevé comme ses propres enfants.

Hélas, les meilleures choses ont une fin, et un mois plus tard, je dus rentrer à Paris, accompagné par mon hôtelier bienfaiteur, monsieur de Saint-Sauveur. Mon retour à la dure réalité s'accompagna d'une chute d'optimisme vertigineuse. Heureusement, mes parents trouvèrent à me mettre en pension à Paris dans une famille anglaise composée de la mère et de ses quatre filles dont les trois aînées, suffisamment délurées, éveillèrent très vite ma curiosité concupiscente et occupèrent bientôt mes pensées.

Durant l'hiver de cette année-là, mes parents eurent l'idée saugrenue de me faire donner des leçons de piano. Non seulement je n'en avais pas envie, mais je n'avais aucune disposition. Je ne comprenais rien au solfège, rien à la musique, même si j'aimais en écouter. Et rien à cet instrument aux touches noires et blanches dont je ne parvenais pas à percer le mystère. J'assassinais les quelques morceaux que j'avais fini par apprendre. J'avais honte et je souffrais pour mon père. Lui, si grand musicien, comment allait-il prendre ce qu'il convenait d'appeler ma totale nullité ? Je ne savais pas comment me sortir honorablement de ce cauchemar.

II

LE LOUP

J'avais presque douze ans quand la guerre a éclaté. Un matin de juillet, par décision gouvernementale, je me suis retrouvé, avec mon école, en route vers les pâturages du Perche. C'en était fini du piano. J'étais sauvé. Dieu m'avait entendu. Quelque part au nord, les canons donnaient de la voix, moi j'avais l'impression délicieuse de partir en vacances. Nous croisions les convois de troupes qui montaient vers la ligne Maginot mais tout ceci n'avait encore pour moi aucune signification particulière. Il régnait un climat différent, fait de mouvement, de chansons militaires, de bouteilles de bière et de reliefs de repas. Les enfants des écoles parisiennes étaient conduits, par trains entiers, vers la province.

À cette époque précise, il ne faut pas s'y tromper, une bonne partie des Russes blancs espéraient que les Allemands allaient sauver la Sainte Russie du bolchevisme. Alors un certain nombre d'entre eux, qui en avaient l'âge, s'engageaient volontairement dans l'armée Vlassov ou dans la L.V.F. La propagande était bien faite ! Tout cela me laissait indifférent. Je m'inventais toujours des mondes avec des petites filles magiques, des aventures et des mariages... Je découvrais les premiers yoghourts, savoureux, dans des pots de grès fermés par une feuille de Cellophane elle-même retenue par un élastique, à une époque où ces produits laitiers n'étaient pas encore sur le marché.

La ville du Mans faisait office de point de regroupement et de gare de triage. Les autorités avaient aménagé une plate-forme, sorte de gigantesque marché, afin de permettre aux familles d'accueil de venir « choisir » le ou les enfants qu'elles s'étaient proposé d'héberger. On nous faisait monter sur les tables, pour que les habitants viennent nous regarder, puis nous défilions sur une estrade. L'examen auquel nous étions soumis s'apparentait, à peu de chose près, à la foire aux bestiaux.

J'eus la chance d'être accepté par des gens exceptionnels, malgré mon aspect maigrichon et un teint de navet qui me donnait un air souffreteux, peu engageant. La maîtresse de maison tenait un bar-tabac dans un petit village situé à vingt-cinq kilomètres du Mans. Son cousin, bâti comme un forgeron, avait une boulangerie-pâtisserie dans un village voisin. Inespéré ! La famille m'a tout de suite entouré, adopté, adoré. Le ciel me comblait. Des copains étaient tombés plus ou moins bien — parfois même plus ou moins mal. J'allais désormais vivre, au rythme du bar-tabac, une vie délicieuse dans cette société où, en raison de la mobilisation, il restait bien peu d'hommes, hormis les vieillards et les enfants, mais où demeuraient les femmes. Je découvrais les habitudes des clients, les phrases clés pour les principaux sujets de préoccupation, les conversations sur la guerre, les nouvelles du front, les victimes... Je découvrais aussi les jeux de cartes et le billard, et je m'emplissais les oreilles de récits interminables, puisés dans les petites choses de la vie quotidienne. Tous ces vieux hommes issus de la terre étaient des conteurs-nés. J'aurais voulu que le café ne ferme jamais et n'avoir jamais sommeil. J'étais tombé amoureux de la fille du garagiste et je méritais amplement les baisers passionnés que nous finissions par échanger le soir, après qu'elle m'eut imposé un calvaire quotidien dans nos randonnées à bicyclette où, grâce à l'entraînement et à la différence d'âge, elle m'infligeait de constantes et humiliantes défaites.

Nous étions deux camarades parisiens à être hébergés dans le même village. Nous sommes vite devenus inséparables. Chaque fois que nous en avions l'occasion, nous faisions des kilomètres pour aller voir un film, poussant parfois même jusqu'au Mans, au point de ne plus savoir comment rentrer.

Cette villégiature enchantée dura une saison. La menace allemande semblant s'éloigner, il fut décidé que les enfants d'âge scolaire regagneraient la capitale. Les gens qui m'avaient adopté ne voulaient plus me rendre. Ils s'étaient attachés à moi et j'étais en proie à des sentiments contradictoires à l'idée de les quitter. Le jour dit, pourtant, au matin, nous fûmes remis dans le train et rapatriés à Paris.

Les retrouvailles avec mes parents furent brèves. Quelques jours plus tard, je me retrouvais en pension à Courcelles, où une institutrice suisse nous distillait un enseignement traînant au rythme mesuré de son accent. Je fis une angine qui me ramena une bonne semaine à la maison, rue de Vaugirard. À ce moment-là, le front des Ardennes s'effondra. En quarante-huit heures, les Allemands envahirent le pays. Aussitôt, mon école fit retraite sur Agen, et quand je fus rétabli, mes parents me pressèrent de la rejoindre.

Et je l'ai rejointe en effet, mais un peu plus tard, après quelques péripéties que je n'aurais pu imaginer, même dans mes mises en scène enfantines les plus folles.

***

Les rumeurs de panique aidant, l'exode prit les proportions que l'on sait. Mes parents voulurent me faire partir au plus tôt, me confiant à un ami hollandais, soi-disant peintre, qui projetait de gagner l'Espagne en voiture avant de s'embarquer pour les Amériques. Je pris donc place un beau matin, passager involontaire et semi-clandestin, dans la nef des fous, en l'occurrence une Traction avant — si ma mémoire ne me fait pas défaut. Le coffre et le toit regorgeaient de bagages énormes. À bord, il y avait le peintre hollandais, un fantôme se faisant appeler docteur Barrissac, et deux comtesses en fuite. Le fantôme ne se séparait jamais d'un grand bocal de pastilles de sulfate de soude, un remède miracle contre je ne sais plus trop quoi, qu'il suçotait sans arrêt.

Le voyage au gré des attaques aériennes et des bombardements avait des allures d'épopée tragique. À la moindre alerte, les occupants de la voiture fuyaient dans tous les sens afin de se mettre à l'abri. Et ce qui devait arriver advint : à la suite d'un bombardement, on me perdit entre Orléans et Vierzon. Je me retrouvais seul, livré à moi-même, dans l'immense cohue de l'exode. J'ai gagné Châteauroux. Je m'invitais à partager la nourriture au gré des rencontres. J'ai vu les Allemands entrer dans la ville et faire prisonnier les zouaves qui se trouvaient encore là. J'ai mangé avec eux avant de reprendre la route et de me retrouver avec les aviateurs. À Vierzon, les Italiens mitraillaient tranquillement les Français. J'ai vu du sang sur les fenêtres et des choses bouleversantes qu'on ne doit pas voir à cet âge. J'ai mangé du « singe » que les soldats me donnaient, des rations, j'ai partagé la soupe, le pain... J'étais recueilli à chaque fois. Les gens m'adoptaient. Cette errance a duré deux mois, puis la Croix-Rouge m'a retrouvé. Je suis finalement arrivé au pensionnat d'Agen.

⁂

Les gaz, les bombes... C'était vraiment un grand traumatisme pour un gamin de mon âge. C'était trop dur et cela a marqué toute ma vie. Je suis toujours aux aguets, toujours sur mes gardes. J'ai des réactions de méfiance terribles ! Mais mon instinct s'est développé de pair et je peux arriver à connaître très bien des gens que je viens de rencontrer, rien qu'en les observant. C'est pour moi comme une seconde vue.

***

Dès que l'armistice a été signé, nous sommes remontés à Paris. Le temps de l'Occupation commençait. Il y avait un an que je n'avais pas vu mes parents. Leur premier souci, au moment de nos retrouvailles, a été de savoir si je n'avais pas pris froid et si j'avais bien mis mon cache-col... Je leur portais toujours beaucoup d'admiration, bien que nos rapports ne soient pas simples. Ils étaient si peu présents ! Ils me manquèrent...

Et pourtant, mes parents ont tout fait pour mon bien. Ils n'ont pas voulu que je vive avec eux dans une chambre de bonne. Ils savaient très bien qu'il fallait me mettre en pension. Ils faisaient d'ailleurs des acrobaties financières terribles afin de pouvoir m'y maintenir. Ils ont été toujours merveilleux, adorables, charmants. Quant aux pensionnats, j'y ai appris tant de choses ! J'ai d'ailleurs su trop de choses trop jeune, et pas suffisamment celles que j'aurais dû connaître à cet âge. J'ai acquis un savoir à l'envers. Ce qu'on apprend à quarante ans, je le savais à douze et ce qu'on apprend à douze, je l'ai appris à quarante.

C'est la même chose pour le goût. Grâce aux dieux, comme nous n'avions pas un franc, j'ai dû attendre d'être adulte pour découvrir certaines saveurs. Si j'avais eu cette éducation du goût tout petit, je ne serais pas devenu si gourmand par la suite.

Je bois toujours du thé, parce que ce breuvage me fait rêver. Les senteurs aussi me sont prétextes à évasion. Aujourd'hui encore, lorsque j'ai un rhume, je prends une inhalation ; je mets une serviette sur la tête, je ferme les yeux et respire les odeurs de menthe et de plantes médicinales mêlées. Alors je m'envole, je pars sur des pistes lointaines. Il faut simplement que je prenne garde à ne pas m'endormir sur le bol...

Cette nostalge baladeuse, je l'ai toujours eue. À force d'être livré à soi-même, on finit par avoir des doutes. D'où je viens, où je vais ? Qui suis-je ? Mon père est né à Samarkand, ma mère à Kiev et moi à Paris. Oh là là ! Je me suis méfié dès l'enfance. Je me suis dit : ça fait beaucoup pour un seul homme. Comment vais-je m'en sortir ? Alors, inlassablement, je m'inventais la vie. Les années de l'Occupation allaient rendre mes évasions encore plus nécessaires. Je n'osais plus jouer dans la rue de peur d'être interpellé. Il fallait faire attention à tout, ne pas dire n'importe quoi à n'importe qui. Restait la rêverie...

Pendant cette période, l'attitude de mon père a été irréprochable. Il a refusé de composer la moindre ligne pour les Allemands qui le pressaient d'écrire pour la plus grande gloire du Reich. Comme la plupart des Parisiens, nous avons souffert de la faim à l'époque, parce que mon père n'a jamais cédé. Nous vivions d'expédients. Mon père composait des symphonies admirables tandis que la pluie battait la mesure sur le toit juste au-dessus de nos têtes. La soupente faisait office de caisse de résonance et transformait notre logis en instrument à pluie. Ma mère confectionnait des espèces de soupes insensées, avec tous les rutabagas, les topinambours ou les choux qu'elle trouvait ; elle rajoutait de l'eau, beaucoup d'eau, un peu de sauce tomate, un peu de betteraves — si elle en avait. C'était une sorte de bortsch [1] populaire. Elle en faisait de grandes

1. Bortsch (ou borchtch), soupe à base de chou rouge.

casseroles que nous absorbions pour nous caler l'estomac. Et puis on rêvait. Il pleuvait sur les toits et mon père composait. Surgissaient sous ses notes des déserts, des villes entières, des civilisations magnifiques... Le temps passait !

J'ai vécu là des moments sublimes. Nous ne possédions rien, et ma mère partageait toujours le peu qu'elle avait. Je ne suis pas certain que nous ayons eu quatre draps, mais je vivais avec des gens de cœur. Je revois notre « grenier ». Il existe toujours, dans le même immeuble, avec la même porte cochère et la même école communale à la porte à côté.

Les officiers allemands de la Luftwaffe étaient installés à l'hôtel Trianon, un peu plus bas, et les services administratifs dépendant de la Kommandantur se trouvaient au Sénat. Je revois le petit bistrot où des prostituées avaient établi leur quartier général, l'épicerie voisine tenue par une bonne femme constamment affairée, et la boulangerie où la patronne me faisait cadeau de croissants parce qu'elle me trouvait mignon. Presque en face, la milice avait établi ses quartiers à Louis-le-Grand. Là encore, tout est resté intact, à l'exception des cinémas. La plupart ont disparu, le Boul'Mich, le Cluny École, le Cluny Palace, le Champo, le Latin ou le Saint-Michel ne sont plus que des souvenirs réservés à ceux qui les ont fréquentés. Pour les autres, ils n'ont jamais existé... Seuls subsistent les Ursulines, la Pagode et, dans le seizième arrondissement, le Ranelagh.

Le jardin du Luxembourg restait mon terrain d'aventures favori. À l'époque, il fallait payer pour s'asseoir. Il y avait les chaises, et les fauteuils ; ces derniers coûtaient, bien entendu, plus cher que les chaises. Ils avaient ma préférence et j'occupais le premier venu à condition qu'il soit près d'un arbre. Les chaisières acariâtres qui sillonnaient leur secteur veillaient avec le même zèle déshumanisé que nos contractuelles d'aujourd'hui à ce que les utilisateurs s'acquittent de la dîme. Évidemment, je trichais. Dès que je voyais arriver de loin la préposée avec son tablier noir à poche kangourou servant de bourse, je m'asseyais au pied de l'arbre voisin.

— Vous me prenez pour une imbécile ? Vous aviez pris ce fauteuil, vous me voyez arriver et vous vous asseyez au pied de l'arbre. Vous croyez que je ne vous ai pas vu ?

J'étais bien connu dans le parc pour ces agissements, ce qui ne m'empêchait pas de nier les faits avec une parfaite mauvaise foi. L'idéal, bien sûr, était d'occuper un fauteuil en fer, de poser ses pieds sur une chaise et de rester ainsi le plus longtemps possible, sans se faire prendre. Il m'arrivait aussi, avec un complice, de jeter des pierres dans le grand bassin et de couler les bateaux des autres gamins, surtout les bateaux mécaniques, pour mériter le titre envié de « petit voyou ».

Dès que j'en avais l'occasion, je me précipitais aux séances de Guignol. Les marionnettes me fascinaient. C'étaient de véritables personnages, artistement travaillés et vêtus de beaux costumes. Et les marionnettistes ne manquaient pas de talent. Je me souviens d'avoir assisté, enthousiaste, à un remarquable Don Quichotte, avec la lumière noire. Comme pour les chaises, j'ai beaucoup resquillé au Guignol. Je me suis aussi faufilé sous les tentes, j'ai essayé de dérober des roudoudous ou d'autres friandises, des branches de vanille et des rubans de réglisse, ou de la poudre de coco en sachet que l'on mettait dans l'eau et qu'on buvait avec une paille. Je réussissais assez bien dans ce genre d'entreprise.

Tous les dimanches, au Luxembourg, j'allais écouter les concerts donnés par les Allemands dans le kiosque à musique. Les musiciens étaient en uniforme et jouaient admirablement, il faut bien le dire. J'ai revu les mêmes — mais sans uniforme cette fois

— quelques années plus tard, dans d'autres kiosques à musique, lorsque je me suis trouvé en garnison à Baden-Baden pour mon service militaire.

Lors de mes escapades, je m'arrangeais toujours pour passer devant le théâtre de l'Odéon. J'étais fasciné par ce temple. Un soir, j'ai enfin osé y entrer pour assister à la représentation de *L'Affaire du courrier de Lyon*. Là, bien plus qu'au cinéma, j'ai eu la révélation de mon destin. Ensuite, avec l'école, on a vu *L'Avare*. J'étais tellement enthousiasmé que je me suis juré de faire ce métier : « C'est ça ma vie ! Ce n'est pas celle que je vis tous les jours, ni l'école. Non ! Ma vie, c'est d'aller vivre cette autre vie dans un autre monde. »

Dès lors, je décidai de devenir comédien. Désormais j'avais un but que je poursuivrais, contre vents et marées, comme un loup solitaire. D'instinct j'avais choisi mon animal totem : le loup ! Celui de mon enfance...

C'était au pensionnat, quelques années avant la guerre. Un jour, je m'étais endormi pendant la sieste. Tout à coup, en me retournant dans mon lit, j'ai ouvert les yeux et j'ai vu un loup, magnifique, qui me regardait fixement par la fenêtre. Je le jure devant Dieu ! J'ai refermé les yeux, j'ai couvert ma tête avec la couverture et puis j'ai regardé à nouveau. Il était parti. J'avais éprouvé un sentiment troublant de reconnaissance, comme si nous étions de la même famille. Comme si, dans ma tête, Mowgli et Kipling étaient venus exorciser les injonctions habituelles réglant notre vie de pensionnaires : « Allez, debout ! Allez vous laver ! N'oubliez pas les bras, les pieds... cirez vos chaussures... »

Toute ma vie, j'ai gardé le signe du loup, ce chasseur esseulé qui me ressemble comme un frère. Aujourd'hui, il est là sur mon papier à en-tête, sur mes affiches et, maintenant que je suis directeur du théâtre Marigny, il veille sur mes cartes de visite. Partout le loup m'a suivi. Quand je suis arrivé à Reims avec ma brosse à dents, en ayant tout plaqué, pour proposer à la municipalité de saisir l'opportunité du Théâtre populaire, à un moment le maire m'a demandé :

— Et votre sigle ?

— Le loup !

— Ah ! Saint-Rémi, Remus, Romulus et Remus, la louve !

Il ne me serait pas venu à l'idée de faire ce rapprochement. Non. C'était tout simplement le loup de mon enfance, celui de ma solitude.

J'ai tenté de combattre cette solitude pendant des années, en vain. Alors j'ai fini par l'accepter. Je l'habillais dans les salles obscures, entre trois murs et un écran, où j'ai fait mes classes de cinéphile boulimique. De salle en salle, j'ai appris les répliques des films par cœur. Pendant l'Occupation, je suis devenu sans le savoir un spécialiste des productions allemandes, et surtout du cinéma italien. Je connais encore aujourd'hui des choses sur ce dernier que personne ne sait plus — même pas René Chateau, la mémoire du cinéma. En dehors de *La Couronne de fer*, l'œuvre du siècle, et de *Scipion l'Africain*, qui se souvient de *La Farce tragique*, avec Clara Calamet, Fausto Valenti — fusillé après la guerre —, et bien d'autres acteurs comme Mariella Lotti, Fausto Gachetti, Ninch, Willi Forst, Marie Quarante, Heinz Ruman ou Hans Albers ; qui se souvient du *Baron de Münchhausen*, du *Sergent Berri*, d'Olga Tchekova, de Zarah Leander ou de Marika Rock ?

Bien qu'enfant, j'étais sensible à la qualité, et je savais reconnaître un chef-d'œuvre. Il y eut de remarquables remakes comme *Le Croiseur Sébastopol*, qui s'efforçait de faire la pige au *Cuirassé Potemkine*. Il y avait aussi les films de propagande allemande, atrocement orientés mais souvent remarquables, comme *La Guerre des Boers,* ou *Le Président Kruger,* un film digne des plus grandes réalisations américaines, dans lequel les Anglais sont tous montrés comme des traîtres et des méchants. Mais pour moi, gamin, c'était comme dans les westerns, les Anglais n'étaient pas plus méchants que les Indiens et les sous-entendus ne m'atteignaient pas.

Là résidait le danger, d'ailleurs. Les films de propagande étaient si bien faits qu'à un moment donné, lorsque vous aviez treize ou quatorze ans, vous entriez dans le jeu. À partir de là, on pouvait avaler n'importe quoi.

Cela dit, les plus grands films que j'ai vus pendant l'Occupation étaient des films français. Goebbels tenait à l'époque des propos peu flatteurs sur notre cinéma. Je ne suis pas du tout d'accord! Je revois Fernand Ledoux, par exemple, dans *L'Homme de Londres,* admirable film tiré d'un roman de Simenon. On parle toujours, à juste titre, des *Visiteurs du soir* et des *Enfants du Paradis,* mais on passe sous silence des réussites comme *L'Appel du bled,* avec Madeleine Sologne. Et *Premier rendez-vous,* avec Danielle Darrieux! J'ai toujours en tête la mélodie de la chanson, « L'instant du premier rendez-vous », qui suffit à me faire revivre des séquences entières. J'avais également apprécié une adaptation d'un roman de Pouchkine, *La Fille du capitaine,* sous le titre de *Volga en flammes,* avec Raymond Rouleau qui jouait un rôle de personnage peu recommandable.

La plupart de ces films contournaient habilement la censure et, en bien des circonstances, ridiculisaient l'occupant. Il est curieux qu'il n'y ait pas eu davantage d'interdictions. L'esprit français savait se rendre impénétrable...

***

Quand je regagnais la pension, le soir, riche de tout le savoir accumulé dans mes paradis, je rassemblais mes compagnons d'infortune pour leur faire partager mes joies buissonnières. Avant de me lancer dans un récit, je faisais des propositions aux autres gamins : « Gai ou triste ? Un peu de Jean Marais ? Aujourd'hui, on a un Jules Berry et une Ginette Leclerc. Que voulez-vous ? » S'ils ne réagissaient pas avec enthousiasme, je me disais en pensant aux acteurs : « Tiens ! Ceux-ci sont en disgrâce en ce moment, ça ne plaît pas. »

Quand mes copains avaient choisi, je me lançais. Je jouais tout, je faisais la musique, les bruits, les femmes, les hommes, les foules, les chameaux, le traître, le justicier. Rien ne m'arrêtait. Je me souviens leur avoir interprété *L'Escadron blanc,* en jouant sans hésiter la troupe, le désert, le vent, le simoun, tout ! Tout ce qu'il était possible d'imaginer, je le jouais. Je racontais, je racontais, jusqu'à ce que mes camarades éprouvent les émotions des personnages. Et le soir, j'écrivais dans un cahier : « Succès ! Grand succès ! » Je leur ai même interprété *Les Visiteurs du soir.* Là encore, j'étais à moi seul Jules Berry, Roger Blin, Alain Cuny, Arletty; je n'expliquais même pas quand je changeais de rôle, je passais de l'un à l'autre, le fil du récit suffisait à se repérer. Je jouais comme ça, sans relâche, si j'ose dire, et je finissais toujours par trouver quelque chose pour passionner l'auditoire, susciter l'enthousiasme ou les larmes et terminer avec au moins un ou deux rappels sans lesquels la soirée n'aurait pas été réussie.

Solitaire, incompris, passionné, boulimique de scène et cabot : je commençais à réunir, à mon insu, quelques ingrédients du succès. En réalité, ma vie d'enfant ressemblait toujours et encore à une fuite éperdue.

Quand je fus en pension à Verrières-le-Buisson, certains soirs je faisais le mur et j'allais à Paris par le train. J'avais quatorze ans. Dès l'instant où je savais qu'une pièce était à l'affiche dans un théâtre, je me précipitais. C'était très dangereux pour le retour, en raison du couvre-feu. Le plus souvent, comme je ne pouvais plus rentrer à la pension, j'allais carrément au commissariat. Les policiers m'ouvraient une cellule. Je dormais là. Pour être à l'heure au pensionnat, je prenais à l'aube le premier train à la gare du Luxembourg sur la ligne de Sceaux, jusqu'à Massy-Verrières.

Peu à peu, je m'enhardis même jusqu'à aller voir les actrices dont j'étais amoureux dans leur loge. Au culot ! Je frappais à la porte, j'entrais dans le « saint des seins ».

— Qu'est-ce que tu veux, mon petit ?

— Madame, je suis amoureux de vous !

Des fois, ça marchait. Il y en a même une ou deux qui m'ont emmené chez elles. Le bonheur !

J'étais constamment épris des actrices. Mila Parely, que j'ai rencontrée bien après, me fascinait. Et aussi Marie Déa, Blanchette Brunoy, Michèle Alfa, Edwige Feuillère. J'étais amoureux fou — je le lui ai avoué beaucoup plus tard — de Michèle Morgan. Enfant, je mettais des photos de *La Piste du Nord* sous mon oreiller, et je me noyais interminablement dans son regard d'innocence et d'eau claire de *Quai des Brumes*. Je me disais avec ferveur que je l'épouserais un jour... À défaut, devenu adulte, acteur et réalisateur, je l'ai engagée pour qu'elle joue ma femme dans *Les Scélérats*, en 1960. Sans lui dire pourquoi.

***

La vie était toujours aussi difficile pour mes parents. Ils venaient me voir quand ils le pouvaient, quand ils n'étaient pas en voyage. Mon père partait souvent en tournée avec une petite troupe. Il jouait d'un instrument prodigieux qui s'appelait le « taar ». Il accompagnait une danseuse sublime, Kaïssa Robba. Elle était amoureuse de Jean Gabin, qui était son amant. Il était à l'époque totalement inconnu. Il venait très souvent la rejoindre et mon père et lui se connaissaient bien. J'ai des photos d'eux magnifiques.

Des photos, j'en accumulais à l'époque de toutes sortes, en vrais clichés ou dans ma tête. Je connaissais par cœur tous ces êtres que j'admirais passionnément, au cinéma comme au théâtre.

Lors de la soirée que Jean-Claude Brialy a donnée en mai 2000 pour la sortie de son livre, je me suis tourné vers Danielle Darrieux, assise à une table voisine de la mienne.

— Bonjour, vous savez, je sais tout sur vous.

— Ah oui, oui ?

— Tout, mais vraiment ! Je suis un admirateur, je connais tout !

— Oui, oui, mes films...

— Non, pas seulement vos films. Si vous saviez tout ce que je sais sur vous, vous auriez l'impression et le sentiment d'avoir vécu avec moi.

Elle a dû me prendre pour un fou et je n'ai pas insisté davantage. Mais c'était vrai.

***

Dans les pensionnats, on fêtait Pâques, Noël et le jour de l'an. J'assistais aux messes. Le plus souvent, les pensionnats tenus par les Russes suivaient le rite orthodoxe, mais si les pensions étaient protestantes, j'allais chez les protestants, si elles étaient catholiques romaines, c'était égal. Si bien que j'ai été élevé dans toutes les religions, au moins dans leurs rituels. J'ai écrit un jour à ce sujet : « L'or, l'argent, la pourpre et les tuniques claires des docteurs de la religion nous détournaient de la foi et nous initiaient au théâtre. Les vestiges d'une mythologie d'autres temps s'animaient sous nos yeux. En vain je cherchais des manifestations de l'Esprit Saint. (...) Il fal-

marine russe émigré, était un fidèle abonné de *Je suis partout* et de *Der Adler,* deux publications dont ni le titre, ni le contenu, ne pouvaient prêter à confusion.

Quant au troisième surveillant, il ressemblait à Wagner à un point inimaginable ! Il jouait du Wagner à longueur de journée. Il avait la coiffure, l'allure même du maître. Est-ce à cause de cette ressemblance qu'il se faisait régulièrement traîner dans la boue par le directeur ? En tout cas c'était lui qui nous accompagnait au piano lorsque nous montions un spectacle.

Le spectacle ! J'en étais déjà... Je me souviens d'avoir joué Méphisto avec un copain, qui interprétait Faust. Pour faire une entrée fracassante, j'avais décidé de passer par la fenêtre qui se trouvait à l'arrière de la scène. Je m'étais barbouillé de rouge de la tête aux pieds, avec une espèce de peinture bon marché qui s'écaillait. J'avais mis un vieux slip que j'avais badigeonné en rouge également. Je m'étais fait un maquillage terrifiant, « à la Méphisto » — du moins c'est ce que je croyais. Malheureusement, la cape s'est prise dans le décor et tout s'est écroulé. J'étais vexé à ne plus savoir où me mettre.

Mais il en fallait davantage pour m'arrêter. Je ne renonçais pas facilement. Je me souviens d'un camarade que j'aimais beaucoup, Cénokossoff, que nous appelions familièrement Céno. Je devais avoir quatorze ans lorsque je lui ai dit : « On va jouer *Hernani.* » Et nous l'avons fait, avec un beau succès, ma foi. J'avais de nouveau soigné mon entrée. Je pénétrais brutalement dans la chambre blanche, devant tout le parterre médusé, pour déclamer : « Le roi, le roi mon père est mort sur l'échafaud, condamné par le sien. Or quoiqu'on ait vieilli depuis ce fait ancien, pour lui, pour... »

Emporté par ma ferveur juvénile, je n'imaginais bien entendu pas un instant que j'allais monter cette pièce, « pour de vrai », à la Comédie-Française, avec tous mes camarades comédiens, près de trente ans plus tard...

III

FOLIES RUSSES

Peu à peu, le théâtre emplissait ma vie... et devenait même un moyen de séduction ! Je me souviens qu'à une époque, j'allais pour quelques sous chercher le lait d'une vieille Anglaise ; c'était à Saint-Rémy-lès-Chevreuse, à côté de Dampierre. Je devais avoir quatorze ans, et j'étais tombé amoureux fou de la fille du garde du château. Elle était belle ! Nous allions nous promener dans les bois et, pour lui plaire, j'ai monté et joué avec des copains *Les Hauts de Hurlevent*. En pleine forêt. Un vieux couple d'homosexuels, indignés par notre entreprise, croassait à chaque fois qu'ils nous voyaient :

— Vous avez les droits de la pièce ?

— Mais on monte ça en copains, pour la rigolade. On a quatorze ans, laissez-nous tranquilles !

La vieille lady nous soutenait. Chaque jour elle m'assurait avec un accent inimitable que j'étais « trop aimable ». Je m'en contentais bien volontiers, mais comme elle faisait aussi les lignes de la main, je cherchais surtout à me renseigner sur mon avenir.

— Oui, je suis « trop aimable », mais qu'est-ce que vous voyez dans ma main ?

— Oh ! Oh ! Vous ferez quelque chose plus tard, mon garçon.

— Eh bien, cela va rassurer ma mère !

Mon goût prononcé pour le théâtre n'avait en effet pas échappé à l'auteur de mes jours. Mes silences éblouis, mes regards sur les affiches et sur le temple de l'Odéon n'auraient d'ailleurs abusé personne, si l'idée m'était venue de cacher ma passion. Ma mère me voyait très bien à la Comédie-Française, institution respectable et noble qui posait son homme à tout jamais. Elle décida donc un jour de me faire donner des cours d'art dramatique chez Charles Dullin, un des plus grands acteurs du moment. Le comédien m'avait impressionné dans l'adaptation cinématographique de *L'Affaire du courrier de Lyon,* je me rendis au rendez-vous le cœur empli d'espérance.

Je ne fus pas reçu par le maître, occupé à ses leçons, mais par un répétiteur dont l'unique préoccupation consistait à obtenir de vous une effroyable dextérité dans les exercices d'élocution auxquels, semblait-il, il réduisait l'art dramatique. Sous le regard impavide de ma mère, je me retrouvai bientôt avec un crayon dans la bouche, en train d'articuler une chaîne ininterrompue de « bra, bre, bri, bro, bru », à laquelle vinrent rapidement s'ajouter la complainte du « cordier cordant voulant accorder la corde de la corde accordée... » et celle des « chemises de l'archiduchesse », le tout agrémenté de mouvements respiratoires variés, et ponctué de commandements divers. Je me serais cru à une séance de culture physique. Pour couronner le tout, le répétiteur me fit une prescription d'exercices quotidiens qui avait l'apparence, le charme et le goût d'une ordonnance médicale. Ce fut la grande désillusion. Et la révolte ! L'art dramatique, ce n'était sûrement pas cela ! Je l'affirmai avec véhémence à ma mère en lui décrétant qu'on s'était « foutu de nous » et que je ne retournerais jamais à ce cours qui n'en était pas un. Il devait y avoir d'autres moyens d'approcher le théâtre. Je ne me souviens pas si l'ardeur de mes propos me valut ou non une gifle, mais je restai ferme sur mes positions : l'avenir de la scène ne se construisait pas ici, et le mien encore moins. Cela dit, pour un temps encore, mon avenir dépendait de mes parents.

*
**

Ma mère m'a aimé, certes, mais je crois qu'elle a surtout aimé mon père. Ça passait en urgence. Elle a donné toute sa vie pour lui. L'un et l'autre m'ont appris le courage, l'abnégation, la générosité, le superflu comme l'inutile au même titre que l'absolu nécessaire. Ils m'ont aussi enseigné l'utopie et, comme j'avais déjà des tendances, je crois avoir été, pour une fois, un excellent élève... Ils se répandaient parfois en rêves éveillés, tous fantasmagoriques : ils allaient réussir, devenir milliardaires ! Et puis, à d'autres moments, c'était le désespoir absolu.

Ils me demandèrent un jour comment je faisais pour aller au cinéma si souvent avec aussi peu d'argent. Je leur expliquai alors la manière dont je m'y prenais après avoir préalablement repéré les accès et attendu que la séance en cours se termine. Les spectateurs sortent toujours au fond de la salle, par une porte qu'on ne peut pas ouvrir de l'extérieur. Il me suffisait de leur emboîter le pas à la sortie et de faire celui qui s'aperçoit tout à coup qu'il a oublié quelque chose. Je remontais alors le courant comme un saumon, et j'étais dans la place ! Pendant que l'ouvreuse prenait les tickets et s'en allait installer les nouveaux arrivants, je me réfugiais dans les toilettes. Dès que j'entendais la musique des actualités, je rentrais et j'allais m'asseoir.

J'aimais ces salles populaires où l'on rit, où l'on pleure, où l'écran se gorge de mélos, de péplums, de thrillers et de comédies musicales, où l'on découvre d'incomparables chefs-d'œuvre qui bouleversent les foules, nourrissant l'âme d'émotions nécessaires.

Mon manège ne réussissait pas toujours. Il m'arrivait quelquefois d'être pris en flagrant délit et de me faire éjecter. Cela ne m'empêchait pas de revenir un ou deux jours plus tard, en redoublant de précautions. Cette fraude mineure ne me culpabilisait pas du tout. Je prenais ce dont j'avais besoin — ou envie — et que je ne pouvais pas me payer, sans états d'âme. Je ne comprenais d'ailleurs pas pourquoi certains avaient des moyens et d'autres non. C'était un oubli, une erreur. J'espérais qu'un jour elle serait réparée et que mon tour viendrait. C'était une forme de naïveté, douloureuse par moments.

J'ai découvert l'inégalité dans le contenu des armoires personnelles de certains camarades pensionnaires. J'ai tout d'abord pensé que si l'on apportait le dimanche tant de friandises et de nourritures savoureuses à ces pauvres garçons, c'est qu'ils devaient être malades, tandis que moi, ayant la chance d'être bien portant, je n'avais heureusement pas besoin de toutes ces choses. Je l'ai cru un temps — ou j'ai voulu le croire — et puis j'ai pris conscience de la réalité. Alors, avec d'autres gamins de ma condition, nous rétablissions l'équilibre en brisant les cadenas des armoires où les nantis abritaient leur butin.

Ce sens curieux de la redistribution des biens aurait dû m'amener à une catastrophe sans nom. Un jour, en cour d'assises, des experts auraient expliqué aux jurés pourquoi cet homme assis là, sur le banc des prévenus, et dont les parents — admirables — n'avaient pas d'argent, avait mal tourné, et devait bénéficier de toutes les circonstances atténuantes pour les actes qui lui étaient reprochés. Il n'en a rien été. Hasard ? Destinée ? Je crois plutôt qu'à un moment donné, j'ai fini par admettre — on dirait aujourd'hui « intégrer » — ce que j'acceptais si mal, inconsciemment, dans ma prime enfance. À partir de ce moment, je n'en ai plus souffert. J'ai réalisé que mon père, ayant refusé toute compromission avec les Allemands, parvenait quand même à créer dans des conditions précaires, et que cet acte justifiait tous les sacrifices, y compris d'assumer l'indigence, et tous ces pensionnats qui me privaient de mes parents.

Parfois mon père venait me voir dans ces établissements variés où l'infortune me conduisait. Adorable mais étourdi, il achetait des fruits pour moi puis, distraitement, il les mangeait en route, tout surpris à l'arrivée de se trouver les mains vides... Je crois bien qu'il ne m'a jamais embrassé, non par manque d'amour, mais parce que le geste lui semblait sans doute dépourvu de signification. Il s'asseyait avec moi sur un banc et nous discutions de je ne sais quoi, du temps, de l'école, des détails de la vie quotidienne...

— Ça va ?

— Ça va !

Au bout d'un moment, il se relevait et partait. Il était venu me « vérifier », en quelque sorte, pour dire à ma mère : « Ne t'inquiète pas, il va bien, laisse tomber. » Je n'ai pas été sa préoccupation majeure. Sa vraie progéniture, c'était sa musique. Sa vie. Par la suite, il m'a dit là-dessus des choses bouleversantes.

« Le jour où j'ai commencé à faire de la musique pour bouffer, m'a-t-il avoué, je suis mort. Passer sa vie à chercher à bouffer, on se demande à quoi elle sert. » Plus tard, il m'a mieux expliqué les tourments qu'il avait connus, sa détresse, la spirale infernale du quotidien à laquelle il devait consacrer toutes ses forces. « Je me levais le matin, et pendant des années, j'ai dû courir pour vous nourrir, ta mère et toi, au yoghourt. Je faisais des cachetons, je courais, je courais, j'achetais, ça me préoccupait toute la journée. Seulement pendant ce temps-là, on ne jouait pas mes symphonies. Alors je me demandais à quoi je servais sur cette Terre. »

J'ai eu plus d'une fois l'occasion de pleurer sur ce genre de souffrance. Même quand on n'a pas faim, le fait qu'on ne fasse pas appel à vous, à vos compétences ou à vos idées est simplement terrible. Ça m'a toujours complètement bouleversé. Je sais qu'il y a des milliers de gens, artistes ou autres, qui ont quelque chose à dire ou qui voudraient au moins tenter de s'exprimer, d'exister, d'apporter, de s'insérer, sans y parvenir. Et c'est tragique ! Car lorsqu'il a trop lutté, l'homme perd le courage et la foi, en lui-même comme en l'humanité. Il n'a plus d'espérance et à ce moment-là, il faut redouter le pire. Un homme désenchanté est un homme blessé. Il redevient sauvage. La souffrance et l'injustice nous ramènent à des réactions primaires.

***

Notre dénuement à nous débouchait pourtant le plus souvent sur des situations cocasses. Un jour, avec des camarades, j'aperçois mon père rue Monsieur-le-Prince, rasant les murs, col de pardessus relevé, avec une mine de conspirateur, traversant en vitesse la rue dès qu'il arrivait à la hauteur d'une vitrine.

— Regarde ton père, me dit l'un des gamins, je suis sûr qu'il est dans la Résistance !

— Oui, il est dans la Résistance, répondis-je fièrement.

Tout excité, le garçon se met à appeler frénétiquement mon père :

— M'sieur, m'sieur !

— Chuut ! Tais-toi, le propre de la Résistance c'est de ne pas le dire, quand on est dedans.

Mon père tourne la tête, nous aperçoit et s'approche de nous.

— Alors, monsieur Hossein, lance mon camarade en prenant des airs dignes du cinéma muet, vous êtes dans la Résistance ?

— Quelle résistance ? répond mon père. Je dois de l'argent à l'épicier, au boucher, au boulanger, alors j'essaie de passer sans qu'ils me voient. Au fond, c'est vrai, c'est une forme de résistance !

Il avait des goûts étranges. Il n'aimait que les pastèques. Quand il en apportait une, les jours d'été, il coupait le dessus et il plongeait dedans. À un moment on ne voyait plus sa tête. Il était dans le fruit et quand il en sortait, il n'y avait plus rien ! Ça m'a toujours fasciné. Pendant l'opération, je me disais : « J'ai un père sans tête. C'est une pastèque ! » Et lui éclatait de rire en prônant « la politique de la pastèque en lieu et place de la politique de l'autruche ».

Il revenait toujours heureux de ces étranges voyages dans son fruit préféré. Tout en mangeant, il était allé se balader dans le pays, le village, le champ qui avait vu naître cette merveille... À croire qu'il y puisait son inspiration !

J'ai hérité de cette relation avec les produits de la nature. Le goût essentiel, pour moi, c'est le goût immédiat. C'est la groseille arrachée au groseillier, c'est la mûre des buissons au bord des chemins, c'est la fraise cueillie dans les bois, la saveur du radis tiré du sol, celle de la tomate détachée sur le plan, ce sont les noisettes fraîches prises sur les branches de l'arbre et ouvertes entre deux pierres...

Je n'ai jamais repéré avec certitude le fil conducteur de cette architecture proustienne de la sensation, c'est-à-dire là où tout commence et là où tout aboutit en nous. Je suis dans un perpétuel labyrinthe où je progresse comme le lierre, le liseron ou encore ces orties que, gamin, je voulais faire cuire pour m'imprégner de leur essence. J'aimais m'enfoncer profondément dans les fougères, les écarter de la poitrine, et marcher longtemps dans les bois que je respirais à pleins poumons. Je m'étendais sur le sol, le visage dans les feuilles de l'automne ou dans l'herbe du printemps, faisant rouler entre mes doigts la terre qui les portait.

Avec le blé, nous avions appris à faire une gomme à mâcher. Nous égrenions les épis sur la tige et nous les mastiquions ensuite, inlassablement, jusqu'à ce qu'ils forment une sorte de pâte. À un moment donné, l'illusion était parfaite, nous mâchions une gomme, véritable ancêtre du chewing-gum que les boys américains allaient bientôt nous faire découvrir en même temps que les parfums de la liberté retrouvée.

***

Parfois, chez certains Russes moins démunis que nous, nous dégustions des plats extraordinaires aujourd'hui disparus de nos tables, des recettes que seuls les cuisiniers russes émigrés connaissaient. Ils ne les ont pas transmises. Il n'y a plus de Russes à Paris pour les faire. C'est une tragédie culturelle. J'en éprouve un sentiment aussi douloureux que si l'on m'arrachait des pans entiers de mon enfance.

Il y avait ce qu'on appelait « kissill », un mets savoureux sans équivalent, une soupe de groseilles gélatineuse, un dessert sublime. Ça n'existe plus ! Il y avait « sirniki » — intraduisible — des boulettes de fromage blanc roulées dans de la farine, sortes de galettes, rissolées au beurre à la poêle, que je sais toujours confectionner. À mourir ! Ce n'est plus au menu d'aucun restaurant de France et pas davantage de Russie, où nombre de plats ont sombré dans l'oubli parce que, peut-être, ils étaient représentatifs des festins bourgeois.

J'ai gardé la passion de cette cuisine nationale traditionnelle que je mitonne encore dans les règles de l'art. Afin de la défendre, je l'ai faite à La Coupole, à l'été 2000, pour dix grands restaurateurs, venus voir s'il y avait un avenir dans cette cuisine russe à l'ancienne dont je suis un des derniers experts : côtelettes Pojarski, bortsch, desserts, Kacha — un riz aux saveurs inconnues comme ils n'en avaient encore jamais goûté. Ils étaient stupéfaits de ce qu'ils découvraient. En réalité, bien plus que des plats, aussi sophistiqués soient-ils, je leur servais des souvenirs.

J'ai toujours aimé les Russes parlant français avec un accent dont ils peinaient à se défaire. Leurs intonations, la manière de rouler les « r », leur prononciation particulière me ravissaient. J'étais et je suis encore complètement imprégné de l'âme russe, des steppes, des loups, des gâteaux russes nappés d'une couche craquante de sucre rose, de tous ces mets précieux dont je viens de parler, des concombres, des poissons, des saveurs, des couleurs, des musiques; une pluie de sensations qui m'inondent par vagues déferlantes. Je suis comme ces gueux, ces paumés que Vittorio De Sica mit en scène après guerre dans le rayon de soleil de *Miracle à Milan* : je me régénère dans la richesse des souvenirs, dans les fumets de mes origines et les fastes aux odeurs d'encens.

Ah! Les odeurs d'encens et leur cohorte de réminiscences! Dans les pensionnats tenus par les Russes, on célébrait en grande cérémonie les fêtes de Noël et de Pâques. Les voûtes des églises orthodoxes animées d'ombres mystérieuses et changeantes, saturées de parfums lourds, résonnaient de chants grégoriens. À Pâques, il y avait énormément de monde — bien plus qu'à l'ordinaire —, et surtout des vieillards. Ce regain de piété devait à mon avis beaucoup au rituel particulier de ce jour, puisque au moment où l'on proclame la résurrection du Christ, on s'embrasse sur la bouche par trois fois. Or tout au long de l'office, je voyais les vieux se rapprocher mine de rien des gamines de quinze ans et des plus jeunes femmes, qu'ils cernaient en bandes silencieuses. Ils prenaient à peine le temps de dire « Christ est ressuscité », déjà leurs lèvres se posaient. Quand la fille était belle, ces vampires revenaient à l'assaut.

— Mais vous me l'avez déjà dit!

— Ah bon, excusez-moi... Dans cette foule...

La fête ne s'arrêtait pas là. Nous allions chercher les œufs peints, dissimulés dans les fourrés des parcs de nos pensions. Les découvrir était un enchantement. Ils étaient rouges, verts, bleus, parfois tout simples, mais aussi parfois admirablement peints comme des miniatures que nous conservions dévotement.

⁂

Dès que j'en avais l'occasion, je courais chez mes parents. Je revenais toujours avec bonheur rue de Vaugirard. Je grimpais les marches quatre à quatre et je pénétrais dans le sanctuaire. Mon père jouait ou travaillait ses compositions. Ma mère buvait du thé, enroulée dans un châle. Ma mère qui menaçait de se suicider en se jetant par la fenêtre : « J'en ai assez, je ne peux plus vivre comme ça ! » Elle faisait mine de mettre son projet à exécution, puis semblait se reprendre : « Ah ! J'ai oublié de repriser la chemise. » Et le cours des choses reprenait. Un univers plein de couleurs, de poésie, de musique, de folie douce, et de dérision.

Ainsi il y eut longtemps au mur, chez nous, un portrait de Mozart et un autre de Beethoven, voisinant avec celui de mon père. Un jour, mon père dit à ma mère :

— Enlève les deux autres, ils ont emporté leur désespoir avec eux, laisse-moi seul avec le mien.

Je me souviens, pour un de ses anniversaires, de lui avoir offert un violon en chocolat. Il considéra un moment le présent et me déclara sur un ton d'évidence :

— C'est bien la première fois que la musique nourrit son homme !

Cet homme que la musique ne nourrissait pas était un maniaque de la propreté. Il se serait sans doute très bien entendu avec Howard Hughes, tant il avait la hantise des microbes. S'il venait à apprendre que quelqu'un avait eu un rhume ou la varicelle, c'en était terminé de leurs relations pour un bon moment. Il mettait l'individu en quarantaine. Lorsque mes parents étaient conviés chez des amis proches, il n'avait de cesse de s'assurer que la bonne se lavait bien les mains avant de préparer le repas. C'était une manie ! Il se plantait derrière la porte de la cuisine et il attendait, en surveillant attentivement les faits et gestes de la fille.

— Mais que fais-tu là, derrière cette porte, à guetter ? lui demandait ma mère.

— J'attends qu'elle ait fini de rincer le carrelage pour voir si elle va se laver les mains avant d'éplucher la salade, lui répondait-il à voix basse, imperturbable.

Lui-même se frottait les mains au savon une bonne trentaine de fois par jour. Ses études de médecine lui avaient enseigné l'asepsie, il la mettait en pratique...

Lorsqu'il dirigeait un orchestre, il se montrait encore plus attentif, et beaucoup plus sensible au moindre détail — fût-il accessoire — susceptible de nuire à l'harmonie absolue. On aurait dit un grand chef devant ses fourneaux, tendu corps et âme vers la réalisation subtile d'une sauce connue de lui seul, prêt aussi bien à triompher qu'à rejoindre Vatel dans le déshonneur de l'échec.

Un jour, il était dans cet état d'esprit, au pupitre d'un grand orchestre, pour la direction d'une symphonie. Au cours d'une des dernières répétitions, il fit soudain tout arrêter au bout de quelques mesures. Visiblement, quelque chose clochait.

— Messieurs, Messieurs ! S'il vous plaît ! Ça ne va pas du tout !

— Comment, maître ? Il y a une erreur dans la partition ? Il y a quelqu'un qui...

— Tsst ! Tsst ! On recommence !

L'orchestre reprit. Nouvelle interruption. Mon père frappait nerveusement de la baguette sur le pupitre et tout à coup, d'une voix de stentor, avec son terrible accent russe, il s'écria :

— Ça sent les pieds ! Ça sent les pieds ! Je vais passer dans les rangs !

Il y avait cent quatre-vingts musiciens. Le voilà donc, comme au collège, à passer dans les rangs, à pas lents, dans un silence que les grincements des lames du parquet rendaient encore plus exaspérant. L'inspection ne révéla pourtant rien, sauf en fin de parcours, quand il s'approcha du pianiste soliste.

— Mais, c'est vous !

— Eh bien oui, maître, avoua le soliste en rougissant. J'ai tout essayé, les pommades, les onguents, les poudres. Je ne sais plus quoi faire...

— Est-ce que vous avez essayé de les laver ?

— Non ! lui répondit le musicien.

La réponse se perdit dans l'hilarité générale.

⁂

Mes parents étaient très épris l'un de l'autre, mais ma mère, toute « consacrée » à son mari qu'elle fût, avait un faible pour un autre homme, un « amant de cœur », comme on disait à l'époque, à moins que ce ne soit mon père qui l'ait baptisé ainsi. C'était un grand écrivain et philosophe, d'origine persane comme mon père. Il habitait rue des Canettes, à l'hôtel du même nom. J'allais le voir assez souvent car il me donnait des leçons. Je le trouvais assis sur son lit, les jambes croisées, occupé à écrire. Il avait fait une pièce qui s'appelait *Ma chère famille,* une œuvre très originale sur les inégalités sociales. Il était également l'auteur d'un roman philosophique, *Rhapsodies persanes,* sorte d'autobiographie romanesque, l'histoire d'un instituteur persan ayant été contraint d'émigrer, que Paul Kanters tenait pour un livre admirable.

La chose la plus surréaliste à laquelle il m'ait été donné d'assister, c'était la visite qu'il nous rendait certains après-midi, dans l'appartement-grenier de la rue de Vaugirard. Il s'asseyait à la table qui trônait au milieu de la pièce, mon père se mettait à l'autre bout et ma mère restait près de la fenêtre. Mon père savait que c'était « l'amant de cœur » et, pour cette raison, il avait décidé de ne plus lui adresser la parole. Mais il avait de l'estime pour cet homme remarquable, et tenait son avis pour important. Alors il disait en russe à ma mère : « Demande-lui ce qu'il pense du troisième mouvement de ma symphonie. » Ma mère répétait docilement, en français, à son amant de cœur : « Comment trouvez-vous le troisième mouvement de sa symphonie ? » Le philosophe persan répondait, toujours en français, à ma mère : « Je trouve ça intéressant... Peut-être un peu lent au début, mais après quel admirable développement ! » Et ma mère de traduire en russe à mon père qui, bien entendu, parlait aussi bien le français que son interlocuteur. Seulement, comme il se refusait à lui adresser directement la parole, il entretenait la conversation par personne interposée. Je trouvais ça extraordinaire !

***

La vie familiale se résumait ainsi à une succession de tableaux issus d'une pièce démente. Il faut dire qu'il y avait dans notre entourage une collection de personnages qui n'auraient pas déparé sur une scène. Je pense en particulier à un intime de la famille, Iban Ibazou, qui m'impressionnait beaucoup parce qu'il était toujours vêtu de noir. On m'avait expliqué que c'était un homme qui savait des choses étonnantes. Il était répétiteur de musique à l'Opéra où mon père avait fait sa connaissance. Il côtoyait, tout comme mon père, les étoiles et les plus grands danseurs du palais Garnier. J'ai moi-même bien connu cet univers, où il m'était permis de pénétrer quand mon père y œuvrait. Schwartz ou Darsonval me prenaient toujours sur leurs genoux. Yvette Chauviré m'aimait bien et son mari, un peintre de talent d'origine gitane qui ressemblait à Clark Gable, avait fait mon portrait.

Je venais donc souvent voir cet ami répétiteur qui m'intriguait tellement dans son grand habit noir. Un jour, je sonne à sa porte sans avoir annoncé ma visite.

— Bonjour madame, je voudrais parler à Iban Ibazou.

— Oui, mais très vite, mon enfant, nous avons un deuil.

— Ah, excusez-moi, madame. Je ne savais pas. Je reviendrai une autre fois...

— Non, non, il va vous voir quand même, un instant, avant de se rendre à la cérémonie.

Et « l'homme en noir » me reçut effectivement quelques minutes.

— Ah, c'est toi mon petit ! Malheureusement, je ne peux pas te parler bien longtemps. Nous avons un deuil.

J'étais très ennuyé pour lui. Je me disais : « Le pauvre... » Je lui ai balbutié des regrets embarrassés et je suis parti, attristé.

En réalité, il ne s'agissait nullement d'un proche, ni même d'une relation. Iban Ibazou épluchait dans les journaux le carnet mondain, et notait les faire-part des enterrements qu'il jugeait intéressants, à Paris et dans la petite couronne. Il n'avait généralement jamais vu le défunt ou sa famille, mais il se renseignait sur leur compte en lisant attentivement le journal. Fort de ces renseignements précis et indispensables, il allait à l'église où il pleurait à chaudes larmes et, à la fin de la cérémonie, il présentait ses condoléances, serrait la main de la veuve et de ses proches avec quelques mots bien sentis. Personne ne le connaissait, mais tout le monde se disait que ce devait être un intime, vu la douleur qui l'inondait. Il soutenait les enfants éplorés avec un air de compassion qui lui aurait valu un prix au Conservatoire. Ensuite, il s'inquiétait de savoir où se tenait le buffet, la coutumière réception post mortem.

Une fois sur place, il se transformait en maître d'hôtel, proposant des boissons et conduisant les assistants vers les victuailles qu'il avait aussitôt analysées et mémorisées comme s'il les avait ordonnées lui-même : « poisson par ici, viande là-bas ». Bien entendu, en toute adresse, il emplissait de nourriture les cabas qu'il avait subrepticement emportés avec lui. Puis il prenait le soin de s'éclipser quand l'assistance venait à s'éclaircir, laissant le souvenir d'un homme serviable et particulièrement discret.

Quand je suis revenu le voir le lendemain de la cérémonie qui avait écourté notre entretien, on me fit savoir qu'il avait à nouveau un deuil. « C'est terrifiant, pensai-je, toute sa famille y passe ! » J'étais très inquiet. D'abord je ne savais pas qu'il avait une famille aussi importante, ensuite j'estimais qu'il n'avait vraiment pas de chance !

En revanche, on mangeait très bien chez lui. J'ai pu m'en apercevoir car de temps à autre, mes parents annonçaient : « Aujourd'hui, on va faire un petit encas chez Iban Ibazou. » De fait, notre hôte avait eu ces jours-là « un deuil » particulièrement lucratif. Il avait rapporté plein de nourriture, qui ne pouvait pas se garder une éternité. Ces soirs-là, il y avait bien une dizaine de personnes à partager le repas. On entendait parler de Dostoïevski, de Tolstoï, on philosophait, on évoquait le tsar... Tout en me régalant, je me demandais comment les Ibazou pouvaient faire pour tenir ainsi table ouverte, alors que par ailleurs ils n'avaient pas un rond.

Finalement, j'ai compris le manège de l'homme en noir. Et j'en ai tiré parti ! Je me renseignais sur les jours où il avait un deuil, et je ne manquais pas de lui rendre visite, parce qu'il faut être honnête, nous n'avions pas toujours de quoi manger à la maison. Je me suis d'ailleurs aperçu peu à peu que tous les amis d'Iban Ibazou profitaient de ses largesses. Il passait pour un héros. On le félicitait.

Il nous disait parfois :

— Je suis obligé de prendre des médicaments pour les yeux. Je pleure trop !

Et Dieu qu'il savait pleurer ! Il répétait devant la glace. Il prenait des airs compassés, puis profondément affligés, et les larmes jaillissaient. On aurait dit un personnage sorti tout droit d'un roman de Dostoïevski. Il adorait jouer la comédie et ne résistait pas à essayer ses effets sur moi. Il lui est arrivé de m'accueillir avec une voix d'outre-tombe, me laissant à penser qu'il était à la dernière extrémité.

— Oui, mon petit... Comment vas-tu ?

Ça marchait à tous les coups. Je m'affolais : « Mais qu'est-ce que vous avez, Iban Ibazou ? »

— Rien ! Je t'impressionne n'est-ce pas ? Eh bien, j'essayais !

Et il partait d'un grand éclat de rire.

— Tu vois, j'essayais pour juger de l'effet produit. C'est important, parce qu'il ne faut pas dépasser la mesure. Tu comprends ? Il ne faut pas en faire trop !

J'admirais sa conscience professionnelle.

Il y avait autour de nous bien d'autres Iban Ibazou, tout aussi extravagants, mais, pour moi, parfaitement normaux. J'ai toujours vécu avec des dingues. Il y a toujours eu autour de nous des marginaux et des gens complètement hallucinants. Je ne disais pas qu'ils étaient dingues, d'ailleurs. Juste des originaux. C'étaient les autres, les emprisonnés de la norme, qui me paraissaient dingues. J'avais le sentiment angoissant qu'ils vivaient pour rien !

*
**

Je n'ai jamais réussi à me débarrasser de mon enfance. Elle a marqué ma vie définitivement parce que, sans en avoir conscience, alors que je pensais me perdre, elle me construisait. J'ai découvert très tôt que « même pleurer solitaire mène à quelque chose ». L'enfance fut pour moi la plus grande et la meilleure préparation au désir de création ; toutefois je ne suis pas certain d'être devenu un adulte à la hauteur de l'imaginaire de ses jeunes années. Quant à l'autre dimension, celle de l'éthique personnelle et de la vision du monde, je la dois à mes parents — malgré leurs absences —, en particulier à mon père. Il n'avait pas le goût des sermons, pourtant. Pour m'inciter à l'action, ou à la réflexion, il préférait les contes, les paraboles, les histoires exemplaires. En ces temps de l'Occupation où la lâcheté, la peur et le manque de discernement pouvaient coûter la vie aux imprudents, il m'avait raconté une fable salutaire.

« Des brigands avaient jeté leur dévolu sur une famille et violé la fille. On dit au père :

— Dis quelque chose, fais quelque chose !

— Non, non, non ! Je veux voir jusqu'où ils iront !

Les brigands se jettent alors sur la mère à qui ils font subir les pires outrages.

— Et alors ? Tu te décides à faire quelque chose ?

— Non. Je veux voir jusqu'où ils iront.

Les violeurs attrapent les autres membres de la famille et les tuent un à un. Le père ne réagit toujours pas.

Les tueurs l'attrapent à son tour, et l'assassinent. Juste avant de mourir, il a la force de murmurer :

— Je veux voir jusqu'où... »

— Lève-toi, me dit-il un jour, et regarde bien autour de toi, il peut y avoir un trésor. Si tu vois quelque chose qui dépasse, tire, mais fais attention !

« Un jour, un renard se baladait comme ça dans un bois. Tout à coup il voit un bout de queue qui dépasse d'un épais buisson. Le renard se dit : "Ça y est, je tiens mon repas !" Il tire, mais ça ne vient pas. "Alors là, se dit-il, c'est vraiment le trésor", et il se met à tirer de plus belle. Pour être sûr de ne pas lâcher sa proie, il s'attache la queue à ce qui dépasse et il re-tire, de toutes ses forces. Cette fois, le chameau qui se reposait à l'ombre du buisson se lève.

Voilà, le pauvre renard ballotté, attaché et incapable de se défaire. Sentant ces mouvements désordonnés, le chameau prend peur et s'enfuit. Le loup, voyant le renard dans cet équipage singulier, lui crie au passage :

— Oh, cousin, nous avions rendez-vous. Où allez-vous ?

— Ah, c'est que je me suis lié avec les grands...

— Oui, mais... Où allez-vous ?

— À la tannerie ! »

C'était, je crois, la manière la plus adroite qui soit de me mettre en garde contre l'illusion de certaines fréquentations, quand on est un tout jeune garçon, à une époque plus que troublée.

Pour affermir mon caractère et m'apprendre qu'on ne pouvait plaire à tout le monde, il me raconta l'histoire des paysans qui regardent passer un singulier trio :

« Un âne, un enfant et un vieillard allaient leur chemin. Le vieillard était monté sur l'âne et, au passage, les gens disaient :

— Mais quelle honte ! Regardez ce pauvre âne, on a mis le vieillard sur son dos et l'enfant marche à pied !

Alors on a fait descendre le vieillard et on a mis l'enfant à sa place. Mais un peu plus loin, un groupe de badauds s'indigna.

— Mais quelle honte ! Cet âne porte un enfant, alors qu'il y a un vieillard qui marche à côté !

Alors on a fait monter le vieillard sur l'âne qui portait déjà l'enfant, mais à leur tour d'autres protestèrent.

— Mais quelle honte ! Regardez, on a mis le vieillard et l'enfant sur ce pauvre âne qui n'en peut plus !

Alors on a mis l'âne sur le dos de l'enfant et du vieillard. À un moment donné, ils sont tombés tous trois dans la rivière et se sont noyés. »

En d'autres termes, quoi qu'on fasse ou qu'on

entreprenne, il faut agir en conscience, sans être obsédé par le jugement des autres. Lors de mon arrivée à Reims, quand j'avais tout le monde — ou presque — contre moi, j'allais me souvenir de cette fable.

Mon père me fit aussi comprendre très jeune que la plus belle chose que l'homme était appelé à vivre sur terre s'appelait l'amour. Et cela, toujours par le truchement de contes philosophiques qui ont pénétré jusqu'au fond de mon cœur et que j'ai tenté de mettre en pratique par la suite.

« Le roi se mourait. Tous ses chevaliers étaient autour de lui. Les médecins s'avouaient impuissants. On envoya alors les chevaliers aux quatre coins du monde pour chercher un remède qui permettrait de sauver leur souverain. Ils allèrent partout, rencontrèrent tous les guérisseurs et tous les hommes-médecine de la planète, mais en vain. Ils encoururent mille dangers, ils affrontèrent mille combats. Presque tous perdirent la vie et les survivants, défaits, désespérés, revenaient les mains vides. Perceval fut de retour le dernier. Lui non plus n'avait rien trouvé, mais il s'agenouilla au chevet du roi et lui dit du fond de son âme la seule parole qui restait en lui : "Je t'aime." Et le roi guérit aussitôt. »

« Un homme marchait dans le désert, en haillons, couvert de vermine. Le roi, magnifique dans son équipage, le vit passer en si triste état qu'il s'en inquiéta et l'interpella.

— Mais que fais-tu ainsi, accoutré de la sorte ? Où vas-tu donc ?

— À la recherche d'un trésor, répondit l'homme.

— Quel trésor ? Il n'y en a pas de plus considérable que tout ce que je possède !

— Si. Il en est un beaucoup plus considérable, sinon je ne serais pas en train de marcher dans cet état.

— En es-tu sûr ?
— Oui.
— Et tu es sur le point de le trouver ?
— Oui.
— Alors j'abandonne tout et je te suis. Mais prends garde, si tu m'as trompé je te ferai couper la tête !

L'homme se tait. Alors le roi le rejoint et tous deux prennent la route. Ils marchent, ils marchent, ils marchent, par tous les temps. Au fil des jours, le roi prend un air aussi misérable que celui de son compagnon de route. À bout de force et de patience, il finit par s'arrêter et lui dit :

— Maraud ! Tu m'as trompé. Où est le trésor ?
— Excuse-moi. Il y a longtemps que je l'ai trouvé...
— Mais où est-il ? Quel est-il donc ?
— Il est là. C'est toi ! »

***

Je n'ai malheureusement pas assez profité de ce conteur moraliste. Il a fait des musiques admirables. Sur ce plan-là, je l'admirais profondément. Ensuite, il a oublié d'être père parce qu'il n'avait pas le temps, et pas les moyens non plus, de remplir ce rôle, mais il ne m'a jamais abandonné, au bout du compte. Je l'ai compris bien après l'enfance, quand j'ai eu moi-même des enfants. Il n'est pas certain que je sois parvenu à faire mieux que mon père avec eux. J'ai dû leur manquer, et ils m'ont manqué tout autant. Je m'en suis expliqué avec eux. J'ai mis en parallèle la passion de mon père pour la musique, et la mienne pour le théâtre. Mais ce n'est pas une excuse, ni sans doute une consolation. Rien ne comble l'absence. Or je fus, moi aussi, un père absent...

IV

LES VOYOUS

La quiétude de la rue de Vaugirard n'était troublée au matin que par le bruit des bottes allemandes et par des ordres brefs aux accents gutturaux, lorsque les aviateurs logés à l'hôtel Trianon descendaient au Sénat en chantant « Ai-i Ai-o ». La nuit se révélait plus dangereuse. Les miliciens en uniforme noir quittaient leur casernement voisin pour sillonner le quartier. Ils traversaient la rue Monsieur-le-Prince, la matraque au côté, le béret sur l'oreille, armés de pistolets-mitrailleurs. Ils patrouillaient avec des chiens par groupes de quatre ou cinq, à la recherche des jeunes provocateurs, les « zazous », et des intellos nihilistes. Ils opéraient fréquemment des contrôles d'identité dans les cinémas du quartier comme le Boul'Mich ou le Latin, où se réfugiaient ceux qui tentaient de leur échapper.

J'étais loin de saisir la portée du drame qui se jouait dans les états-majors, de cerner les choix de ceux qui acceptaient le régime de Vichy, les engagements de ceux qui résistaient. Je m'efforçais de me tenir à l'écart de la milice mais sans véritable conscience du danger. Rien ne pouvait m'empêcher de me couler dans les salles obscures.

J'ai fait mes véritables humanités dans ces lieux magiques où j'aurais pu conquérir sans problème les médailles et les prix que l'on me refusait ailleurs. Je savais tout du cinéma. Il fallait bien que je fusse doué au moins pour quelque chose. J'avais péniblement obtenu mon certificat d'études à quatorze ans, il n'y avait pas de quoi se vanter...

Mes parents s'obstinaient néanmoins à vouloir me donner une éducation « convenable ». Ils réussirent par je ne sais quel miracle à m'inscrire au lycée Henri-IV, un établissement réputé, à quelques minutes de la maison, derrière le Panthéon, et fréquenté par des élèves appartenant aux classes les plus aisées de la société. Une fois là, j'étais sans doute censé devenir un petit génie des mathématiques et autres disciplines plus hermétiques pour moi les unes que les autres. Malheureusement, ma nature s'opposait totalement à ce programme. Dès que j'en avais le loisir, je rôdais aux alentours du théâtre du Vieux Colombier où je commençais à avoir mes entrées. C'est tout ce qui m'intéressait. Je traversai distraitement les trois premiers mois, au grand dam de mes professeurs. Et dès le deuxième trimestre, je fus fermement invité à aller poursuivre mes études ailleurs.

J'avais tout juste eu le temps de me faire un disciple, « Clarence », un garçon extraordinairement brillant, d'une culture prodigieuse qui, par solidarité, réussit l'exploit de se faire virer en même temps que moi malgré ses dons évidents. Il était d'origine italienne et s'appelait en fait Robert Zénerino. Sa mère vendait des fleurs aux Halles. Il avait une sœur ravissante et poussait l'amitié jusqu'à être né le même jour, la même année que moi. Nous allions bientôt nous retrouver et ne pratiquement plus nous quitter.

En attendant, j'écumais les surprises-parties. J'étais mélancolique, triste et vaguement désespéré. Je buvais un petit coup, puis j'allais m'enfermer dans les toilettes pour méditer. Je ressortais et je me remettais à boire, jouant à m'enivrer, suffisamment énigmatique pour intriguer une jeune femme en mal de je ne sais quoi, dont je me lassais bientôt. Le personnage du ténébreux devint vite un rôle à ma mesure. Il m'amusa un temps.

Mes exploits scolaires me valurent de réintégrer l'univers familier de Verrières-le-Buisson. Fin août 1944, je vis passer dans la grande rue, avec un bruit effroyable, des véhicules marqués d'une croix de Lorraine et des hommes en uniforme que je ne connaissais pas. Les gens applaudissaient et poussaient des cris au passage de ce qui s'avéra être la 2e DB de l'armée Leclerc. Les F.F.I. [1] étaient partout. Des hommes portant brassard investissaient les bâtiments publics. Bientôt, ils firent irruption dans notre pensionnat. Je n'étais pas rassuré. Pourtant, ils étaient porteurs d'une grande nouvelle : nous étions libres ou, plutôt, la France était libre... Le portrait de De Gaulle remplaça aux murs celui de Pétain. La Libération eut pour effet d'ouvrir les portes de la cage. En quelques jours, chacun était rentré chez soi. Il n'y eut bientôt plus un élève et la pension fut fermée.

À la maison, ma mère pleurait son frère, fusillé par les Allemands pour faits de résistance, un garçon sublime qui s'appelait Lova — c'est-à-dire « amour ». Il était entré dans la Résistance par amour pour une Hollandaise rencontrée pendant la guerre. J'avais été touché par la mort de cet oncle, libraire de profession, un garçon jeune et beau comme pouvait l'être Charles Boyer à l'époque, ou comme l'est aujourd'hui Vincent Perez, dont la ressemblance avec mon oncle m'a toujours ému.

Le sens des combats, la Résistance, les maquis, l'arrestation de Jean Moulin, la déportation, les camps de la mort, tous ces événements dont j'avais entendu parler sans les voir ni les vivre commençaient à prendre une signification pour moi. Pour-

1. F.F.I. : Forces françaises de l'intérieur.

tant, le retour à la paix ne changea pas grand-chose à notre existence. Mes parents étaient encore plus pauvres qu'avant-guerre, mais toujours aussi fatalistes.

Mon père déclarait à qui voulait l'entendre : « Pas de problèmes de souffrance, autre que morale, pendant la guerre. Avant-guerre : yaourt ; pendant l'Occupation : yaourt ; après-guerre : yaourt ! Pas de souci ! Caviar or not caviar it is not the question ! »

En effet, la question ne s'est jamais posée. Je trouvais cela plutôt drôle, jusqu'au jour où mes parents ne purent vraiment plus assumer financièrement la suite — inutile — de mes classes et où je me retrouvai « libre », moi aussi, plongé sans y être préparé dans le monde des adultes.

***

Mes parents avaient trouvé une ferme, près d'Orléans, qui acceptait de prendre un pensionnaire. Je sautai sur l'occasion pour passer un été campagnard avant de me lancer dans une vie parisienne dont j'ignorais tout, et même la façon dont je l'aborderais.

Un couple et trois enfants faisaient vivre l'exploitation. Le travail ne manquait pas. Je m'entendis tout de suite très bien avec mes hôtes car je mettais la main à la pâte sans rechigner à la besogne. Je me levais tôt et me couchais avec les poules. Je me familiarisai rapidement avec les activités de la ferme, les vaches, leurs habitudes, la manière de les traire, de les garder aux champs, de mettre le fourrage dans l'étable, de nettoyer les litières... Mario David, un acteur cascadeur yougoslave aujourd'hui disparu, pour lequel j'éprouvais une grande amitié, est venu me rejoindre un moment. Il m'accompagnait dans la campagne, nous parlions de ce que nous aimions. Diane, la chienne, connaissait bien son métier. Elle tournait autour du troupeau avant de revenir dans nos jambes. Mario l'appelait en criant : « Diane, amène, Diane, amène ! » L'été avançait...

À l'époque, les moissons se faisaient encore en mettant le blé en gerbes ; on serrait celles-ci avec un lien et on les balançait sur la charrette. Là-haut, debout sur les gerbes, un gars les réceptionnait. Puis on conduisait la charrette jusqu'à la batteuse. Le manège continuait jusqu'à ce qu'il n'y ait plus une seule gerbe à ramasser. Tout le monde travaillait avec ardeur et chacun attendait le moment de passer à table pour manger à sa faim et boire à sa soif, avant de faire la sieste dans une meule.

C'est dans cette ferme que, à l'âge de dix-sept ans, j'ai écrit une nouvelle, *Arthur ou le journal d'un jeune voyou,* que j'allais bientôt adapter et qui allait devenir ma première pièce de théâtre : *Les Voyous.*

⁂

De retour à Paris, je me mis à traîner à St-Germain-des-Prés, sans but précis, en proie à des accès de désespoir profond. Je n'avais aucune idée du lendemain, et aucune envie de faire quoi que ce soit, mais j'étais farouchement déterminé à survivre coûte que coûte. Je vécus seul quelque temps, rue des Canettes, à deux pas de Saint-Sulpice. Ma logeuse me bourrait de soupe aux haricots pour que je tienne le coup. J'étais désormais livré à moi-même, réduit à vivre aux crochets des uns et des autres. À dire vrai, je n'étais pas sur une très bonne pente. Mes fréquentations me ressemblaient. Privé de l'assistance familiale, je m'enfonçais doucement.

Mais la providence veillait. Un soir, je fis la connaissance de Germain, un graveur de la rue du Temple. Il se prit d'amitié pour moi. Au premier coup d'œil, il jugea de mon état et me recueillit un temps dans son appartement. J'étais censé l'aider, en fait il m'initia aux belles-lettres. Il avait une immense bibliothèque dans laquelle je passais mes journées entre Aragon, Hugo, Apollinaire, Breton et Rilke. Germain m'a guéri de ma dépression en me tirant de l'ignorance. Je m'en retrouvais tout exalté. J'allais pouvoir mêler ma voix au concert. Je me trimbalais d'un groupe à l'autre, imbu de mes nouvelles connaissances. Je parlais trop haut et trop fort. Le vernis était encore bien frais, mais personne ne semblait s'en rendre compte. Je faisais mes armes comme un nouveau Rastignac. Je m'enlisais dans des liaisons plus ou moins éphémères, mais je gardais l'œil exercé du chasseur, que ce soit pour les femmes ou pour ceux aux basques desquels je sentais pouvoir m'accrocher quelque temps.

Saint-Germain devenait ma vie, mon espace, ma joie, mon espérance. J'eus tôt fait d'identifier les différents groupes qui s'étaient formés au gré des rencontres, et particulièrement ceux des intellectuels, que la Libération avait fait surgir comme des champignons après l'averse. Je me rendais familier dans un clan comme dans l'autre. J'entendais tout, des théories, des vérités, des mensonges. On refaisait le monde. J'écoutais, je contemplais, j'étais avide de sensations. Je côtoyais Sartre, Genet, Vailland et leurs disciples sans bien me rendre compte, au début, de ce qu'ils représentaient.

J'ai vécu comme ça, longtemps, dormant ici ou là, chez qui m'accueillait. J'ai rencontré des figures étonnantes. Je revois encore Paul Gilot, un célèbre dessinateur de bandes dessinées qui habitait à l'Hôtel du Vieux Colombier. Il m'enchantait par ses trouvailles et son sens de l'humour. Je crois qu'il boitait un peu, tout comme Corbassières qui arrivait toujours au Flore dans des voitures hallucinantes, couvert de filles toutes plus belles les unes que les autres, créant à lui seul une effervescence bruyante, faite de rires et de charme. Gabriel Pommerand crachait déjà ses poumons. Lui aussi faisait partie du clan des boiteux que j'allais moi-même rejoindre, vingt ans plus tard, en interprétant le sulfureux comte Joffrey de Peyrac pour les beaux yeux d'Angélique, marquise des Anges. Il faut croire que boiter solitaire mène à quelque chose...

Isidore Izou, poète surréaliste et philosophe que j'admirais profondément, tenait d'interminables discours à la troisième personne : « Izou a dit, Izou pense que, Izou demande... » Nous avions souvent rendez-vous au Carrefour, à côté du Vieux Colombier, un café cher à Zola, où les deux filles du patron, blondes et belles, avaient fini par devenir de pures intellectuelles tant l'imprégnation des lieux par les esprits remarquables qui s'y étaient succédé était porteuse d'intelligence.

Je baignais avec délices dans cet univers fabuleux. Je rencontrais souvent Cossery, l'auteur de *Mendiants et orgueilleux, Les putains meurent toujours l'hiver, La Maison de la mort certaine.* Il faisait partie des piliers de St-Germain-des-Prés, avec Jean Museli — jeune comédien qui plus tard mit fin à ses jours —, l'ami de l'écrivain et philosophe Gabriel Marcel, lui-même à mille lieues d'imaginer qu'il serait un jour membre de l'Institut. Je m'intéressais aux interprètes féminines de Sartre, que je trouvais fascinantes : Olga Dominique, créatrice des *Mouches,* et Marie Olivier, sa sœur, créatrice des *Mains sales.* Je fis la connaissance de Charles Denner, qui débutait, et nous devînmes assez proches. Je traînais mes guêtres, réussissant à me faire partout des amis ou de bonnes relations. Le temps était venu de me lancer.

J'ai commencé à fréquenter les cours d'art dramatique. Émile Dars, le directeur de l'école du Vieux Colombier, ne croyait ni en mes dons, ni en mon courage. Je le déroutais par ma façon d'être, et par ma paresse. Il me voyait toujours arriver à ses cours avec un air de profonde lassitude. Pour lui, il était clair que ma vocation était le fruit d'une illusion et que plus tôt j'envisagerais un autre métier, mieux ce serait pour tout le monde. Je ne l'écoutais pas et me laissais emporter par tous les courants romantiques dont mon âme se nourrissait au passage. J'étais excessif, j'étais médiocre, et comme le disaient mes camarades, à moi seul j'en faisais autant que « les chargeurs réunis »...

Un professeur, Tania Balachova, m'a fort heureusement un peu dégrossi. Contrairement à Émile Dars, elle me faisait confiance, bien que je ne corresponde absolument pas aux critères de l'époque, ce qui, pour un jeune comédien, signifiait en principe le renoncement à toute ambition de tenir un premier ou même un second rôle. Mais Tania semblait croire à mon personnage. Je lui dois de ne jamais avoir cherché à ressembler aux autres. Sans l'intuition de son âme slave, je me demande ce que je serais devenu ! Elle m'appréciait avec lucidité, tout en déplorant mon goût immodéré de la déclamation poétique.

Après cette première expérience, je fis un bref passage au cours de Maurice Escande où enseignait Mme Dussane, mais ce n'était pas ainsi que j'envisageais le théâtre, prisonnier ici d'un carcan de conventions à mille lieues de l'épanouissement dont je rêvais. C'est dans cet état d'esprit critique que je m'inscrivis chez Simon.

— Tu es un dilettante et un amateur très doué, et même super doué, mais tu t'en fous. Tu profites du moment. Tu vis de l'instant. Tu es plus préoccupé de savoir ce que tu vas bouffer à midi chez machin que de suivre la ligne de Péguy ou de Proust.

Et c'était vrai ! René Simon, qui était professeur au Conservatoire et dispensait un enseignement complètement nouveau dans son propre cours, s'adonnait à sa passion de découvreur de talents et de formateur. Remarquable pédagogue, il savait pousser chaque élève dans ses retranchements et lui faire donner le meilleur de lui-même avec des mots simples. Il aimait à surprendre et ne résistait pas au plaisir de désorienter les nouveaux avec des affirmations pour le moins contradictoires, comme celle-ci à laquelle il tenait beaucoup : « *La Mort du loup,* ne l'oubliez jamais, est un poème gai ! »

Le buste de Molière trônait dans l'entrée de son cours et il n'était pas rare qu'un nouvel élève, à un moment ou à un autre, aille fumer à cet endroit, histoire de se détendre, ce dont se gardaient bien les anciens qui ne se privaient pas de rire quand on entendait Simon, faisant mine d'être hors de lui, gueuler à pleins poumons en fusillant le coupable du regard : « Et il fume sous Molière ! » Le coupable en question rougissait, balbutiait des excuses en écrasant sa cigarette et cherchait à se faire oublier.

Je me suis tout de suite senti très heureux dans cette ambiance. J'étais au cours Simon comme chez moi. Je m'y suis d'ailleurs tellement bien senti que j'y suis resté près de huit ans... J'étais devenu un pilier de cours, presque une institution, ce qui me valait un certain nombre d'avantages non négligeables de la part des étudiants de première année qui me demandaient des conseils. On venait me consulter, parce que j'avais l'air de savoir et que Simon me citait en exemple chaque fois qu'il me faisait donner ma scène fétiche. J'interprétais Lenny, un personnage, plein de tendresse mais déséquilibré, dans la pièce de John Steinbeck *Des souris et des hommes,* que Marcel Duhamel venait de traduire pour Gallimard.

Je recevais donc les nouveaux élèves venus me demander quelques éclaircissements avec des « oui, mon petit, mais pas tout de suite... », et je faisais toujours en sorte de dispenser mes lumières à l'heure des repas ou à des moments où je pouvais profiter de quelque chose. On ne partait d'ailleurs jamais sans me laisser la pièce. D'un geste large, je faisais comme si cela n'avait aucune importance : « Mettez cela là-bas, merci. »

Je partageais sous les toits, avec mon ami Studer, une chambre de bonne qui n'était pas sans me rappeler le « grenier » de mes parents. Nous l'avions trouvée dans l'immeuble du café Villars — aujourd'hui remplacé par un magasin de fleurs — à l'angle du boulevard des Invalides et de l'avenue de Villars, à deux pas du cours. L'adresse était notre seul luxe car le mobilier se révélait des plus succincts : un sommier et un matelas. Studer prenait le sommier et je dormais par terre sur le matelas. Nous nous partagions l'unique couverture...

Très rapidement nous avons décidé de donner des leçons afin d'améliorer notre ordinaire. Nous écoutions le cours de Simon et nous allions aussitôt le resservir.

Justement, au café Villars, où je passais des heures devant une pile de soucoupes — tandis que ma note s'allongeait désespérément —, Ségard, un des garçons de café, rêvait de faire du théâtre. Nous nous mîmes d'accord avec lui et chaque jour, avant ou après son service, il montait nous voir dans notre chambre.

— Je viens pour ma leçon.

— Très bien ! Alors aujourd'hui, nous allons travailler l'improvisation : le café !

— Comment ça, messieurs, le café ?

— Vous allez nous faire voir comment vous servez le café sur scène, comment vous « improvisez » le café.

— Vous avez du café ?

— Non. Descendez au bistrot, allez le chercher.

Ségard allait chercher le café qu'il remontait sur un plateau, avec des croissants et des tasses.

— Maintenant, vous nous servez. On va voir si vous conservez ce naturel que vous avez dans le bistrot en bas.

Notre apprenti comédien nous servait alors le café, odorant et fumant.

— Bravo ! Vous avez un naturel extraordinaire !

Vous avez réussi une juste transposition entre ce que vous faites dans la vie et ce que vous venez de faire, ici, pour jouer. Vous êtes très doué.

— Merci. Je vous dois combien, messieurs?

— Mille francs!

Nous l'avons fait travailler ainsi quelque temps, jusqu'au jour où nous décidâmes de lui faire aborder les classiques. Il a commencé en récitant « La Grèce en ma faveur est trop inquiétée... » Et là, ce fut catastrophique. Cependant le véritable désastre, au fil des jours, fut que nous-mêmes devenions mauvais à son contact. Il finissait par nous faire parler faux! Nous avons dû cesser nos leçons par ailleurs fructueuses.

Nous allions à gauche, à droite, pour déjeuner ou dîner, mais j'avais instauré une règle de conduite très stricte à laquelle nous nous conformions. Je disais toujours : « On peut aller où l'on veut pour bouffer, sans aucun scrupule. Mais si nos hôtes deviennent familiers, il faut se méfier. Et à quoi reconnaît-on que des gens qui vous invitent deviennent familiers? C'est lorsque, sur le plateau de fromages, il n'y en a plus que quatre au lieu de cinq! »

Grâce à Simon, nous avions pu mettre sur pied une remarquable organisation qui nous permettait de nous faire inviter chaque jour, sans passer pour autant pour des pique-assiettes. Simon nous donnait la liste des filles du cours qui avaient de l'argent et qui étaient destinées à faire une carrière de comédienne comme nous à vendre des moules. Mais bon. Elles s'instruisaient : on ne pouvait pas les en blâmer. Simon nous désignait pour leur donner la réplique. Et Studer me renseignait sur les situations de famille. En fonction de ça, je proposais aux jeunes filles, par l'intermédiaire de mon ami — nous étions alors exactement dans les mêmes rapports qu'entretenaient Iago et Othello —, de leur donner des leçons.

— Voilà... J'ai contacté mademoiselle Untel... Une bonne table... Très bonne situation de famille. On peut y aller!

— Ah! disais-je, intéressant!

À ce moment-là, nous nous faisions amener la jeune fille, un peu troublée d'être confrontée à des anciens que Simon semblait tenir en si grande estime.

— Qu'est-ce qu'il y a, mon petit?

— Voilà, j'aimerais jouer cette scène et j'ai besoin d'une réplique...

— Viens, mon petit, je te donnerai la réplique et je te monterai ta scène!

Dès que la scène était prête, je la passais en faisant pas mal d'effets pour impressionner mon élève.

À partir de là, on pouvait se présenter dans la famille. On arrivait juste à midi, à l'heure du déjeuner parce que, comme par hasard, on n'était pas libres avant.

— Excusez-nous. On est venus un peu tôt.

— Non, non. Restez donc!

Nous profitions joyeusement du très bon repas, en faisant preuve de conversation et d'esprit afin de laisser le meilleur souvenir possible. Ensuite, nous allions travailler. Travailler si bien qu'au moment de nous quitter, la jeune fille disait immanquablement :

— On continuera demain?

— Ah, non! Demain, nous ne sommes pas libres. Demain, nous avons d'autres cours, disais-je en me tournant vers mon camarade qui acquiesçait d'un air désolé.

— Mais vous êtes libres quand?

— Je ne sais pas, mademoiselle. Dans une semaine peut-être.

— Si long que ça?

— Écoutez...

Le lendemain, on allait chez une autre. Il fallait

veiller à ce qu'il y ait toujours au moins six noms de disponibles sur la liste. Jacqueline, Hélène, Françoise, Marie : chaque prénom était associé à un jour de la semaine. Et chaque élève avait droit à des avertissements spécifiques.

— Attention mon petit. Un peu plus fort, un peu plus... Voilà ! Comme ça, c'est mieux...

Si bien qu'à midi, nous nous retrouvions toujours à table, en faisant très attention, néanmoins, à ne pas devenir « familiers ». Ce qui permettait aux parents de dire : « Quels charmants garçons, ils n'en profitent pas ! »

Nous revenions huit jours plus tard. Et quand au bout de quelques mois, nous nous apercevions qu'on ne nous recevait plus qu'à la bonne franquette, nous laissions tomber !

Pour me valoriser, Simon disait souvent : « Mais c'est pour toi que je donne ce cours ! » Rien n'était moins vrai, mais ça contribuait à me poser davantage aux yeux des plus jeunes. En fait, je dormais souvent pendant les cours, écroulé entre les garçons et les filles, à même le sol, pendant que René Simon se démenait pour faire jaillir les talents.

À la fin de l'année, quand il en avait assez de nous avoir portés, soutenus, avec un acharnement sans faille, afin de donner à ceux qui en avaient le tempérament une chance de sortir de l'anonymat, le verdict tombait. « Il n'y a que quatre ou cinq sur les trois cents que vous êtes qui feront quelque chose... »

On en pleurait !

Il faut croire qu'il avait quand même un don particulier pour révéler les talents, car je me souviens avoir entendu cette apostrophe en compagnie de François Périer, Pierre Mondy, Philippe Lemaire, Jean-Claude Pascal, Claude Gensac, Philippe Nicaud, Nicole Courcel, François Chaumette, et Jacqueline Maillan. Entre autres...

Je ne payais pas mes cours. C'était le privilège de ceux qui n'avaient pas d'argent mais possédaient aux yeux de Simon un semblant de quelque chose et qui sortaient de l'ordinaire. Il aimait avoir ses « piliers » de cours, qui passent toujours la même scène, mais qui font gros effet. C'était une bonne publicité pour l'école. Je faisais partie de ces immuables. Et Simon continuait de me donner les fameuses listes qui nous permettaient, à Studer et à moi, de nous assurer au moins un repas convenable par jour.

— Va donner des répliques, me disait-il. Enfin, rends-toi utile !

J'ai vécu d'expédients sous l'œil attendri de Simon. Je me singularisais de toutes les manières et ça le faisait sourire. Naturellement j'étais tombé fou amoureux d'une fille de famille ravissante à la beauté parfaite qui s'appelait Danièle Godet. J'allais lui donner des répliques, rempli d'émotion.

Simon était un être exceptionnel et rare. Il croyait beaucoup en moi. Très tôt, des gens de métier ont cru en mon avenir, alors que je n'avais aucune confiance en moi. Quand je regardais les autres, je ne pouvais m'empêcher de me considérer comme le vilain petit canard de la portée. Je n'avais ni la voix, ni le physique, aucun atout. Les jeunes premiers étaient bon chic, bon genre, bien nourris et bien habillés, l'air sûr d'eux-mêmes. Moi je ressemblais à un vagabond. Il n'y avait rien, cependant il y avait quelque chose de différent. À conserver. C'est dans cet esprit que Tania Balachova m'avait dit un jour : « Ne fais pas le con, ne gâche pas ta chance. »

***

La première pièce dans laquelle j'ai joué, *Les Imaginaires,* n'a pas eu le temps de me laisser un souvenir impérissable : trois représentations seulement au théâtre Iéna. Heureusement que Geneviève Page faisait partie de l'aventure...

Après cet échec, je suis allé rôder du côté du théâtre du Vieux Colombier. Son propriétaire possédait la Cave du même nom où jouaient Sidney Bechet et Claude Luter. Il s'appelait Badel. Il est le père du réalisateur bien connu de la télévision, et c'est à lui que j'ai donné lecture de ma première pièce, *Les Voyous*. Un calvaire ! Je lisais, le nez dans mon manuscrit, lorsque soudain j'ai entendu un ronflement. Je me suis dit que tout était perdu, mais pour sauver l'honneur, toujours sans lever les yeux, j'ai poursuivi ma lecture. À un moment, l'administratrice du théâtre, une jeune femme ravissante, me fit un signe discret, me montrant du doigt le boxer couché au pied du maître. C'était lui qui ronflait ! À la fin de la lecture, Badel m'a dit qu'il prenait la pièce. J'étais fou de joie.

On a donc monté *Les Voyous* avec Chauffard qui avait créé *Huis clos* (il faisait le valet), Gérard Darrieux, Jean Museli, Charles Denner, Mouloudji et l'inénarrable Jean Lefebvre. On était une quinzaine, avec Jacques Noël, le décorateur, qui ajoutait une touche de tendresse et de poésie formidable. Claude Martin avait fait la mise en scène.

C'est l'histoire d'une bande de jeunes délinquants qui rêvent de faire une cité pour tous les déshérités, tous les paumés du monde entier. Pour commencer à donner corps à leur rêve, ils achètent une vieille cabane à un vieux dodo, en échange d'un autobus désaffecté qu'ils viennent de voler. Et dans cette cabane, il y a leur rêve, le premier symbole d'une cité de l'espérance. À partir de ce moment-là, toute la bande travaille dans ce but. Ils continuent de voler partout, comme avant, mais c'est pour pouvoir s'agrandir. Ils ont des projets. Pascon, le philosophe, les encourage.

Malheureusement, à un moment de la pièce, une bande de vrais voyous, plus adultes, se sert de cette cabane pour y planquer des fourrures et des bijoux volés. Ils viennent en force, ils sont repoussés par les jeunes. Alors, pour se venger, ils envoient deux hommes armés qui tuent leur chef. Au moment où le chef est abattu, toutes les pendules se mettent à sonner, scandant les dernières paroles du jeune voyou en train de mourir : « Un jour vous l'aurez, cette cité. Je la vois, je la vois... » Sur sa tombe, les jeunes ont mis des fleurs qu'ils ont achetées et un écriteau en guise d'épitaphe où l'on peut lire : « Arthur, c'était quand même not' chef, les copains... »

Mouloudji m'a enchanté dans cette aventure. Je l'aimais beaucoup. Avec Jean Claudio et Serge Grave, il avait bercé mon adolescence. Ensemble ils avaient tourné *L'Enfer des anges,* avec Christian-Jaque, un très beau film fait pendant l'Occupation sur la jeunesse perdue ou abandonnée errant au milieu des terrains vagues.

Mouloudji jouait de la guitare à l'époque. C'était un chanteur reconnu. Il avait aussi écrit *Enrico* et *En souvenir de Barbarie,* deux bouquins que j'avais lus tout jeune. Il était d'ailleurs tout jeune lui-même lorsqu'il avait gagné le prix de la Pléiade avec *Enrico,* un roman au style pur. C'était un grand bonhomme aux multiples talents. Il était peintre, chanteur, et un acteur tout à fait remarquable. Avec Claudio, ils avaient joué *Les Disparus de Saint-Agil* et *L'Enfer des anges.*

Grâce à Mouloudji que je rencontrai « en vrai » à l'occasion des *Voyous,* puis plus tard à Serge Grave et à Jean Claudio, je retrouvai mes douze ans, les premiers émois de l'adolescence. C'était magnifique.

***

Naturellement, j'étais à l'affût de la moindre occasion de gagner un peu plus d'argent. Tania Balachova, mon professeur, était amie avec Renée Saint-Cyr, et par l'intermédiaire de celle-ci, quand ma pièce s'arrêta, j'obtins le poste de souffleur dans une petite troupe qui s'apprêtait à partir en tournée avec

Le Messager d'Henry Bernstein. Avant qu'on m'engage, j'avais fait savoir que je serais beaucoup plus efficace si j'avais l'estomac plein. Renée Saint-Cyr avait donc demandé que je sois payé d'avance. La mère de Georges Lautner était à l'époque admirable, une femme très belle au timbre de voix si caractéristique. Henri Vidal, qui tenait le rôle principal dans le spectacle qu'on emmenait en tournée, n'avait d'yeux que pour elle. Tous deux étaient déjà de grandes vedettes.

Henri Vidal me regardait sans aménité dans mon trou de souffleur. J'avais vingt ans et je semblais l'agacer.

— Tu souffles, mais tu es plein de hargne, de revendications, tu es un petit anar.

C'était peut-être vrai, après tout. Mais je n'ai pas supporté. J'ai filé le soir même et je ne suis pas revenu. Je considérais sans doute qu'en ayant joué le rôle du souffleur pendant vingt-quatre heures, je leur avais fait un honneur suffisant...

Fort heureusement, quelques années plus tard, quand j'ai retrouvé Henri Vidal sur un plateau pour le tournage de mon premier film en tant que réalisateur, il ne se souvenait de rien, et nous sommes devenus de grands amis !

⁂

J'ai fait mes vrais débuts au théâtre avec trois pièces que j'affectionnais particulièrement : *Haute Surveillance,* de Jean Genet, mise en scène par Genet lui-même ; *L'Enfant prodigue,* de Gide, mise en scène par Jean Marchat ; et *La neige était sale,* de Simenon, adaptée par Frédéric Dard et mise en scène par Raymond Rouleau.

À la même époque, dès que j'étais libre, je faisais la navette entre les studios de Boulogne et ceux de Nogent, pour des figurations. J'en décroche une à vingt et un ans, en 1948, dans un film au titre prémonitoire, *Le Diable boiteux,* mis en scène par Sacha Guitry. Déguisé en prince blanc, je « figurais » une sorte de page innocent, au rôle insignifiant. L'année suivante, j'apparais dans *Les Yeux du souvenir,* un film de Jean Delannoy avec Michèle Morgan, tourné en partie au cours Simon dont je suis encore élève. En 1949, *Maya,* avec Viviane Romance, me permettra de passer du rang de figurant anonyme à celui de figurant intelligent car j'ai une toute petite phrase à y prononcer : « Oh dis donc, cette liquette, à qui peut-elle bien être ? »

J'avais repris mes errances, vivant la nuit et dormant le jour, opportuniste, habitant chez l'un ou chez l'autre. Je naviguais toujours entre les terrasses du Flore et des Deux Magots, allant d'un groupe à l'autre sans chercher à me fixer. Je suivais du regard Michel de Ré, Jean Rougeolle, Yves Deniau, Georges Vitaly et Boris Vian, l'incomparable. J'observais sans relâche ce creuset particulier où l'on croisait sur quelques dizaines de mètres tous les metteurs en scène, poètes, écrivains, peintres, acteurs qui allaient marquer l'époque. La vie pétillait, et tout semblait possible.

V

À SAINT-GERMAIN-DES-PRÉS...

Un soir comme les autres, je traînais à Saint-Germain avec ma brosse à dents pour tout bagage, attentif aux clans que je connaissais dans ce périmètre restreint où j'avais mes habitudes de jour comme de nuit, entre le Flore, la rue de Rennes, le quartier Latin et la Rose rouge. Tous ceux du club Saint-Germain étaient là : Jean Rougeolle, Laurent Bost, Camus et sa bande, Papillero, un peintre du nom de Salvador Dali, Sénac, ce poète bourré de talent, homosexuel et tendre, qui allait finir assassiné...

Plus la soirée avançait, plus les groupes grossissaient. On passait d'un endroit à un autre selon un code subtil connu des familiers. Nous nous retrouvions souvent au club du Vieux Colombier ou au Fiacre, un bistrot dont la carte, et la clientèle, valaient le détour. Je suivais. J'étais accepté. N'eut été mon air ténébreux, on aurait dit Gavroche sur les barricades, tant je faisais gamin par rapport aux vedettes des lieux. Tous avaient une quinzaine ou une vingtaine d'années de plus que moi, à l'exception de Christian Marquand, ami intime de Vadim et acteur comme lui, que je rencontrai un soir. Nous avions le même âge, une passion identique pour le théâtre et le cinéma. Spontanément, Christian m'a invité à venir loger rue de Bassano, dans l'appartement qu'il partageait avec Vadim. Celui-ci était alors en tournage quelque part en France avec Marc Allégret, dont il était l'assistant occasionnel et l'enfant chéri. J'acceptai sans me faire prier.

Tout le monde parlait beaucoup de Vadim, un grand jeune homme élégant et de bonne famille, touche-à-tout, passé directement des bancs du lycée aux planches de la scène l'année où il avait obtenu son baccalauréat, en 1944. Scénariste et adaptateur à l'occasion, il allait devenir quelques années plus tard journaliste à *Paris Match,* avant de passer à la mise en scène. On se souvient du scandale que provoqua son premier film, *Et Dieu créa la femme,* produit par Raoul Lévy et illuminé par la jeune femme du metteur en scène, Brigitte Bardot, qui trouva dans ce rôle sa consécration de star promise aux plus hautes destinées. Curd Jürgens, Christian Marquand et Jean-Louis Trintignant tenaient les principaux rôles masculins. Le sujet allait bouleverser bien des conventions, non pas tant par l'érotisme spontané qui s'en dégage que par l'auto-rejet des tabous de la bourgeoisie. L'œuvre sera d'autant plus irritante qu'elle apparaîtra comme une critique sociale corrosive venue de l'intérieur, dénonçant une sorte d'univers à la Sagan, mais sans tristesse.

La personnalité de Vadim intriguait. Peu le connaissaient. Quant à moi, je ne savais encore rien de lui à l'époque où je m'installai dans ses murs. De toute façon, il n'était pas là, et j'attendais la fin de son tournage pour faire sa connaissance.

Or un jour, à la terrasse d'un café, soudain quelqu'un me tape sur l'épaule.

— Salut Vadim !

— Vous devez vous gourer !

— Sûrement pas.

— Pourquoi me dites-vous ça ?

— Parce que, je te salue. Tu portes mon costard, ma chemise, tu es moi. Donc, je te dis : « Salut Vadim. »

— Qui tu es?

— Vadim.

— Ah, merde!

— Eh bien oui, je sais que tu habites chez moi, avec Marquand, que tu mets tous mes costards, parce que tu as ma taille, qu'on est nés à une année et un mois de différence ou quelque chose comme ça. Alors tu es un peu moi, tu ne crois pas?

À partir de ce moment-là, on ne s'est plus quittés, Marquand, Vadim et moi. Et c'est pour ça que j'ai fait cinq films avec Roger par la suite. Il était fin, intelligent, drôle, et puis il vivait déjà dans une sorte de tourbillon mondain qui m'était totalement étranger. Il fréquentait une caste sociale qui allait lui donner le ton de son premier film. Mais ce que nous partagions avant tout, au quotidien, c'était le rire!

Nous vivions une bohème joyeuse, toujours riche en imprévus. Notre destin commun a quand même été tout à fait exceptionnel... Marquand, frère de Nadine Trintignant, était le plus téméraire, le plus anticonformiste de nous tous. Nous l'appelions affectueusement le « grand connard », tant ses diatribes publiques nous faisaient parfois froid dans le dos. Si nous prenions quelques précautions dans nos prises de positions, nos projets ou nos engagements, lui n'en prenait aucune. Il fonçait! C'était un être adorable, comme toute sa famille. J'aimais ses parents, des gens généreux avec un cœur en or, et des originaux comme mon père et ma mère. Nadine Trintignant, devenue depuis une cinéaste de talent, se révélait un régal d'anticonformisme, et son autre sœur, délicieuse et sérieuse, était directrice chez Chanel. Tous m'avaient adopté sans me poser de questions.

Avec Christian, nous aimions traîner ensemble. Il me passait toujours des chemises à liserés bleus et blancs et me disait au moment de sortir : « Prends un des costards, pas les miens — tu es plus grand que moi — ceux de Vadim. Choisis, sers-toi ! Et n'oublie pas la gabardine... »

— Alors c'est comment, dans l'ensemble ?

— Impeccable. On y va !

Vadim, ça l'amusait. On formait un trio de copains étonnant, partageant tout. Nous vivions notre grande vadrouille à nous, élégante et disponible. Il était fatal qu'un jour on fasse ensemble *Sait-on jamais ?*, un très beau film auquel je reste attaché. Il me valut la confiance de Vadim metteur en scène et fut à l'origine des quatre autres films que nous avons tournés par la suite.

Je ne sais pas pourquoi, sans doute parce que nous nous connaissions si bien, Vadim trouvait que, dans les films, je m'identifiais complètement à lui. Il trouvait que j'étais sa transposition en acteur, un peu comme Truffaut le pensa avec Jean-Pierre Léaud. Il est vrai que nous avions une silhouette et un certain nombre d'attitudes en commun. Il n'était pas rare que dans la rue on me dise « bonjour, monsieur Vadim ! », ce qui confirmait cette forme de ressemblance.

Christian Marquand avait une obsession. Il disait souvent à cette époque : « Un jour on fera un film sur les bûcherons dont le héros s'appellera Troncdieu ! » Le film n'a jamais vu le jour et je n'ai jamais su pourquoi le héros devait s'appeler Troncdieu, mais c'est resté comme un mot de passe complice entre nous. D'ailleurs je ne me souviens pas avoir croisé un bûcheron dans nos films, pas même dans *Les Grands Chemins,* une adaptation d'un récit de Jean Giono que Christian réalisa entre 1962 et 1963. Pour la première fois de mon existence errante, je me suis retrouvé en Gitan, la guitare en bandoulière, tricheur aux cartes, voleur et assassin au passage, mais fidèle en amitié. Je finissais mal, comme le plus souvent dans ces rôles de mauvais garçon que j'affectionne depuis l'enfance, à l'image d'Arthur, le héros de ma première pièce.

Jean Servais et Alain Cuny faisaient de notre part l'objet des mêmes plaisanteries de potaches. Lorsque nous apercevions Jean, immanquablement l'un d'entre nous l'accueillait par un sonore « Servez chaud ! », tandis qu'Alain s'attirait le peu amène « ni cul ni tête ». Jean Servais, la plus belle voix du cinéma français, traînait déjà un physique d'homme fatigué, lucide et désenchanté. Arrivé de Belgique avec la troupe du théâtre du Marais de Bruxelles animée par Raymond Rouleau, il était devenu célèbre du jour au lendemain pour son interprétation dans *Le Mal de la jeunesse,* la pièce de Bruckner. Il avait fait ses débuts au cinéma dès 1931, et on l'avait remarqué avant-guerre dans *Angèle,* de Pagnol, mais avec *Le Mal de la jeunesse,* il prenait toute sa dimension.

Alain Cuny, comme mon père, avait abandonné ses études de médecine pour se tourner vers les beaux-arts. On ignore généralement que les succès de sa peinture lui avaient permis de voyager et qu'il aurait sans doute pu en vivre s'il ne s'était senti attiré par le théâtre. Élève de Charles Dullin, il dessine d'abord des décors et des costumes pour Feyder et Jean Renoir, avant de monter sur le planches. *Le Bout de la route,* la pièce de Jean Giono qu'il a créée au théâtre des Noctambules, reste à l'affiche plusieurs années. Le succès se confirme avec sa remarquable interprétation de *Macbeth.* Au cinéma, il fait une apparition dans le fabuleux *Remorques* de Grémillon, mais il se révèle véritablement au grand public dans *Les Visiteurs du soir* et dans *Le Baron fantôme,* de Serge de Poligny. Acteur romantique, intelligent, au lyrisme immobile, habitué aux univers intellectuels absolus et clos, il est déjà le parfait serviteur de Claudel. Je l'ai souvent retrouvé en Italie pendant mes tournages, quand il est devenu une vedette italienne à part entière, redécouverte par l'écrivain Malaparte, et appelé par les plus grands, comme Antonioni.

Vadim a écrit nos folles années dans un roman qui retraçait l'histoire de Saint-Germain-des-Prés après-guerre, *Les lauriers sont coupés.* Je me souviens de notre rencontre avec Marlon Brando quand il est venu à Paris au Splendid, rue du Faubourg-St-Martin, pour conseiller la mise en scène de la pièce de Tennessee Williams, *Un tramway nommé désir,* avec Arletty, Vincent, et Raymond Rouleau. Il avait créé le rôle à Broadway sous la direction d'Elia Kazan, ce qui avait fait de lui une star du jour au lendemain. Marlon Brando, meilleur représentant de l'Actors' Studio [1], et à travers l'école de Manhattan, l'acteur qui extériorisait le plus subtilement l'enseignement stanislavskien était d'ailleurs lui-même à cette époque en train de tourner une adaptation de l'œuvre de Tennessee Williams, avec Vivien Leigh comme partenaire. Ce jour-là, il a fait une petite démonstration d'une telle véhémence qu'en un rien de temps, tout le décor de la pièce, qui se jouait au théâtre Antoine, s'est écroulé sur lui.

Après quoi, il est sorti, et est parti avec nous rue de Bassano...

Dans la faune de Saint-Germain, un jour j'ai retrouvé « Clarence », mon complice du lycée Henri-IV... Il traînait ses guêtres avec nonchalance, indolent et insouciant, sans faire grand-chose. Il n'aspirait d'ailleurs pas à faire quoi que ce soit. Il est resté ainsi. Nous avons par la suite vécu des années ensemble et il m'a accompagné partout fidèlement,

1. Actors' Studio : célèbre école d'acteurs américains fondée en 1947 par le metteur en scène de théâtre Lee Strasberg. Sa méthode de formation repose sur les théories de Stanislavski, acteur, metteur en scène et directeur de théâtre russe, qui amènent le comédien à interpréter son personnage à travers sa vie et ses sentiments propres. Ces procédés reposent également sur l'introspection psychanalytique de Freud et de ses disciples. Marlon Brando et Paul Newman sont les acteurs les plus représentatifs de cette école.

jusque sur les tournages en Italie. Il n'en fichait pas une ramée. Il n'ouvrait même pas les portes quand ça sonnait. Il me disait : « Ah, c'est trop loin ! » En raison de cette propension incroyable à la paresse, avec Vadim et Marquand, nous l'avions surnommé « le baron Clarence ». Très cultivé, très fin, très cynique, il passait son temps à médire sur le prochain comme sur lui-même, parasite absolu dans le sens admirable du terme.

Sur le tard il s'est mis au vin rouge. Un jour, en sortant son chien, il commença à s'essouffler. Puis cela s'aggrava. Le cœur était atteint. Il mourut.

***

Quand on a connu les privations, les vaches maigres et le reste — surtout quand on est un enfant de la guerre —, quand on court après le quotidien plus encore qu'après la gloire, on se souvient toujours du premier cachet. Pour ce qui me concerne, je ne l'ai pas obtenu en faisant de la figuration mais avec une synchro. Nous partagions cette chance avec un compagnon d'infortune. Dès que nous avons été payés, nous nous sommes précipités dans une boulangerie-pâtisserie. Et sous les yeux ahuris et vaguement inquiets de la patronne, nous avons proprement englouti tout le cachet en gâteaux. Nous étions sans le savoir les dignes précurseurs de *La Grande Bouffe*. Pour prévenir toute tentation au renoncement, j'avais posé la condition suprême : « Non, on ne sortira pas ! Tant qu'il restera un franc, il ne faut que bouffer du gâteau. »

Quitte à en être malade à vomir, je tenais ma vengeance d'enfant ! J'avais tellement manqué de tout, et surtout de desserts, que j'avais une revanche à prendre. L'occasion était trop belle, je ne l'ai pas laissée passer.

Avec le baron Clarence et d'autres amis, nous nous étions installés un moment chez Antoinette Perier, femme de lettres et photographe. Elle nous avait d'abord cantonnés dans le studio des prises de vue et dans la chambre noire réservée au développement des photos, où nous dormions par terre sur des matelas. Elle avait une fille, Boubou, charmante, qui jouait très bien du piano. L'atmosphère était légère, et Antoinette, très généreuse. On buvait beaucoup, on animait des salons littéraires chez elle, on recevait, on parlait, les uns lisaient, d'autres déclamaient, le temps passait... Peu à peu nous avons débordé l'espace qui nous avait été initialement imparti, puis investi l'appartement. Nous étions les maîtres du logis, les envahisseurs bien-aimés. Mais un jour Antoinette a eu besoin d'intimité, et nous nous sommes retrouvés dehors, assis sur les marches de l'escalier.

Jamais semblable mésaventure ne m'était arrivée. J'ai toujours su partir à temps. J'arrivais somptueux, avec ma redingote, chez ces dames. Comme un prestidigitateur. J'accomplissais mes tours, je charmais, j'enchantais, j'étais le baladin, la nouveauté, l'amuseur, je racontais tout ce que j'avais déjà vu. Ça attendrissait les uns, ça en agaçait d'autres, certains admiraient. Je me faisais indispensable et puis je disparaissais avant qu'on se lasse de moi.

En fait, bien avant mes hôtes, j'en avais très vite assez. J'éprouvais le besoin d'un ailleurs. Je me foutais du lendemain. Je ne craignais rien du tout. Je me débattais dans les problèmes d'argent, de carrière ou autre et, paradoxalement, à chaque fois qu'on m'en délivrait, j'angoissais. C'est encore vrai aujourd'hui ! Ça peut sembler inouï, mais devoir résoudre des problèmes me distrait. Je me lamente, je me concentre, je vois le pire, l'inextricable, et puis à la dernière minute je retombe sur mes pieds. J'ai passé ma vie, comme un animal traqué, à me sortir du bourbier où je retombe sans cesse.

Même trajectoire en amour, en amitié, en affection. Combien de fois ai-je dû souffrir et tomber amoureux, combien de fois ai-je tout envoyé balader, combien de fois ai-je détruit tout ce qui passait dans ma vie ? Ça a toujours été un étonnement pour les autres. Les copains, les filles... « Mais pourquoi ? » se demandaient-ils. « Pourquoi, lorsque tout va bien, casse-t-il tout, sans raison ? » J'ai bien quelques idées là-dessus, mais je n'ai jamais vraiment eu de réponse à cette question qui continue de me hanter.

***

La première fois que je vis Jean Marchat, au théâtre des Mathurins, il s'apprêtait à prendre une absinthe. Quel cérémonial ! Il mettait une petite cuillère avec des trous sur le verre, un sucre dessus, et il versait doucement l'alcool maudit... J'étais fasciné ! J'imaginais Verlaine assis à la terrasse de La Source, renseignant les touristes pour se faire payer une fée verte.

— Monsieur Verlaine, quels sont d'après vous les plus grands écrivains français actuels ?

— Ah, répondait Verlaine en appelant le garçon, « ça vaut bien une absinthe... Ce sont Gaston Leroux, Paul d'Ivoi et Michel Zevaco, parce que ce sont les plus gros, les plus lus, et puis les moins chers. »

Cette réplique avait bercé une partie de mon enfance et je n'avais pas résisté au plaisir de la mettre dans la bouche de Pascon, l'intellectuel des *Voyous*, ma première pièce jouée au théâtre du Vieux Colombier.

Jean Marchat allait m'ouvrir au théâtre contemporain et me donner tout mon répertoire. Je lui dois d'abord de m'avoir présenté à Jean Genet, au moment où il cherchait des interprètes pour la création de sa pièce, *Haute Surveillance.* Marchat m'avait convoqué pour une audition, et comme il ne m'arrêtait pas, je lui ai donné tout ce que j'avais en stock :

un inventaire hétéroclite à la Prévert où les morceaux de bravoure de *L'Avare* voisinaient avec ceux d'*Oreste, Les Frères Karamazov, Caligula* et *Lorenzaccio*... Lorsque je me suis arrêté, à bout de souffle et d'arguments, je nourrissais une grande inquiétude quant au résultat de ma prestation. J'avais tort. Quelques jours plus tard, Jean Marchat me présentait à Genet, l'enfant terrible, l'iconoclaste espiègle que Jean Cocteau n'avait pas hésité à qualifier, à la barre des témoins lors de la dernière incarcération du romancier, de « plus grand écrivain de l'époque moderne ».

Genet avait connu une enfance plus que difficile et fait de nombreux séjours en prison. Il avait souvent vécu la solitude et l'exclusion, mais, contrairement à moi, il s'était montré un excellent élève. Provocateur, ce dramaturge d'une bourgeoisie canaille était tout à la fois un miroir et un reflet de la société qu'il décriait. Il avait rencontré Sartre après sa libération, et le courant était passé entre les deux hommes. Peu de temps après, la reconnaissance de François Mauriac avait fini de dédouaner l'ancien repris de justice au cœur d'enfant.

Le théâtre était devenu son mode d'expression privilégié. Il avait créé *Les Bonnes* à l'Athénée avec Louis Jouvet, et au moment de notre rencontre, deux ans plus tard, il s'apprêtait à créer *Haute Surveillance*. Un texte écrit autour de la prison, du crime, des passions entre les hommes et d'une sorte de transfiguration de la sexualité.

À son tour, Genet me fit passer une audition, mais il eut la bonté de se faire une opinion rapidement, de m'arrêter dans mon élan et de m'engager pour jouer un des principaux rôles dans sa pièce, aux côtés de Claude Romain et de Tony Taffin. J'étais comblé! Enfin, je tenais une véritable chance. Je fus surpris d'apprendre par la suite qu'il avait lu mon œuvre, *Les Voyous*, qu'il traitait en se moquant affectueusement de *Haute Surveillance* pour midinettes...

Les répétitions commencèrent. Genet faisait tout, intervenait pour tout, les décors, les costumes, la mise en scène comme les moindres détails de la vie quotidienne au théâtre. Il n'avait pas d'idées préconçues. Il savait simplement ce qu'il ne voulait pas et c'était l'essentiel. Il était imprévisible, outrancier, vulnérable, sensible à la beauté comme au luxe et très fine gueule. Sa sincérité frisait l'impudeur. Je suis resté très lié avec lui et avec son entourage, et puis nous nous sommes perdus de vue, trop sollicités par d'autres appels...

Les critiques de presse se révélèrent dans leur ensemble très favorables, et je fus considéré comme une grande révélation. Il y eut pourtant des journalistes pour se demander : « Qu'est-ce que c'est que ce voyou ? » — il s'agissait de moi ! Un éminent critique alla jusqu'à dire : « C'est quand même scandaleux de voir qu'on emploie des voyous authentiques pour jouer des choses comme ça. » Dame ! J'avais été à bonne école ! Genet m'aimait beaucoup.

Moi, plus que par l'écrivain, j'étais épaté par l'homme de théâtre, et par le personnage. À l'âge où j'ai créé sa pièce, je dois le reconnaître, j'étais imbu de moi-même. Au contact de cet homme remarquable, je me suis dit qu'il n'y avait vraiment pas de quoi se vanter : un certificat d'études péniblement arraché à quatorze ans, et les lacunes sans doute énormes d'un autodidacte buissonnier. Allais-je au moins devenir un véritable acteur ?

En l'occurrence, j'ai quand même dû être assez bon puisque tout de suite après *Haute Surveillance,* on m'a fait signer un contrat pour enchaîner avec *L'Enfant prodigue,* de Gide.

⁂

Sartre faisait partie de l'âme de Saint-Germain-des-Prés. Quand je l'ai rencontré, je ne connaissais ni l'homme, ni son œuvre. Pourtant, une de ses interprètes m'avait fait découvrir *Les Chemins de la liberté* [1], dont la lecture m'avait beaucoup troublé.

Je suis d'abord entré dans la vie de ce philosophe de manière épisodique et superficielle, par l'intermédiaire de gens de son entourage qui m'avaient pris en amitié et me conviaient à sa table. Je trouvais qu'il y avait un côté étudiants russes chez tous ces gens-là et, bien qu'étant étranger à leur milieu, j'y respirais souvent une atmosphère familière.

Comme je désirais découvrir le maître autrement qu'en partageant le bœuf gros sel chez Lipp, je demandai un jour à ses amies Olga Dominique, Marie Olivier et « Wanda » de m'introduire auprès de son secrétaire, Jean Cau — qu'on appelait le « grand Cau » —, afin qu'il me ménage une entrevue. Je ne comprenais rien à l'existentialisme, ni à toute leur philosophie. La mienne se résumait à me nourrir, chercher où dormir le soir, savoir si je pourrais faire un cacheton ou deux pour avoir un peu plus d'argent et être un peu plus à l'aise.

L'homme m'a impressionné. J'étais un gamin, il y avait tout de même plus de vingt ans de différence d'âge entre lui et moi, et je redoutais ce tête-à-tête avec un penseur d'avant-garde. Or soudain, ce n'était plus le prof de philo que j'avais en face de moi, mais l'homme de radio qui avait fait scandale avec son émission, « la Tribune des temps modernes » : bousculant l'histoire et en tirant les leçons, la guerre lui avait fait découvrir la violence et la solidarité humaines. À la Libération, il était devenu un homme public, quelque chose comme un recours. Mais pour moi c'était d'abord un homme de théâtre...

Je ne savais rien sur *La Nausée*, ni sur *Le Mur*, mais tout sur *La P... respectueuse* (on ne disait pas *La*

1. J.-P. Sartre a publié sous ce titre trois volumes : *L'Âge de raison*, *Le Sursis* (1945) et *La Mort dans l'âme*. Il n'a jamais écrit le quatrième volet : *De la Résistance à la Libération*.

Putain respectueuse à l'époque!), tout sur *Huis clos* ou *Les Mains sales.* Pour moi, Sartre n'était pas un dramaturge à scandale, mais un grand bonhomme férocement humain.

Sartre était loué pour sa générosité. Il entretenait sa notoriété non pour lui-même, mais pour pouvoir aider plus efficacement les personnes en difficulté. Au fil des années j'ai entendu pas mal de stupidités sur l'existentialisme, des jugements à l'emporte-pièce dus essentiellement à des intellectuels qui n'ont pas vécu cette période. Je n'entrerai pas dans un débat sur le fond qui ne m'intéresse aucunement, mais je dirai que l'existentialisme n'était ni la débauche de mœurs que l'on a imaginée, ni cette sorte d'égocentrisme jouissif que l'on a parfois présenté. Sartre était attentif aux autres, et il possédait une réelle capacité d'amour qui n'a jamais été prise en défaut. Il est possible qu'il se soit trompé sur certains points. Je n'en sais rien, mais il ne cherchait pas à s'imposer aux autres. « Chacun a suffisamment à faire avec lui-même, je crois que je pourrais rester dix mille ans sans parler », disait-il parfois. Je sais que c'était vrai.

Simone de Beauvoir et lui étaient indissociables. Simone entretenait avec Sartre une relation de couple originale, sans cohabitation, que tous deux disaient fondée sur la « nécessité », la liberté et la transparence. Je l'ai vue, je l'ai côtoyée, mais je ne l'ai pas connue et je le regrette! Elle était une des femmes les plus influentes de son époque, des plus remarquables aussi, et j'admirais sans réserve sa volonté de vouloir « justifier » le monde. La guerre et la Résistance avaient fait naître en elle la nécessité d'un engagement politique. Elle l'assumait.

On m'avait présenté à Sartre comme un jeune homme doué, paraît-il. Ma création de *Haute Surveillance* m'avait donné des lettres de noblesse. Et c'est grâce à cela, après notre entretien, qu'il m'a été donné de jouer *Huis clos*. J'ai tenu le rôle de Garcin dans une mise en scène de Voutsinas, avec Gaby Sylvia dans le rôle d'Inès, et auparavant dans une mise en scène de Michel Vitold, avec pour partenaire Évelyne Rey, sœur de Jacques Lanzmann et femme de Rezvani, avec qui je m'étais trouvé en pension dans ma jeunesse. C'était une amie de Sartre, une remarquable comédienne, intelligente, spirituelle, un très beau visage avec de grands yeux verts sublimes. Pourquoi, un jour, s'est-elle suicidée ?

⁂

Dîner d'un plat de pâtes avec des vis-à-vis comme Genet, Sartre ou Adamov est une expérience unique. On prend alors conscience que l'attention que l'on porte au contenu de son assiette est inversement proportionnelle à la qualité des interlocuteurs. Avec des gens ordinaires, on s'intéresse davantage au plat qu'aux propos échangés. Là, c'était le contraire : on oubliait le plat au profit du brio des convives.

Un soir, Pierre Brasseur dînait au Montana. Il avait devant lui un énorme plat de spaghettis à la tomate, et il racontait des histoires de sa voix inimitable en faisant de grands gestes pour ponctuer son discours, fourchette à la main. Tout le monde était en extase ! Ce monstre sacré triomphait à l'époque sur scène en jouant Sartre. Il avait débuté au théâtre sur les conseils d'Harry Baur et il excellait au cinéma dans des scénarios de Prévert. On était loin du jeune dévoyé inquiétant de *Quai des Brumes* que Gabin corrigeait à coups de gifles ! C'était devenu un personnage fracassant, entreprenant, maniaque et généreux, doué d'un très grand sens de l'amitié. Soudain, à la faveur d'un geste un peu large, une pleine fourchetée de pâtes rouges de tomate atterrit sur une touriste qui se met à crier : « Oh my God ! » Sa robe avait changé de couleur, irrémédiablement tachée... Alors Brasseur se tourne, constate les dégâts, hoche la tête en signe de compassion et de désarroi, puis inonde tout le reste de plat de spaghettis avec la sauce tomate et, d'un geste prompt, se le renverse tout entier sur le crâne.

— Pour me punir, madame! dit-il, dégoulinant de pâtes et de sauce, en s'inclinant devant sa victime, partagée entre la stupéfaction et le fou rire.

Les pâtes — toujours — étaient souvent l'objet de nos convoitises et l'enjeu inavoué de bien des discussions. Je revois Daniel Gélin, un homme que j'adore, attablé à la Pergola [1], face à la Rhumerie, de l'autre côté du carrefour, la mine défaite. Gélin était déjà une vedette de théâtre, et avait été consacré au cinéma par *Le Rendez-Vous de juillet*. Lui aussi venait du cours Simon et du Conservatoire de Paris, qu'il n'avait jamais terminé. Il était connu, il avait de l'argent, pourtant, tout n'allait pas à son gré.

Il venait de tomber amoureux fou, et nous attendait à la Pergola pour nous conter ses peines de cœur. Quand nous sommes arrivés, il était en tête à tête (lui aussi) avec un plat de pâtes... Il prenait des airs tragiques en déclarant à la cantonade : « La vie ne vaut pas la peine d'être vécue... Tout cela me dégoûte. »

Et il repoussait son assiette. Vite, nous nous en emparions. Nous avions tout juste le temps d'avaler quelques pâtes avant qu'il reprenne son plat.

— Eh bien non, après tout, se ravisait-il.

Voyant les pâtes nous échapper, je lui disais :

— Tu n'es pas amoureux, ce n'est pas possible. On ne peut pas bouffer des pâtes comme tu le fais et être amoureux!

Et hop, joignant le geste à la parole, je récupérais l'assiette convoitée.

1. L'établissement, qui était un café-restaurant, n'existe plus. C'est aujourd'hui une boutique de prêt-à-porter. Seule la marquise subsiste.

— Pour nous les pâtes, pour toi l'amour. Il faut choisir. On ne peut pas avoir les deux en même temps. Normalement, l'amour devrait te couper l'appétit.

Notre appétit à nous, ça l'excitait plutôt, cet amour contrarié. Nous apportions à son récit une attention extraordinaire, proportionnelle à notre faim. Nous surenchérissions :

— Mais oui, je te comprends, c'est une salope, c'est dégueulasse !

— Ah, oui, c'est dégueulasse !

Et il repoussait l'assiette. Aussitôt, nous nous en emparions. Un coup de fourchette et elle repartait. Il s'intéressait de nouveau à la vie et il reprenait de son plat.

⁂

La Pergola était un des hauts lieux du quartier où nous sévissions. On y rencontrait fréquemment Albert Cossery, Yves Robert ou les frères Barsacq. Yves Robert était à la fois acteur et réalisateur, pas encore producteur. Il nourrissait depuis sa jeunesse un amour immodéré pour le théâtre où il avait fait ses débuts avec la compagnie Grenier-Hussenot, à Lyon, dans la discipline du mime et du cabaret. Il était jeune, sympathique et sportif. Il devait épouser plus tard Danièle Delorme, l'ex-femme de Daniel Gélin, et fonder avec elle sa propre maison de production, « Les Films de la Guéville », à qui l'on dut *La Guerre des boutons* au début des années soixante, la plus grosse recette réalisée depuis la Libération.

Les frères Barsacq, Léon et André, tous deux français, avaient cette particularité d'être nés en Russie et de s'être tournés vers l'architecture et la décoration. Léon, l'aîné, avait été assistant de Renoir avant-guerre. On lui doit les décors des *Visiteurs du soir,* des *Enfants du Paradis,* de *L'Idiot,* de *Pattes blanches,* et, quelques années plus tard, du film d'H.G. Clouzot

Les Diaboliques ainsi que de *Till l'Espiègle* avec Gérard Philipe. André, lui, a d'abord suivi les cours de Charles Dullin, travaillé pour Marcel L'Herbier et fondé — toujours avant-guerre — la Compagnie des 4 saisons. Il nous expliquait sa conception d'un décor minimum, suggéré plutôt que planté, et insistait sur la nécessité de s'appuyer sur la présence de l'objet au cinéma.

⁂

Je logeais souvent à l'hôtel du Vieux Colombier, « sans cloisons, sans expulsions ni mises en demeure », où j'étais hébergé gratuitement. La propriétaire était une amie de Michel Auclair et de Marcel Herrand. Excentrique et très riche, elle se montrait pleine de largesses et de tendresse pour les artistes. Chez elle trouvaient refuge les intellectuels et les discutailleurs du bout de la nuit. Il arrivait qu'à la fermeture des cabarets, des filles demandent l'hospitalité. Comment pouvais-je refuser de partager mon lit avec elles ?

Une faune incroyable déambulait dans ce quartier. J'arpentais parfois les trottoirs en compagnie du peintre Poliakoff, encore totalement inconnu. Il vivait à l'hôtel avec toute sa famille, faisant griller des harengs sur le palier, à mille lieues d'imaginer qu'il roulerait un jour en Rolls. Je croisais aussi avec beaucoup d'émotion André de Richaud, l'auteur des *Reliques,* ou plus exactement son fantôme, cheminant vers la mort, perdu dans des univers fantasmatiques d'où l'on ne revient plus.

Chaque jour, j'allais porter quelques fiches de clients de l'hôtel du Vieux Colombier au commissariat de police, comme il était alors d'usage de le faire. Et là, on me demandait régulièrement si je n'avais pas déjà entendu parler d'un certain Robert Hossein, qu'on recherchait pour vol de je ne sais quoi, ce qui était un comble, puisque j'étais avec les Nallard, peintres de grand talent, un gardien fidèle de l'établissement...

Je n'étais pas un ange mais je n'avais rien d'un voleur, bien que ma réputation de voyou me fît parfois soupçonner d'indélicatesses. J'avais rencontré au cours Simon une très jolie jeune fille, Annette Vadement, ravissante au point d'avoir été sacrée Miss Belgique. Elle n'était pas encore mariée au réalisateur Michel Boisrond. Elle avait fait la connaissance de mes parents et je la rejoignais très souvent dans son studio de la rue de l'Estrapade, jusqu'au jour où son manteau blanc disparut. Elle était sûre que je l'avais dérobé. Il n'en était rien mais elle ne me crut pas. Du jour au lendemain, je trouvai porte close. J'en conçus de l'amertume. Quelques années plus tard, sur un scénario de sa main, Jacques Becker tournait *17, rue de l'Estrapade,* un film qui retraçait très fidèlement mes aventures avec cette jeune femme, Daniel Gélin interprétant mon personnage. Admirable retour des choses !

Il est vrai que les scrupules ne m'étouffaient pas vis-à-vis des dames, cependant il y avait des limites. Ma désinvolture frisait la goujaterie mais j'étais un « goujat bien-aimé », pas un maquereau, ni même un gigolo. Un jour, une femme célèbre, de passage à Rome et qui avait eu un faible pour moi me dit qu'elle était prête à tout pour mes beaux yeux. Je lui répondis que je n'en croyais pas un mot, qu'elle était « incapable de faire quoi que ce soit pour moi ». Cette femme, très célèbre, était de surcroît fort riche. Ce soir-là, elle portait des bijoux magnifiques. Au petit matin, elle s'esquiva pendant mon sommeil. Quand j'ai ouvert les yeux, j'ai vu tous les bijoux posés sur ma table de nuit. Il y en avait pour une fortune. Je les aurais revendus sans problème ! Le temps de les admirer et je les ai fait reporter à la belle. On peut n'être pas fortuné et s'offrir un geste de seigneur.

En dehors de ces rares éclats de magnanimité, je grappillais ma vie, c'est vrai. J'étais comme un oiseau. « À votre bon cœur ! » J'avais trouvé une très grande idée, que nous mettions en pratique avec mes camarades quand nous étions fauchés. Parmi les touristes qui hantaient Saint-Germain-des-Prés, de vieilles Américaines et des Anglaises d'âge mûr venaient s'encanailler dans les caves. Alors nous allions tous les soirs au club du Vieux Colombier pour les faire danser sur la musique de Claude Luter et de Bechet. Seulement, nous avions pris la précaution d'acheter auparavant des petits pains au lait, que nous placions judicieusement, en position verticale, au fond de notre poche. L'émotion de nos vieilles ladies à l'idée qu'elles pouvaient encore inspirer du désir ! Bien sûr, tout en dansant, nous leur faisions part des difficultés de la vie après-guerre, et nous avouions que nous les faisions danser parce qu'il fallait bien nous en sortir... Elles comprenaient généralement à demi-mot, flattées que ces danseurs mondains de l'infortune aient quand même envie d'elles. La plupart nous donnaient mille balles, sans chercher à pousser plus loin la romance. Si elles ne nous donnaient rien, de retour à table nous sortions le petit pain et nous le mangions tranquillement sous leurs yeux médusés.

Ainsi allait mon existence, voyou séducteur d'un côté, admirateur comblé des peintres, des poètes, des écrivains, philosophes, danseurs et acteurs de l'autre. Fou de théâtre et d'art à consommer. Je menais une vie en marge, parallèle, et toujours en attente...

⁂

Ma rencontre avec Charles Estienne, critique d'art moderne à *Combat,* allait se révéler bénéfique. D'abord il me tira des griffes d'un éditeur véreux qui s'était mis en tête de me faire écrire mes mémoires de jeunesse en me parquant en Bretagne sans me donner un sou, ensuite il m'introduisit dans l'univers de Vasarely, Chagall, Poliakoff et Desrolles.

Entre-temps, j'avais fait la connaissance de Gérard Philipe. Vitaly mettait en scène aux Ambassadeurs une pièce du poète Henri Pichette, *Les Épiphanies,* avec Gérard Philipe donc, Maria Casarès et Roger Blin. J'y avais un petit rôle. J'approchais donc Gérard Philipe pendant les répétitions. C'était un être impressionnant, fait d'intelligence, de sensibilité, de délicatesse et d'amour. On aurait dit qu'il n'appartenait pas à ce monde. Il vint un jour à la maison rencontrer mes parents et nous allâmes ensuite tous deux dîner dans un bistrot de familles de la rue Monsieur-le-Prince. Ce fut un moment lent, idéal et fragile. À la fin du repas, je n'ai pas résisté à l'envie de lui demander s'il pensait que je pourrais faire quelque chose dans ce métier. Il me répondit : « Oui. Tu as un regard qui existe. »

Charles Estienne était parti à Gordes dans la maison de Chagall où il m'incitait à le rejoindre. Naturellement, je n'avais pas un sou vaillant. Connaissant la générosité de Gérard Philipe, je décidai, au lendemain de notre dîner, d'aller lui emprunter l'argent du voyage. Je suis allé le voir tourner au studio de Billancourt. J'ai essayé de l'approcher, de lui faire un peu de charme. Il tournait *Une si jolie petite plage* avec Yves Allégret. Sur le plateau, on se rendait compte qu'il était vraiment une star. Il m'a donné sans hésiter un pécule pour la route et je suis parti pour Gordes le jour même.

Je suis arrivé là-bas mort de faim et de fatigue, ayant fait les kilomètres qui séparaient la gare du village sous le soleil de midi. Ida, la fille de Chagall, m'a immortalisé dans ses souvenirs en disant qu'elle avait « vu un jour un vagabond, beau comme un prince, habillé de noir, en train de dévorer toutes nos tables à Gordes, sans qu'il y ait personne. Seul. Il venait d'arriver ».

Je n'ai pas rencontré Chagall durant ce séjour. C'était l'Arlésienne, au point que je me demandais s'il existait vraiment.

De retour à Paris, j'ai repris ma quête de théâtre, ma boulimie de tous les arts et lettres dont les enfants chéris hantaient les cafés et les caves de Saint-Germain-des-Prés, et mes escales de coucou.

Et j'ai trouvé un maître...

⁂

Raymond Rouleau a vraiment été un maître pour moi. Il m'a appris tant de choses ! J'étais fasciné par ses mises en scène. Et pour une fois, je ne suis pas venu en dilettante à ses cours. J'ai regardé, je me suis imprégné de sa science des éclairages. Il appartenait à cette catégorie d'hommes qui vivent leur vocation théâtrale depuis l'enfance, comme s'ils avaient été habités une fois pour toutes par le besoin et le génie de la scène. Avant-guerre, il avait fondé avec Antonin Artaud le Théâtre surréaliste Alfred Jarry. Il y avait dans sa troupe Tania Balachova, Jean Servais, Lucienne Lemarchand et Madeleine Ozeray. Très vite, il s'est affirmé comme un des meilleurs jeunes premiers du cinéma français. On l'avait vu dès 1937 dans *Le Messager*, avec Jean Gabin, Gaby Morlay et Jean-Pierre Aumont. On lui doit le meilleur du théâtre contemporain avec les pièces de Brecht, Tennessee Williams, Arthur Miller, Bernard Shaw et Jean Cocteau. Quand il passa à la réalisation, ce fut pour adapter à l'écran *Les Sorcières de Salem*, de Miller, avec pour interprètes Yves Montand et Simone Signoret.

Je dois à Raymond Rouleau l'immense chance d'avoir pu, à l'aube des années 50, reprendre le rôle de Daniel Gélin dans *La neige était sale*, lorsque ce dernier s'est trouvé souffrant. Je connaissais bien

Gélin. J'avais habité chez lui et Danièle Delorme, rue Lambert, un peu plus tôt, en 1949. Tous deux étaient déjà des vedettes. Elle jouait dans *La Cage aux filles* de Maurice Cloche et la même année ils tournaient ensemble *Rendez-Vous de juillet,* de Jacques Becker, film qui révéla vraiment Gélin. Et moi, comme un bon parasite, j'avais atterri un jour chez eux. Gélin était très hospitalier, et très généreux. Quand il partait tourner, il me laissait les clés de la maison, le frigo rempli, tout. Je dormais dans le salon. C'était la belle vie. J'en ai même profité pour tomber amoureux de la sœur ou de la nièce de Daniel ou Danièle Delorme, je ne sais plus, ce qui n'était pas la meilleure façon de remercier mes hôtes pour leur hospitalité.

La neige était sale, tirée d'un roman de Simenon et adaptée pour la scène par Frédéric Dard, connaissait un très grand succès au Théâtre de l'Œuvre lorsque Daniel Gélin, qui tenait le premier rôle, est tombé sérieusement malade. La pièce avait été mise en scène par Raymond Rouleau. Y jouaient Gérard Oury et beaucoup d'autres acteurs — dont la femme de Rouleau, Françoise Lugagne, une très bonne comédienne aujourd'hui disparue. Il n'était pas question d'arrêter le spectacle. Le directeur du théâtre m'a alors demandé de reprendre le rôle en trois jours. Je n'en avais guère envie et surtout je ne m'en sentais pas capable. Mais Danièle Delorme m'a crié :

— Si jamais tu ne le fais pas, tu es un dégueulasse !

Il est vrai que je leur devais bien ça, aux deux « Daniel(e) ».

— Tu auras le même costume que Gélin, me dit-on.

À l'idée d'être habillé de pied en cap et de pouvoir cesser de me balader avec des bottines du siècle dernier, je commençai à trouver la proposition alléchante. Mais quand on a ajouté : « Tu auras le salaire de Gélin », alors là, je me sentis complètement motivé.

J'ai eu un peu plus de quarante-huit heures — deux jours et deux nuits — pour apprendre le rôle. On m'a enfermé à l'hôtel Vintimille, à côté du théâtre, où il y avait une ravissante servante... Nous avons répété jour et nuit.

Le premier soir où j'ai joué, il y avait dans la salle André Bernheim, le célèbre imprésario, et Édith Piaf, que Rouleau avait mise en scène dans *La Petite Lili,* à l'ABC. Ce soir-là, l'ABC faisait relâche, et Piaf était venue avec Eddie Constantine. Mon rôle était celui d'un jeune voyou délinquant, qui fait toutes les conneries de la terre sous l'Occupation. Il va se trouver condamné par les Allemands, et fusillé par la Gestapo. Lucienne Bogaert, une des plus grandes actrices de ce temps-là, jouait la mère du héros. Lorsqu'elle apprit que je remplaçais Daniel Gélin au pied levé, elle eut cette charmante repartie pour marquer à la fois sa déception et son désir de m'accueillir : « Mon fils c'était Gélin, alors maintenant il faut que je m'habitue à un autre ! »

Dans les secondes où le rideau s'est levé, je me suis senti écrasé par le rôle et puis toute appréhension a disparu. Je ne jouais pas. Je déversais tout ce que j'avais sur le cœur. Soudain, j'ai oublié que je jouais la comédie. J'étais moi-même, j'étais le personnage. J'ai oublié tout le monde, les acteurs, la salle, tout. Je réglais mes comptes avec la société.

À la fin, le jeune voyou se rend, en quelque sorte : « Voilà, je sais que la boucle est bouclée, que j'ai fait des conneries, mais c'est le destin, je serai puni... » Je jouais les larmes aux yeux parce que je revoyais toute ma vie, mes difficultés, mes problèmes, ma jeunesse, et je ne pouvais plus parler tant l'émotion me serrait la gorge. Les autres acteurs croyaient que j'avais oublié mon texte. « Prenez votre temps, prenez votre temps », me soufflait Raymond Rouleau, qui interprétait l'un des rôles principaux... Lorsque j'ai été en mesure de récupérer mon souffle, j'ai donné mes dernières répliques.

Quand on a baissé le rideau, il y a eu un silence effrayant. Je me suis dit : « C'est le bide du siècle ! Je me suis cassé la gueule. » On n'avait même pas annoncé que Gélin était remplacé. J'allais me faire écharper.

Et puis il y a eu un tonnerre d'applaudissements, une véritable ovation. Je me demandais ce qu'on applaudissait comme ça. Le spectacle sans doute ! Quand le délire — car c'en était un — s'est terminé, Bernheim m'a pris par le bras et m'a dit avec autorité : « Vous rentrez chez moi. » Édith Piaf m'a emmené avec elle à une fête où ils étaient conviés, Eddie Constantine et elle. J'ai dîné, et dansé, avec Édith. Elle était petite, frêle, légère et volontaire, dégageant une énergie fantastique, mais elle avait une manière de s'abandonner dans vos bras qui était un vrai don de soi.

Je l'ai vue souvent après *La neige était sale*. En copain. On allait chez elle, on regardait ses films. Elle était adorable, merveilleuse, gentille. On est restés très amis. J'avais beaucoup d'admiration pour cette femme chaleureuse, généreuse, solide et fragile à la fois. L'affaire Cerdan avait été pour elle une terrible tragédie ! J'ai souvent rencontré chez elle Théo Sarapo, un jeune comédien, un garçon très sympathique. C'est bien qu'il ait épousé Piaf et qu'il l'ait accompagnée jusqu'au bout. Il a fait comme Jeanson, qui a mené l'enterrement de Fréhel à la Montagne-Sainte-Geneviève. Il ne savait pas alors qu'il allait mourir si jeune...

J'ai joué la pièce toute la saison et ensuite, nous sommes partis avec les tournées Karsenty la donner dans toute la France puis en Belgique, en Suisse et en Tunisie. Paul Meurisse avait repris le rôle de Raymond Rouleau. Nous vagabondions de succès en succès. J'avais à peine vingt ans, je faisais partie des gens du voyage.

VI

« POUR SERVICES RENDUS À LA FRANCE »...

Le succès de *La neige était sale* m'avait apporté une certaine aisance, que je gaspillai aussitôt. J'abandonnai sans regret mon blazer de velours bleu élimé, je quittai mon look de vagabond et mes cheveux longs. Je jouais au jeune premier dynamique, élégant, propre, parfumé, se rendant à ses rendez-vous décontracté, à l'heure, un œil sur sa montre, le sourire charmeur aux lèvres... Je crois bien que dans ce rôle je ne me reconnaissais pas moi-même ! Comble du luxe, je bénéficiais du minimum d'allocations syndicales de la profession et d'un pourcentage sur les recettes. Que demander de plus ?

J'ai passé un an dans l'écurie de Bernheim, devenu mon imprésario, mais sans en tirer bénéfice. Il m'a bien fait faire quelques bricoles, m'a mis sur un ou deux coups, mais rien de transcendant. Je me suis lassé. Peut-être aurais-je dû rester plus longtemps ? Il faut dire que le métier d'imprésario était à l'époque différent de ce qu'il est aujourd'hui. Les agents n'avaient sous contrat que des comédiens et ils devaient démarcher les productions, tandis qu'à présent ils ont aussi des auteurs et des metteurs en scène, ce qui leur permet de monter des films ou des pièces eux-mêmes, en circuit court.

Ma bonne étoile s'est appelée Monique Rolland, une femme remarquable que j'avais admirée sans réserve quelques années plus tôt en jeune première blonde, ravissante, dans *Paradis perdu* et dans quelques autres longs métrages enchanteurs. Quand je l'ai rencontrée, elle était responsable de la programmation théâtrale des casinos d'Enghien et de Nice, contrepartie culturelle imposée à l'autorisation donnée pour les jeux. C'est dans ce contexte que je l'ai mieux connue, et elle m'a beaucoup aidé. Grâce à elle j'ai joué à Nice à plusieurs reprises. Son ami lui disait : « Mais tu le mets à toutes les sauces ! Dans la pièce, le général a quinze ans, tu ne crois pas que c'est choquant ? » Il est vrai que j'avais quelques années de plus et qu'il était difficile de l'ignorer, mais Monique n'en avait cure. Les rôles qu'elle me proposait ne me convenaient pas toujours : tant pis ! Je me souviens d'un hussard en casoar déplumé qui s'apparentait plus à un contre-emploi qu'à autre chose. Toutefois ces prestations me permettaient de gagner un peu d'argent — cet argent qui me filait entre les doigts — et de ne pas trop vivre aux crochets de mes amis. Je n'ai jamais eu tellement de scrupules là-dessus, parce que ce que je n'ai pas rendu à l'un, je l'ai rendu à l'autre. J'ai beaucoup reçu mais j'ai beaucoup donné. Sur le sujet, ma philosophie peut se résumer en quelques mots : vous avez, vous donnez, vous n'avez pas, vous ne donnez pas. Un proverbe russe se révèle plus direct : « On te donne, tu prends ; on te bat, tu t'en vas ! » C'est sans doute primaire, mais ça a le mérite d'être clair.

Avec Monique, j'ai aussi été suspecté de vol. Décidément ! Un jour, elle découvre qu'on lui a pris tous ses bijoux. Des amis complaisants lui suggèrent aussitôt : « Ce doit être lui. » Et « lui », c'était moi ! Comme à ce moment-là je jouais *La neige était sale* avec Paul Meurisse à Anvers, on s'est dit : c'est normal, les bijoux, Anvers... Il n'y a pas de doute, c'est bien lui.

Quand je suis rentré à Paris, la police m'attendait pour m'embarquer. J'ai passé une nuit d'interrogatoire au commissariat. À la fin j'ai dit aux policiers :

— Vous voulez que je dise que c'est moi ? Eh bien d'accord. Allez dire à cette femme que c'est moi et foutez-moi la paix !

Les flics ont rigolé. Ils ne m'ont pas cru, mais ils ont rapporté mes propos à Monique Rolland qui, elle, les a pris au pied de la lettre. Elle ne voulait plus m'adresser la parole.

Huit jours plus tard, on a arrêté les voleurs, des types qui faisaient des travaux dans un appartement voisin. Les bijoux ont été récupérés. Monique était confuse. Elle m'a supplié de lui pardonner. Elle est même allée faire tout un cirque chez mes parents pour qu'on se réconcilie. On s'est réconciliés, mais je suis devenu plus exigeant, voilà tout.

L'envie de monter moi-même une pièce commençait à m'obséder. J'étais tellement imprégné de théâtre que la mise en scène ne me faisait pas peur. Je cédai donc à mon impulsion et me jetai à l'eau avec *L'Homme traqué,* de Francis Carco, dans une adaptation de Frédéric Dard à qui l'on devait déjà celle du roman de Simenon que je venais de jouer. Plus tard, nous allions devenir d'inséparables amis, des complices de toutes les heures, jusqu'à la mort de Frédéric, sans que jamais une ombre ne se glisse entre nous. Mais le moment n'était pas encore venu. Nous nous observions.

J'ai monté *L'Homme traqué,* d'abord à Nice avec Madeleine Sologne, Robert Dalban et Lila Kedrova, et ensuite à Paris, au théâtre des Noctambules, toujours avec Madeleine Sologne et Robert Dalban, mais avec Dora Doll dans le rôle de Lila Kedrova. Je ne peux pas dire que ce fut du délire, mais la pièce marchait. Il est vrai qu'après avoir vécu le véritable triomphe de *La neige était sale,* j'étais devenu difficile en matière de succès.

Je trouvais Madeleine Sologne géniale dans son interprétation. Le public ne s'y trompait pas et lui faisait chaque soir une ovation, à Nice comme à Paris. Je devais tourner avec elle, des années plus tard, en 1969, *Le Temps des loups,* de Sergio Gobbi, avec Virna Lisi et Charles Aznavour où, c'est un comble, elle était ma mère !

Cette création m'a donné l'occasion de rencontrer Francis Carco. L'homme arrivait à la fin de sa vie mais restait infiniment passionnant, passionné, plein d'histoires et de rêves qui en faisaient un être insensé, voire infernal. Ce n'était plus l'époque du Café Harcourt, boulevard St-Michel, où il arrivait en compagnie de Pierre Louÿs, Jean Giraudoux et Guillaume Apollinaire, mais il en portait encore le souffle. Un soir au théâtre, nous n'avons pas résisté à l'envie de lui rendre un hommage affectueux. Entouré de ses amis, il écoutait en hochant la tête retracer sa carrière et son œuvre quand au bout d'un moment, sous l'avalanche des « il a fait, il a dit, il a été », il s'exclama en riant :

— Ah, les vaches, ils m'enterrent avant la fin !

L'Homme traqué eut pour effet secondaire de sceller mon amitié avec Robert Dalban, ce comédien incroyable de près de vingt-cinq ans mon aîné, qui m'a toujours fait penser à Mister Magoo. Il avait débuté dans le spectacle comme comique troupier, avant de jouer des mélos dans les nombreux théâtres populaires que le quartier Montparnasse comptait à l'époque. Il était passé avec un égal bonheur à l'opérette puis aux revues de music-hall du Bataclan et de la Cigale. Sa rencontre avec Gaby Morlay donna une nouvelle dimension à sa carrière. Il joua en tournée avec elle, puis devint son partenaire au théâtre Saint-Georges. Il fit ses débuts au cinéma peu avant la guerre dans des rôles de mauvais garçons ou de policiers, auxquels son physique semblait le prédisposer, dans l'esprit des réalisateurs comme dans celui du public. J'appréciais infiniment son humour qui ne fut exploité à l'écran que dans *Les Tontons flingueurs*, de Georges Lautner, en 1963, aux côtés de Lino Ventura, Bernard Blier et Claude Rich, pour ne citer que les principaux artisans de cette comédie parodique des films d'espionnage.

J'ai longtemps par la suite traîné mes guêtres avec lui et Henri Vidal, dont j'étais devenu le copain. Tous deux étaient liés à la vie à la mort. D'ailleurs, lorsque Henri Vidal nous a quittés, bien trop tôt, en 1959 — il avait quarante ans — il a demandé à ce qu'on prenne toujours soin de Dalban, ce que j'ai fait, fidèlement, jusqu'à sa disparition en 1987. Nous étions toujours ensemble. Il ne tenait pas en place et ça m'enchantait. Je l'ai emmené dans tous mes déplacements et je l'ai fait tourner partout. Ses valises étaient toujours prêtes et jusqu'à quatre-vingt-quatre ans, il n'a eu qu'un mot à la bouche : « On se taille ? Où va-t-on ? »

***

L'Homme traqué récolta de très bonnes critiques et l'auteur s'en trouva satisfait. Je vivais toujours à Saint-Germain au même rythme décalé. On se couchait à 4 heures du matin et on se levait à 4 heures de l'après-midi ; j'allais déjeuner et, quand je ne jouais pas, je traînais. Je passais mes nuits dehors, pris dans le même kaléidoscope de lumières, de boîtes, de musique avec Claude Luter, Sidney Bechet, Boris Vian, les bandes, les filles qu'on racolait, les cafés où l'on faisait escale, le Montana, le Fiacre, le Club St-Germain, les petits restos... Des mecs vous saluaient « Ça va ? », « Ça va ! ». On passait des heures en compagnie de gens qu'on connaissait et d'autres qu'on ne connaissait pas. On ne savait jamais qui on allait rencontrer, qui paierait à dîner, qui paierait à boire. Et l'on était persuadés que toute la planète vivait comme à Saint-Germain-des-Prés, dont on était les piliers. Je retrouvais Anne Marie

Cazalis, Juliette Gréco, les Frères Jacques habités par Prévert, Marc Dolnitz et Nicodakis à la Rose rouge, où nous montions plein de sketches, comme on le ferait plus tard dans les cafés-théâtres qui allaient éclore dans les années soixante-dix.

Je m'attablais souvent avec Michel de Ré, poète lumineux que j'estimais beaucoup. Un jour, le coquin est allé épouser sans crier gare une petite Anglaise sublime qui ressemblait à Jean Seberg comme deux gouttes d'eau et il nous a quittés. Je me souviens aussi d'un notaire, Yvan Peuc, garçon prodigieux qui s'est occupé longtemps du poste de comédien administrateur de Michel de Ré, avant de retourner au notariat. Les bandes et les clans se retrouvaient à la soupe. On ne se disait pas « bonjour », on ne se quittait pas en disant « au revoir ». On se croisait, « Salut ! », à demain ou à jamais !

Moi, je me laissais aller à la routine... Je jouai *L'Enfant prodigue,* de Gide, mis en scène par Marchat. Puis, grâce à Raymond Rouleau, je me retrouvai un temps à Deauville dans *Anna Karénine.* Fatigué, sans doute, le hasard qui s'était montré bon prince jusqu'alors semblait se désintéresser de moi. Je faisais des panouilles ici ou là, un œil fixé sur le théâtre, l'autre sur les plateaux des studios, guettant mollement une opportunité.

Au hasard de ces pérégrinations, j'ai rencontré Michel Simon. C'était un personnage attachant, doublé d'un fabuleux comédien, totalement inclassable, au visage peu banal d'une étonnante mobilité, avec une élocution et une diction inimitables. Son intelligence des rôles lui permettait de jouer avec une égale réussite les tragiques, les comiques ou les personnages de vaudevilles. Je l'entends encore dire, dans *Quai des Brumes* : « Je sais bien que ma gueule ne plaît pas à beaucoup de monde, mais à moi elle me plaît, c'est le principal ! »

Tous ces épisodes de ma vie étaient intéressants, mais mis bout à bout, ils formaient un patchwork où j'avais bien du mal à trouver le moindre fil conducteur. Je commençais à trouver l'existence fade. J'avais l'impression de m'enliser un peu plus chaque jour dans les sables mouvants germanopratins. Je décidai donc d'abréger l'histoire. Un soir, je pris la décision de résilier mon sursis et de partir effectuer mon service militaire.

Ce coup de tête ne reposait sur rien de précis, si ce n'est le sentiment d'être parvenu à la fin de quelque chose. J'agirai toujours de cette manière — et mon départ pour Reims, presque vingt ans plus tard, se fera dans les mêmes conditions. Quand je prends la décision de partir, je pars. Rien ne peut m'arrêter, rien ni surtout personne, ni femme, ni homme, ni argent. Le temps est fini ! Tout se passe comme si ma vie s'organisait d'elle-même en cycles successifs, en chapitres complètement différents, n'ayant aucun lien ensemble. C'est à chaque fois un renouveau, avec un prolongement et une fin. Il y aura la période cinéma, celle de Reims, l'ère des grands spectacles au Palais des Sports et au Palais des Congrès, une grandiose folie jusqu'à *De Gaulle* et *Jésus, la Résurrection...* Aujourd'hui, en prenant la direction du théâtre Marigny, j'ai plongé dans une nouvelle aventure. Je ne dis pas que je ne remonterai pas un, voire deux grands spectacles, mais à présent je me consacre à ce théâtre. Je dois à l'homme qui m'en a donné les moyens de remplir parfaitement mon contrat. C'est la moindre des choses.

***

Certains enterrent leur vie de garçon avec une ribambelle de potes, pour ma part j'étais déterminé à enterrer dignement ma vie de civil dans une bienheureuse solitude. J'avais réussi à sauver du naufrage de quoi financer cette ultime soirée. À peine débarqué à Strasbourg, la veille du jour fatidique, je repérai un très bon hôtel et réservai la meilleure chambre. Je passai l'après-midi au cinéma voisin où je me délectai coup sur coup de *Jeunes Filles en uniforme,* suivi de *La Femme à abattre,* avec Humphrey Bogart. Le soir au dîner, je commandai le meilleur repas, arrosé des meilleurs crus, puis je partis me coucher, optimiste, dans des draps fins marqués au chiffre de l'hôtel.

Le lendemain, quelques minutes avant huit heures, la tête encore pleine de luxe, je me suis présenté à la caserne avec une valise minable, convocation à la main, pour m'agglutiner au troupeau d'une centaine de garçons battant la semelle en contemplant d'un œil navré les bâtiments sinistres qui nous entouraient. Nous avons été littéralement parqués en attendant de recevoir nos paquetages et notre feuille de route. Dès mes premiers pas dans la cour, j'ai eu la chance de tomber sur un garçon nommé Mikaeloff, qui était russe, comme son nom l'indique. Nous nous sommes mis à parler dans cette langue, par plaisir et pour nous réapproprier le temps.

Le hasard des affectations nous expédia ensemble dans la troupe d'occupation au service des armées alliées, stationnée en Allemagne à Zweibrücken (Deux-Ponts), pas très loin de la frontière française, au 42e régiment de Transmissions. Un régiment disciplinaire ! J'ai tout de suite cherché la possibilité de bénéficier d'un statut plus clément. Renseignements pris, il s'avéra que le capitaine Cruault, médecin-major au service de santé, était amateur de théâtre et de belles-lettres. Il avait de surcroît la charge d'organiser les kermesses et autres événements récréatifs nécessaires au moral des troupes.

Je me suis précipité à l'infirmerie.

— Mon capitaine, je suis acteur !

— Très bien ! Vous serez le troisième.

En effet, postulaient déjà au rôle d'animateur un comédien, Antoine Marin, et un nommé Goldenberg, jeune auteur de théâtre. Mais pour bénéficier de la protection du capitaine Cruault et de l'immunité conférée par l'organisation des loisirs, il fallait appartenir au service de santé, et donc passer son diplôme d'infirmier. Qu'à cela ne tienne, je m'engageai sans hésiter dans cette voie inattendue, d'autant que le capitaine-major, à l'infirmerie, aimait les artistes, bien qu'il parût très sévère. Pour une raison connue de lui seul, il ne parvint jamais à prononcer mon nom correctement. Il aboyait toujours quelque chose qui, selon les jours, variait entre « Hosseïne » et « Hosseinhoff », ce qui me ramenait aux péripéties de ma famille. On se rendit vite compte qu'il aimait réellement le théâtre. Nous partagions la même passion et les mêmes centres d'intérêt, son plus gros défaut se résumant à des sautes d'humeur plus ou moins inattendues qui conduisaient à des exercices improvisés. Et puis le calme revenait de manière tout aussi inattendue. On aurait dit un coup de vent avec rafales entre deux morceaux de ciel bleu.

— Hosseinhoff ! Hosseinoff ! Donnez-moi votre avis ! Si on faisait une petite séance de cinéma à deux francs la place, la semaine prochaine, qu'en pensez-vous ?

— C'est une bonne idée, mon capitaine, mais quel film comptez-vous passer ?

— Il faudrait un film comique. Vous connaissez ça ?

— Attendez... Je crois que oui. Si je vais en perm', je vous en rapporte un excellent sans problème !

— Bien. Je vous donne trois jours de permission.

Je suis parti sans demander mon reste et j'ai ramené *François Ier*, cette comédie géniale où Fernandel fait des allers et retours dans le temps, entre son époque et celle de la Renaissance, un dictionnaire Larousse sous le bras, dont les pages roses lui permettent de prédire l'avenir à la cour du roi — un excellent film de 1936.

— Génial ! Très bien ! Et maintenant, qu'est-ce qu'on pourrait leur passer d'autre ?

— *La Vallée des Géants,* ce long métrage américain sur les bûcherons.

— Parfait ! Allons-y !

Les choses s'organisaient de cette façon. Il me faisait confiance. Je respectais toujours mes engagements et je faisais en sorte de le satisfaire dans les meilleurs délais. En contrepartie, de temps en temps, il me donnait quartier libre. J'en profitais pour me la couler douce. Quand il n'était pas content de moi, ou lorsqu'il avait un peu trop tutoyé la dive bouteille, je l'entendais soudain hurler :

— Hosseinhoff ! En treillis !

Je me mettais en treillis et je revenais aux ordres, mais comme il s'ennuyait sans moi, surtout s'il n'avait pas un bon interlocuteur sous la main pour parler théâtre ou littérature, les choses en restaient là le plus souvent, et j'échappais aux exercices de rigueur.

J'ai donc suivi la formation pour devenir infirmier et fini par décrocher mon caducée au terme d'un examen où la connaissance du contenu de l'armoire à pharmacie semblait plus importante que les maux des patients. Très vite, ma nouvelle situation révéla ses nombreux avantages. Je redécouvrais les vertus du troc, comme autrefois au pensionnat. Mais cette fois-ci, je détenais les atouts maîtres : « Tu veux un peu de sirop de ceci ? O.K. ! Alors file-moi ça... Tu veux te faire porter pâle ? Ça va. Tu me bois ça et ça ira impeccable. Seulement tu me repasses mes affaires. Et demain, tu dors à l'infirmerie ! » Les commerces parallèles allaient bon train. Cruault n'était pas dupe, mais il s'en moquait. Vers la fin d'après-midi, il abandonnait souvent le terrain en me passant la consigne :

— Hosseïne, je m'en vais. Surveillez bien tout.

— Oui, mon capitaine.

Avec Marin et Goldenberg, nous avions réuni une petite troupe et nous avions monté des spectacles insensés qui avaient tous obtenu un très vif succès. Grâce à quoi, malgré nos propensions à tirer au flanc pour les tâches et exercices propres à l'entraînement du soldat, nous bénéficiions de la compréhension et de la protection des officiers, et même des officiers supérieurs qui nous remerciaient de les faire autant rire. J'ai joué *Ne te promène donc pas toute nue* et monté, inspiré par *Les Branquignols* de Robert Dhéry, un spectacle que j'ai appelé, par dérision, *Les Six Faux Nez.*

⁂

Le moment venu d'aller faire un stage, on m'a envoyé à Landau. C'était le paradis ! Je me levais à huit heures au lieu de cinq heures et demie. J'avais mon lit de camp à part et mes petites habitudes. Les tire-au-flanc m'apportaient presque tous les jours le café, car j'étais le seul infirmier de la compagnie et je pouvais leur trouver des prétextes pour dormir à l'infirmerie, ce qui le lendemain les dispensait des activités physiques et de l'instruction militaire. Quant à moi, j'étais invité par le commandant à prendre mes repas au mess des sous-officiers où l'on me servait en cuisine des steaks grands comme des assiettes. Les petits camarades qui n'avaient pas cette chance avalaient jour après jour des menus à base de pommes de terre. Le soir, je venais philosopher avec les sous-off, ou je m'employais à gangrener le régiment, en le faisant rêver. Souvent nous faisions le mur, à quelques-uns, pour nous rendre au Gasthaus (restaurant) en joyeuse compagnie. Nous commandions un « steak mit salad, und frites », puis nous rentrions sagement à la caserne, en veillant à ne pas tomber sur la patrouille. C'était encore l'époque des pistolets-mitrailleurs et de tout un arsenal très dissuasif que nous ne souhaitions pas voir braqué sur nous avant de nous retrouver en prison. Il ne faut pas oublier que nous étions là en position d'occupants et que nous nous devions d'avoir des comportements irréprochables.

Un jour on me fit savoir que je pouvais passer sous-officier si je le désirais :

— Oh, moi, vous savez...

— Mais si, mais si.

— Mais je n'ai pas fait les EOR [1] !

— Ça n'a aucune importance, me répondit un gradé, vous ferez un très bon caporal.

Entre-temps, j'étais devenu le chouchou du colonel, parce qu'il trouvait extraordinaire que je monte ces spectacles où tout le monde était écroulé de rire, soldats, jeunes recrues, officiers et sous-officiers confondus. Les gens m'aimaient beaucoup et j'étais très populaire. Je tirais parti de cet avantage pour accentuer une allure indolente et un côté fataliste bon enfant qui faisaient qu'on me dispensait de la plupart des corvées. En haut lieu on considérait que j'étais un excellent animateur, créateur et monteur de spectacles, mais un piètre soldat. Mes « qualités » semblant contrebalancer avantageusement mes carences, on fermait les yeux sur tout un tas de choses que je ne faisais pas.

Sur le plan militaire à proprement parler, nous étions en pays occupé, et nous étions tous tenus de participer régulièrement à des manœuvres qui représentaient autant un entraînement intensif qu'une démonstration de force à l'usage des populations. Je me retrouvais donc de temps à autre en tenue de combat, le casque lourd sur la tête et le fusil à la main, dans un contexte qui ne portait pas à la plaisanterie.

Mais ma grande découverte, à l'armée, ce fut l'amitié. J'ai conservé très longtemps dans la vie civile ces amis de régiment, jusqu'à ce que les cir-

1. E.O.R. : peloton des élèves officiers de réserve.

constances nous séparent plus et moins. Mais même si je ne les revois plus, leur souvenir demeure en moi, aussi vif et cher que par le passé. Le retour au civil fausse nécessairement les rapports, parce que la vie nous accapare et que nous sommes sortis de ce temps suspendu où l'armée nous avait fondus dans un même et unique creuset : le sien ! Que nous soyons, avocat, médecin, acteur, peintre, plombier, boulanger, conducteur de poids lourds, nous partagions alors toutes nos préoccupations. Le temps dont nous disposions servait à nous écouter les uns les autres avec une disponibilité totale. C'est à l'armée que j'ai appris à me tourner vers les autres, moi qui ne le faisais pratiquement jamais. Dans cette sorte d'univers clos, j'ai mesuré la valeur, la force et la richesse des liens amicaux.

⁂

Vers le milieu de mon service — on faisait alors douze mois si l'on était sursitaire, sinon c'était dix-huit — j'ai été muté à Baden-Baden, pour y faire triompher devant les « huiles » nos spectacles désormais parfaitement réglés, et m'occuper — toujours — de l'infirmerie. Le colonel Pamard, commandant la place, se prit d'amitié pour moi. Vu l'efficacité dont je faisais preuve dans l'exécution de mon service, il pensait que je ferais une excellente graine de soldat « professionnel » et qu'au terme de mon service national, je rempilerais...

Je n'en avais pas la moindre envie, bien sûr. C'était un régiment assez dur. Nous étions en tenue impeccable, avec les rangers et tout l'arsenal. Si bizarre et paradoxal que cela puisse paraître, nous étions dans un monde « élégant ». L'armée d'occupation ne pouvait pas se permettre des tenues, des attitudes, des comportements négligés. Les ceinturons étaient bouclés, les manteaux boutonnés et les saluts, comme les attitudes, irréprochables. On était loin des militaires stationnés à Paris, dont la tenue comme les cheveux auraient nécessité une sérieuse reprise en main.

Pour ma part, je réussissais à vivre en marge, respectant les apparences, assurant les vaccinations, donnant les premiers soins et m'occupant des malades contagieux, ce que personne d'autre ne voulait faire. On essayait de soulager le plus possible ceux qui souffraient vraiment. Mais quand j'avais affaire à des truqueurs, je les soignais d'autant plus fort ! Quand un spécimen de ce type venait à l'infirmerie, on lui filait trois jours. On distribuait aussi beaucoup de sirops, sirop de ceci, sirop de cela, parce que certains de leurs composants, lorsqu'on en prend une bonne dose, aident passablement à voir la vie en rose.

L'infirmerie était une sorte de no man's land, bénéficiant d'un statut d'extra-territorialité. On s'y retrouvait souvent pour faire la fête. Je m'étais aménagé cet îlot de vie pour passer le temps. J'avais un an à tirer et j'essayais de le faire dans des conditions intéressantes. Un an logé et nourri, mais pas n'importe comment !

J'ai rencontré le commandant Brialy, le père de Jean-Claude, en poste à Baden-Baden, au cours d'une inspection. Ayant été habitué au régime de faveur de la cantine des sous-officiers à Zweibrücken, je trouvais qu'à Baden-Baden l'ordinaire laissait singulièrement à désirer. Aussi, lorsque le commandant Brialy a posé la question de savoir s'il y avait des réclamations quant à la nourriture, j'ai levé la main. J'étais bien entendu le seul. Je trouvais que la cuisine pouvait être améliorée et que, d'une manière générale, il n'y avait aucune raison pour que la présentation des plats ne fût pas élaborée d'une manière un peu plus « civilisée », un peu plus propre aussi, au lieu de nous filer des bassines de choux rouges en salade, de pommes sautées ou de pois cassés. J'avais envie d'une assiette appétissante, et j'en fis part au commandant dans un silence à couper au couteau.

— Vous voulez peut-être venir manger chez moi, aussi ? me répondit-il simplement.

J'ai trouvé plus sage de ne pas répondre...

Et c'est à la suite de cet échange peu conventionnel que je me suis retrouvé à la table du commandant Brialy, en face de Jean-Claude que je voyais pour la première fois, un soir à dîner.

Comme à l'heure où le repas s'est terminé, il n'était plus possible de regagner la caserne, je fus invité à dormir chez mes hôtes et, faute de place, à partager non seulement la chambre, mais le lit de Jean-Claude. Nous avons donc dormi ensemble ! En toute innocence. Je ne sais plus s'il faisait ou non son service militaire à cette époque, car il est un peu plus jeune que moi. La question ne s'est pas posée parce que ce soir-là nous avons pas mal déliré, et qu'ensuite, nous nous sommes provisoirement perdus de vue. Je ne savais même pas, à cette époque, qu'il ferait un jour du théâtre.

Après cette mémorable soirée, je n'ai plus revu le commandant Brialy. Mais plus tard, et avec grand plaisir, j'ai retrouvé Jean-Claude. On a tourné ensemble, et on est devenus très amis. Je n'ai jamais joué au théâtre avec lui, mais je l'ai admiré aussitôt quand je l'ai découvert dans *Les Cousins* et *Le Beau Serge*. À l'issue de la première de cette pièce, d'ailleurs, Gérard Philipe était venu lui dire qu'il avait été très bon et qu'il ferait carrière. En 1972, Jean-Claude et moi allions tourner ensemble dans *Un meurtre est un meurtre,* d'Étienne Périer. Mais bien avant ça, nous avons forgé les bases de notre amitié.

***

Durant cette année de service militaire, j'ai connu des moments inoubliables, que ce soit en traversant les paysages de la Forêt-Noire en automne ou en allant écouter des concerts sur la grand'place, le dimanche. J'y retrouvais les mêmes musiciens qu'au jardin du Luxembourg, dans l'Occupation de mon enfance. Mais là, ils n'arboraient plus d'uniformes, ni de croix gammée, et la situation était inversée : nous étions les occupants. Seule la musique sortait intacte de cette tragédie qui venait d'ensanglanter la planète.

C'est fou, d'ailleurs, en Allemagne, cet amour de la musique. Lorsque j'ai été envoyé en mission à Baden pour la première fois, rien n'avait encore pu être organisé pour mon hébergement et j'avais été envoyé chez l'habitant. Dès mon arrivée, je me précipite à l'adresse indiquée. Il était très tôt, à peine sept heures du matin, lorsque j'ai sonné à la porte. On m'a ouvert aussitôt et, quelques secondes plus tard, j'avais devant les yeux le spectacle d'une famille entière, le père, la mère et trois ou quatre enfants en train faire de la musique. Ils jouaient une cantate de Bach. Admiratif, je me suis assis et j'ai écouté.

Pour le déjeuner, ils mirent sur la table tout ce qui leur restait. J'ai été très bien accueilli. J'ai passé des moments assez exceptionnels dans cette famille. Je crois que le père était médecin ou exerçait une profession paramédicale. Il y avait une fille blonde aux yeux bleus, toujours souriante. Tous ces gens vivaient l'occupation avec beaucoup de dignité et de simplicité. Je suis convaincu qu'ils devaient cette attitude à la musique et à la littérature, dont les lieux comme les êtres étaient là-bas imprégnés.

Lorsque je venais à Paris, j'allais toujours voir de vieilles comtesses amies de mes parents qui s'occupaient des jeunes en permission. Elles nous nourrissaient et s'inquiétaient de notre avenir. Le théâtre ne leur paraissait pas un métier et à chaque occasion, elles nous redemandaient :

— Mais pourquoi ne faites-vous pas autre chose ? Pourquoi ne cherchez-vous pas à travailler ? Nous avons des relations, vous pourriez entrer dans les Wagons-lits. Vous pourriez vous rendre utiles, servir dans les trains, dans les wagons-restaurants. Mais pourquoi ne voulez-vous pas ?

Et puis si vous tenez tellement à être acteurs, vous pourriez exercer ce métier en attendant le succès.

Et la vieille comtesse d'insister, alors que nous étions au comble de l'exaspération :

— Au lieu de faire votre théâtre, prenez un moment de répit, cela vous sera profitable !

Un soir, je ne pus m'empêcher de répondre :

— Madame, on ne prend pas de répit quand on fait du théâtre. C'est déjà assez difficile sans répit, mais si on doit prendre du répit, on est perdu.

J'obtins un jour une permission exceptionnelle pour passer une audition à Paris, à la demande des frères Mill. Hervé Mill était directeur de *Paris Match*. Gérard Mill, un esthète au goût fabuleux, décorateur d'appartements à ses heures, montait *Sud*, de Julien Green, au théâtre de l'Athénée. Il pensait que je pouvais jouer le héros de la pièce et il m'avait fait venir d'Allemagne pour un essai. Il m'avait habillé de pied en cap avec ses propres costumes, mais à l'audition, il se révéla que je n'étais pas tout à fait le personnage et c'est finalement Pierre Vaneck qui obtint le rôle.

Grâce à cette convocation, j'ai vécu huit jours tranquilles à Paris. Les frères Mill m'avaient invité avec Vadim et Marquand, et nous avons passé ces journées ensemble, somptueusement reçus. Tout comme Pierre Lazareff, qui lui aussi m'a beaucoup aidé, Hervé et Gérard Mill étaient d'une grande générosité. Chez eux on faisait toujours des rencontres passionnantes, des gens intelligents, intéressants, des jeunes, des moins jeunes, de tout. J'ai retrouvé là-bas Vadim, qui n'était déjà plus à *Paris Match* à cette époque : il était l'assistant de Marc Allégret et se préparait à réaliser son premier film.

*
**

À chaque permission, ma mère tenait à me « montrer ». Elle était (enfin) fière de son fils qu'elle faisait admirer à tout le quartier. Quand je passais, elle disait : « Regardez mon garçon, regardez-le, il sert la France ! » Elle et mon père tenaient à honorer ce pays qui les avait si bien accueillis, eux les immigrés de jadis. Je ne peux m'empêcher de regretter qu'ils n'aient plus été de ce monde quand on m'a remis cette croix d'officier de la Légion d'honneur pour « services rendus à la France », comme le disait la lettre officielle, faisant référence à mon œuvre au théâtre. Ma mère aurait tellement aimé cette consécration. Elle me disait toujours :

— Tu devrais rentrer à la Comédie-Française, Robert, parce que c'est un titre ! À chaque fois qu'on voit des génériques de film, sous le nom des sociétaires, il y a marqué « de la Comédie-Française ». Sous ton nom, il n'y a rien. Tu es juste toi. Il n'y a pas d'adjectif qui suit. Tu n'as pas de décoration, tu n'as rien du tout.

Et je lui répondais :

— C'est sans doute parce que je ne suis rien du tout !

— Ah ! Dommage... murmurait-elle.

***

Dans les jours qui précédèrent la fin du service militaire, mes angoisses revinrent. J'avais beau crier avec les autres, par solidarité, « la quille, bordel ! La quille ! », ce n'étaient que des mots. J'avais découvert la solidarité sous sa forme instinctive, beaucoup d'amitiés désintéressées. J'avais également appris à me soucier des autres. Qu'allais-je faire de ces nouveaux bagages ?

En bouclant ma valise, j'étais dans l'inquiétude du lendemain. J'avais presque peur de la vie hors les murs et même de Saint-Germain. Je n'avais pas de travail. Je ne savais pas s'il serait possible de revenir facilement au théâtre ou si on m'aurait oublié. Un an, déjà... Je ne savais absolument pas ce que j'allais devenir.

VII

FRÉDÉRIC : LE CHASSEUR D'ANGOISSES

Le retour vers Paris fut sinistre. Tant que le train roula dans la campagne, je me laissai plus ou moins aller, bercé par le mouvement et distrait par le paysage. Mais à l'approche de l'agglomération parisienne, les angoisses existentielles et le sentiment de vide revinrent au premier plan. L'arrivée en gare de l'Est marqua le terme véritable d'un voyage hors du temps. Je venais de passer douze mois sur une autre planète, loin des soucis de mon existence, pris en charge par l'armée et réchauffé aux feux de l'amitié. Je venais de vivre une forme vaguement familière de pensionnat pour jeunes hommes en rupture de vie civile. Cette parenthèse prenait fin avec les rails, au butoir du quai d'arrivée. Encore quelques pas et ce serait le doute.

Pendant des mois, des années, on joue un rôle, on existe, on est essentiel par rapport à une organisation sociale, et soudain on disparaît. On n'est plus dans l'actualité. La vie continue pour ceux qui sont restés. Le manège tourne et ils contribuent à entretenir le mouvement. Mais cette fois, on ne fait plus partie du mécanisme. Tant qu'on est dedans, on ne s'en rend pas compte. C'est comme l'assiette au beurre. Un jour on est viré ! Il y avait exactement un an que j'avais quitté le monde du théâtre. Y aurait-il encore une place pour moi dans cet univers ?

J'arrivai dans la capitale, en 1949, comme un étranger, avec ma valise minable. C'est à peine si j'osais aller à Saint-Germain-des-Prés. Je n'avais ni argent, ni travail. J'étais parti désargenté, je revenais pauvre et désenchanté, le cœur entre les dents et les yeux rivés sur un vasistas battu de pluie, en plein milieu d'un ciel bas, chargé, désespérant... J'étais étendu sur le lit d'une chambre de bonne silencieuse, les mains nouées derrière la nuque, attendant quelque chose qui ne venait pas.

Maurice Petitpas, un ami intime de Gérard Philipe, m'avait passé sa chambre durant son absence. C'était un garçon intéressant, au parcours original. Il avait roulé sa bosse en Indochine et un peu partout dans le monde. Capitaine à Diên Biên Phu, il était sorti indemne du naufrage. Ça n'avait jamais été facile pour lui, d'autant qu'il ne jouissait pas d'une santé exceptionnelle. Par la suite, il était devenu comédien. Je l'avais connu au théâtre, lorsqu'il jouait *Les Épiphanies* de Pichette. Nous devions tourner ensemble quelques années plus tard dans le film de Vadim, *Le Vice et la vertu*. Malheureusement, il perdit l'usage d'une main à la suite de l'explosion d'une grenade offensive pendant une prise de vue figurant l'assaut par les troupes alliées de la « Commanderie », mystérieuse et terrifiante citadelle où s'étaient retranchés les dignitaires nazis au moment de la débâcle...

Mais pour l'heure, j'étais à mille lieues d'envisager cet avenir inconnu et abstrait. Et dans l'immédiat, il fallait absolument que je m'en sorte. Je repris des contacts, en quête d'un petit rôle ou même d'une panouille. La démarche se révéla pénible, démoralisante. Au premier abord personne ne me reconnaissait. Avais-je tellement changé? Mes parents eux-mêmes semblaient déconcertés par mon aspect.

*
**

Je finis par obtenir une figuration à peine intelligente dans une tournée avec Marie Déa, une de mes égéries, dont j'étais amoureux depuis longtemps. J'avais été fasciné par son interprétation inoubliable dans le film de Carné, *Les Visiteurs du soir*. Son personnage l'avait scellée à tout jamais dans la gloire à l'instant même où elle devenait une statue de granit dont le cœur, mû par l'amour, continuait à battre malgré le sortilège. Marie Déa avait débuté au cinéma en 1939; elle ne tourna pas énormément de films, mais elle le fit toujours judicieusement. Cette élève de Gaston Baty, issue du Conservatoire, eut en revanche une carrière théâtrale bien remplie avec des succès remarquables dans des pièces comme *Madame Bovary, Huis clos, Thé et sympathie, Tartuffe* ou bien encore *Le Prince travesti*. J'avais donc d'excellentes raisons de l'accompagner, même si ma prestation à strict caractère alimentaire ne risquait pas de me valoir la renommée.

Le drame avec moi, c'est que je tombe toujours amoureux de personnages fictifs. Depuis l'enfance, je me suis épris de dizaines de stars, ou plutôt des personnages qu'elles interprétaient. Je les sublimais. Alors, forcément, quand j'ai eu la chance de les rencontrer, ce fut le plus souvent la déconvenue brutale, irrémédiable... Il ne faut jamais confronter les rêves à la réalité. C'est trop dangereux, et les rêves sont trop précieux pour être brisés. J'avais beau le savoir, je m'exposais chaque fois à cette déception...

La tournée nous ramena en Allemagne, ce qui me permit, dans mes moments de liberté, de découvrir plus avant un pays à peine entrevu. Le soir, on me peignait de la tête au pied dans le genre hallebardier hindou. L'action se passait sur un navire et je gardais la porte des appartements de la souveraine. Des aventuriers arrivaient et me transperçaient. Au moment de mourir, je donnais l'alarme. Les gardes se précipitaient à la rescousse. Le timonier me soulevait dans ses bras et se penchait sur moi pour recueillir mes dernières paroles. Et là, comme je voulais plaire à Marie Déa, j'allongeais la sauce : « Attends, attends... Je souffre, mais tu lui diras que je l'aimais ! » Le timonier qui me tenait dans les bras me murmurait, surpris :

— Mais ce n'est pas dans la pièce ?

Un soir, j'en ai encore rajouté : « Et, tu lui diras que... Et aussi que... » J'avais sans doute poussé le bouchon trop loin : lassé par ma déclaration d'amour à tiroirs, le timonier me laissa froidement retomber sur le plancher en s'exclamant, cette fois à voix haute :

— Ah, et puis merde ! C'est trop long. Voilà les clés, tu fermeras le théâtre !

Et il quitta la scène.

Il s'appelait Charles Lavial. C'était un sacré personnage. On le surnommait familièrement « arts et métiers », parce qu'en bon adepte du « système D », il avait ouvert sous le manteau un véritable commerce afin d'arrondir ses fins de mois. On pouvait se procurer auprès de lui une quantité invraisemblable d'objets, du rasoir au poste de radio. Il faisait à Paris des emplettes extravagantes et, profitant des villes étapes de la tournée, il revendait tout.

Il avait beau jeu de trouver longue mon improvisation, lui si bavard en coulisses qu'il en oubliait parfois d'entrer en scène, ce qui était tout de même ennuyeux. Dans ces cas-là, pour justifier son retard, il annonçait au public qu'il y avait eu une tempête. À moins qu'il n'eût un rendez-vous galant, à l'entracte, et qu'il fût pressé de s'y rendre. Dans cette autre circonstance et afin de lui venir en aide, compréhensifs et complices, nous nous mettions à crier :

— Attention ! Attention, la mer, le mât craque, le mât craque !

À ce signal, lui se mettait à hurler : « Entracte, entracte ! » et le rideau tombait un peu plus tôt que prévu pour qu'il puisse aller à son rencart.

Naturellement, il lui arrivait aussi d'être en retard

pour la reprise. Quand après avoir fait traîner les répliques, nous l'entendions enfin arriver, il lançait un sonore : « Tant pis, je plonge ! », et il entrait sur scène en courant.

C'était un vieux bonhomme, remarquable acteur au demeurant, avec un métier d'enfer, capable d'affronter toutes les situations possibles et imaginables en tournée. Il n'avait plus l'espoir d'être reconnu, ce qui lui conférait un naturel époustouflant dans son comportement. De surcroît, il n'était dépourvu ni d'humour, ni d'un sens aigu de l'opportunité. Par-dessus tout, il considérait la vie comme un immense jeu de rôles.

Je me souviens qu'un jour, me rendant en Allemagne avec lui, je me demandais comment nous allions passer la douane. Il avait en effet pratiquement dévalisé tout un bazar et ses bagages recelaient une multitude de marchandises dont la découverte risquait de nous ruiner en amendes et frais de douane, à moins que nous nous retrouvions en prison.

— Charles, on va se faire piquer ! On est dans le train, on arrive à la douane, et tu as deux cents rasoirs, quatre cents shampooings, une malle pleine de trucs, et des trucs plein les poches... On va se faire épingler !

— Ne t'inquiète pas ! Nous passerons les doigts dans le nez.

— Comment comptes-tu t'en tirer ? Tu as même fourré des diamants dans les sandwichs !

Je le vois alors retirer ses chaussures sans mot dire, enlever ses chaussettes trouées qui dégageaient une odeur à faire fuir un putois, et les accrocher avec une pince à linge sur la barre du filet à bagages, juste à hauteur de visage pour un arrivant. À ce moment-là, les douaniers frappent à la vitre et ouvrent la porte du compartiment. J'étais paniqué.

— Rien à déclarer ? Ah bon !

— Non, rien à déclarer !

Avec une grimace, ils referment la porte brutalement, pris par l'odeur atroce.

Et Charles de se rechausser tranquillement, en sifflotant, tandis que je tremblais encore d'émotion.

Pendant que je le regardais attacher ses lacets, je pensais qu'il avait dû être apprécié à ses débuts, et que le temps l'avait oublié. Aujourd'hui encore, je me souviens de tous ces deuxièmes, troisièmes et quatrièmes rôles, dont personne ne sait même plus qu'ils ont existé. La nostalge, c'est aussi à cause d'eux. Je leur dois bien cet hommage du cœur.

La troupe était importante et nous étions assez nombreux. Il y avait à l'affiche *Huon de Bordeaux* avec les cinquante tableaux d'un conte écrit par Alexandre Arnoux. Marie Déa régnait sur ce petit monde, grâce à sa beauté et à son talent. Un jour, en passant devant sa loge, je l'entendis dire à un mystérieux interlocuteur que je ne pouvais voir :

— À mon goût, il n'y en aura que trois dans cette bande qui feront quelque chose.

Ce fut plus fort que moi. Emporté par ce sens inné de la provocation et de l'insolence qui me caractérise, je ne pus m'empêcher d'entrer et de lui demander d'un air faussement innocent :

— Mais qui sont les deux autres, madame ?

Elle éclata de rire. Je lui aurais bien roulé un patin mais je n'ai pas osé.

Pourtant, j'étais loin de croire à mon avenir. Je me retrouvais, une fois de plus, en position de survie. Ce qui m'intéressait, c'était d'essayer de gagner de l'argent dans le cinéma, ou dans le théâtre — peu importe —, pour me sortir de la précarité. J'avais une passion bien réelle pour ces deux univers, mais celle-ci se trouvait frelatée par l'attrait d'une position sociale qui devait me permettre de me tenir à l'abri de la misère indigne où j'avais vu mes parents plongés pendant des années.

C'est dire que je n'avais à ce moment-là aucune velléité de vedettariat. Pas une seconde je n'imaginais travailler pour devenir un acteur connu. J'attribuais mon succès dans *La neige était sale* à une heureuse coïncidence entre le personnage et moi. Le voyou que j'étais avait interprété le rôle d'un autre voyou. Quoi de plus naturel ? Tout le mérite de la pièce revenait à l'auteur et à l'adaptation. Les valeurs confirmées de la scène et de l'écran avaient alors pour nom Jean-Claude Pascal, Philippe Lemaire, symboles de toute une génération de jeunes premiers blonds, bruns, bon chic-bon genre, la voix mélodieuse, beaux et rassurants, des gendres comme on en aurait souhaité dans toutes les familles bien-pensantes... J'étais brun, bizarre, maigre, j'avais une voix cassée, donc je ne pouvais absolument pas aspirer à la gloire.

Je m'apprêtais à tenir toute ma vie une hallebarde comme je venais de le faire pendant la tournée. Avec un peu de chance, peut-être allais-je décrocher quelque troisième ou deuxième rôle qui me permettrait de vivre dignement d'un métier que j'avais choisi. Je trouvais déjà génial de pouvoir profiter d'une profession que l'on aime alors que tant d'hommes sont contraints d'accepter ce qui se présente, sans aucun plaisir. Certes je nourrissais des rêves, j'imaginais parfois des choses hallucinantes, fantastiques, mais pas du tout en rapport avec une quelconque réussite artistique. Je crois que les choses se sont mises en place sans moi, au hasard des circonstances. D'ailleurs, je n'étais pas préoccupé, ni excité, par l'idée de réussir ou de ne pas réussir. Je faisais ce qu'il y avait à faire. J'étais dans la foule et je suivais la foule, allant là où le courant m'entraînait. Je ne manifestais ni acharnement ni ambition. J'ai joué les dilettantes, en somme, jusqu'au moment où la chance s'en est mêlée.

*
**

Frédéric Dard, qui avait réalisé l'adaptation de *La neige était sale,* s'est souvenu de moi. Il m'avait certainement trouvé quelque chose car au moment de monter *Du plomb pour ces demoiselles* au Grand Guignol, une adaptation d'un de ses propres romans, il pensa à moi pour le rôle principal et me demanda de contacter Georges Vitaly, son metteur en scène. J'ai donc auditionné comme tout le monde et j'ai été retenu pour le rôle qui, évidemment, était celui d'un mauvais garçon mais dans une composition dramatique très subtile à plusieurs degrés de lecture. Georges Vitaly, qui était russe, ne m'avait pas oublié lui non plus et nous nous sommes tout de suite bien entendus. La pièce allait tenir un an et faire courir le Tout-Paris. D'un coup je renouais avec le succès. Les jours gris s'estompaient de semaine en semaine. Pourtant mon angoisse demeurait.

Frédéric Dard, qui avait senti ma détresse profonde, m'entourait de son amitié. Il m'avait ouvert sa maison des Mureaux, près de Melun, où j'étais reçu par sa femme et ses deux enfants, Patrice et Élisabeth, comme un autre enfant de la maison et comme un frère. Plus encore que la table fastueuse, j'appréciais la chaleur humaine de cette famille. Mes visites se firent de plus en plus rapprochées, et de plus en plus longues. Bientôt j'eus ma chambre au-dessus du bureau de Frédéric, une tanière, un refuge aux murs tapissés de livres que je pouvais lire jusqu'au bout de la nuit si l'angoisse devenait trop forte.

Je voyais Daniel Gélin régulièrement. Il me fit rencontrer une brochette de jeunes comédiens comme Michel Auclair, Henri Vidal, Serge Reggiani, Franck Villard, que l'on considérait comme les talents montants de la nouvelle génération du théâtre. Toute cette joyeuse troupe se retrouvait dans un bar américain à la mode près des Champs-Élysées. Un soir — nous étions à quelques jours de la dernière représentation du *Plomb pour ces demoiselles* —, on me proposa de jouer avec Michel Auclair et Renaud Mary dans *La Corde,* la pièce de Patrick Hamilton, une adaptation du célèbre film d'Alfred Hitchcock. J'acceptai. Nous étions en 1954, j'avais vingt-six ans.

Côté Grand Guignol, avec Frédéric, nous avions formé un tandem efficace, soudé et parfaitement complémentaire. *Du plomb pour ces demoiselles* ayant rapporté pas mal d'argent, les frères Maurey, propriétaires des lieux, se montraient bien disposés à notre égard. Ils ne parlaient que de monter des pièces de Dard, afin de parachever le renouveau de ce haut lieu de l'angoisse dont la réputation avait quelque peu périclité. Il fallait renouveler le genre. Les flots d'hémoglobine, les mains coupées, les femmes égorgées, les interrogatoires dans la salle des tortures par des docteurs fous ne faisaient plus recette comme avant. Le public voulait des intrigues subtiles, il réagissait aux climats angoissants qui faisaient courir dans les rangs des spectateurs des frissons assortis de murmures terrifiés. Un genre dans lequel Frédéric excellait. J'exigeai pour ma part de monter les pièces et les adaptations de Fred. Ce désir venait plus de l'amitié que de l'ambition. J'avais envie de traduire, de prolonger à la scène ce qu'il créait et faisait vivre à ses personnages par l'écriture. Je désirais être l'interprète parfait de cette sensibilité et de cette subtilité que j'admirais tant. Or cette fidélité ne passait pas seulement par l'interprétation des comédiens, mais pour beaucoup par l'ambiance et les moindres détails du décor, des lumières et des atmosphères sonores, que j'eus un certain mal à imposer.

Appuyé par Frédéric, j'obtins néanmoins gain de cause et nous montâmes sa nouvelle pièce, *Les salauds vont en enfer,* suivie coup sur coup de *Dr. Jekyll et Mister Hyde,* et de *La Chair de l'orchidée,* adaptée du roman de James Hadley Chase, chaque pièce faisant une saison et un succès de plus. Ce qui ne m'empêchait pas de continuer à faire l'acteur.

Au théâtre de la Renaissance, nous avions commencé à jouer *La Corde.* Une fois encore le succès était au rendez-vous. La salle était comble, le public réagissait et la presse distribuait les éloges. Je commençais à apparaître à mon tour comme un jeune espoir. Nous étions devenus très copains avec Michel Auclair et nous sortions pratiquement tous les soirs pour faire la bringue. Des nuits passablement mouvementées... Insensiblement, je me laissais aller à la facilité. Je n'avais toujours pas de point d'ancrage, en dehors de ma chambre chez Frédéric. Le reste du temps je vivais à l'hôtel, oubliant parfois de rentrer lorsqu'une bonne fortune, aux confins du jour et de la nuit, me détournait d'un chemin déjà passablement sinueux.

En fait, j'étais en pleine dépression. Celle-ci couvait depuis longtemps. Les premiers symptômes remontaient à l'époque de *La neige était sale,* trois ans plus tôt, bien avant le service militaire. J'avais eu un empoisonnement de la vésicule biliaire, sans doute provoqué par des coquillages, mais le syndrome servait de révélateur à un trouble beaucoup plus profond dont les effets pervers allaient perdurer pendant des années. Ma mère m'avait d'abord soigné avec des compresses de vinaigre, puis les médecins s'étaient emparés de moi, comme si j'avais fait don de mon corps à la science. J'ai été soigné par acupuncture et doté d'un arsenal de pilules impressionnant. J'avais tellement de médicaments dans les poches qu'on m'entendait venir de loin. Point n'était besoin de me faire annoncer. Je tintinnabulais à chaque pas comme autrefois les lépreux de la Bible. J'étais réduit à ma plus simple expression et ne tenais debout que par la force de l'habitude.

Est arrivé un moment où je fus à peine capable de me mouvoir sur scène ; je perdais l'équilibre, j'avais des angoisses pendant la représentation. Je n'arrivais pas à me dédoubler pour jouer un personnage. Donc je me suis dit : « Ce n'est plus possible, il faut que je me tourne vers la mise en scène. » C'est comme ça que je suis arrivé à en faire un métier. Sinon, en dehors du travail sur les pièces de Frédéric Dard, je ne l'aurais même pas envisagé.

En fait, ma dépression aurait mieux porté le nom de désespoir : elle ponctuait mes arrêts d'espérance. L'espoir de Dieu, sans que je sache encore le formuler, emportait ma vie dans une quête d'absolu qui venait se briser sur les récifs aigus de la souffrance humaine, sur l'incapacité de comprendre les desseins du ciel, sur cette misère dérisoire et grandiose de notre condition.

Cela dit, tout malheur a son côté soleil. Je ne pouvais sans doute plus jouer comme avant pour un temps, mais j'avais acquis une sensibilité différente. Mes perceptions s'étaient affinées, mes qualités de prémonition, voire d'anticipation aussi. De plus en plus souvent je parvenais à voir de l'autre côté du miroir. Une porte s'était ouverte en moi. Avec les années, elle n'allait cesser de s'ouvrir davantage pour ne plus jamais se refermer.

Curieusement, cet état me stimulait. Je me jetais dans le travail comme s'il avait été le remède à tous mes maux. J'habitais le Grand Guignol des cintres à la scène, de la toiture au fin fond des caves. Je m'attaquais à tout à la fois, à la mise en scène bien sûr, mais aussi aux costumes, aux décors, aux éclairages, au son. Selon les heures de la journée ou de la nuit, on me trouvait couché un moment dans les couloirs à même le sol ou sur les banquettes du foyer, et l'instant d'après debout sur une échelle, le pinceau à la main ou bien penché sur le visuel d'une affiche, quand je n'épuisais pas les comédiens en répétitions pour obtenir exactement ce que je voulais.

J'étais continuellement habité par le besoin de la création. Je voulais à tout prix reproduire sur une scène ces atmosphères des films en noir et blanc dont je m'étais nourri dans mon enfance. Les éclairages jouaient pour moi un rôle prépondérant dans la mise en valeur du texte et du jeu des acteurs, ce qui me conduisait à leur accorder une importance extrême, de même qu'aux ambiances sonores. Je recherchais les clairs-obscurs et m'efforçais de créer des puits de lumière. J'étais en train d'inventer la forme théâtrale que j'allais mettre en œuvre avec une tout autre ampleur à Reims, et par la suite dans tous mes spectacles : « Du théâtre comme vous n'en verrez qu'au cinéma », une formule qui est devenue mon slogan.

Je voulais apporter au théâtre non seulement les éclairages, mais une mise en scène cinématographique, faite d'une succession de plans. Par exemple, l'acteur donnait son texte en avançant sous un angle déterminé puis virait de quatre-vingt-dix degrés pour effectuer une sortie de profil. Il y avait le lieu de face et le lieu de profil. Je privilégiais les sorties par le fond plutôt que par les côtés. C'était vraiment du cinéma et ça ne s'était jamais fait.

Les affiches m'obsédaient tout autant. Je les trouvais plates, confuses, et à vrai dire sans impact. De surcroît, en général elles grevaient trop lourdement le budget. Comme elles étaient incontournables, je me suis efforcé de les rendre efficaces et de faire en sorte qu'elles soient au moins regardées et comprises, que quelque chose en elles accroche et alerte le public. Pour *Les Six Faux Nez,* j'ai donné volontairement dans un humour graphique à la *Charlie Hebdo,* en représentant six personnages dont les nez démesurés étaient transformés en siphons. Cela allait avec le style provocateur de la pièce, et l'effet s'en est révélé excellent. En revanche à Reims, pour ouvrir ma première saison avec *Crime et châtiment,* l'affiche se résumait en un gros plan de Jacques Weber.

Au cinéma, il y avait bien longtemps que le problème avait été résolu et, généralement, la plupart des affiches savaient donner envie de voir le film. Mais au théâtre ! J'ai dû me bagarrer pour arriver à mes fins car mes conceptions ne cadraient pas avec l'orthodoxie. Mais je n'ai jamais lâché prise. J'ai voulu que mes affiches soient reconnaissables entre toutes, qu'elles interpellent ! Et elles le font, effectivement, comme l'attestent périodiquement les enquêtes sur leur impact. D'ailleurs, maintenant, d'autres que moi se sont engagés dans cette voie, ce qui tendrait à prouver qu'il ne s'agit pas d'une impasse.

***

Dans cette période si difficile pour moi mais où tout semblait me réussir, j'avais continué d'écrire une pièce sur le racisme, commencée à l'armée et intitulée *Responsabilité limitée.* À partir d'une énigme et de ma propre expérience, je regardais l'attitude des gens par rapport au racisme ordinaire et j'en tirais un certain nombre de conclusions. C'était là un thème qui me tenait à cœur, dans la droite ligne des grandes interrogations américaines, depuis *Devine qui vient dîner* jusqu'à *Holocauste.*

J'avais très envie que cette pièce soit jouée un jour mais il me fallait d'abord me faire une idée de sa valeur. Un seul moyen : la lire à des gens de métier, sans m'exposer au ridicule pour autant.

Mon manuscrit sous le bras, j'ai donc demandé à Jean-Pierre Grenier et à Olivier Hussenot, les deux fondateurs de la célèbre compagnie théâtrale, de m'accorder une lecture. J'ai présenté la chose comme étant l'œuvre d'un de mes amis et j'ai attaqué. Ils semblaient intéressés. Au milieu du deuxième acte, je commençai à m'inquiéter car ils écoutaient toujours avec la même attention, or je n'avais pas encore écrit le troisième acte !

Naturellement, il advint ce que je redoutais.

— Eh bien continuez. Donnez-nous le troisième acte !

— C'est que mon ami ne l'a pas terminé.

— Si c'est une question de moyens, dites à votre ami de venir s'installer ici pour terminer l'écriture au plus vite. Nous le prenons en charge car cette pièce nous intéresse et nous avons l'intention de la monter rapidement.

Je me trouvais plus qu'embarrassé. Je dus avouer que « l'ami », en fait, c'était moi.

— Qu'à cela ne tienne. Terminez au plus vite. Nous vous l'avons dit, nous la montons.

Comme ils n'étaient pas dupes de mes déclarations de bonne volonté, ils m'imposèrent d'écrire sur place le troisième acte en un mois de temps. Pour être certains que je ne faillirais pas, ils me séquestrèrent. C'est bien le mot : ils m'ont enfermé dans le théâtre ! Je me prêtai au jeu et me mis au travail. D'autant plus facilement que je connaissais bien le chemin des toits et ses différents accès ! Je filais donc régulièrement m'occuper du Grand Guignol et je revenais me glisser à ma table de travail en empruntant une lucarne...

Je terminai l'écriture dans les temps. Grenier et Hussenot se déclarèrent satisfaits du résultat et décidèrent de monter la pièce aussitôt.

La distribution de *Responsabilité limitée* était brillante. Elle réunissait pour les principaux personnages Roger Carel, Jean Rochefort, Lila Kedrova, Pierre Grenier, Olivier Hussenot et Jean-Louis Trintignant qui obtenait dans cette pièce son premier rôle. Rochefort était un homme délicieux, charmant. Il jouait de manière tout à fait détendue et décontractée. Il mettait en toute chose son humour et son sourire. Très perspicace sous des apparences légères, il faisait passer la moindre nuance du texte. Il était vraiment parfait.

Lila Kedrova a marqué tous ses rôles, que ce soit au théâtre ou au cinéma, où elle ne tourna pourtant qu'une vingtaine de films. Elle me touchait, par sa beauté d'abord, mais aussi parce qu'elle avait connu le même déracinement que ma mère, dans les mêmes conditions. Fille de parents chanteurs d'opéra émigrés, elle avait dû quitter Léningrad en 1923 pour l'Allemagne avant de gagner la France cinq ans plus tard. Musicienne et danseuse, elle avait suivi les cours d'art dramatique chez Charles Dullin. J'avais failli jouer avec elle dans *Jésus la caille,* de Francis Carco, adapté par Frédéric Dard, que son mari Pierre Valde avait monté au théâtre en 1951. Là, elle brillait dans ma pièce et elle allait connaître le grand succès au cinéma pour son interprétation aux côtés de Pierre Fresnay dans *Le Défroqué.*

Jean-Louis Trintignant, lui, avait une espèce de réserve, de timidité, de pudeur incroyable. Je me souviens encore du moment où il lut ma pièce, par terre, à genoux. Il ne voulait pas s'asseoir. Il pesait chaque mot de son rôle comme s'il était unique et essentiel. Naturellement, il a été admirable. J'ai trouvé que c'était Brando jeune. Aujourd'hui, il joue quand il en a envie, pas plus. Il a essayé d'équilibrer les choses. Face aux fantasmes de la gloire, il a privilégié la qualité de sa vie. C'est assez rare et noble, voire édifiant, pour provoquer parfois, chez moi, certaines remises en cause.

Par la suite, j'ai eu l'occasion de le retrouver au cinéma dans mon propre film *Le Jeu de la vérité,* en 1961, dans *La Longue Marche* d'Alexandre Astruc, en 1965, en 1968 dans *Le Voleur de crime* mis en scène par sa femme, Nadine Trintignant, la sœur de Christian Marquand, et en 1986 dans *Un homme et une femme, 20 ans déjà...* de Claude Lelouch. On était très amis. On s'est un peu perdus de vue ces dernières années, mais je lui garde la même immense admiration.

Les critiques de l'époque se sont montrées très enthousiastes. J'étais quelque part un homme comblé. Ma pièce était jouée au théâtre Fontaine, je faisais la mise en scène au Grand Guignol, et je jouais tous les soirs *La Corde* au théâtre de la Renaissance. Pourtant le mal de vivre était toujours là. Je passais des heures à réfléchir sur les problèmes de l'existence. Je luttais contre la tentation de l'immobilisme en me défonçant dans le travail. Je découvrais que l'angoisse habitait mon corps sans savoir comment l'en faire sortir. Je mis un certain temps à découvrir qu'au lieu de la guérir, j'entretenais la maladie par mon surcroît d'activités.

Quand le spleen se faisait trop fort, je me réfugiais chez Virginie Vitry, ma délicieuse amie de la place Furstenberg, la sœur de Judith Magre, une fille splendide, exceptionnelle et très bonne comédienne, intelligente, drôle et terriblement vivante. Elle avait joué chez Vitaly et tenu le rôle de la sœur dans ma pièce, *Responsabilité limitée.* Elle m'apaisait dans la tourmente. Je lui dois beaucoup. Elle a longtemps supporté mes absences et mes retours inopinés... jusqu'au jour où ce fut trop. Mes extravagances ne lui étaient pourtant pas destinées. Elles s'adressaient à mon mal-être, mais c'est elle qui les recevait.

⁂

Michel Auclair avait été mon partenaire dans *La Corde,* mais avant tout, c'était un copain. Nous avions pas mal fait la fête ensemble et je connaissais par cœur ses enthousiasmes comme ses grands abattements. Son père était serbe, sa mère française et son âme incontestablement slave. Comme mon père, jadis, il avait abandonné ses études de médecine pour suivre une autre voie. Le théâtre le fascinait. Il avait fait ses débuts sous la direction de Jean-Louis Barrault, Raymond Rouleau et Julien Bertheau dans des rôles difficiles, comme interprète de Claudel, Cocteau ou Neveux. Je reconnaissais en lui un personnage subtil, parfois déroutant, nuancé, faisant preuve d'une grande humanité dans ses rôles. Il était le portrait du jeune homme moderne, tourmenté, en proie au « mal du siècle ».

Michel se comportait en seigneur. Il se montrait généreux et sympathique, charmant, élégant, un acteur très fin, intelligent, sensible, mais toujours très douloureux, très slave. Je crois que dans sa vie personnelle il souffrait. Ses amours avec l'actrice Barbara Laage étaient tumultueuses. Brillante élève de Raymond Rouleau et de René Simon, la comédienne s'était fait remarquer dans *La Rose rouge* et *La Putain respectueuse.* En 1953, elle incarnait la Dame aux Camélias dans la *Traviata,* tournée par Cottafavi. Puis elle tourna avec Michel Auclair, dans *Quai des Blondes,* le premier film de Paul Cadéac, l'ancien directeur de production de André Hunebelle.

Michel Auclair tenait le premier rôle dans cette sombre histoire policière dont Michel Audiard avait écrit les dialogues, lorsqu'il vint me demander si je voulais être dans le coup. Ce n'était certes pas un grand rôle, mais j'avais une scène de poursuite mouvementée agrémentée de coups de pistolet et quatre lignes de dialogue. J'acceptai, et Cadéac m'engagea sur la recommandation de Michel.

— Très bien. Vous serez « Chemise rose », me dit-il.

— Pardon ?

Il s'agissait de mon premier rôle de gangster au cinéma et ce personnage, sans nom sur le scénario, était désigné par la couleur de sa chemise. Je me retrouvai donc affublé de ce sobriquet, inscrit sur le relevé des plans de la script. Je m'aperçus bientôt que la chemise rose en question allait de pair avec un costume vert du plus bel effet. Le rôle m'amusait. Je jouais un gangster au premier degré, une gâchette sans intelligence, un homme de main. Ma prestation fut jugée bonne et je fus réengagé par la même équipe pour le tournage de *Série noire,* un autre polar plutôt musclé, dû à Pierre Foucaud, où les truands se font la guerre. J'étais opposé à Henri Vidal dans un rôle de grand voyou. Cette fois, j'étais une gâchette pensante, quoique passablement perturbée. Mais ce qui m'impressionnait surtout, c'était de jouer avec Erich von Stroheim que je devais malheureusement insulter à l'envi avant de le descendre... Je me demande encore aujourd'hui ce que ce personnage immense, cet officier allemand inoubliable de *La Grande Illusion* faisait dans un film policier de série B. Nous discutions entre les prises comme de vieux amis. Il se montrait courtois, attentif et toujours très aimable. L'enfant en moi renouait avec sa propre histoire. Je me revoyais dans toutes les salles obscures du boulevard Saint-Michel. La boucle se bouclait. Cette fois-ci, j'étais bel et bien en train de passer derrière l'écran.

Mon rôle, important, demandait un véritable travail. J'incarnais un dingue complètement drogué, incontrôlable. Il y avait d'excellentes scènes de bagarres qui nous paraîtraient sans doute désuètes à présent, mais qui impressionnaient à l'époque. Parmi les figurants, j'avais fait engager un certain Roger Hanin, qui allait faire parler de lui.

Pendant le tournage, nous eûmes un observateur attentif, Jules Dassin, de retour des États-Unis où il avait fui le maccarthysme. Il cherchait des personnages pour son prochain film, *Du rififi chez les hommes,* adapté du roman d'Auguste Le Breton. Il me remarqua et je fus bientôt convoqué...

Ma vie changeait du tout au tout. Je gagnais de l'argent, j'étais devenu un espoir du théâtre et un débutant remarqué au cinéma. Fort de ce nouveau statut, je m'installai dans un bon hôtel de la rue des Saints-Pères. J'avais table ouverte chez Lipp et aux Deux Magots. J'invitais sans compter. Je commençais à rendre un peu de ce que j'avais reçu dans mes années difficiles. Je repérais les jeunes qui me ressemblaient comme des frères, l'œil aux aguets, cherchant qui allait leur payer à dîner...

La bande à Hossein commençait à se former. On y retrouvait souvent Roger Hanin, Mario David ou Antoine Marin, et Jean Lefebvre avec qui je ne cessais de faire les quatre cents coups. J'avais le geste large, on commençait à m'apprécier...

⁂

Malgré tous ces bonheurs, mon angoisse persistait. Elle arrivait sans crier gare, par assauts, comme une lame de fond. Je me sentais aspiré et je perdais pied. Plus que les médicaments et le travail, l'amitié de Frédéric Dard était mon meilleur remède. Je me précipitais aux Mureaux où il m'attendait sur le quai de la gare. C'étaient à chaque fois des retrouvailles inouïes, comme si nous ne nous étions pas vus depuis des mois. La famille nous accueillait bientôt et nous passions à table. Je me sentais convalescent. À la vue des mets somptueux, des vins fins, la vie revenait. À la fin du repas, je remontais à la surface. Fred et moi gagnions alors son bureau pour y bavarder en paix, refaire le monde ou lire une des innombrables nouvelles qu'il écrivait sous des pseudonymes.

Avec lui, je pris le goût de l'écriture. Seul, je n'y arrivais pas. Nous avons griffonné ensemble quelques petites choses et puis j'ai écrit une pièce ou deux, parce que le théâtre, c'est plus facile que le roman.

Frédéric était par nature pessimiste, pour lui-même comme pour l'espèce humaine. Il l'a exprimé dans son œuvre littéraire (je ne parle pas de San Antonio), et particulièrement dans ses nouvelles. On a prétendu qu'il avait peur de la mort, ce n'est pas vrai. Il était toujours désespéré et suicidaire, peut-être parce que son enfance renfermait une blessure. Il avait un bras atrophié de naissance, qu'il a toujours caché non parce qu'il en avait honte, mais pour qu'on ne s'apitoie pas sur lui. C'était un homme génial et généreux. On a ri et pleuré tout le temps. On ne s'est jamais vraiment quittés. Mon âme était avec lui sans arrêt.

Curieusement, il avait des absences. Nous étions en train de parler et, soudain, il s'arrêtait. Son regard semblait alors me traverser sans me voir puis, un assez long moment après, il se reconnectait avec la réalité. Il venait de passer quelques instants dans une autre dimension.

Dard a réussi dans tout ce qu'il a entrepris, avec une sensibilité d'écorché vif. C'était un état assez paradoxal chez cet être qui aimait la vie et se comportait en épicurien.

Aujourd'hui, je pleure ces moments de rire, de prodigieuse amitié que nous avons partagés au quotidien. Parfois nous nous séparions, mais c'étaient des séparations nécessaires, pour exalter nos retrouvailles.

Et puis la maladie est venue. J'ai l'impression que lorsqu'on sent venir sa fin, on se retire de la scène. Après son opération, nous nous sommes évertués à le distraire pour lui faire reprendre un goût à l'existence, le faire « redémarrer ». En vain. Au bout d'un mois et demi, il nous a fait faux bond. Je pense qu'il s'est laissé mourir.

La dernière fois que j'ai appelé Frédéric, sa fille m'a dit : « Attends, il vient de s'endormir, il te rappelle dès qu'il se réveille. » Il était mort depuis quarante-huit heures, elle n'avait pas le cœur de me l'avouer !

En évoquant sa maladie et sa disparition, je ne peux m'empêcher de penser à Bernard Noël, cet acteur remarquable, excellent comédien, qui avait fait toute la série des Vidocq et joué notamment *L'Héritière* au théâtre des Mathurins. Un jour, alors qu'il croyait avoir encore des années devant lui, on lui a annoncé qu'il était atteint d'un cancer. Il se soigna, mais au cours d'une promenade, on m'a raconté qu'il s'était jeté contre un arbre en l'entourant de ses bras, empli de désespoir et hurlant : « Pourquoi ? Pourquoi ? » Cette image d'un homme serré contre un arbre pour crier sa douleur et son incompréhension m'a toujours bouleversé.

Frédéric me connaissait admirablement. Un jour il a exprimé son amitié pour moi en brossant un portrait où je n'ai pu que me reconnaître. C'est sans doute une des manifestations d'amitié de sa part qui m'a le plus touché. Je ne peux m'empêcher de reproduire ce texte...

LETTRE À UN LOUP NOMMÉ HOSSEIN
par Frédéric DARD

Je t'ai vu, pour la première fois, dans les loges du Théâtre de l'Œuvre, en 1950. Raymond Rouleau, qui m'avait parlé de toi, me dit simplement : « C'est lui. » Je regardai le jeune loup pathétique qu'il me montrait ; un loup prêt à tout, sauf à lécher des mains ; un loup efflanqué, éperdu, avec un regard plein d'insolence et de supplication ; un loup qui venait du fin fond des steppes, qui avait traversé des forêts et qui continuait de courir à travers les rues de Paris, les théâtres de Paris, de courir à travers la vie, pour ne s'arrêter que lorsqu'il serait foudroyé. Je regardais ce loup, Robert, et le sentiment qui m'envahit alors ne devait jamais plus me quitter. Un sentiment unique, somptueux, fait d'admiration, de tendresse, de pitié infinie, d'émulation. Sottement, je me mis à courir à ton côté, comme on voit des badauds fanatisés courir dans la montagne après quelque leader du Tour de France ; mais on n'escorte pas longtemps un athlète dans les lacets du Tourmalet lorsqu'on est un gros piéton de provincial, vite essoufflé. Alors, j'attendais le tour suivant, et, à nouveau, Robert, je te refaisais un brin de conduite, à toi, toujours plus rapide, moi, toujours plus lourdaud. Et depuis quarante ans, avec la même fougue désespé-

rée, je m'élance lorsque tu parais, je me défonce jusqu'à l'asphyxie. Ensuite, je te regarde t'éloigner, je te vois foncer de plus en plus véloce à l'assaut de sommets de plus en plus hauts, survolté que tu es par ta faim de loup sans cesse grandissante.

Et même si une dent te tombe de la gueule, parfois, tes crocs se font plus acérés; et même si tes flancs ne sont plus aussi creux que jadis, ta rage de vaincre n'en est que plus intense; et même si ce salaud de temps qui passe a clairsemé ton poil, tu gagnes en énergie, mon phénoménal ami.

Depuis quarante ans, je criais aux gens : « Mais regardez-le donc courir ! » Car rien n'est plus frustrant que d'assister seul à un événement. Ils ne tournaient même pas la tête, ou bien ils te jetaient un coup d'œil et haussaient les épaules. Seulement, à présent, ils sont massés sur ton passage. Ils retiennent leur souffle. Car ils ont tout de même compris qu'avec ta course éperdue il se passait quelque chose de grandiose. Il leur est enfin apparu qu'un loup qui court ainsi, à en mourir, ne court pour personne.

Ils devinent que tu cours simplement pour la grandeur de l'espèce.

Parce que le destin des loups c'est de courir éperdument, la tête basse, jusqu'à leur mort.

***

Ce qu'il n'a pas écrit, par modestie, c'est que lui, le « petit » qui écrivait, qui était enfermé, cavalait dans sa tête sur des distances insensées, sans jamais se fatiguer ni lasser personne. À moi qui n'ai pas son pouvoir d'écriture, il m'a fallu cavaler vraiment, aller de porte en porte, de relais en relais, pour permettre aux gens d'entrevoir une parcelle de ce qui m'apparaissait comme une éternité.

VIII

LA BELLE ET LA BÊTE

J'avais rencontré au Vieux Colombier une jeune comédienne, Odile Versois. Elle venait de connaître le succès avec *Les Dernières Vacances,* un film de Roger Leenhardt, sorte de retour au vert paradis des amours enfantines dans lequel sa jeunesse — elle avait dix-sept ans au moment du tournage — et sa blondeur apportaient une touche inoubliable de rêve sublimé. Nous sommes devenus amis, sans plus. J'ai traîné un peu avec elle, comme ça, en complice, dans Saint-Germain-des-Prés. Elle m'a présenté sa sœur, Hélène Vallier, comédienne également, qui allait devenir la femme d'un copain à moi, Alain, le fils de l'ancien ministre Pinault.

Bientôt je fus invité à Maisons-Laffitte, dans le fief de la tribu Poliakoff, une belle demeure de style colonial au milieu d'un parc romantique. Je fis la connaissance de la mère, veuve, majestueuse et régnante dans la plus pure tradition russe, puis d'Olga, la troisième sœur qui joua également au théâtre avant de travailler à l'information télévisée, et enfin de Marina, un petit rat de l'Opéra aux nattes blondes. Elle avait tout juste onze ans et venait de faire sa première apparition à l'écran dans *Orage d'été,* un film de G. Gehret, sorti en 1949.

Quatre filles charmantes, les jeunes Poliakoff, virevoltant autour de leur mère — toujours inquiète —

dans un décor paisible, fait de nature et d'intimité slave. En les regardant évoluer, je ne pouvais m'empêcher de penser, à un chiffre près, aux *Trois Sœurs* de Tchekhov. Je me sentais bien dans cet univers où l'on m'accueillait comme un frère.

Puis le temps a passé. Nous nous sommes un peu perdus de vue. Tandis que j'étais modestement « chemise rose » dans *Quai des Blondes,* Marina tournait *Avant le déluge* d'André Cayatte, et, en 1954, *Jours d'amour* de Giuseppe De Santis, où son éclatante jeunesse et sa beauté intemporelle lui valurent le prix Suzanne-Bianchetti. Je venais à peine d'être remarqué par Jules Dassin pour tourner *Du rififi chez les hommes* aux côtés de Jean Servais, Carl Möhner, Robert Manuel et Magali Noël, qu'elle était déjà couronnée vedette. Elle avait à peine seize ans!

Un après-midi de cette année-là, sur les Champs-Élysées, je rencontrai par hasard Odile et Hélène que je n'avais pas revues depuis l'époque de *La neige était sale,* avant mon départ à l'armée. Je les invitai à passer me voir jouer dans *La Corde,* le soir même, au théâtre de la Renaissance. Elles me promirent de venir avec Olga et Marina. Je laissai quatre billets à l'accueil à leur intention.

Après la représentation, elles se rendirent dans ma loge. Les retrouvailles furent joyeuses et bruyantes. Elles avaient aimé la pièce. Et je découvris Marina autrement qu'à l'écran. On était loin du petit rat... Sa beauté irradiait. Monique Rolland, qui avait assisté à ma conversation avec les sœurs, me fit après leur départ une bien étrange prédiction.

— Tu épouseras Marina.

— Tu es folle! Elle a seize ans.

— Tu verras.

Je ne savais pas si j'épouserais ou non Marina et ce n'était pas du tout ma préoccupation du moment. Mais le lendemain matin, à ma grande surprise, je me réveillai amoureux d'elle comme un collégien, le cœur battant, incapable de comprendre ce qui avait bien pu se passer. Je me précipitai pour acheter tous les magazines où l'on parlait d'elle et me mis à découper les photos de « ma » vedette, avec l'intention d'en tapisser ma chambre et ma loge. Bien entendu, je n'avais qu'une obsession : la revoir.

Je repris bientôt le chemin de Maisons-Laffitte. Rien n'avait bougé, ou presque. Seule Odile, qui entre-temps s'était mariée avec le comte Pozzo Di Borgo, avait déserté la maison aux allures de demeure sudiste d'*Autant en emporte le vent* pour aller vivre dans son propre château. Avec Marina, nous nous promenions des heures entières dans le parc. Il y avait des chevaux, des allées, des saisons. Elle était divine, pleine de charme, de culture, de musique. J'étais gauche, maladroit, emprunté, bafouillant. Le ver de terre amoureux d'une étoile...

Sublime famille Poliakoff ! Je rencontrais chez elle des gens intéressants, ou tout à fait originaux. Cela me faisait penser aux nuits blanches de Saint-Pétersbourg, telles que Kessel les avait décrites, avec un va-et-vient incessant de familiers. Marina avait beaucoup d'amis. J'étais admis par la famille, mais seulement toléré par les relations. Il est vrai que je ne me montrais pas toujours très bien élevé.

Dans un pareil contexte, je me demandais comment j'allais bien pouvoir séduire la dame de mes pensées...

***

Du temps de mes vaches maigres, un soir où je m'étais rendu chez Monique Rolland dans l'intention de lui emprunter de l'argent à fonds perdu — elle avait les moyens de ce genre de largesses — je fis une étrange rencontre. L'homme qui m'ouvrit la porte avait un trou au milieu du front et s'exprimait avec un accent allemand prononcé. Il s'appelait Alec Dan et il était astrologue. Il était venu voir mon amie pour lui faire une consultation et j'appris par elle l'ampleur de sa renommée. Son physique surprenant était à la mesure de sa gloire. Monique me confia qu'il était entre autres l'astrologue de Michèle Morgan qu'il avait suivie depuis l'enfance et à qui il avait prédit tous les événements marquants de son existence, y compris la mort d'Henri Vidal que rien ne permettait alors d'envisager.

Soudain, au cours de la conversation, il se tourne vers moi.

— Vous, par exemple...

— Moi ? Non, non ! Je suis juste passé demander un service à mon amie Monique. Ce n'est pas la peine de me dire quoi que ce soit. D'ailleurs, je ne demande rien.

— Sans doute. Mais vous aspirez à « être » ?

— Oui. Ça, oui. J'aspire à être !

— Et bien sachez qu'un jour, je vous le dis, votre nom fera école.

— Comment ça ? J'ai tout juste mon certificat d'études primaires !

— Cela n'a rien à voir. Vous avez des ambitions.

— Mes ambitions, c'est de devenir un acteur connu, mais pas pour la postérité. Pour l'argent ! Connu ou non, je m'en moque, mais quand on est connu, on gagne sûrement davantage, pendant un bon moment, avant de céder sa place. C'est ça que je voudrais essayer de faire. Mes parents ont vécu dans la misère pendant tant d'années, bien que mon père fût un grand musicien... Je veux éloigner à tout jamais le spectre de cette iniquité. Vous me comprenez ?

— Oui. Tout à fait ! Et vous verrez, vous serez connu, et vous aurez de l'argent. Mais cela ne vous intéressera pas.

— Comment ça, ça ne m'intéressera pas ?

— Vous abandonnerez tout pour faire autre chose de plus dur, et de plus intéressant. Ce sera après l'âge de quarante ans.

— Mais c'est idiot, je n'ai rien, je ne suis rien...
— Vous serez un jour...
J'ouvris la bouche pour protester, puis j'y renonçai. À quoi bon ? Tout cela était fou. Je me moquais éperdument que mon nom fasse ou non école. Je voulais continuer à jouer et à gagner du fric. Un point c'est tout.

Je repartis en haussant les épaules. Alec Dan avait affirmé que mes rêves se réaliseraient. Facile à dire. En tout cas, j'espérais que l'ange chargé de cette réalisation ne se tromperait pas de rêve. Gamin, j'avais en effet désiré ardemment, un jour d'enthousiasme, devenir pilote d'avion à réaction... Moi qui tremble de peur à l'idée de m'envoler où que ce soit !

Quant à cette obsession de l'argent, elle me poursuivait. J'avais l'impression d'avoir déjà passé le plus clair de mon existence à sa recherche. Soudain, sur le chemin du retour, je me mis à rire tout seul en me remémorant ce jour où, au retour de l'armée, dans la soupente que m'avait prêté Petitpas, la porte — sans serrure — s'était brutalement ouverte sur un individu braquant un pistolet. Il avait fait irruption dans la chambre en braillant : « L'argent, vite ! » Et moi de me dresser sur mon lit, regardant alentour, une main en visière, et répétant en écho « Où ? Où ça ? Où ça ? » L'air dépité de mon voleur se rendant compte de sa méprise ! Pour le réconforter, je lui avais offert un tapis dégueulasse, « emprunté » à des voisins. Devant cette situation ubuesque, il était reparti sans mot dire, le pistolet dans la poche et le tapis sous le bras.

Quoi qu'il en soit, qu'il s'agisse de fortune ou de gloire, les propos de l'astrologue me paraissaient bien légers. Le lendemain, j'avais déjà tout oublié de ses dires.

Cet oubli allait se prolonger pendant presque vingt ans. Mais à Reims un matin, tandis que je saluais l'ange de la cathédrale avant de me rendre à mon école, la prédiction d'Alec Dan me revint en mémoire comme un coup de poing. L'effet boomerang avait mis du temps à opérer! L'histoire avait dû aller se promener drôlement loin avant de me revenir. J'allais avoir quarante-trois ans...

***

Quelque temps après que je fus tombé amoureux de Marina, ma mère m'a fait rencontrer un de ses amis d'enfance, Russe, qui était producteur. Il s'appelait Borkon. Le plus drôle, c'est qu'il avait changé de nom pour ne plus se faire chahuter avec son patronyme : avant ses démarches à la mairie, il s'appelait Borku! J'ai trouvé que les employés de l'état civil avaient été un peu vaches... Il continuait donc de se faire brocarder mais refusait d'entamer de nouvelles négociations : Borkon il était, Borkon il resterait.

Ce petit homme génial, originaire d'Europe centrale, était venu voir à plusieurs reprises ce que je faisais au Grand Guignol, et avait été très passionné par *Les salauds vont en enfer*, de Frédéric Dard, que j'avais mis en scène et qui avait été un formidable succès. En outre, à la sortie du film de Dassin, *Du rififi chez les hommes*, la critique parla de moi comme d'une révélation, ce qui ne le laissa pas insensible. Il est vrai que je ne m'étais pas mal débrouillé avec ce personnage de dingue drogué, spécialisé dans le rapt d'enfants, qui après avoir distribué passablement de gifles à des demoiselles et commis un meurtre de sang-froid, se faisait à son tour envoyer *ad patres* par Jean Servais, dit Tony le Stéphanois. Je venais de mettre le doigt dans l'engrenage des personnages de série noire. Ces rôles de mauvais garçons allaient me coller à la peau des années durant. J'inaugurais également une longue série de morts violentes qui en général mettaient un point final au destin des sombres voyous que j'allais désormais incarner.

Très vite, Borkon me prit en amitié. Il avait une façon de s'exprimer propre à beaucoup d'émigrés d'Europe centrale qui n'avaient jamais pris la peine d'apprendre convenablement le français. Ils le parlaient avec un accent effroyable, dans une sorte de jargon folklorique prêtant parfois aux plus grandes confusions. Un jour, Borkon m'annonça :

— On va faire un film sur la folie ! (il voulait dire sur la foi).

— Comment ça s'appelle ?

— Discussion avec les sœurs (il fallait entendre les *Dialogues des carmélites*). Et puis on va faire aussi un film sur la vie de la mandarine.

— Ah, vous faites un documentaire ?

En fait il s'agissait de la vie de Mandrin. Encore fallait-il le deviner !

Un matin, Jules Borkon me convoqua pour me demander si je voulais mettre en scène, pour le cinéma, *Les salauds vont en enfer.* J'ai dit : « Pourquoi pas ? » Si je ne connaissais rien à la technique cinématographique, en revanche je connaissais la pièce par cœur. J'avais des idées pour l'adapter et me suis lancé dans l'aventure. Cela revenait à sauter dans une rivière sans savoir nager. Je croyais pourtant en mes idées, et puis j'avais des conseillers. Je me mis au travail pour l'adaptation avec René Wheeler, le scénariste-dialoguiste mais, avant tout, il me fallait trouver des acteurs dont le nom pallierait mon manque d'expérience aux yeux des distributeurs.

— Il vous faut une vedette féminine, sinon, nous n'y arriverons pas !

Le cœur battant, j'en profitai pour demander à Marina Vlady si elle voulait bien jouer le principal personnage féminin. À ma grande surprise, elle accepta. Philippe Lemaire, qui devait initialement tenir le rôle principal, se fractura l'épaule quelques jours avant le tournage au cours d'une séance de photos organisée pour la promotion du film. Toute la presse était là. Philippe devait se suspendre à une poutre et se laisser tomber trois mètres plus bas. Il le fit... et ce fut l'accident. J'engageai aussitôt Serge Reggiani pour le remplacer et Henri Vidal accepta l'autre rôle masculin. Pour ma part, je jouais un personnage secondaire : évidemment l'affreux, l'âme noire, le traître, le détenu n° 164 qui monte les prisonniers contre Vidal et Reggiani. Il y avait en tout une dizaine de comédiens, dont mon ami Robert Dalban, Jacques Duby et Marthe Mercadier.

Le plateau était prometteur. Le résultat le fut moins. Il y a bien quelques images assez réussies dans le film, mais j'avais commis l'erreur de vouloir transposer au cinéma des éléments de mise en scène théâtrale. En revanche, la vision que j'avais concernant les effets spéciaux était juste. Mais chaque fois que je demandais ce genre de prouesse au technicien concerné, il me répondait invariablement : « Ce n'est pas possible ! » N'ayant aucune expérience, je m'en remettais à lui. C'était une erreur. En fait, ce que je souhaitais était généralement faisable, mais sortait de l'orthodoxie ou des habitudes. Quand je connus mieux le métier, je fus en mesure de m'en rendre compte par moi-même et je mis résolument la technique au service de l'idée et de l'image, et non l'inverse. En revanche, je compris définitivement que si l'on pouvait adapter des conceptions cinématographiques au théâtre, l'inverse n'était pas possible.

***

Nous tournions dans le Midi et pour l'essentiel dans le Gard, sur la plage de l'Espiguette, près du Grau-du-Roi. J'en profitais pour faire une cour pressante à Marina. Entre les prises, nous nous promenions en bordure de mer, des allers et retours au soleil et dans le vent, les pieds dans l'eau. Elle paraissait accepter ma présence, et même y prendre plaisir. Pourtant elle m'avoua au cours d'une de ces promenades :

— Ne te fatigue pas, tu n'es pas du tout mon genre. De toute façon, avant de m'épouser, il faudra d'abord que tu vides l'océan avec une petite cuillère. Quand tu auras déversé tout l'océan de l'autre côté, avec cette petite cuillère, alors je te dirai « oui ».

Je lui ai répondu :

— Ça va être long ! Mais je vais le faire. Je vais prendre la mer, et je vais la verser de l'autre côté.

J'ai commencé. Il faut croire que je l'ai fait. Comme « l'autre côté » c'est la même chose, les deux faces d'une même pièce, en somme, elle n'a pas dû s'en rendre compte. Pourtant il doit bien manquer une mer quelque part, puisque je l'ai épousée quelques mois plus tard.

J'ai retrouvé le parc familial, le décor sudiste, la magie du temps suspendu. Il m'arrivait de marcher un peu en retrait pour la regarder se mouvoir. Elle incarnait la perfection de mes rêves de jeunesse, une autre Joconde, l'héroïne du premier amour de Tourgueniev. Elle était dans sa gloire et, avec Odile, elles faisaient vivre la tribu depuis leur installation à Maisons-Laffitte. Elle était bien loin l'époque de la rue de Clichy où elles avaient vécu à peu près comme moi du temps de leur père, et où la ronde des prétendants, jeunes intellectuels bien élevés, entourait les aînées...

Un jour, lors d'une de nos balades, mon lacet de chaussure s'est défait. Marina s'est agenouillée pour le renouer. Elle portait un jean de velours à fines côtes bleu marine qui lui seyait à ravir. Quand nous reprîmes la marche, elle me demanda soudain sur le ton le plus naturel :

— Tu aimes mes fesses ?

Quelques années plus tard, j'allais sursauter en entendant cette même question dans la bouche de

Bardot. C'était au cinéma, bien sûr, et elle s'adressait à Michel Piccoli dans le film de Godard, *Le Mépris*.

Marina était un personnage tout à fait inattendu, d'un bon sens assez enchanteur. Elle avait une jolie voix et chantait bien. Toutes les sœurs chantaient bien d'ailleurs. Elles donnaient des concerts à quatre étonnants. La mère veillait sur sa couvée et sur les environs. On se serait cru chez Sophie Rostopchine, au cœur des histoires de la comtesse de Ségur. C'était très attendrissant, très attachant. Tout à fait russe. Les sœurs Poliakoff étaient très entourées. Je croyais assister aux étés d'autrefois, dans la Russie tsariste; le thé, le samovar, les gâteaux, les chants, les rires, les jeux, les poursuites dans le parc, dans un univers délicieux et charmant. Et je me laissais charmer. Je ne voyais pas dans quoi je tombais, avec toutes ces femmes! Les sœurs avaient fait sur moi, lorsque j'étais plus jeune, un papier pas très rassurant. Elles m'avaient décrit comme elles me voyaient. Or elles ne me voyaient pas toutes du même œil...

Nous nous sommes donc mariés. C'était pendant le tournage de *Crime et châtiment,* de Georges Lampin, en 1956, avec Jean Gabin, Marina, Bernard Blier et Gaby Morlay. Ce jour-là Marina et moi n'avons pas tourné. En compagnie de Jean Lefebvre et de Robert Dalban, mes témoins, nous avons fait un crochet par le bois de Boulogne pour saluer Gabin entre deux prises de vues, avant de convoler. Cette petite fantaisie amicale me valut d'arriver avec une heure de retard à la mairie.

Marina venait d'avoir dix-huit ans. Nous avons habité la demeure de Maisons-Laffitte car elle semblait vouloir rester près de ses sœurs. J'étais le seul homme au milieu des femmes, des pleurs et des rires. Quand je disais « Chérie », trois ou quatre « oui! » fusaient, selon les jours. Parfois j'avais l'impression d'avoir épousé les quatre sœurs sans en être informé. Il fallait aussi compter sur leur comportement, qui tenait des quatre cavaliers de l'Apocalypse, ou plutôt des Walkyries. Elles possédaient une admirable vocation de justicières, de suffragettes, dans la grande tradition slave, orchestrée par une mère délicieuse, toujours angoissée et omniprésente. Quand une fille n'allait pas, la mère n'allait pas. Pour qu'elle aille bien, il fallait que toutes ses filles soient heureuses en même temps. Marina était-elle heureuse ?

Très peu de temps avant notre mariage, elle était partie tourner *La Sorcière,* un très beau film d'André Michel, avec Maurice Ronet et Nicole Courcel. Son absence avait duré deux mois. Je n'avais jamais écrit. Je ne lui avais pas envoyé une seule carte pendant son exil en Suède, où elle tournait. Et j'étais bien incapable d'expliquer la raison de mon silence.

Je m'en étais ouvert à un ami : « Voilà, une femme que j'aime et que... et je ne donne pas suite. »

— Mais tu es dégueulasse ! me répondit-il. Tu ne lui écris pas, tu ne lui téléphones pas... Pourquoi ? Qu'est-ce qui te prend ?

— À quoi bon. Cet amour est une sorte de mirage...

Par l'intermédiaire de sa mère, la production me fit passer un message peu amène qui allait dans le même sens : « Dites à ce salaud qu'à cause de lui, elle n'arrive pas à travailler correctement. Qu'il lui écrive, bon Dieu, ou qu'il l'appelle ! »

Quand elle est revenue, elle m'a simplement dit :

— Je suis contente de te revoir pour te dire adieu.

Je partais sur la côte le jour même pour tourner. La production m'avait réservé un single. Le train roulait depuis un quart d'heure quand on a frappé à la porte de mon compartiment. J'ai ouvert. Marina se tenait devant moi. Elle avait loué le single voisin. Nous réunîmes nos deux espaces pour le reste du voyage.

***

Les salauds vont en enfer, version cinéma, fut éreinté par la critique. Le film était certes plein de maladresses, mais il ne méritait sans doute pas cet acharnement dirigé en grande partie par la bande d'intellectuels des *Cahiers du cinéma,* pour qui j'étais un iconoclaste inculte tout juste bon pour le Grand Guignol, mais pas pour la pellicule. J'avais fait mes universités dans la rue (comme Gorki !) et, bien entendu, je n'étais pas passé par l'I.D.H.E.C [1]. Pour eux, cela justifiait tous les rejets. Mais il y avait autre chose. Il y avait Marina ! Cette beauté, cette grâce, ce charme inaccessible, et moi le gueux, je l'avais épousée ! J'ai subi pendant très longtemps des jalousies et des vexations pour avoir, moi le voyou, « osé » m'approprier cette femme de rêve.

Et longtemps, le concert discordant continua au sujet de mes films. Les sœurs avaient beaucoup de relations. Elles recevaient des journalistes et des critiques. Tous ces beaux messieurs avaient table ouverte chez les Poliakoff et au déjeuner, je les entendais me dire, la bouche pleine : « Au fait, votre dernier film, je n'ai pas beaucoup aimé. Très mauvais ! » ou bien encore : « Scandaleux. Une honte. Ce n'est pas du cinéma ! »

Gretz, qui était à la fois producteur de film et propriétaire des *Cahiers du cinéma,* se montrait beaucoup plus mesuré. Il m'a fait tourner *Du rififi chez les femmes* et m'a dit : « Si vous voulez écrire un article dans le journal, allez-y ! C'est le mien. » J'ai trouvé la proposition sympathique, mais à quoi bon attaquer seul, de plein fouet, une armée aussi soudée ? Et puis j'avais conscience de mes carences. La première fois que j'ai vu Truffaut, il n'avait pas encore réalisé *Les Quatre Cents Coups.* Il se contentait d'écrire violemment dans les *Cahiers* avec ses copains, Chabrol, Doniol-Valcroze et Rohmer, et toute la bande qui allait devenir « la Nouvelle Vague », selon l'expres-

1. I.D.H.E.C. : Institut des hautes études cinématographiques.

sion lancée par Françoise Giroud. Tous m'ont exécuté d'un coup de plume. Je représentais quelque chose d'inintéressant, une sorte de primate du cinéma. Un jour j'ai rencontré Truffaut dans des escaliers, je lui ai barré le chemin et je lui ai dit : « Si je te pousse maintenant, tu tombes ! » Je n'étais pas bienveillant outre mesure et il s'en rendait compte. Je l'ai dévisagé un moment et j'ai poursuivi mon chemin.

Plus tard, je fus convié à la projection privée des *Quatre Cents Coups*. Le film me bouleversa et, à la sortie, sans flagornerie aucune, j'ai dit à Truffaut :

— Monsieur, vous avez fait un chef-d'œuvre.

Je le saluais avec d'autant plus de sincérité que j'étais encore sous le coup de l'échec de mon deuxième film, *Pardonnez nos offenses,* réalisé trois ans plus tôt. Entre-temps j'avais fait un assez joli succès avec *Toi le venin,* un drame adapté d'un roman de Frédéric Dard où Odile Versois jouait au côté de Marina tandis qu'Olga et Hélène travaillaient à la technique — le premier et le seul film que je fis jamais avec les quatre sœurs. J'avais également à mon actif, comme acteur, le magnifique *Sait-on jamais ?* de Vadim et le *Méfiez-vous fillettes* d'Yves Allégret.

Mais *Pardonnez nos offenses* me restait en travers de la gorge. Cette histoire s'était mal engagée, en fait, et on ne me la pardonna d'ailleurs jamais. Le scénario était tiré de mes *Voyous,* mais comme je l'avais déjà vendu un jour sur un bout de table, on a fait un remake très mauvais, ou plus exactement une imitation de l'original qui, lui, était superbe. Ray Ventura, qui produisait le film, y a introduit des chansonnettes. J'avais écarté dans le casting un futur jeune premier : Jean-Paul Belmondo. Tout compte fait, je pense avec le recul lui avoir rendu service.

Je me souviendrai toute ma vie du soir de la première. J'étais avec Marina. Courageuse, parfaite, elle assumait sereinement et sa participation à l'œuvre en tant qu'actrice et son rôle d'épouse à mes côtés. On passe le film, dont je trouve encore certains passages très beaux, et la lumière revient. Silence de mort dans la salle. Seul Eddie Constantine a fait un courageux « clap, clap, clap » qui, dans sa solitude, a pris l'importance des canons de Navarone. Je suis parti avec Marina, silencieux, humilié comme je ne pensais pas pouvoir l'être. Depuis, je me suis habitué à l'humiliation...

Malgré cet échec, cependant, en cinq ans j'avais tourné une dizaine de films et j'en avais réalisé quatre moi-même.

En trois ans, j'étais devenu une vedette et, sans fausse modestie, ce qu'on appelle une star. En effet, chaque année, *Cinémonde* et *Ciné-Revue* publiaient leur palmarès, et j'ai eu la chance d'être classé à plusieurs reprises parmi les cinq plus grands (ce n'était pas encore la génération de Jean-Paul Belmondo !). Mais confusément, déjà, je sentais que ma route n'était pas la bonne. Je me disais « il y a quelque chose qui ne va pas », mais je replongeais aussitôt dans le bain, sans chercher à approfondir.

Quand Claude Mauriac avait vu *Méfiez-vous fillettes,* en 1957, il avait écrit : « Hossein est le seul qui fait penser à Bogart et le seul qui, chez nous, est digne des plus grands acteurs de polars américains. » Il est vrai que dans ce film, je jouais comme si j'étais de l'Actors' Studio. Je me faisais plaisir.

Sur le tournage, j'avais reconnu parmi les figurantes une jeune comédienne dont j'avais été amoureux lorsque j'étais chez Simon. Il y avait en effet plein de nanas qui faisaient le tapin, pour les besoins du film, dans les ruelles de Saint-Germain-des-Prés. Je passais en voiture avec mes condisciples, mauvais garçons comme moi, Jean Lefebvre et Jean Gaven. On était en plein hiver et, entre deux prises, nous allions nous réchauffer au café avec un Viandox. J'ai invité mon ex-idole du cours Simon à se joindre à nous. Elle sembla hésiter.

— Mais comment? Tu es une vedette maintenant...

— Tu nous casses les couilles! Qu'est-ce que ça veut dire, vedette? Tu meurs de froid, viens boire un coup...

J'ai essayé d'être le plus gentil possible, le plus amical, sans réussir à faire disparaître entre nous cette barrière du vedettariat, que le tournage en lui-même se chargea de relever.

Dans *Du rififi chez les femmes,* d'Alex Joffé, j'étais devenu le maître des grands gangsters. L'emploi me collait à la peau. Par la suite, il a évolué vers un autre type de personnage : les officiers allemands. J'ai moi-même suivi cette trajectoire avec *La Nuit des espions,* que je réalisai en 1959 et qui fut sélectionnée à Venise, *Le Vice et la vertu* en 1962, *Maldonne,* de Sergio Gobbi en 1968, *Sept Hommes pour Tobrouk,* de Mino Loy, sans oublier *La Bataille d'El Alamein* de C.J. Padjet en 1968 où j'interprétais carrément le personnage de Rommel.

⁂

Borkon me réjouissait. Il était chaleureux, efficace et drôle, et sa façon de détourner la langue française ne cessait de m'enchanter.

Un jour où il était malade avec 40° de fièvre, il me déclara tout de go :

— Ah, c'est terrible ma coco, j'ai pas femme et pas sommier!

— Eh bien Jules, c'est peut-être préférable, rétorqué-je, parce que dans l'état où vous êtes, ce ne serait pas très raisonnable...

En fait, il voulait simplement dire qu'il n'avait « pas faim et pas sommeil ». Ce n'était pas évident à comprendre.

Il me dit une fois : « À midi j'ai mangé la branlade de morue. Elle m'a coupé le petit », ce qui se passe de traduction. Et une autre fois, s'adressant à son fils, il s'exclama :

— Abrasse ta papa ! Ma fils il est appelé sous la drapeau, comme ça sera paralysé française [1] ! »

C'était génial et grandiose.

Sur un plateau, Borkon était attentif à tout, se mêlait de tout, passionné, mais toujours guidé par un souci d'économie. Je me souviens d'un plan qui prévoyait l'accostage d'un bateau à quai. Le bâtiment était en train de manœuvrer et l'équipage paré à lancer les aussières lorsqu'on entendit : « Coupez ! » Il n'y avait plus de pellicule et le bateau termina son accostage sans être filmé. On s'apprêtait donc à tourner de nouveau la scène quand Borkon demanda :

— Pourquoi ? Pas grave ! Les gens sont intelligents. Comprendront !

Un autre jour, à la fin d'un plan, le metteur en scène s'écrie :

— Coupez ! Génial ! On refait une prise, par sécurité.

— Pourquoi ? s'exclame Borkon, on le voit qu'une fois, le film !

Quand je voulais essayer de décrocher un budget pour un film, je venais lui raconter le scénario, presque en le mimant, et en fonction de ses réactions, j'adaptais au fur et à mesure. Un jour je me lance ainsi, devant lui et quelques personnes de son entourage.

— Voilà. C'est la nuit. L'homme est masqué. Il sort du bistrot. Il a un revolver, il avance, il avance, il entend des pas, il se cache derrière une porte cochère (je voyais les producteurs qui faisaient « oui, oui » de la tête) et sous un lampadaire, on aperçoit une jeune femme qui a relevé sa jupe, qui...

1. « Embrasse ton papa ! Mon fils est appelé sous les drapeaux, comme ça, il sera naturalisé français. »

(Aaahhh ! se disaient les mecs qui imaginaient une jarretière, un porte-jarretelles...) L'homme sort de l'immeuble, avance, se précipite derrière un tronc d'arbre et la femme s'approche...

Je voyais bien que tout ce qui était slip et sous-vêtements intéressait passionnément mes interlocuteurs. Le reste beaucoup moins. Donc j'ai raconté un scénario hallucinant, mélange de meurtres, de putes, de strip-tease.

Le lendemain, j'ai reçu un coup de fil :

— On le prend, on achète !

Je ne me souvenais absolument plus de ce que j'avais raconté... J'étais tellement passé des effeuillages au crime et au meurtrier lui-même que je ne m'y retrouvais plus moi-même. J'ai dû laisser tomber. Ça m'est arrivé souvent, avec des tas de producteurs. Je racontais, je racontais, et j'oubliais.

Un jour, j'ai même été tellement bon qu'à la fin le producteur chez qui j'avais fait mon numéro a quitté son propre bureau en me disant « au revoir », comme s'il sortait d'un théâtre. Il est vrai qu'il m'avait fait asseoir à sa place et que, pris moi-même par l'action, je lui ai répondu :

« C'est d'accord, revenez quand vous voulez ! »

Tous les gens de ce métier ont connu ce genre d'aventures farfelues. Je me souviens d'un scénario, écrit avec René Wheeler, un très bon scénariste que j'aimais beaucoup. C'était une adaptation d'un polar célèbre qui se passait dans un appartement de la rue de Passy. Tout le monde était en smoking et en robe du soir. C'était un huis clos.

Nous avions envoyé le scénario à Tenuggi, producteur connu. Peu de temps après, Tenuggi nous appelle :

— Venez vite, votre scénario nous intéresse !

Évidemment, nous fonçons.

— Remarquable. Combien ? demande Tenuggi.

Je me dis : « Ça y est, ma fortune est faite. »

— Il y a une chose qu'il faut quand même changer, nous dit-il. Quand ils descendent en pirogue l'Amazone, là, il y a un défaut...

L'Amazone, dans un truc qui se passe à Passy? Nous nous regardons avec inquiétude.

Tenuggi poursuit :

— L'attaque des Indiens, il faut changer ça!

Là, nous avons compris : il s'était gouré de scénario!

Alors, sans me regarder, Wheeler lui répondit d'une voix tranquille :

— Faut voir...

Dans l'un des films de Vadim où je jouais le rôle d'un officier allemand, j'utilisais en guise de tueurs deux « anticonformistes » qui sévissaient dans notre profession. Vadim les appelle pour les briefer :

— Vous êtes des petits agents de la gestapo, vous sortez, vous le descendez et vous revenez en disant : « C'est fait! » Prêts? Moteur!

Et au moment où ils doivent rentrer en annonçant « c'est fait », l'un des gars demande à son comparse, derrière la porte :

— On vient de buter un mec, on doit avoir l'air emmerdé, en rentrant, non?

— Pas forcément, répond l'autre...

***

Marina et moi avons vécu quatre ans ensemble, et nous avons eu deux fils, Igor et Pierre, pour lesquels j'ai beaucoup d'estime, d'admiration et d'amour. Je les ai fort mal élevés. Je ne les ai même pas élevés du tout, il faut bien le dire. Trop pris par le métier? Immature? Écrasé par la responsabilité de père que j'étais incapable de prendre? Marina, elle, s'est montrée remarquable. C'est une femme courageuse, pleine de sensibilité et de caractère.

Nous nous sommes séparés en 1959 avec *Les Canailles,* de Maurice Labro, après avoir tourné huit films ensemble. Nous nous retrouverons une neuvième et dernière fois en 1962 pour *Le Meurtrier,* de Claude Autant-Lara, avec Maurice Ronet, Paulette Dubost et Gert Froebe. Mais c'en sera fini de notre belle histoire...

Notre rupture a été décidée un soir, après une longue discussion. On a parlé longtemps et on a décidé de se séparer. Je crois que le fait d'avoir refusé de vivre notre vie d'adulte hors des murs de son enfance, de son adolescence, avec les sœurs et tout ce monde qui gravitait alentour a été une erreur. Nous ne parvenions pas à dégager notre propre vie, ni à trouver notre identité de couple. Je me suis laissé aller à la facilité et nous avons été phagocytés. Trop de gens donnaient leur avis sur tout, et puis moi, je ne me suis pas occupé d'elle comme j'aurais dû, comme il aurait fallu. Elle a fini par se lasser...

***

Alors nous nous sommes quittés. Mes copains Dalban et Lefebvre m'attendaient sur un pont, dans le parc de Maisons-Laffitte. J'avais déjà fait mes bagages mais j'étais allé rendre visite à Marina pour quelques formalités. J'étais venu la voir chez elle, dans cette demeure qui n'avait jamais, finalement, été un chez-nous. Et nous avons parlé, parlé, parlé... Elle m'a raccompagné jusqu'au pont. Mes copains étaient là, de l'autre côté de l'eau. J'ai traversé. Je me suis retourné. Elle ne bougeait pas, immobile, irréelle. Je suis resté un moment à regarder sa silhouette, puis je suis reparti avec mes camarades. C'était terminé. Les avocats s'occuperaient du reste.

IX

LES JEUNES FILLES

Après avoir quitté Marina, je me suis installé rue Chanez, dans le seizième arrondissement. J'ai vécu là un assez long moment dans la nostalgie complaisante, vaguement douloureuse, d'un bonheur perdu. Notre vie commune avait été incluse dans une sorte de maelström qui continuait sans moi. Professionnellement, nous avions fait quelques très bonnes choses ensemble comme *Liberté surveillée,* en 1957, un film tourné en Yougoslavie, qui m'avait dépaysé. Nous tournions à Prague et dans les montagnes, où je courais beaucoup avec Marina. Et puis il y eut *Toi le venin,* l'année suivante, et *La Nuit des espions,* en 1959, que j'avais moi-même réalisé. Nous nous étions beaucoup amusés, nous étions heureux à l'époque... En revanche, je gardais un goût amer de notre dernier duo dans le film de Labro, *Les Canailles,* une adaptation d'un roman de James Hadley Chase, *Fais-moi confiance.* Je me souviens seulement d'avoir acquis à cette occasion la certitude que je préférais jouer les méchants plutôt que les bons, car je les trouve psychologiquement plus intéressants.

Le tournage, à mes yeux, manquait d'intérêt. C'est sans doute un jugement excessif, car il y avait des gens remarquables comme Philippe Clay ou Scilla Gabel, la sculpturale doublure de Sophia Loren, mais mes rapports avec Marina étaient trop tendus pour que j'apprécie quoi que ce soit. Nous nous acheminions vers une rupture. Pour comble, un jour, je me suis trouvé sur un bateau pris dans une tempête et j'ai éprouvé une des plus belles frayeurs de ma vie. Tous mes souvenirs d'alors sont empoisonnés. Qu'étais-je venu faire dans cette galère ?

Se séparer d'une femme que l'on aime encore n'est pas une chose aisée. Heureusement, il y avait les copains, les inséparables, et toujours une fille pour me dire : « Quand on quitte quelqu'un, on est un peu perdu. Il faut faire attention à la première venue. Ce dont vous avez besoin c'est d'une femme comme moi, pour empêcher qu'on vous reprenne trop vite. » Je me suis ainsi laissé protéger.

Seulement, hors le cercle des intimes et des filles au grand cœur, il fallait prendre garde. Car il y a des gens à qui il ne faut jamais parler de choses qui ne vont pas. Chaque fois que l'on arrive sous le coup d'une émotion, complètement bouleversé ou submergé de problèmes dont on ne voit pas la fin, à l'heure où tout le monde s'embrasse, se salue, se congratule, à l'heure où fusent les « t'es beau, t'es jeune, t'es frais, t'as réussi, j'ai vu, j'ai eu, etc. », on s'aperçoit très vite que l'on dérange. Le malheureux est là comme un pauvre, seul, pestiféré, parce que les ennuis ou les chagrins contrarient ceux qui n'en ont pas. Et puis ce sont de mauvais augures. Rien que de les évoquer, ça pourrait les faire venir... Je me suis fait ma religion à ce sujet : c'est fini, je ne vais plus voir les gens heureux. J'ai trop peur de les perturber.

Tchekhov illustre ça d'une très belle manière. Il était une fois un homme de bonne renommée qui jouissait d'une position sociale en vue, un haut fonctionnaire intègre, marié, père de beaux enfants. Un jour où il était en cure à Yalta, il rencontra une jeune femme ravissante dont il tomba éperdument amoureux. Ses sentiments se trouvant partagés, tous deux filèrent le parfait amour pendant deux semaines. À la fin du séjour, ayant compris qu'ils s'aimaient vraiment, ils décidèrent de se revoir. Lui habitait Moscou et elle Saint-Pétersbourg. Elle rejoignait son amant dès que les fonctions de celui-ci lui laissaient un moment de liberté. Mais comme cet homme avait grande réputation et qu'il était en passe de devenir ministre, ils se rencontraient en cachette dans des hôtels de seconde zone. Leur amour restait intact mais le poids des convenances les empêchait de le vivre au grand jour. Le temps passait et, bien que la jeune femme acceptât tout de cette clandestinité sans jamais faire le moindre reproche, pour cet homme profondément honnête qui avait fait un mariage de convenance, l'existence devenait de plus en plus difficile.

Un soir où il dînait dans un club très fermé avec un général de ses amis, Ivan Ivanovitch, il parla longtemps de philosophie, d'amour, de passion. Et, n'y tenant plus, au moment de quitter le général, il décida de se confier à lui. Il l'aida à s'installer dans sa troïka. C'était un homme de très forte corpulence, gros et gras, sanglé dans un uniforme impeccable.

— Cher général, lui dit l'amant malheureux, je vis un grand tourment dont je voudrais vous entretenir. Voyez-vous, j'aime une femme admirable, mais nous devons nous cacher et c'est insupportable. Notre amour est beau et rayonnant, mais les amours secrètes sont des amours honteuses. Tout cela est tellement injuste ! Pourquoi vivons-nous ? Pourquoi aimons-nous ? Qui sommes-nous ? D'où venons-nous ? Où allons-nous ? N'est-ce pas général, que vous comprenez ? Ivan Ivanovitch, me comprenez-vous ?

Le général s'enfonça alors un peu plus dans ses fourrures, qu'il remonta jusqu'au cou. Il regarda distraitement son interlocuteur et lui répondit, sur un ton de conversation des plus mondains :

— Oui, mon cher Grégor, oui, bien sûr... Mais ne trouvez-vous pas que l'esturgeon que nous avons mangé ce soir était un peu faisandé ?

Sur ces bonnes paroles, il salua son ami de la main et fouette cocher ! La troïka s'élança dans la nuit, dans le chuintement de la neige durcie, le bruit des sabots et le joyeux tintement des grelots.

J'ai rencontré beaucoup d'Ivan Ivanovitch sur ma route. Il y a bien des années que je ne leur parle plus. Et si de rares circonstances m'y contraignent, je deviens alors intarissable sur la fraîcheur des esturgeons.

***

Comme d'habitude, le travail restait pour moi le remède le plus efficace pour lutter contre l'amertume des jours. Depuis des mois je m'employais avec Frédéric Dard à l'adaptation cinématographique d'un de ses romans, dont le climat mélancolique convenait parfaitement à mes états d'âme. C'était mon cinquième film et la troisième fois que je m'attaquais à une œuvre de Frédéric. *Les Scélérats,* de surcroît, allaient me donner l'occasion de réaliser mon rêve de gamin en devenant à l'écran Jess, le mari américain de Michèle Morgan. Elle avait accepté de changer radicalement d'emploi en jouant de manière extraordinaire le rôle de Thelma, une femme dure et pleine d'amertume qui, pour la première fois, se trouve en proie au remords...

J'aimais ce film et, au moment où je me préoccupais du lancement, je rencontrai Jean Cocteau.

— Monsieur Cocteau, Maître, je viens de terminer un film *Les Scélérats,* et j'aimerais beaucoup connaître votre sentiment sur ce travail. C'est un sujet assez spécial, quelque chose d'insolite dans un décor étrange. Puis-je vous le présenter ?

— Je vais regarder.

Pendant la projection il demeura très attentif, mais ne laissa rien paraître, ni sur son visage ni dans ses attitudes. Je ne savais que penser et je nourrissais quelque inquiétude. Lorsque la lumière revint, mon cœur battait nettement plus vite que la normale. Cocteau se tourna vers moi.

— Que cherchez-vous ? Un slogan ?

— Oui, par exemple...

— Eh bien, je vous propose celui-ci : « Ceux qui n'aimeront pas ça ne sont pas forcément des imbéciles. »

Ouf ! Connaissant son humour au second degré, je pouvais respirer...

Un curieux concours de circonstances m'amena, cette même année, à tourner dans le premier film de Gérard Oury, passé à la mise en scène. Il avait d'abord été comédien et nous avions joué ensemble au théâtre dans *La neige était sale,* puis par la suite *Anna Karénine,* où j'interprétais Bronsky. Nous nous étions également retrouvés en 1957 pour le très bon *Méfiez-vous fillettes* d'Yves Allégret où je l'aidais sans remords à passer de vie à trépas.

Le premier film de Gérard était une adaptation des *Marioles,* de Frédéric Dard (toujours lui), à laquelle l'auteur avait travaillé seul. J'y jouais le rôle d'un pharmacien marié à la belle Elsa Martinelli, ce qui ne m'empêchait pas de me montrer entreprenant avec la jeune Marie-José Nat et, à l'occasion, violeur et meurtrier. Il revenait à l'ami Dalban, flic pour la circonstance, de réussir à m'arrêter.

Je retrouverai Gérard Oury vingt-six ans plus tard, en 1986, pour *Lévy et Goliath* où, parrain du milieu parisien, je ferai une brève apparition pour apaiser les esprits et rendre la justice — une fois n'est pas coutume.

⁂

Pour *Le Goût de la violence,* mon sixième film, en 1961, je choisis une fois encore l'histoire d'un héros solitaire et perdu, un chef révolutionnaire sud-américain à la *Viva Zapata*. J'avais travaillé aux dialogues avec Jules Roy et soigné ce personnage pur et dur, qui n'admettait pas que les révolutions fussent toujours récupérées.

Après *Toi le venin* [1], un drame psychologique où, solitaire et désespéré, je me trouvais pris au piège entre deux femmes qui se jouaient de moi, *Le Goût de la violence* me donnait pour la deuxième fois un rôle où je n'avais rien à voir ni avec la police ni avec les truands. Mon père, André Hossein, a fait la musique de ces deux films mais sans doute a-t-il écrit pour le second — tourné en Yougoslavie — une de ses œuvres les plus belles, et les plus désespérées.

Avec *Le Jeu de la vérité*, sur un scénario écrit par Jean Serge et Robert Chazal, je me fis plaisir en enfermant dans un huis clos à douze personnages des comédiens que j'appréciais beaucoup. Naturellement, j'étais le treizième personnage, ô combien douteux, et, selon une logique bien établie, j'héritais d'une vilaine mort.

Mon contrat avec la Gaumont me conduisit à jouer *Madame Sans-Gêne*. Je me retrouvai sous la direction de Christian-Jaque en duc de Dantzig et maréchal d'empire, le maréchal Lefebvre, dans un rôle de benêt joyeux et innocent, unique dans ma carrière, qui me valut néanmoins un prix d'interprétation.

La clause de contrat qui m'avait mis dans l'obligation de ce tournage me permit par la suite, en échange, de demander à la Gaumont la liberté de réaliser un film comme je l'entendais. Ils ont accepté. J'avais été coincé trois années durant mais, grâce à *Madame Sans-Gêne*, je pus tourner *Le Repos du guerrier* l'année suivante.

Le rôle du maréchal Lefebvre me valut, plus que le prix et une autorisation de tournage, l'amitié indé-

1. *Toi le venin*, mon troisième film tourné en 1958.

fectible de Sophia Loren, qui interprétait le rôle titre du film. C'est une femme réellement exceptionnelle, romanesque, délicate, une actrice sublime. Elle a exercé son métier en sachant rester humaine, ouverte à son entourage comme aux autres. C'est la seule femme qui m'ait confié avoir mis quarante ans pour apprendre à dire non ! À la fin du tournage, conscient de sa munificence, je lui ai demandé en plaisantant si je pouvais compter sur elle pour me donner une soupe au cas où je me trouverais dans la merde. Elle m'assura que oui. Depuis ce jour, nous ne nous sommes jamais rencontrés sans échanger ces propos complices mais bien hermétiques pour qui ne connaît pas les dessous de *Madame Sans-Gêne* :

— Tu as besoin d'une soupe ?

— Non, merci. Pas pour le moment.

Sur le tournage, j'ai aussi fait la connaissance d'Henri Jeanson — admirable auteur des dialogues du film —, et de sa femme. Je ne l'ai malheureusement pas assez approché et je le regrette, car c'était un personnage unique, scénariste et dialoguiste de soixante-dix ou quatre-vingts films, dont une quinzaine de chefs-d'œuvre comme *Hôtel du Nord*. Il mettait son style admirable au service des comédiens plutôt qu'à celui des personnages. Il était bien entendu bourré d'anecdotes, qu'il a d'ailleurs racontées dans un livre. Chose rare, il n'hésitait pas à se prendre pour cible. Ainsi, il manquait totalement de courage physique mais n'en faisait pas mystère. Un jour, un type lui donne un sérieux coup de pied dans les fesses. Jeanson avance d'un bon mètre sous le choc et dit simplement, sans se retourner :

— C'est du quarante-trois... Et il n'y a rien de plus lâche que de frapper un lâche.

Madame Sans-Gêne me permit, en outre, de régler un vieux compte avec Julien Bertheau, de la Comédie-Française. Lorsque j'étais jeune et famélique, à l'affût du moindre cachet pour survivre, j'avais réussi à décrocher une figuration au Français dans *Britannicus*, mis en scène par ledit Bertheau. J'étais un des gardes qui arrivait en portant une torche pour arrêter Britannicus. Un jour, lors des répétitions, Le Poulain ou je ne sais qui a tiré intentionnellement sur ma chemise pour faire tomber ma tunique. Je me suis retrouvé en slip sur la scène. Alors Bertheau m'a engueulé devant tout le monde :

— Vous pensez faire une carrière avec des conneries pareilles ? Vous n'arriverez jamais à rien !

Je n'ai pas répondu. Je me sentais humilié.

Dix ans plus tard, dans *Madame Sans-Gêne*, il jouait le rôle de Napoléon. Il y avait des scènes à cheval et, contrairement à moi, il n'était guère à l'aise sur un canasson. Il manquait d'assurance et d'habitude. J'ai pensé que l'heure était venue de lui rendre la monnaie de sa pièce. Au moment de la grande attaque, lorsqu'il appelle « Lefebvre ! », je devais m'approcher de lui pour prendre ses ordres. Nous avions préparé la scène toute la journée et réglé les différents mouvements de troupe. Arrivé à sa hauteur, j'ai donné un coup d'éperon à son cheval qui est parti à bride abattue. Tout était à refaire !

Je lui ai avoué plus tard que j'étais à l'origine de sa mésaventure et que je l'avais fait exprès, en réponse à ses propos d'autrefois, sur la scène du Français...

Toujours pendant ma jeunesse miséreuse, Monique Rolland m'avait obtenu un rendez-vous avec Léo Joannon aux studios de Joinville. Joannon mettait en scène des vaudevilles complaisants, à la limite du cinéma populiste. Le jour de notre rendez-vous, n'ayant même pas en poche un ticket de métro, j'ai dû traverser tout Paris à pied, et la banlieue, pour me rendre à Joinville. Je suis arrivé à l'heure, plein d'espoir. Joannon m'a toisé, nous avons à peine échangé quelques mots et il m'a déclaré sans ambages :

— Vous n'avez rien dans le regard, je crois que vous feriez mieux de changer de métier.

Je suis reparti comme j'étais venu, à pied, de Joinville à Paris, du découragement plein le cœur.

Bien des années plus tard, j'avais épousé Marina et venais de tourner *Sait-on jamais ?* quand Léo Joannon m'a appelé. Il avait un rôle à proposer à Marina Vlady pour son prochain film. Je ne lui ai pas laissé plus de temps qu'il ne m'en avait donné lors de mes débuts : je lui ai répondu aussitôt que c'était dommage, mais qu'elle n'était pas libre. Souviens-toi du vase de Soissons.

On me l'a assez reproché, mais je suis ainsi : comme les éléphants, j'ai la mémoire tenace. Je ne passe rien ou plutôt je passe tout, car à la première désillusion, je décroche. Je ne donne pas une autre chance. Si l'on m'a manqué ou trahi, c'est fini ! C'est comme la première fois où je rencontre quelqu'un... Il ne m'a pas fait bonne impression, je ne lui ai pas fait bonne impression, restons-en là, pas de repêchage. On ne repêche pas. Il y a des gens qui ne savent même pas pourquoi je ne leur parle pas, des acteurs que je n'ai jamais engagés à cause de mesquineries, de peccadilles que je leur pardonne volontiers mais qui se sont inscrites sans appel dans mes comptes-souvenirs.

Je pense que, paradoxalement, cette attitude relève du respect que j'éprouve pour les individus ! Je les tiens pour responsables de leurs actes et je les juge à l'aune de ceux-ci. À la seconde où un être se comporte mal avec les autres, c'est pour moi comme s'il était mort. Il ne m'intéresse plus. La vie est trop courte pour chercher des circonstances atténuantes. Je ne poursuis pas le type de ma hargne pour autant. Je peux comprendre certains manquements mais en ce qui me concerne, le lien est rompu. Il y a des comédiens qui n'ont jamais travaillé avec moi et qui ne savent pas encore aujourd'hui pourquoi : je le sais pour deux.

⁂

J'ai rencontré Caroline, la fille de Françoise Giroud, pendant le tournage de *Madame Sans-Gêne.* Nous étions à Cazerta, pas très loin de Naples. C'était une très jeune fille, ravissante. Elle avait quatorze ans, j'en avais trente-trois. Ma vie personnelle ne ressemblait pas à grand-chose. Si bizarre que cela puisse paraître, nous sommes tombés amoureux l'un de l'autre. Quand elle a eu quinze ans, nous avons vécu ensemble. Elle allait au lycée et moi je faisais mon métier d'acteur et de metteur en scène. Un jour Françoise Giroud, alors directeur de *L'Express,* m'a appelé.

— Écoutez, vous vivez avec ma fille. Soyez honnête : quelles sont vos intentions ?

— L'épouser !

Je l'avais dit, je l'ai fait. Nous habitions juste en face de l'appartement de Giscard d'Estaing. Pour emmerder tout le monde, un rien provocateur, je ne me privais jamais de m'exclamer où que je sois : « Ah ! Il est midi ! Excusez-moi, mais je dois aller chercher ma femme à l'école ! » Et bien entendu, je remettais ça à 16 heures.

Les camarades de Caroline venaient faire leurs devoirs à la maison. De 16 h 30 à 18 heures, j'évoluais au milieu d'un essaim d'adolescentes pour leur faire réciter les leçons et les aider dans leurs devoirs. Moi qui m'étais montré si piètre élève, je jouais à l'instituteur !

Nous avons eu un garçon, Nicolas, et puis il est arrivé ce qui devait arriver. Je rentrais tard pour me coucher. Elle devait se lever tôt pour aller au lycée. Nous nous croisions. Je me rendais compte, en outre, que je la distrayais atrocement de ses études qu'elle voulait abandonner, or elle se révélait très douée et la construction même de sa vie était en jeu. Sans doute aurais-je dû penser plus tôt à ces inconvénients mais il n'est jamais trop tard pour bien faire. Nous avons pris la décision de nous séparer. Elle a poursuivi ses études, comme je le lui ai demandé, et elle est devenue un prodigieux psychiatre pour enfants.

Comme elle était très en avance dans ses études, elle fut diplômée jeune. Elle était médecin spécialisé qu'elle avait encore l'air d'une adolescente. Les parents qui venaient à son cabinet consulter pour leurs enfants s'adressaient à elle en disant :

— Bonjour, mademoiselle. Nous avons rendez-vous avec le docteur. Pourriez-vous l'appeler s'il vous plaît ?

— Mais... c'est moi !

S'ensuivait un silence incrédule et il fut difficile, les premières années, d'instaurer la confiance. Aujourd'hui, Caroline est connue dans le monde entier et ses livres font autorité.

Avec mes amours, et pas seulement mon deuxième mariage, la presse à scandale a souvent gonflé ses tirages. Il est vrai que j'ai eu des liaisons célèbres, tapageuses, ou les deux à la fois. Je me moquais éperdument de ce que l'on pouvait en dire. Pendant des années et des années, j'ai mené une vie incohérente. Je n'étais à l'heure que sur les plateaux, et là, j'étais docile. Je n'exprimais rien d'autre que ce que souhaitaient le metteur en scène et l'auteur. En dehors des heures de travail, j'étais beaucoup moins rigoureux.

Il y a eu beaucoup de femmes dans ma vie ; elles m'ont tout apporté. Dix ans avec une femme ou bien une heure, c'est la même empreinte, le même respect pour quelque chose d'unique, ce qu'un être vous donne et qu'on ne peut effacer. Je n'ai jamais parlé des femmes à mes camarades en dévoilant leurs secrets intimes, ça ne me serait pas venu à l'idée, même s'il s'agissait d'un intermède de quelques jours, ou d'un instant. Je ne supportais pas les vantardises de mes copains, leurs indiscrétions. Je leur criais :

— Vous êtes tous des salauds ! Vous vous conduisez au lit avec vos femmes comme avec des femmes du monde, et devant vos amis, vous les traitez comme des putes. Faites le contraire, s'il vous plaît. Vous ne serez pas déçus !

On a beaucoup écrit sur mon goût pour les jeunes filles, avec des plumes acérées trempées dans le soufre ou le vitriol. J'ai été traité de pédophile à une époque où néanmoins, Dieu merci, on ne donnait pas à ce mot le même poids qu'aujourd'hui. J'étais un maniaque, un obsédé, un déviationniste pervers... Je dois dire que je n'ai rien fait pour modifier cette opinion couramment répandue. Il aurait fallu que je parle de mon enfance. Je n'en avais alors nulle envie et quelle foi aurait-on pu accorder à mes propos si l'on était décidé à me nuire ou bien, plus simplement, si l'on n'aimait ni ce que je faisais, ni ce que je semblais être ? Les personnages vous collent à la peau. Pendant des années on m'a regardé de travers dans la rue, à cause des truands ou des officiers SS que j'incarnais dans toute leur démesure de folie inhumaine. On était au lendemain de la guerre, ces rôles avaient alors infiniment plus d'impact qu'ils n'en ont aujourd'hui. Jusqu'à ce que je me retrouve dans la peau de Joffrey de Peyrac, je n'ai guère suscité la sympathie et pas davantage attiré la compassion. Alors quand en plus la presse dévoilait mes incartades...

Pourtant, en ce qui concerne les jeunes filles, mes sentiments venaient tout droit de mes années de pension. Comme je voyais peu ma mère et que je n'avais pas de sœurs, j'étais en mal d'affection. Et dans les écoles mixtes que je fréquentais, les jeunes filles prenaient soin de moi. Elles étaient pour moi tour à tour la mère, la sœur, la confidente. À l'époque j'avais leur âge. Plus tard, même de dix ou quinze ans leur aîné, j'eus pour elles le même regard de gamin ébloui. Cet amour des jeunes filles n'a jamais eu pour origine le moindre vice. Je recherchais seulement auprès d'elles un climat affectif qui m'avait autrefois sécurisé. En fait, j'avais peur des femmes. Je n'avais pas réglé mes comptes avec ma mère. C'est resté vrai jusqu'à sa mort.

Il y a eu un malentendu perpétuel entre mes parents et moi. Ils me noyaient de talent, d'amour, de générosité, mais je n'ai pas assez vécu avec eux dans leurs chambres de bonnes. Ils ont voulu me mettre à l'abri de leur misère, de leurs difficultés, et sans doute ont-ils eu raison, mais j'aurais préféré partager leurs problèmes. Alors je me suis enfermé dans un royaume douillet d'anges blonds.

J'ai toujours été attiré par les visages clairs et les chevelures blondes, à la Renoir. Ça doit avoir quelque rapport avec mes origines slaves. Toutes les femmes qui ont compté dans ma vie ont toujours eu ce type, avec des visages un peu larges. Et la vision que j'avais de ces jeunes filles en fleur restait associée au temps des cerises que l'on porte en pendants d'oreilles. Il y a toujours, à cette époque de l'année, des paniers et des rires...

Je me souviens du jour où, pour le simple sourire d'une jeune fille aperçue au bord de la mer, j'ai téléphoné à Vadim, à Paris, et lui ai dit :

— J'ai vu un tanagra de quinze, seize ans, d'une beauté merveilleuse...

— Qu'est-ce que tu as fait ?

— Rien... J'ai rencontré ses parents sur la plage. Viens me rejoindre ! Je pars en tournée demain, toi tu prépares ton film. Viens voir ce visage...

Il est venu. On s'est assis tous les trois sur le sable, la petite, lui et moi. Nous sommes restés ainsi toute l'après-midi avec cette enfant charmante, sans rien faire d'autre que la contempler dans ses expressions et ses gestes, entre deux bateaux qui passaient. Nous essayions de deviner en combien de temps chaque navire aurait disparu à l'horizon, ne laissant plus dans le ciel qu'une griffe de fumée noire et paresseuse.

La jeune fille riait avec nous. Elle n'a jamais compris pourquoi nous avions passé ces heures avec elle. Le soir même, Vadim rentrait à Paris et moi je partais en tournée du côté d'Annecy... Je n'oublierai jamais ce visage. Son souvenir me remplit encore aujourd'hui de nostalgie. J'aurais voulu me confier à Louise Brooks et lui parler de ce genre d'extase, devant la beauté des jeunes femmes.

⁂

J'ai tourné six films avec Vadim entre 1957 et 1983. Je les ai tous aimés, même si trois d'entre eux étaient plus réussis que les autres. Pour moi, la « période Vadim » n'a jamais cessé d'être ou plutôt, elle n'a pris fin qu'avec sa disparition. Je l'ai déjà évoqué, tout a commencé à Saint-Germain-des-Prés dès 1945 et, sur le plan cinématographique, en 1956 avec sa première réalisation (où je ne tournais pas) *Et Dieu créa la femme,* qui fit le scandale que l'on sait.

Avec la bande de Saint-Germain, autour de Vadim et de Marquand qui vient de nous quitter, j'avais d'abord compris que l'on devait se battre pour ses besoins. Par la suite, en continuant de fréquenter mes camarades qui rêvaient de faire de la mise en scène — même confusément, sans aucune garantie — je me rendis compte qu'il fallait se battre plus encore pour ses désirs. Les besoins, sans les désirs, ne débouchent sur rien. Je crois qu'un être n'a le sentiment d'exister que quand il a tenté de se réaliser. À défaut d'être nécessaire, il faut se rendre utile, pouvoir s'insérer dans le monde et donner un sens à sa vie, ne serait-ce que pour prendre ses distances avec l'abyssale réflexion sur l'absurdité d'être, celle de nos origines et de notre propre destinée.

En 1962, j'ai tourné coup sur coup *Le Repos du guerrier* et *Le Vice et la vertu,* deux rôles diamétralement opposés, bien éloignés de tout ce que j'avais pu jouer jusqu'alors. Dans le premier, j'étais un débauché sarcastique, alcoolique et suicidaire : Vadim fit de moi néanmoins, et pour la première fois, un séducteur. Dans le second, j'apparaissais comme le mal incarné sous les traits du colonel SS Schorndorf. Je formais avec Annie Girardot un couple maléfique comme on en vit rarement au cinéma.

Vadim avait un style perspicace et un goût extraordinaire. On a trop souvent limité son œuvre à des histoires de sexe, démolissant complètement, trahissant sa vision de l'érotisme qui était sublimée, d'une beauté toujours suggérée. Magnifique dans *Sait-on jamais ?*, très aboutie dans *Le Repos du guerrier*, cette vision donnait aux personnages toute la dimension de leurs conflits personnels ou sociaux et celle de leur ambiguïté.

J'avais un très beau rôle dans *Le Repos du guerrier*, adapté du roman de Christiane de Rochefort, que j'ai tourné au côté de Brigitte Bardot comme si j'étais en vacances. Vadim était non seulement un metteur en scène remarquable mais encore un vrai directeur d'acteurs. Sentimental, attentif, il savait parfaitement ce qu'il voulait obtenir de ses interprètes. En revanche, il fallait s'exécuter aussitôt ! Sur un plateau, il n'était pas la patience même...

J'avais connu Brigitte Bardot avant que le film soit en projet. Elle était évidemment très belle, très désirable, de cette beauté différente qui allait en faire plus qu'un sex-symbol : un mythe. Elle n'était bien entendu pas du tout la fille que l'on décrivait dans les magazines. Elle avait beaucoup de cœur et savait se montrer très généreuse. C'est une femme et une comédienne lucide qui, à un certain moment, a décidé de faire des choix et de s'y tenir. Je crois qu'elle a eu raison. J'ai tourné deux films avec elle sous la direction de Vadim. Nous nous sommes toujours très bien entendus, et nous avons partagé une grande amitié, qui a perduré, bien après qu'elle se fut séparée de son premier mari.

Nous nous sommes retrouvés en 1968, à Almeria, en Espagne, pendant le tournage de mon film avec Michèle Mercier, *Une corde, un colt*. De son côté, elle tournait *Shalako,* avec Sean Connery. Nos plateaux respectifs étaient éloignés d'un bon kilomètre et, comme il s'agissait de deux westerns, nous avions droit chacun à des attaques d'Indiens. Celles-ci étaient réglées au millimètre. Elles avaient été répétées et mises au point pendant plusieurs jours de part et d'autre et nous les commandions par talkies-walkies, afin qu'elles surgissent au bon moment dans le cadre du plan en cours. Nous tournions depuis plusieurs jours quand un matin, à 7 heures, je donne par talkie l'ordre aux Indiens de monter à l'attaque. Bientôt, ils arrivent au triple galop du fin fond de l'horizon, mais, à ma stupéfaction, ce sont les Indiens de *Shalako* qui déboulent sur mon plateau, tandis que les nôtres arrivent sur l'autre ! À la suite d'interférences radio, les ordres avaient été inversés. Une journée de tournage perdue, mais quel souvenir !

***

Chaque metteur en scène a sa manière propre, mais on peut rapprocher Vadim de Lelouch quand il s'agit de s'adapter, en une seconde, aux conditions du tournage qui bouleversent parfois bien des choses par rapport à ce qui était prévu.

Dans *Sait-on jamais ?*, le couteau à la main, je devais rire, puis me mettre à pleurer après avoir tué un baron allemand interprété par Otto Hasse. Ce n'était pas vraiment facile.

Pendant que j'assimilais tant bien que mal cette cyclo-thymie-éclair, Vadim en était déjà à la mise en place.

— Bon, alors tu viens là, et tu te mets à rire...

Donc là, tu ris, et puis tu le tues et tu pleures. C'est clair ? Alors en piste !

— Attends un instant ! C'est clair, c'est clair... Comment veux-tu que je fasse tout ça en une minute ?

— Je ne veux pas le savoir ! On y va ou on n'y va pas ? T'es comédien, oui ou non ? Alors ne m'emmerde pas et fais-le ! Laisse tomber tes états d'âme et vas-y. Moteur !

Lelouch donnait dans le même genre mais avec encore plus de fantaisie. Pendant le tournage de *Les Uns, les autres* en 1981, je prépare une scène qui se situait à peu près au milieu du film. Le jour décline, le soleil se couche... La mise en place est terminée lorsque Lelouch s'écrie soudain :

— Regarde le soleil, regarde le soleil ! Vite, on fait la fin, la dernière image, quand tu retrouves ta mère que tu n'as pas vue depuis des lustres. Tu sais, elle est assise sur un banc, là-bas, elle est folle. Tu n'as qu'à descendre, aller jusqu'au banc et t'asseoir à côté d'elle. Ce n'est rien du tout... On te filme de dos !

— Non, mais attends, je ne suis pas préparé ! C'est quand même la scène cruciale ! Alors même si ma mère est loin, même si je tourne le dos à la caméra, il faut qu'il se passe quelque chose !

— Mais on ne voit même pas ta gueule ! C'est la manière dont tu y vas et la manière dont tu t'assois qui compte.

— Bon, d'accord, mais ce n'était pas prévu, on est dans tout autre chose...

— Oui, mais je m'en fous ! Là, là, le ciel me plaît ! Là, comme ça. Il faut y aller, il faut y aller tout de suite... Et puis si tu ne veux pas y aller, il faut le dire !

J'y vais. On me filme de dos. Je m'arrête en route. Je repars... Tout est improvisé. À l'arrivée, c'est une des plus belles scènes du film.

— Eh ben, me dit Lelouch. T'en as fait des histoires, pour si peu de chose ! Tu ne crois pas ?

***

Sergio Leone a été un de mes plus chers amis jusqu'à sa mort. J'étais très lié avec lui. Nous avions fait connaissance de bien étrange manière. C'était l'époque de Clint Eastwood. Je venais de terminer *Le Repos du guerrier* et les frères Behars, mes agents, les producteurs, avaient lu pour moi un scénario. Quand je leur ai demandé ce qu'ils en pensaient, ils ont été unanimes et m'ont déclaré avec leur accent roumain :

— Impossible ! On ne peut rien tirer de ça ! C'est ridicoule !

— Comment ça ? Ridicule ? Faites-moi lire !

— Mais non, mais non. Tu vois, il tire en l'air plein de fois et tout le monde il est mort !

— Ah, alors, vous avez raison, on ne peut pas faire ça... « Ça », c'était *Une poignée de dollars.*

Quand je suis arrivé à Rome, je suis allé voir Sergio Leone qui a bien ri de l'anecdote et nous sommes tout de suite devenus très potes. J'avais été sur sa distribution de film pour *Il était une fois dans l'Ouest.* Une affiche avait même été préparée avec ma gueule. Malheureusement, j'étais encore sous contrat avec la Gaumont, et Poiré, son directeur, m'a dit : « Il n'en est pas question. Vous n'allez pas là. Vous allez à Rome avec Sophia Loren, pour Carlo Ponti, puis en Espagne, pendant douze semaines — ou quinze — faire *Madame Sans-Gêne.* »

Quand j'ai retrouvé Leone, je lui ai expliqué pourquoi je n'avais pas pu donner suite. Non seulement il ne m'en a pas tenu rigueur, mais quand j'ai réalisé mon western en Espagne où il travaillait souvent, il est venu sur mon plateau et il a tourné lui-même une séquence de mon film.

Peu de temps avant sa mort, il est venu à Paris et m'a dit :

— Je t'emmène. Tu feras la deuxième équipe du *Siège de Leningrad.*

C'était son prochain film. Il racontait toute l'épopée de Leningrad pendant la guerre. Comme Sergio avait eu une crise cardiaque, il a ajouté :

— Tu tourneras les batailles. Et puis, comme tu parles russe aussi bien que français, tu joueras un colonel russe, un des officiers russes qui a un rôle important dans ce film.

Il a tout préparé, mais n'a pas eu le temps de tourner...

Je garde de lui le souvenir d'un grand metteur en scène et d'un ami incomparable. Je garde aussi en mémoire nos rires interminables. Comme moi, il n'aimait pas l'avion, alors nous nous rendions à Almeria en train. On se racontait des histoires et on rigolait pendant tout le trajet. Il avait la même manière de raconter que moi, en faisant tous les bruits, les musiques, les dialogues... Je suivais d'autant plus facilement le récit de ses projets. Il aimait bien me prendre à témoin, parce que j'avais justement cette vision immédiate dont il avait besoin. On « voyait » et puis ensuite, on discutait sur des détails. C'était génial !

Nos discussions se révélaient si passionnantes que parfois nous en perdions le sens des réalités. Un jour, tout à notre conversation, en sortant d'un restaurant, nous sommes montés dans une voiture, sans faire attention, persuadés que c'était un taxi. En fait c'était une Rolls. Le chauffeur nous a ouvert la porte, l'a refermée, s'est installé au volant et a démarré. Au bout d'une dizaine de minutes, il nous demande :

— Où dois-je vous déposer, messieurs ?

Nous nous regardons, et nous découvrons alors et la marque de la voiture et le chauffeur en livrée.

Nous avons fait demi-tour. Le propriétaire de la Rolls, par bonheur, était toujours en train de déjeuner.

Une autre fois à Rome, il y avait une soirée chez Visconti. Nous étions cinq à nous y rendre. Nous étions en smoks, impeccables. Au lieu de s'arrêter au rez-de-chaussée, l'ascenseur s'enfonce dans les profondeurs des sous-sols de l'hôtel. La porte s'ouvre sur le noir complet. Nous étions à la cave. Au fond nous distinguions une petite lueur qui devait être le bouton de la lumière. Sergio allume son briquet qu'il brandit pour nous éclairer. Sans doute l'a-t-il brandi un peu trop près d'un avertisseur d'incendie car l'eau sous pression s'est mise à jaillir. Nous étions trempés comme des soupes. Nous avons émis divers commentaires dont le plus pertinent était sans aucun doute : « Ah, que c'est gênant ! » Nous sommes remontés nous changer et nous avons renoncé à nous rendre à la soirée. La douche avait nettement refroidi notre enthousiasme.

⁂

Le rendez-vous annuel de Cannes reste un événement à ne pas manquer. Les premières années, je m'y précipitais plein d'inquiétudes tant les volées de bois vert qui accueillaient généralement mes films faisaient de moi un metteur en scène discutable. Heureusement, l'acteur remarqué — et parfois couronné — pour ses rôles noirs l'était beaucoup moins. Avec le temps et l'habitude, je me suis blindé.

La mère de mon copain Maurice Bessy était devenue aveugle mais elle voyait l'aura des gens. Alors à chaque festival, je m'approchais tout le temps de son fils pour lui poser la même question :

— Maurice, est-ce que ta mère voit mon aura ?

— Oui, elle me dit qu'elle la voit.

— Et alors ?

— Alors ? Elle me dit aussi que tu as beaucoup à faire avant d'avoir la couleur idéale.

— Merde !

En cette année 1963, j'étais membre du jury du 16e Festival international de Cannes qui allait couronner *Le Guépard* de Luchino Visconti, avec Claudia Cardinale et Alain Delon. Ce chef-d'œuvre incomparable ouvrait de façon magistrale la porte au romanesque cinématographique. Delon abordait là — et avec quelle sensibilité ! — le rôle le plus chargé d'humanité de toute sa carrière. Un très grand cru.

De mon côté, je m'étais débattu comme un beau diable pour faire obtenir à mon ex-femme, Marina Vlady, le grand prix d'interprétation féminine pour sa prestation dans le film de Marco Ferreri, *Le Lit conjugal* (titre original : *Ape Regina*) où elle se montrait remarquable, au côté d'Ugo Tognazzi. La verve de la narration servait admirablement la satire sociale, mêlée à la misogynie obsessionnelle du cinéaste.

Cette année-là, mes exploits se limitèrent à peu de chose et mon huitième film, *La Mort d'un tueur,* où je m'étais fait plaisir avec un rôle de truand en quête de justice et de rédemption, ne me sortit pas de mes emplois de personnages noirs et désespérés.

Quelques années plus tard, lorsque j'ai revu Maurice Bessy, je lui ai reposé la même question : « Est-ce que ta mère voit mon aura ? »

— Ma mère dit que tu vas en t'améliorant. Ton aura se transforme, mais en même temps, tu n'arrives pas vraiment à être perfectible.

C'était déjà mieux. De toute façon je ne croyais pas à la perfection. Pourtant je demeurais perplexe et vaguement déçu. Je m'abstins par la suite de chercher à savoir quoi que ce soit sur ce halo énigmatique.

J'ai toujours aimé l'atmosphère particulière du Festival de Cannes, sorte d'immense marché persan qui, en deux semaines, charrie tous les spécimens de la société et brasse les nations. C'est Babel au soleil, une sorte de frénésie baroque à la Fellini, fait d'esbroufe, de talent et d'imagination. Dans des salons lambrissés, on prend des contacts pour des projets qui se concrétiseront ou non, à Paris, Londres, New York, Los Angeles, Tokyo, Rome ou bien Berlin, car on ne signe jamais rien à Cannes. On assiste à des réceptions dans des lieux prestigieux, des villas somptueuses ou bien des yachts de milliardaires, où l'on va pour voir et pour être vu. Il y a bien sûr à Cannes tout un côté superficiel et mondain mais il se dégage aussi de ce magma cosmopolite une chaleur humaine assez inattendue. On y rencontre des gens passionnés, passionnants et, quoi qu'on en dise, souvent authentiques.

Et puis si l'on veut s'abstraire quelques heures de cette foire, il suffit de quitter la Croisette, de prendre les rues transversales, de sortir de la bande passante comprise entre le bord de mer et la rue principale pour changer d'atmosphère. À moins que l'on aille s'égailler dans les boîtes, comme je le faisais parfois avec mon complice Jean Lefebvre. Des virées surréalistes ! Un soir, dans un de ces lieux accueillants, nous avons « retenu » une kyrielle de jeunes hôtesses, toutes plus ravissantes les unes que les autres, et nous les avons ramenées à notre hôtel. Pas pour une orgie, non ! Pour une bonne action... Après nous être habilement renseignés sur les clients célibataires qui séjournaient dans cet honorable établissement, nous avons généreusement distribué ces gracieuses demoiselles dans leurs chambres : cadeau ! Nous laissions passer un moment raisonnable, puis nous appelions chaque heureux bénéficiaire de notre royal présent en disant : « Bon, maintenant c'est fini, vous nous la renvoyez, nous en avons besoin ! »... Et nous dépêchions la belle chez un autre esseulé.

Le patron, alerté, est venu nous faire un scandale.

— Vous vous prenez pour qui ? Vous faites quoi de mon hôtel ? Et de mes clients ?

— Mais enfin, voyons, aucun homme de goût ne saurait refuser d'aussi jolies filles !

Après nous avoir menacés de nous faire arrêter pour proxénétisme, il nous a foutus dehors en pleine nuit.

À part ces extravagances d'un goût douteux, Cannes, ce sont aussi les copains plus sages, les bistrots, la bouillabaisse, les couchers de soleil, et le grand dilemme : faire plusieurs fois par jour un choix entre la plage et les salles obscures emplies d'aventures. Pour ma part, j'en profite pour assouvir ma boulimie de pellicule, et les trois quarts du temps je me gave de films comme un véritable drogué.

À la sortie, je ne regarde pas les starlettes. Je rêve juste de rencontrer des jeunes filles de talent...

X

LE DIABLE BOITEUX

La saga d'*Angélique, marquise des Anges* occupe une place particulière dans ma carrière et dans mon existence. D'abord par sa durée : l'aventure a duré cinq ans; et ensuite par son succès puisque le premier titre de la série fait partie des cent films cultes au classement mondial. Il y a dans ce sujet un côté *Autant en emporte le vent* qui concerne de la même manière toutes les générations. Personne n'aurait sans doute pu imaginer pareil triomphe, et surtout pas moi qui ai tout fait pour refuser le rôle! Je dois reconnaître que si le producteur, Francis Cosne, n'avait pas eu les moyens juridiques de m'y contraindre, je n'aurais jamais abordé le personnage de Joffrey de Peyrac. Il allait pourtant me valoir une renommée internationale... et une image de diable boiteux dont je ne pourrai jamais me défaire.

C'est en quelque sorte *Le Repos du guerrier* qui m'a amené pieds et poings liés au personnage du marquis de Peyrac. En effet, Francis Cosne était le producteur du très beau film de Vadim qui avait remporté un vrai succès commercial, et m'avait fait prendre place, pour la première fois, parmi les héros séducteurs de l'écran. J'étais fier du rôle et des critiques qui avaient salué le film et ses interprètes. Francis Cosne travaillait alors à la préparation d'*Angélique.* Il venait d'engager la très belle Michèle

Mercier, et, vu ma nouvelle réputation de don juan, il voulait me prendre pour former un couple avec sa vedette. Seulement le sujet ne me disait rien du tout.

Qu'à cela ne tienne, Cosne me fit remarquer que j'étais en compte avec lui.

— N'oubliez pas que vous me devez un contrat.

— Comment ça ?

— Mais oui. Quand vous avez signé pour *Le Repos du guerrier,* vous avez également signé un contrat en blanc. Vous me devez un film.

— Eh bien je vous en donnerai un.

— C'est maintenant ! Je veux que vous jouiez dans *Angélique, marquise des Anges* ! Nous avons déjà Michèle Mercier, Rochefort, Trintignant, Jean-Claude Pascal : vous serez Peyrac.

— Jamais ! Il est tordu, bossu, laid à faire peur ! D'ailleurs dans le roman, il est tellement hideux que la marquise s'évanouit chaque fois qu'elle le voit... Vous ne vous imaginez tout de même pas que je vais accepter un truc pareil ? Je viens de faire un beau mec, une sorte de héros ténébreux, un macho qui va tout droit à la rédemption. Peyrac, pour moi, est un contre-emploi absolu ! Je ne pourrai pas jouer ce rôle. Vous détruisez ma carrière. Il n'en est pas question !

— Dans ces conditions, c'est le procès.

— Très bien. C'est le procès !

— Réfléchissez ! On vous laisse la liberté de choisir votre costume, vos bottes, votre cicatrice, et tout le reste.

J'en voulais d'autant plus à Francis Cosne qu'il m'avait déjà empêché de tourner avec Leone quand j'en avais eu l'opportunité. Mais j'étais coincé et je le savais. Un contrat est un contrat. Et Michèle Mercier, que j'avais rencontrée à plusieurs reprises, était très belle. Il me fallait prendre une décision.

— Écoutez, si je dois y passer, j'exige de remanier le personnage à ma convenance. Autrement, c'est non. Êtes-vous d'accord ?

— C'est possible. Faites ce que vous voulez, mais à une seule condition : il faut que vous boitiez...

Voilà à peu près la façon dont les choses se sont passées. Je me suis mis au travail aussitôt, modifiant la silhouette de Peyrac, son mystère, sa manière de manifester à la marquise cet amour qui n'en finit pas. Je n'ai pas fait changer le scénario. J'ai juste modelé le marquis à mon gré, respectant seulement la clause du diable boiteux...

J'avais décidé de rendre le personnage séduisant, même si, à la lecture du livre, cela paraissait impossible. Je me suis attaqué à chaque détail. La silhouette d'abord, que j'ai voulue plus élégante, les costumes que j'ai mis au point avec Rosine Delamare. J'ai même fait évoluer ma cicatrice ! On peut le voir dans le film : elle n'a pas toujours la même taille, ni la même place, sans que ce soit pour autant une erreur de la script... Je la transformais selon la situation et les états d'âme du personnage. Quand il traversait des drames, quand il était violent, agressif, la balafre grandissait et devenait horrible ; quand il était ouvert, doux, amoureux, elle était plus petite et beaucoup moins laide ! Au bout du compte, j'ai fini par me fondre dans le rôle.

*
**

La veille de la première d'*Angélique, marquise des Anges*, je dînais chez Coco Chanel. J'avais failli épouser sa directrice, une beauté à la Garbo... J'étais resté très lié avec elles deux et nous étions fort bons amis.

Pendant le repas, Chanel me dit :

— Robert, emmenez-moi voir la *Marquise*. Ce doit être une connerie, mais j'ai envie d'y aller !

Le lendemain, je me rends donc au Moulin Rouge où a lieu la première, en compagnie de ma mère et de Coco Chanel. Il y a foule. Nous assistons à la projection et, au moment où la lumière se rallume, c'est le triomphe, un véritable délire ! Au moment de quitter la salle, les filles se jettent sur moi pour me toucher, des mains cherchent à arracher mes vêtements. Nous voilà bousculés, chahutés. J'ai perdu ma mère de vue. Je fais face comme je peux, cherchant à protéger Chanel.

— Écoutez, Coco, je vais demander à votre chauffeur de vous reconduire parce que vous voyez ce qui se passe, il faut vous mettre à l'abri.

En jouant des coudes, je parviens à descendre le grand escalier du Moulin avec Coco et, au pied de l'escalier, j'aperçois ma mère. Les flashes crépitent de partout, les journalistes sont à l'affût, cherchant les acteurs. Nous arrivons en bas sains et saufs. À ce moment, ma mère me dit avec son charmant sourire :

— Sois gentil, Robert, j'ai oublié mon parapluie au deuxième balcon...

— Ah, non ! Ce n'est pas possible... Excuse-moi maman, ce n'est pas le moment, tu vois bien, je suis entouré de...

— S'il te plaît, Robert...

Je ne sais pas pourquoi j'obtempère. Je remonte donc, fendant la foule. Je ne profite pas du triomphe, j'échappe à la presse, aux photos avec Michèle Mercier, et me voilà en train de chercher entre les fauteuils. Je ne trouve rien. Tout cela commence à m'énerver. Je me précipite en haut de l'escalier et, les mains en porte-voix, je hurle à ma mère :

— Il n'y a rien, je ne le trouve pas !

Elle me fait un signe fataliste de la main et je lis « tant pis » sur ses lèvres.

Je redescends. Le calme est revenu. Les photographes ont disparu et les journalistes aussi, pour dicter leur papier. À cette époque, il n'y avait ni portables, ni ordinateurs, et dès la fin d'un événement, c'était la retraite accélérée soit directement vers le journal, soit vers les cafés avoisinants pour trouver un téléphone libre.

— Alors, maman, qu'en as-tu fait, de ton parapluie ?

— Ne t'inquiète pas. Il n'y a jamais eu de parapluie ! Je t'ai renvoyé en haut de l'escalier pour que tu voies combien on était infiniment petits, vus d'en haut, et que tu ne te prennes pas trop au sérieux. Que tout ça ne te monte pas à la tête, souviens-t'en !

Je m'en suis souvenu. Toujours. Avec, je dois le dire, des sentiments partagés...

⁂

L'adaptation du roman d'Anne et Serge Golon a donné lieu à une série de cinq films. En principe, je devais tourner uniquement dans le premier puisque à la fin, accusé de sorcellerie, le marquis de Peyrac est censé avoir été brûlé en place de Grève. *Merveilleuse Angélique,* le deuxième film de la série, fut donc réalisé sans moi, conformément au roman. Le succès fût un peu moins grand et des milliers de lettres, masculines et féminines, arrivèrent à la production pour réclamer le retour du diable boiteux ! Il fallut bien reconnaître que Francis Cosne avait vu juste et que j'étais en passe de former avec Michèle Mercier un couple mythique. Francis décida donc de remanier le scénario et de s'écarter délibérément du roman. Je reprenais du service et on le fit savoir haut et clair. Les publicités du troisième volet étaient toutes barrées d'un retentissant « Peyrac revient ! » qui eut pour effet immédiat d'allonger les files d'attente à la porte des salles.

Le suspense avait été ménagé habilement. Avec Michèle Mercier, nous nous devinions au détour des portes et au travers des cloisons, nous nous apercevions de loin la nuit mais sans jamais parvenir à nous rejoindre ; une folle passion commençait à naître entre le marquis et la marquise, et la disparition de Peyrac à la fin du film appelait impérativement une suite. Ce fut *Indomptable Angélique,* qui suscita le même engouement populaire. Le tournage se déroula en Tunisie, laquelle était censée figurer la

Perse. Angélique était vendue comme esclave avant de se retrouver dans mes bras et d'être enlevée par les cavaliers du désert.

J'étais quant à moi devenu le « Rescator », sorte de justicier symbolique, héros protecteur dans l'ombre, lancé à la poursuite de son épouse pour la tirer, définitivement cette fois, des griffes des ravisseurs dans le cinquième et dernier film de la série. Le personnage de Peyrac avait évolué jusqu'à devenir un séducteur oriental qui, pour arracher la marquise au sultan et lui éviter d'être à nouveau réduite en esclavage, échangeait le secret de la pierre philosophale contre la liberté de sa belle. La boucle était bouclée, les deux amants se trouvaient enfin réunis.

Les cinq *Angélique* sont sortis sur les écrans à raison d'un par an, entre 1964 et 1968 : *Angélique, marquise des Anges* (1964), *Merveilleuse Angélique* (1965), *Angélique et le Roy* (1966), *Indomptable Angélique* (1967) et *Angélique et le sultan* (1968). Ils ont été tournés en continuité, l'un après l'autre, si bien qu'entre les scénarios — qu'il fallait écrire en tenant compte de l'évolution de mon personnage —, l'adaptation, les dialogues et les tournages qui s'étendaient alors sur douze ou quinze semaines, la saga a nécessité cinq années de travail. En fait, j'ai boité cinq ans pour les besoins de la cause!

La coproduction réunissait de deux à quatre pays par film mais plus généralement la France, l'Italie et l'Allemagne qui se partagèrent les droits. Les scénarios ont été élaborés par des équipes plus ou moins différentes, mais Pascal Jardin a assuré les dialogues des trois premiers films, ensuite ce fut Alain Decaux. Michel Magne a écrit la musique des cinq, tandis que Bernard Borderie se voyait confier la mise en scène de l'ensemble, afin d'assurer l'unité de style.

*
**

La nostalgie ▷
des deux ans :
mais où me
suis-je donc
embarqué ?

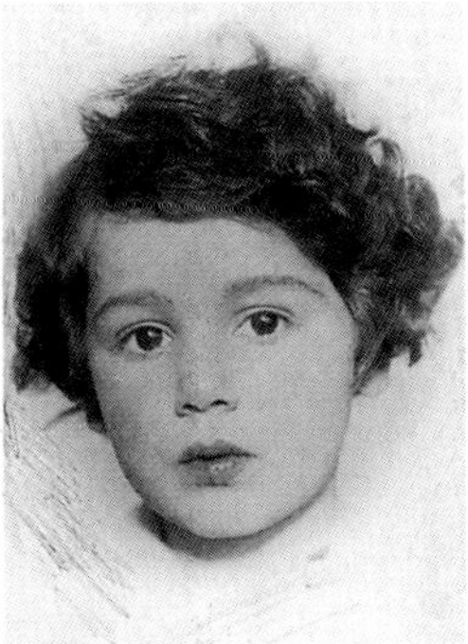

Déjà
comédien !
▽

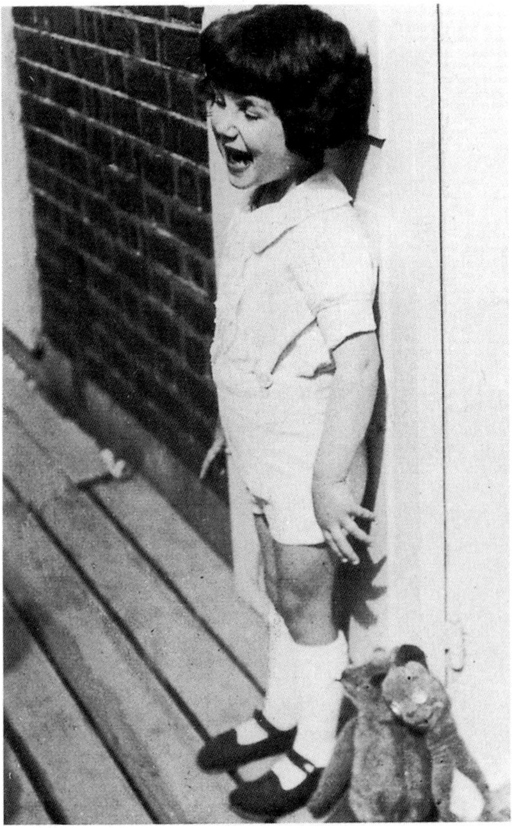

Douze ans. Je suis prêt à toutes les aventures…

Trop heureux de poser avec ma mère pour mes cinq ans.

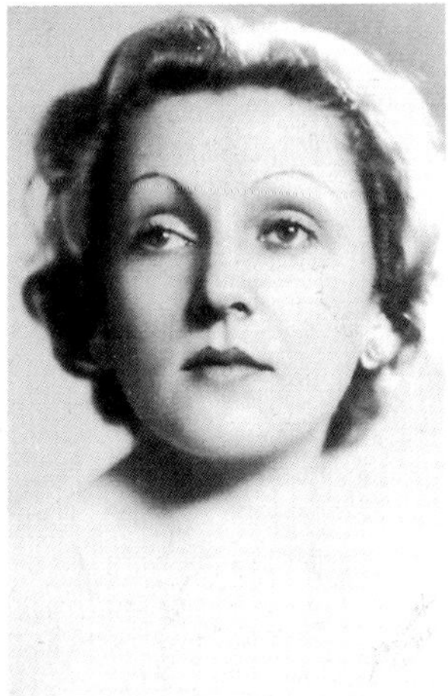

Ma mère, Anna, était une femme d'une grande beauté.

Ma mère dans *Sœurs d'armes*, le film qu'elle tourna en France sous la direction de Léon Poirier.

Mon père, un vrai ▷
jeune premier !

J'ai été heureux
que mon père
accepte de faire
la musique
de plusieurs
de mes films.
▽

André Hossein avait abandonné la médecine
pour la musique qui était sa raison d'être.

Une séance de travail avec mon père et un technicien
pour la préparation des décors d'une pièce.

Anniversaire en famille avec notre fils Julien.

Avec la princesse Grace de Monaco, sa fille Caroline
et Madame Claude Pompidou, ce soir-là,
Frédéric Dard et moi, nous avions des visiteurs de marque.

Frédéric Dard, l'ami incomparable…

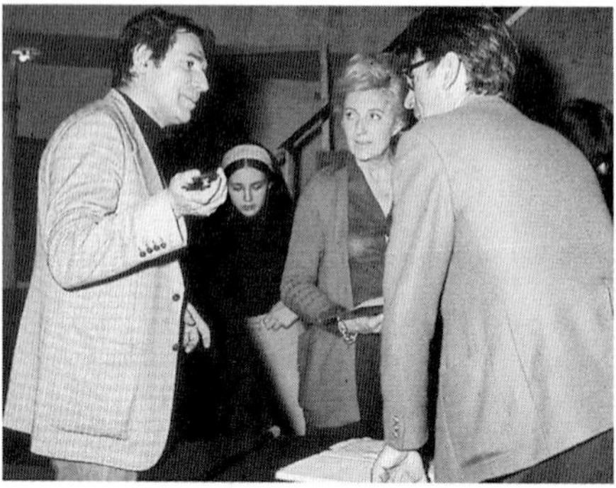

Dans les coulisses de l'Odéon avec Isabelle Adjani et Annie Ducaux, mes interprètes de *La Maison de Bernarda* (1973).

Les Hauts de Hurlevent (avec Martine Pascal et Hubert Noël), au théâtre de Boulogne-Billancourt.

Avec Jean-Paul Belmondo, pendant les répétitions de *Kean* à Marigny, en 1987.

En tirant avec Cyrano-Belmondo. « Avant la fin de l'envoi, je touche... »

La célèbre cicatrice… qui évoluera au fil du tournage.

Sur le plateau d'*Angélique Marquise des Anges*, un moment de répit entre deux prises de vues.

Marina Vlady
en Sonia,
celle qui va
réveiller ma
conscience,
dans *Crime
et châtiment,*
1956.

Solitude à l'heure des choix.

Avec Robert Dalban et Sophia Loren, mon amie et complice, pendant le tournage de *Madame Sans-Gêne*.

Roger Hanin sur le tournage des *Misérables*, en 1982.

Lino Ventura a fini par accepter le rôle de Jean Valjean.
Il s'y est montré remarquable.

Jules César. Shakespeare au Palais des Sports.

La rencontre des Césars… (Robert Party, Jules César, et le sculpteur César.)

Sur la barricade
des *Misérables*,
je réfléchis à
ma mise en scène…

Entre De Gaulle
(J. Boudet)
et Churchill
(R. Hardy),
pendant
les répétitions
au Palais des
Congrès.

Je vais monter un deuxième spectacle sur Jésus.
Seul sur le plateau du Palais des Sports, je lui demande son aide.

François Marthouret, Claire Nebout et Claire Borotra dans *Huis clos*, théâtre Marigny, 2000.

L'impact de cette saga a été considérable et une trentaine d'années plus tard, il ne se dément pas. Chaque rediffusion fait monter considérablement l'audience. Et les cassettes qui viennent d'être mises sur le marché à la fin de l'an 2000 connaissent un succès commercial étonnant. C'est pour ça que, quand je boite « pour de vrai », maintenant, les gens sourient.

Je crois que ce succès, qui se renouvelle depuis plusieurs générations, tient à l'habileté d'un scénario à épisodes, et non pas à rallonge. On n'a jamais l'impression que les auteurs ont tiré à la ligne, comme cela se produit aujourd'hui dans les prolongations genre : « Du vent dans les voiles 2 », « Du vent dans les voiles 3 ». En fait, les *Angélique* sont un seul et même film, où le jeu de cache-cache des amants tient le spectateur dans l'attente passionnée d'un heureux dénouement.

En tout cas dans ma vie, il y a très nettement un « avant » et un « après » *Angélique*. Ce rôle m'a donné auprès du public une image de sympathie qui est venue heureusement contrebalancer celle que m'avaient conférée tous ces emplois de truands ou d'officiers allemands détestables et fous. Dès qu'*Angélique* est reprogrammé à la télévision, on me sourit dans la rue, on me fait des signes, on m'écrit, on me demande des autographes.

À l'été 2000, quand la série est repassée, des jeunes et des moins jeunes m'attendaient à la sortie de mon théâtre. Un tendron se précipite sur moi en premier :

— Monsieur, Monsieur, s'il vous plaît, un autographe...

— Quel âge as-tu, mon enfant ?

— Seize ans.

Elle est jolie, je retrouve ma vieille fascination pour les femmes en herbe.

— Seize ans ! Admirable...

— Hum... L'autographe, c'est pas pour moi, c'est pour ma grand-mère, qui vous a beaucoup aimé dans *Angélique*... Elle va être heureuse !

— Tiens, le voilà, ton autographe. Tu mériterais que je ne te le donne pas, mais enfin...

Quel juste retour des choses ! « Ah, je vous ai tellement aimé dans... » On me conjugue au passé, à l'infini... J'essaye d'avoir des allures de présent et d'envisager des futurs, mais je ne suis pas dupe. Je me croyais un aigle et je ne suis même pas un corbeau. En toute chose, il faut considérer la fin.

Cela dit, bien des mômes m'ont avoué être restés cloués devant leur poste en attendant le retour de Peyrac. La marquise des Anges, elle, ne vieillit pas...

⁂

J'ai passé cinq ans à tourner plus qu'à « être ». Comme tous ceux qui étaient engagés dans cette aventure, je vivais d'abord à l'heure d'*Angélique*. Je garde de ces tournages des souvenirs de voyages magnifiques, car nous avons joué un peu partout, en France, évidemment, dans les châteaux de la Loire, en Italie, à Rome, en Tunisie à Sidi Bou Saïd, à Sfax et à Sousse. Et le succès auprès des femmes ! J'aurais pu en profiter au-delà de l'imaginable ! Dès la sortie du premier film, de véritables scènes d'hystérie collective se produisaient lorsqu'on me reconnaissait dans les lieux publics. Seulement je ne suis pas un tombeur : j'admire les femmes, les tombeurs les méprisent.

En dehors de ce phénomène cyclique d'engouement féminin, il ne s'est rien passé de remarquable sur les tournages, sinon que c'était devenu notre vie quotidienne. Nous nous levions à six heures du matin, nous répétions sur le plateau et l'après-midi nous tournions, en extérieur ou en intérieur, selon le plan du jour.

Mais quelle vie hors le champ de la caméra ! Quand nous étions à Rome, j'habitais un appartement sublime, via Margouta, à côté de celui de Fellini, avec une terrasse magnifique. Deux ou trois fois par semaine, je donnais une réception. Nous étions toujours très nombreux. Je crois bien que les plus belles femmes du monde, italiennes, suédoises, slaves, ont défilé dans ces soirées, sous le regard ému d'innombrables journalistes, écrivains, cinéastes, couturiers... On parlait toutes les langues, la table était garnie, la terrasse donnait sur la Ville éternelle, le jardin, les beautés du ciel. Nous menions grand train, tout le monde venait chez moi ou j'allais chez tout le monde. Je m'étais fait une joyeuse réputation ! Quand je suis reparti, je n'avais plus un sou vaillant mais je m'en moquais : j'avais eu mon lot d'étourdissements.

Bien sûr j'avais eu, aussi, nombre d'aventures. J'étais tombé amoureux des dizaines de fois, y compris d'une jeune comédienne qui jouait dans le film et que j'avais prise sous ma protection, au mépris des cancans.

Michèle Mercier, elle, s'est révélée une amie exceptionnelle... et une très bonne comédienne ! Le personnage de la marquise, quoi qu'on pense, n'a jamais été un rôle facile. Il ne suffisait pas d'être courageuse, langoureuse et jolie. Mais Michèle connaissait son métier. Elle avait déjà à son actif une quinzaine de films, dont un avec François Truffaut, *Tirez sur le pianiste,* au côté de Charles Aznavour et un autre avec Jean-Pierre Melville, *L'Aîné des Ferchaux,* avec Jean-Paul Belmondo et Charles Vanel. Elle jouait très bien les scènes de larmes, de violence, ou de cris. Elle collait parfaitement au personnage.

Il faut dire que sa vie privée a été aussi tourmentée que celle de la marquise. Elle a connu des aventures fantastiques, qui se sont généralement mal terminées, et un destin guère plus enviable que celui de la marquise dans les mauvais moments. Mais au temps des *Angélique,* elle était considérée comme une diva. Il y avait en permanence une cour autour d'elle. J'avais pour habitude de me tenir à l'écart, ce qui ne changeait rien à notre amitié.

Nous avons fait sept films ensemble, les quatre *Angélique, La Seconde Vérité* de Christian-Jaque en 1965, tiré d'un très beau roman de Laborde, puis *Le Tonnerre de Dieu* de Denys de La Patellière (avec Jean Gabin) — tout cela entre deux *Angélique* ! En 1968, j'ai signé avec Michèle mon second western, *Une corde, un colt,* que j'ai eu grand plaisir à tourner dans le désert d'Almeria, malgré un manque de moyens certain. Michèle Mercier s'y est montrée remarquable. Il est dommage que ce film soit sorti n'importe comment et n'importe où en juillet 1969.

La Seconde Vérité répondait à la volonté des producteurs de nous réunir à nouveau avant la sortie d'*Indomptable Angélique,* que le public attendait impatiemment. Il n'empêche que Christian-Jaque a réalisé là un excellent film où je deviens un notaire de province amoureux de la belle Michèle, mais incapable de quitter sa femme par peur du scandale. Un sujet qui s'appuie sur les mœurs de province pour se terminer dans le sang. Michèle Mercier y a les cheveux courts mais le verbe haut, partagée entre l'amour et le mépris pour cet homme qui est en train de tout perdre.

Jean Gabin avait choisi Michèle Mercier pour partenaire dans le film en noir et blanc de Denys de La Patellière, *Le Tonnerre de Dieu* et, là encore, les producteurs ont souhaité que nous nous retrouvions, Michèle et moi, face à face. J'étais Marcel, un petit maquereau de seconde zone, mauvais garçon, minable et sans envergure. Elle jouait la très jolie Simone, une prostituée que Gabin, vétérinaire de province alcoolique et misanthrope, parvenait à sortir du trottoir.

Le rôle secondaire qui était le mien me laissait le temps de les regarder jouer tous les deux. En admirant Gabin, je ne pouvais m'empêcher de repenser au temps où il avalait des steaks tartares avec mon père, non loin de l'opéra, en attendant la danseuse Khaïssa Roba... À l'époque, il faisait du music-hall et n'avait pas encore tourné ni *Gueule d'amour,* ni *Tunnel.* Mais il croyait en son avenir. Il disait en trinquant avec mon père, avec une placidité surprenante :

— Bah ! Ça viendra !

Et c'est venu.

Nous sommes restés très liés avec Michèle, bien qu'elle m'en ait voulu — à juste titre —, lorsque j'ai dû remonter *La Marquise* au Palais des Sports, à la demande des producteurs qui finançaient mes grands spectacles. C'était une erreur : on ne revit pas deux fois la même histoire. Il ne faut jamais remettre les pas dans les pas. On trébuche toujours.

Durant ces années « Marquise », je me suis bien entendu également avec Bernard Borderie, le réalisateur des *Angélique.* Nous avons même tourné *Brigade antigang,* avec Raymond Pellegrin, Pierre Clémenti, Philippe Lemaire et Michel Galabru, un polar dans la grande tradition. Bernard Borderie connaissait le genre. Il avait abordé la mise en scène comme réalisateur avec les premiers films d'Eddie Constantine — *La Môme vert-de-gris* en 1952, puis *Les femmes s'en balancent* — et, plus tard, avec la série des *Gorille* de Lino Ventura.

Sur un tournage, en tant qu'acteur, je ne suis pas emmerdant. Je suis même un vrai cadeau pour les metteurs en scène. J'écoute les indications que l'on me donne et je fais exactement ce qu'on me demande. Je ne discute pas le parti pris adopté. Rien à voir avec mon entêtement de metteur en scène. C'est peut-être pour cela que j'ai un peu manqué ma véritable carrière d'acteur : je ne me suis pas montré assez exigeant, ni rigoureux. J'ai souvent fait des films pour de l'argent, ou par amitié, parce que je vivais toujours une vie de bohème. Je tournais au petit bonheur la chance et on partageait tout avec les copains. On m'a proposé des films assez étonnants que j'ai refusés. J'ai eu tort. Mes choix se faisaient en fonction de la facilité, pas toujours de la qualité. Je ne regrette rien. C'est comme ça.

⁂

S'il y a un film que je revendique parmi les seize que j'ai réalisés à ce jour, c'est sans aucun doute le dixième, *Le Vampire de Düsseldorf,* un film en noir et blanc de 96 minutes tourné en 1964, juste après *Angélique, marquise des Anges.* Georges de Beauregard l'avait produit en même temps que *La 317ᵉ Section,* de Schoendoerffer. Mon père, André Hossein, en avait fait la musique. Peyrac étant mort, je pensais le dossier clos, la dette éteinte. À nouveau j'étais libre de mes mouvements vis-à-vis de la production, puisque j'avais honoré mon contrat dans les conditions que l'on sait.

Je m'étais attaché à l'histoire vraie de cet ouvrier assassin, dans l'Allemagne de 1930 en proie au chômage, à la misère, et en pleine montée du nazisme. Il tuait dans la nuit des jeunes femmes seules dont il emportait les cadavres. C'était un personnage maudit comme on en trouve peu, un damné parmi les humbles. Fritz Lang et Joseph Losey, ces deux maîtres incomparables, avaient déjà rendu leur copie sur le sujet. Bien qu'ils aient placé la barre très haut, ils m'avaient donné envie de donner ma propre vision de réalisateur et d'aller jusqu'au bout de la performance en jouant le rôle clé.

Je ne peux pas dire si j'ai réussi ou non, je pense seulement que c'est le film le plus abouti qu'il m'ait été donné de réaliser, par le fond et par la forme. Et plus encore par la composition tout à fait hallucinante que j'ai faite comme acteur. Elle m'a même inquiété un moment. J'en arrivais à penser que j'avais peut-être des prédispositions chaplinesques ! C'était très, très dur. Pour moi c'est un film qui existe.

Pour la presse aussi, il exista. Pour la première fois, les critiques furent unanimes à saluer ce travail. Enfin ! Ce n'est pas que je me plaigne des critiques, ils font leur travail et sont libres de penser et de dire ce qu'ils veulent. Dans l'ensemble, d'ailleurs, je suis beaucoup plus sévère qu'eux en ce qui concerne mes œuvres diverses. Seulement je suis comme Cyrano, les éreintements, je préfère me les balancer moi-même. Quand ils viennent des autres, je les accepte beaucoup moins bien.

Ce film marqua aussi ma vraie rencontre avec Marie-France Pisier. Je lui avais fait faire un bout d'essai avec le double rôle de Maria et de la femme blonde dans *Mort d'un tueur*. Avec *Le Vampire,* en compagnie de Roger Dutot, Paloma Valdès et Annie Anderson pour les principaux rôles, elle donnait sa vraie mesure.

J'ai tourné avec de petits moyens dans la banlieue parisienne, à Versailles et à Madrid. Je n'ai pas effectué une seule prise en Allemagne. J'ai tout recréé dans ma tête, m'inspirant de *M. le Maudit* de Fritz Lang, son premier film parlant, tourné en 1931, à l'époque même où se déroulait l'histoire du « vampire ».

Bertrand Tavernier assura le lancement du film. Il était alors journaliste de cinéma et attaché de presse pour Georges de Beauregard, le producteur de la Nouvelle Vague. C'est d'ailleurs ce dernier qui lui permit de s'essayer à la mise en scène en 1964. Dix ans plus tard, il avait réalisé cinq films autour du thème de la justice *(L'Horloger de St-Paul, Que la fête commence, Le Juge et l'assassin, Les Enfants gâtés, La Mort en direct)*, qui allaient le classer d'emblée parmi les grands réalisateurs français.

Il a été le premier à me dire que j'avais fait un film exceptionnel, et que lui et ses collaborateurs se chargeraient de le faire savoir. Ils ont tenu parole. Pour la petite histoire je dirai qu'il a habité quelques mois chez moi avec sa jeune femme, qui attendait un bébé. Nous étions devenus copains et sa femme était enceinte. Il était embêté car ils vivaient encore à ce moment-là dans un studio. Comme j'avais la bougeotte, qu'il était dans l'embarras et que j'avais payé six mois de loyer d'avance, je lui ai cédé mon appartement. Ça me faisait plaisir de savoir qu'ils allaient avoir leur enfant chez moi.

⁂

Le très bon côté des choses, c'est que ces succès m'ont enfin permis de choyer mes parents. Je voulais qu'ils soient à l'abri du besoin. Maïs ils avaient tellement pris l'habitude de manquer de tout qu'ils se contentaient de peu et ne savaient que faire de mes largesses. Et puis, ils restaient toujours aussi imprévisibles. Ainsi, je les avais aidés à acheter la première maison de leur vie, à la campagne. À Coulommiers, exactement, avec un parc, et une bicoque pour les gardiens. Ils étaient au comble du bonheur et se sont installés.

Et voilà qu'un jour, en venant leur rendre visite, je trouve des animaux dans toute la maison ! Des ânes, des poulets, des lapins, tout ça en liberté, allant et venant, au rez-de-chaussée comme à l'étage... Et pas question de tuer les volailles pour se faire à dîner ! Toutes les bêtes devaient mourir « de leur belle mort », après quoi on les enterrait dans le parc. J'étais quand même très intrigué. Je ne comprenais pas comment mes parents pouvaient vivre dans cette ménagerie.

— Mais vous, où habitez-vous ? demandai-je à mon père.

— Eh bien, dans la petite maison du gardien !

— Alors les oies, les chats, les chèvres, tous ces bestiaux occupent la maison sauf vous, si je comprends bien ? Ce n'est pas possible !

— Mais tu sais, on nettoie, on nettoie. C'est très propre.

Et ça l'était en effet, compte tenu de la maniaquerie de mon père ! J'ai trouvé ça fantastique. Ils avaient rêvé d'une maison et ils en avaient fait cadeau aux animaux ! Leur renommée avait conquis les environs. On mettait toutes sortes de bestioles en pension chez eux, ils en recueillaient eux-mêmes, ou en achetaient. À défaut d'avoir pu trouver leur paradis sur terre, ils avaient recréé l'arche de Noé...

XI

LA DOLCE VITA

Je n'ai jamais très bien compris pour quelles raisons Marguerite Duras tint absolument à m'engager pour tourner dans l'adaptation de sa pièce, *La Musica,* avec Delphine Seyrig et Julie Dassin. Huit ans plus tôt, en 1958, elle avait conquis la notoriété avec son roman *Moderato cantabile* et, l'année suivante, elle s'était fait connaître comme scénariste du film d'Alain Resnais, *Hiroshima mon amour.* Elle venait de rencontrer son premier succès théâtral avec *Des journées entières dans les arbres,* où jouait Madeleine Renaud, et maintenant elle s'attaquait à la mise en scène. Elle avait toujours manifesté le désir de rapprocher l'écriture de l'expression cinématographique et du théâtre : avec l'équipe d'Alain Resnais, elle possédait les meilleurs atouts pour y parvenir. Delphine Seyrig, pour sa part, avait expérimenté une manière inédite de construire un personnage et, avec *L'Année dernière à Marienbad,* elle avait donné toute l'étendue de son talent dans cette approche de la déstructuration du récit, chère à Resnais et à Duras.

Nous tournions *La Musica* à Deauville, en partie à l'hôtel Normandy. Fidèle à mes principes, je faisais en sorte de ne pas contrarier le metteur en scène. La question à ne pas poser à Duras était : « Alors, ça va ? Qu'est-ce qu'il faut faire ? » Nous avions elle et moi des rapports très particuliers. Elle me considérait avec une affection condescendante et ne cessait de me répéter :

— Écoutez-moi, vous savez ce que vous êtes Robert ? Vous êtes un don Juan de bazar, un Casanova pour midinettes ! C'est tout !

— Ben, oui ! Madame Christiane de Rochefort...

— Quoi ? Qu'est-ce que vous avez dit ?

C'était un jeu entre nous : quand elle m'agaçait trop, je l'appelais Christiane de Rochefort. Ça avait le don de la mettre en rage. Nous étions quittes.

Le matin, elle me guettait. Elle voulait savoir où j'allais, car elle avait horreur de me voir disparaître pour téléphoner ou partir déguster des fruits de mer dont je raffolais. Je me faisais régulièrement interpeller.

— Où allez-vous ?

— Manger des crevettes chaudes. Pourquoi ?

— Des crevettes, à neuf heures du matin ?

— Oui, en face, au bistrot. Comme ça je regarde mon texte.

— Mais il faut vous CONCENTRER sur votre texte ! On ne mange pas en travaillant son texte. Bon, allez hop ! Tout le monde à l'hôtel... Delphine Seyrig, en place !

J'en profitais sournoisement pour taquiner ma partenaire : « Redis-moi comment tu t'es fait sauter déjà ? » et, immanquablement, elle allait se plaindre.

— Marguerite ! clamait-elle, il me dit des horreurs !

On se serait cru au lycée.

Puis le tournage commençait. En général, je sentais plutôt bien mes répliques dès la première prise, ce qui étonnait toujours Marguerite Duras.

— Vous, alors... Impossible que vous ayez compris si vite...

Parfois, cependant, je me trompais, et elle me reprenait avec des suggestions fertiles.

— Non ! Coupez ! Coupez ! Mais est-ce que vous

vous rendez compte de ce que vous êtes en train de faire ? Vous avez dit : « Non ! »

— Eh bien oui, madame, c'est écrit : « Non ! »

— Ce n'est pas « non » ! Quand il entre, il ne dit pas « oui », évidemment — ce serait trop facile —, ce n'est même pas « peut-être », c'est un « non » hésitant, surpris, parce que quand il était petit, sa grand-mère avait... Enfin, vous connaissez l'histoire !

— Ah, pardon madame ! Alors, c'est « Noonn ! »

— Bravo ! Moteur. Admirable ! Et puis, c'est très bien ce que vous avez fait avec votre pied, là, à l'instant...

— Oui, mais la caméra est sur mon visage. Si vous trouvez le jeu de pied intéressant, il va falloir descendre, sinon on ne verra rien...

J'étais entouré d'une bande d'intellos qui me faisaient frissonner de peur à chaque mot, ou presque. Sacha Vierny, Brun à la caméra et toute la bande à Resnais. J'avais l'impression d'étouffer au milieu de ces gens plus cultivés que moi, intelligents, pinailleurs, arrangeant un cheveu ici comme si le sort de la planète dépendait de cette mise au point, se torturant pour des détails... Je dois tout de même reconnaître qu'en dehors de leur insupportable conscience professionnelle, ils avaient tous beaucoup de talent. Je devais sans doute avoir l'air d'un abruti au milieu de cette quintessence. Je reconnais volontiers qu'ils faisaient preuve à mon égard d'une énorme tolérance. Avec de temps en temps, néanmoins, une phrase du genre « Mais pourquoi l'a-t-on pris ? Pourquoi lui ? » qui avait au moins le mérite de la franchise.

D'autres marques de commisération se révélaient plus sournoises. Un jour où Marguerite était particulièrement satisfaite de ma scène, elle me dit simplement :

— Vous nous avez donné l'impression d'être très intelligent.

Je suis resté perplexe.

Cela n'empêchait pas une vraie complicité entre nous. Marguerite aimait à se dissimuler derrière des nuages de fumée, car elle fumait comme un sapeur. Elle était d'une intelligence rare, avec une touche d'espièglerie quand elle ne se prenait pas trop au sérieux, des prises de position et des engagements politiques sincères.

Le personnage m'avait donné du fil à retordre, toutefois le film se révéla très intéressant. Il ne recueillit pas une grande audience, mais il donna satisfaction à l'intelligentsia qui, à partir de ce moment, me considéra d'un œil légèrement différent.

Au fond, je m'en moquais. Tourner, pour moi, demeurait accessoire. J'étais dispersé. Ce qui m'intéressait à l'époque, c'était le mode de vie, la mouvance, le relationnel, l'argent — non pour le thésauriser, mais pour le dépenser avec les copains et ceux qui en avaient besoin. Fidèle à moi-même, je continuais à rendre à d'autres ce que j'avais « emprunté » à quelques-uns autrefois. Je tenais table ouverte, j'étais surtout préoccupé par les palaces, le guide Michelin, mon clan et la meilleure manière de gérer mon temps.

En fait je compensais mes frustrations d'adolescence. J'étais boulimique de tout ce dont j'avais manqué.

⁂

J'ai toujours cherché une occasion de mettre en scène le pays de ma mère. J'en ai eu l'occasion avec *J'ai tué Raspoutine.* J'ai demandé à Alain Decaux, coscénariste et dialoguiste d'*Angélique et le Roy,* d'écrire le scénario. Comme pour *Le Vampire de Düsseldorf,* je tenais à serrer la réalité historique au plus près. C'était d'autant plus réalisable que le prince

Youssoupof, celui qui avait assassiné le moine fou, séjournait à Paris. J'incitai donc Alain Decaux à recueillir son témoignage afin de bâtir l'histoire. Ce qu'il fit très fidèlement.

Je crois bien que tous les Russes blancs de la capitale défilèrent dans ce film qui rassemblait Gert Froebe (Raspoutine), Peter McEnnery (le prince Youssoupof), Géraldine Chaplin, Ira de Furstenberg et la délicieuse Katia Tchenko, dont c'étaient les débuts au cinéma. Pour les orgies de Raspoutine, j'avais rassemblé des filles splendides, nues sous leurs voiles, à ne plus savoir où donner du regard. Elles composaient des tableaux somptueux, sous le regard élégant de McEnnery, qui portait au doigt un diamant authentique d'une valeur fabuleuse.

Pour une fois, je jouais un rôle tout à fait secondaire, celui d'un des complices de Youssoupof. J'avais retrouvé avec une certaine complaisance la peau d'un officier russe assassin. Peut-être ce genre d'homme me ressemblait-il plus que les don Juan? Frédéric Dard m'avait un jour cadré en quelques mots sentis.

— Quand il entre dans un bistrot, plaisantait-il, on dirait Dostoïevski. Il demande un café, et aussitôt, on en vient à penser qu'il a buté toute sa famille!

Après une telle description, je m'étais dit qu'il y avait sans doute quelque chose à changer dans ma manière d'être...

J'ai tué Raspoutine ne rencontra pas le succès escompté. Le public ne se bouscula guère pour le voir. En revanche, la presse fut enthousiaste. J'ai obtenu des critiques extraordinaires, notamment dans *Le Monde,* auquel se référait la jeune vague montante (pas encore qualifiée de « nouvelle »). Le grand quotidien n'hésitait pas à publier sous la plume d'un de ses critiques éminents, Georges Sadoul, cette appréciation pour le moins inattendue : « Je préfère *Raspoutine* à *Jivago.* » J'ai relu l'article plusieurs fois...

En fait, j'avais réalisé cette reconstitution d'un drame historique pour rendre hommage à mes origines, et à mes parents. D'une manière générale, j'étais toujours très sensible au regard que ma mère et mon père portaient sur mon travail. Je questionnais ma mère régulièrement à ce sujet.

— Tu aimes mes films ?

Elle me répondait en roulant les « r » :

— Trrès médiocrre ! Sans intérêt ! Pas assez de profondeur dans tout ça, pas assez de gravité.

Et mon père surenchérissait :

— Pouff ! Tout ça, c'est des amuse-gueules. Il faudrait qu'un jour tu te décides à faire quelque chose. On ne peut pas toujours parler pour ne rien dire !

— Mais oui, mais oui. C'est promis. Enfin... si j'en ai les moyens. Parce que je suis inculte, voyez-vous ! J'ai arrêté au certificat d'études primaires et j'ai essayé de gagner ma vie après. On n'avait pas d'argent, vous vous rappelez ?

— L'argent n'a rien à voir là-dedans. Ni la culture ! C'est en soi qu'on trouve ses ressources. En soi !

Que répondre ? Peut-être avaient-ils raison...

*
**

Il est vrai que je ne me posais pas de questions, ou que je refusais de m'en poser. Je m'étourdissais en tournages et en dolce vita, habitant la plupart du temps en Italie, où j'avais table ouverte. Durant la seule année 1968, je n'ai pas fait moins de sept films — presque huit, puisqu'une partie des plans sont communs à *La bataille d'El Alamein* et à *Sept Hommes pour Tobrouk,* achevé l'année suivante. C'est d'ailleurs mon record absolu en la matière avec, parmi ces sept réalisations, le dernier « Angélique » *(Angélique et le sultan)* et mon western avec Michèle Mercier. Je me suis retrouvé à deux reprises sous l'uniforme allemand d'un officier du troisième Reich et une autre fois en ex-criminel de guerre nazi bien loin du repentir dans *Maldonne,* de Sergio Gobbi, avec Pierre Vaneck et la troublante Elsa Martinelli. J'avais parfaitement assimilé le rôle de ce personnage démoniaque. On y croyait vraiment. J'incarnais le mal absolu avec un tel accent de vérité qu'il fallait parfois un certain temps pour que l'atmosphère redevienne normale sur le plateau après mes prestations. Naturellement, je ne partageais pas les opinions de ce prince des enfers mais je dois reconnaître que je donnais dans ce genre avec beaucoup de facilité.

Dans *La Leçon particulière,* toujours en 1968, je jouais le rôle d'un pilote automobile professionnel, une vraie composition quand on sait que je n'ai pas mon permis et que je ne conduis pas. Ce film de Michel Boisrond, où j'avais pour épouse Nathalie Delon — et pour rival en amour Renaud Verley — me rappelait, toutes proportions gardées, certains accents d'*Aimez-vous Brahms ?* Mon personnage désinvolte et blasé n'avait d'ailleurs pas grand-chose à envier à celui qu'avait campé Yves Montand dans le film d'Anatole Litvak, en 1961.

J'ai tourné à deux reprises sous la direction de Sergio Gobbi, en 1968 et en 1969, pour *Maldonne,* bien sûr, et pour *Le Temps des loups,* avec Virna Lisi, où j'ai retrouvé Charles Aznavour. Cette fois, j'étais carrément l'ennemi public n° 1 et je finissais de la pire manière qui soit, lynché par la foule, gare de Lyon.

Charles Aznavour et moi avons inscrit côte à côte nos noms au générique de plusieurs films : *Pourquoi Paris ?,* de Denys de La Patellière, *Le Temps des loups,* de Sergio Gobbi, et *La Part des lions,* de Jean Larriaga. Nos parents étaient très liés. Nos pères faisaient de la musique ensemble, dînaient « russe » et se lançaient dans d'interminables conversations dans cette langue, pendant que je faisais l'école buissonnière dans mes diverses pensions.

J'ai connu Charles plus tard. Je l'ai toujours trouvé extraordinaire et j'ai longtemps, dans ma jeunesse, envié ses qualités. Il a beaucoup de cœur. Il est fou. Ce qu'il fait est prodigieux. Sa rentrée au Palais des Congrès, fin 2000, fut un grand événement, tant cet homme est aimé, provoque l'émotion et suscite l'admiration.

⁂

Lorsque les troubles de mai 68 éclatèrent, je fus très attentif aux événements, en dépit de mon éloignement professionnel. La dolce vita commençait à me donner mauvaise conscience. Je me mis à penser que ce n'était pas bien de vivre comme ça au moment où les autres se trouvaient en plein remue-ménage et où la France était sens dessus dessous. Dès que le tournage l'a permis, j'ai demandé un congé de dix jours et je suis rentré à Paris pour voir ce qui se passait.

Et ce que j'ai vu m'a laissé pantois ! Tout le monde essayait de faire des états généraux pour tout, ceux qui étaient en place s'étaient débrouillés pour y rester, ce qui ne les empêchait pas de susciter des forums. Ceux qui étaient dans le cinéma allaient à la télévision et ceux de la télévision se reclassaient au théâtre.

Je n'ai rien compris. Les stars continuaient à vouloir tout régenter, pendant que de jeunes comédiens braillaient, mais sans aucun effet : « Ta gueule, on t'a assez vu ! Tire-toi ! » D'autres prenaient la défense du système en se disant : « Si ça continue on va tout perdre ! Il nous faudrait peut-être garder des meneurs. » J'ai assisté à des choses ahurissantes, quelquefois nostalgiques, parfois d'une immense tristesse et, d'autres fois encore, extrêmement cocasses.

L'atmosphère était étonnante. Chacun y allait de son couplet, surtout ceux qui n'avaient rien à dire. Cette grande kermesse servait de défouloir. Tout le monde braillait : « Détruisons tout et recommençons tout ! » Mais ils oubliaient de formuler ce qu'ils avaient à proposer...

Lorsque je suis arrivé, il n'y avait personne sur les routes. Je suis reparti le jour du fameux défilé sur les Champs-Élysées avec Malraux et Debré. Je me disais qu'on n'avait pas besoin de moi et j'ai repris sans remords le chemin de la Ville éternelle. Seule la scène de l'Odéon transformée en tribune publique m'avait laissé un goût d'amertume à la bouche et au cœur.

Le théâtre de l'Odéon, fief de Jean-Louis Barrault et de Madeleine Renaud, avait été investi. J'ai admiré toute ma vie ce couple de fous de théâtre. Je crois même que je les admirais encore davantage séparément. Avant la guerre, Madeleine Renaud avait fait ses films de son côté, *Maria Chapdelaine* de Julien Duvivier (1934), *Remorques, Lumière d'été, Le ciel est à vous* de Jean Grémillon, avec Charles Vanel, et bien d'autres encore. Son premier mari était un acteur admirable, Granval, qui jouait avec Barrault. Quant à ce dernier, il reste inoubliable dans *Le Puritain,* de Jeff Musso, dans *Les Enfants du Paradis,* de Prévert et Carné, et en Berlioz dans *La Symphonie fantastique* de Christian-Jaque avec Renée Saint-Cyr, dans *La Ronde* de Max Ophuls, ou bien encore dans *Le Miracle des loups,* d'André Hunebelle, où il jouait le rôle de Louis XI. Que de souvenirs, que d'émotions, que de talent...

La seule réserve que je pourrais émettre à son égard, si je l'osais, c'est peut-être d'avoir dit, justement en 1968 :

— Barrault est mort.

Et il a laissé entrer les manifestants dans son théâtre, dans l'Odéon ! Emporté par la frénésie ambiante, il n'a pas maîtrisé la fougue des jeunes générations. Un instant de découragement, ou un éclair de sympathie ? Quoi qu'il en soit, un théâtre comme l'Odéon est une enceinte sacrée. On ne doit pas investir un tel lieu, même sous prétexte de rénovation, même sous prétexte d'espérance.

Car mai 68 a été une espérance! Mais c'était un travail d'adolescents, une mini-révolution en guise d'élixir de jouvence. Cependant rajeunir ne signifie pas renoncer. « Barrault est mort » : mais qu'est-ce qui lui a pris? Il l'a pourtant dit. Je ne me permettrai pas de le juger, je l'estime trop pour cela, mais je regrette ces mots. Je voulais jouer dans son théâtre, je voulais qu'il mette en scène lui-même une pièce. Il me l'avait d'ailleurs proposé... Je l'aimais, je le respectais, j'ai été déçu.

Madeleine Renaud, à qui je portais une même vénération, m'avait beaucoup bouleversé dans *Tunnel,* avec Gabin, dans *Lumière d'été,* avec Brasseur, ou encore dans *Remorques,* avec Michèle Morgan. Elle jouait toujours des femmes pas sexy, ou des femmes trompées, ses personnages étaient toujours pathétiques. Dans *Remorques,* elle courait, elle voulait toujours tout sauver, elle était prête au sacrifice...

Ce couple étrange et merveilleux est allé jouer, partout, les plus beaux textes du répertoire. Ce sont là des routes qui semblent devoir se prolonger à l'infini. Pourtant, le temps d'un soupir, un souffle, il n'en reste rien. Les exploits du théâtre retombent en poussière.

Le cinéma entretient mieux le souvenir, la pellicule a de la mémoire. Lorsque Gabin, dans *Quai des Brumes,* lance à Michèle Morgan cette réplique qui a fait le tour du monde, « T'as d'beaux yeux, tu sais... », cet instant reste inscrit pour l'éternité. Au point qu'on en oublie les à-côtés du tournage. Entre les prises, que pouvaient-ils se dire, ces symboles de l'existence? À quoi pensait Gabin? Vers quels rêves l'entraînait son rôle? Grâce à Dieu, je possède des photos de plateau prises pendant les pauses de *Quai des Brumes.* Eh bien ils sont là trois, avec Gabin, à manger des bananes et, visiblement, cela leur suffit comme béatitude!

*
**

J'ai tourné à l'époque un film passionnant sous la direction de Luigi Magni, avec des acteurs parmi les plus grands du cinéma italien : Alberto Sordi, Nino Manfredi, Ugo Tognazzi, Claudia Cardinale, Enrico Maria Salerno. C'est un souvenir fabuleux ! Quinze semaines à Rome, avec un tournage qui se faisait la nuit... *Les Conspirateurs* est un des films qui a eu le plus gros impact en Italie où il est resté à l'affiche plusieurs années consécutives, alors qu'il n'était même pas programmé en France. Il retraçait la vie du docteur Montanari, chef des Carbonari, et sa lutte contre la dictature conjuguée de l'Église et de l'armée. J'incarnais donc un héros national. C'était un rôle en or.

J'avais obtenu ce rôle grâce à mon ami Sergio Leone. Il avait parlé de moi à Luigi Magni qui était à la recherche de sa vedette masculine, laquelle devait être un acteur très charismatique. Je venais juste de terminer le dernier *Angélique* et ma cote était au plus haut. Luigi Magni trouva l'idée de Sergio Leone très bonne mais il voulait d'abord en discuter avec sa production. Sergio, de son côté, ne souhaitait pas me donner de fausse joie, donc me cachait son intervention. Si bien que je n'avais aucune idée de ce qui se préparait.

De mon côté, j'étais revenu à Rome avec Dalban et Castelot, sans projet ni argent. Les caisses étaient vides. Nous n'avions plus de réserves. Je brûlais mes dernières cartouches. Demain serait un autre jour.

Pour conjurer le sort, aussitôt arrivé, je pris une suite à l'Excelsior, un des palaces de la ville. Dalban et Castelot, morts d'inquiétude, me regardaient comme un fou dangereux.

— T'es complètement malade ! me murmurait Dalban, et Castelot approuvait d'un vigoureux mouvement de tête. Et nous, où allons-nous dormir ? Tu as demandé une suite ?

— C'est normal ! Il y a un salon, une chambre pour vous, une chambre pour moi.

— Mais comment on va faire ? Comment on va bouffer ? Comment on va vivre ?

— Il nous reste combien ?

— Un million de lires.

— Ah, alors, on peut tenir !

— Oui, mais pas longtemps. Quelques jours tout au plus. Tu as quelque chose en vue ? Qu'est-ce que tu attends ?

— J'attends que quelqu'un vienne me faire des propositions, qu'on m'offre quelque chose de sérieux. La *Marquise* fait un tabac : j'attends ! En tout cas, il faut nous montrer.

Le soir même, je commence à m'afficher dans les endroits à la mode, à l'heure d'affluence. On me connaît, on me reconnaît, je parle à l'un, je parle à l'autre, on me demande où je suis descendu... Et peu à peu, on voit arriver des imprésarios. D'abord des agents de seconde zone, des petits producteurs qui nous proposent des tournages pour des petits films, que je refuse.

— Ah, non, ça ne me convient pas, ce n'est pas intéressant !

Dalban et Castelot attrapaient à chaque fois la danse de Saint-Guy. Ils faisaient des mimiques épouvantables et me soufflaient « mais si, mais si, mais si ! » pour que je signe. « On n'a plus un rond... », me murmuraient-ils au cas où je l'aurais oublié.

Je faisais passer l'un pour mon chauffeur et l'autre pour mon premier secrétaire. Je nous avais commandé des costumes. Les jours passaient, rien ne se passait. Mes deux coéquipiers en perdaient le sommeil. À l'hôtel, ils ne dormaient même plus dans leur chambre, ils campaient dans le salon tellement ils avaient peur : on venait de nous remettre une note de dix millions de lires, que nous ne pouvions évidemment pas régler.

— Robert, il faut se tirer ! me suppliaient les deux compères, pâles comme des morts.

Et puis Leone est arrivé en compagnie d'une femme magnifique, la comtessa Marina Tchiconia, qui possédait l'Euro international de cinéma. Elle m'a tout de suite interpellé.

— Est-ce que vous voulez bien faire le rôle principal dans le prochain film de Luigi Magni avec Nino Manfredi, Claudia Cardinale, Ugo Tognazzi et Alberto Sordi ? C'est un film qui retrace l'histoire des Carbonari. Le tournage aura lieu ici même à Rome. Qu'en dites-vous ?

C'était la plus belle et la plus grosse proposition que l'on pouvait me faire ! Je pris néanmoins mon temps, avant de répondre :

— Oui. Il faut voir...

Comme mes deux compères me regardaient avec des mimiques paniquées, j'ai eu pitié d'eux et j'ai donné mon accord définitif quelques instants plus tard.

Je n'ai vraiment pas eu à le regretter. Ce furent quinze semaines grandioses. Tout se tournait la nuit. J'arrivais vers les 4 heures de l'après-midi, on prenait une collation, et puis on me maquillait, je m'habillais et je me transformais en docteur Montanari, un révolutionnaire admirable, inspiré de mon personnage de Peyrac.

Le jour, Rome nous appartenait. Je m'entendais merveilleusement bien avec mes partenaires. Les conditions étaient idéales. J'avais renoué avec la grande vie.

J'avais eu la chance de pouvoir relouer mon ancien appartement, avec sa terrasse ouverte en plein ciel, et tous les samedis j'invitais tout le monde. C'était la distribution des prix ! Maria, une bonne grosse femme sicilienne aussi dévouée qu'efficace, s'empressait d'organiser des buffets où se pressaient plus de jolies femmes au mètre carré qu'on ne pouvait l'imaginer. Je ne sais d'ailleurs pas d'où elles venaient. Comme la cigale de la fable, j'éparpillais tout ce que je gagnais.

Mon camarade Clarence nous avait rejoints à Rome. Il lisait toute la journée, sauf s'il était en train de méditer dans la baignoire. C'était sa seule activité. Comme je l'ai déjà dit, on ne pouvait même pas compter sur lui pour ouvrir la porte si quelqu'un sonnait... J'avoue qu'il m'arrivait de l'envier. Il avait décidé de ne jamais rien faire dans la vie et il s'y tenait parfaitement.

⁂

Quand je me remémore ces années italiennes, je ne peux m'empêcher d'évoquer nos aventures, avec Dalban. Je me souviens en particulier du jour où je lui ai annoncé que je partais en Italie pour trois ou quatre ans et qu'il pouvait boucler sa valise s'il le désirait. Il ne se le fit pas dire deux fois. La valise était d'ailleurs déjà prête, avec ses cinq smokings.

— Tu vas venir à Rome avec moi, mais il faut absolument que tu apprennes l'italien, autrement tu vas t'ennuyer à mourir. Tu vas prendre la méthode Assimil, et t'y mettre sérieusement.

Dans le train, je lui donne sa première leçon : « Signorina, una parola, una sola parola et saro l'uomo il piu felice del mondo », « Mademoiselle, mademoiselle, une parole, une seule parole et je serais l'homme le plus heureux du monde ! »... Pendant tout le voyage, Bob ânonne sa leçon. Le soir de notre arrivée, j'estime qu'il est temps de passer à la pratique. Il me répète son texte une dernière fois et nous sortons.

— À la première jolie fille qui passe, hop, tu te lances !

Bob a tôt fait de repérer une jeune femme plutôt séduisante. Il fonce sur elle sans aucune hésitation, bien qu'il ait à peu près l'âge d'être son grand-père, et je l'entends articuler consciencieusement : « Signorina ! Signorina ! u-na pa-ro-la, u-na so-la pa-ro-la... » À ce moment, la dame le regarde dans les yeux, secoue la tête et lui fait « Crétino ! »

Il s'est arrêté là. Il n'a jamais voulu continuer à apprendre l'italien.

Je me rappelle aussi notre départ pour la Libye, où je devais jouer le rôle de Rommel dans *La Bataille d'El Alamein*. J'avais persuadé le réalisateur C.J. Padget de donner un rôle à Dalban et à Castelot. Il ne restait plus qu'à se rendre sur place. Seulement je refusais l'avion, comme d'habitude. Il fallait trouver un autre moyen de transport. Finalement, je décidai que nous prendrions le train jusqu'à Rome, puis que, de Rome, nous continuerions vers la Sardaigne. Ensuite, nous embarquerions pour Tunis. À Tunis, nous louerions une voiture pour gagner Djerba et de là, nous pourrions poursuivre jusqu'en Libye...

— Mais dis-moi, on va mettre combien de temps ? me demanda Dalban, vaguement inquiet.

— Aucune importance. On n'est pas pressé. On va mettre un mois. On en profitera pour visiter !

Jules Verne n'aurait pas pu imaginer tout ce qui nous est arrivé. Nous nous sommes, bien entendu, perdus à plusieurs reprises. Nous sommes tombés en panne dans le désert. Nous avons été arrêtés et retenus à la frontière jusqu'à ce que Tripoli téléphone pour nous réclamer : « Non, non, lâchez-les, ils tournent un film chez nous »... De sorte qu'au retour, j'ai accepté de prendre l'avion ! Malgré ma trouille viscérale. Une peur que je traîne depuis l'enfance. Mon père me disait toujours : « Ne prends jamais l'avion, parce que si c'est l'heure du pilote, tout le monde descend... »

À notre arrivée en Libye, Padget, le metteur en scène, a bien regardé mes deux compères et a décidé que Castelot jouerait le tankiste allemand et Dalban un général anglais... À mon avis, il aurait fallu faire exactement l'inverse. Tant pis. Les dés étaient jetés. De temps en temps, on voyait la tourelle d'un char s'ouvrir et Dalban émerger, péniblement.

Pendant le tournage, un soir il y a eu un grand bal masqué, et travesti. J'ai convaincu Dalban de se déguiser en vieille femme, comme Sinoël dans *Sortilèges*. Il passe quatre heures d'horloge à se grimer et nous nous présentons à l'entrée. Personne ne reconnaît Bob. J'étais convaincu qu'il allait avoir le premier prix. Il n'en fut rien. On jugea son déguisement parfait, mais le travestissement trop facile, car, disait-on, Dalban ressemblait « déjà » à une vieille femme, au naturel. Robert fut effroyablement vexé par ces propos.

Bob était un prodigieux comédien. Il avait tourné beaucoup de films et joué avec Sarah Bernhardt. Il avait été très lié avec Édith Piaf. Il avait été le mari de Madeleine Robinson. C'était un homme exquis. Au soir de sa vie, on l'avait installé dans une maison où il avait tout sous la main. Du foie gras, des vins rares... Je venais de temps en temps lui tenir compagnie, le soir. Il me recevait en ronchonnant.

— Mon coco, tu vois bien que je regarde les actualités !

— Bob, je t'ai apporté du foie gras, je t'ai apporté du...

— Mais tu vois bien qu'il me reste encore une boîte de pâté...

Il est mort à quatre-vingt-quatre ans. J'ai été très affecté par sa disparition. Nous avions partagé tant de choses, les voyages, la vie, le travail, les vacances. J'ai toujours essayé de le mettre dans les films où je tournais. C'était un ami totalement fidèle, d'instinct.

Sa mort fut belle et douce, presque joyeuse. Un soir, nous avions pris rendez-vous entre copains pour dîner avec lui aux Champs-Élysées. Comme je jouais au théâtre, je n'étais pas encore arrivé. Bob était là, avec les amis, en train de raconter leur vie, leurs souvenirs. Il en avait tellement... Il a regardé le menu et, au moment de passer la commande, il a posé la tête sur l'épaule de son voisin et il est mort comme ça. Ça nous a bouleversés, mais en un sens nous étions heureux pour lui. Il n'aurait pas aimé tirer sa révérence tout seul.

Il était logique, compte tenu des générations, que les choses se passent ainsi. Bob était notre aîné de près d'un quart de siècle. De toute la première période que nous avions vécue ensemble, de mes débuts au cinéma, de mon mariage avec Marina et de notre dernière entrevue dans le parc de Maisons-Laffitte, Jean Lefebvre restait désormais le seul témoin.

Je nous revois dans les couloirs du Grand Guignol, chantant à tue-tête « Un autre a travaillé afin de l'élever, voyez-vous ce joli bébé rose... La femme sera toujours la femme et vive Paris ! » Et c'était comme ça tous les soirs ! On se moquait de tout et en même temps on voulait avoir le sentiment d'exister. On se démerdait pour vivre... Longtemps, Jean a été mon voisin de palier. Quand on venait le saisir, tous ses meubles partaient chez moi. Et quand on venait me saisir, tous mes meubles partaient chez lui ! Il est vrai que lorsqu'on n'a qu'un lit, le déménagement est vite fait.

Nous étions inséparables et puis, avec le temps, nous avons fait semblant de l'être. Je le retrouve toujours avec joie, ce cher vieux compagnon, mais chaque fois qu'on se jette dans les bras l'un de l'autre, ce n'est pas le présent qu'on étreint, mais le passé. J'ai toujours l'impression d'embrasser des souvenirs avec lui. Ce que je dis là n'est pas du tout péjoratif, simplement désormais la manière de concevoir notre métier nous sépare, alors que c'est ce qui nous avait rapprochés. On ne peut jamais savoir ce que vous réserve l'avenir...

***

Je ne savais pas, en quittant Rome, ce que me réservait l'avenir, mais j'étais certain qu'il allait me falloir changer de vie. J'avais encore tourné quatre ou cinq films et reçu, dépensé, profité, fait la fête. Je commençais à saturer. Ma boulimie s'apaisait. J'avais ravalé mes frustrations. Je me sentais repu. J'avais déjà eu plusieurs fois cette impression mais là, la digestion se révélait par trop difficile. Je m'étais gavé, et soudain j'avais presque honte. Même mes libéralités me semblaient suspectes. Le « geste large », au début, relève sans doute d'un vrai sens du partage, et de la justice : rendre à d'autres ce que d'autres vous ont donné, selon ma formule favorite. Mais peu à peu cette générosité devient une habitude, un réflexe, voire de l'ostentation, jusqu'à vous conduire au bord de la nausée, comme le reste.

Je savais qu'il allait me falloir tourner le dos à cette forme de succès qui ne me nourrissait que superficiellement. Le cinéma avait endormi ma conscience. La soixantaine de films que j'avais tournés jusqu'alors m'avait certes beaucoup apporté sur le plan de la réussite sociale et de la notoriété, elle m'avait permis d'approfondir beaucoup de choses quant à la mise en scène et au jeu des comédiens, mais je n'y trouvais pas mon compte. Pour moi, c'était un piège doré, quelque chose comme les sirènes d'Ulysse. Il fallait me sauver à tout prix, résister à la tentation, découvrir mon vrai « moi ». J'avais rêvé toute ma vie d'être ce que j'étais devenu pour me sentir libre et j'avais cru, un moment, avoir touché au but, m'être en effet offert la liberté. Et puis peu à peu, je me suis rendu compte que cette liberté-là n'était pas la bonne et que je n'aboutirais jamais à rien si je continuais ainsi.

Je compris soudain que je tournais le dos à mon âme.

Je me trouvais exactement dans la même situation que celle du *Caligula* de Camus, entre l'homme mortel et le monde éternel.

XII

LE DÉFI DE REIMS

Je commençais à être écœuré. Je lisais mal les scénarios que l'on me proposait et j'apprenais mes textes distraitement. Le cinéma était en train de devenir une mésalliance qui n'avait plus d'autre utilité que de me procurer l'argent dont j'avais besoin pour maintenir un certain mode de vie. Il allait être temps de prendre des décisions. De son côté, l'industrie cinématographique était en crise. Profitant du mouvement de mai 68, la Nouvelle Vague bousculait tout. Avec ses tournages en extérieur et ses budgets réduits, elle remettait en cause les studios et transformait le métier de producteur. Nous assistions au déclin de l'âge d'or. Les producteurs d'Europe centrale à l'accent indéfinissable fait d'un mélange de russe, de hongrois, de bulgare ou de roumain, comme Borkon, mon bienfaiteur, étaient dans leur dernière ligne droite. Ils avaient travaillé à nos côtés, on les voyait sur les plateaux, ils connaissaient tout de l'œuvre, et tout le monde à l'œuvre; les gestionnaires qui allaient peu à peu prendre la relève ne sortaient pas de leur bureau. Les films devenaient des produits comme les autres. Bientôt, le marketing allait s'en mêler.

Billancourt, Saint-Maurice, Joinville, véritables cités en réduction, allaient disparaître. J'y avais découvert l'admirable travail des techniciens du son et de la lumière et je m'en étais imprégné. Le fond sonore, c'est la vie. La porte qui claque quelque part dans l'immeuble, le camion qui change de vitesse, les enfants qui crient dans la rue en rentrant de l'école, le chant des oiseaux, une radio allumée dans la maison d'en face en été, vitres ouvertes, le rebond du ballon sur le trottoir, les bribes d'une conversation apportée par le vent, le robinet qui goutte et les mille autres composantes de l'espace sonore se modulent, se mélangent et se dosent à volonté en studio, jusqu'à devenir ceux de notre souvenir. Ils ne sont pas forcément conformes à la réalité. On en joue pour souligner un mot, se marier avec un éclairage, habiter une ombre. Ils font partie de l'alchimie d'une œuvre. Le son et la lumière, en devenant « naturels », allaient complètement changer les tournages — la lumière, surtout, décidait désormais de l'ordre des prises de vues en extérieur. Lumières et sons collaient au réel : ils n'étaient plus conformes au rêve. Raconter la vie, la vraie, avec une caméra, c'était renoncer à la féerie. Or j'ai toujours eu besoin d'une authenticité « romanesque », c'est-à-dire de reproduire exactement l'image et le son que j'imaginais pour coller à la vision que je portais en moi. Que les choses soient claires, je ne critique pas la Nouvelle Vague qui, avec ses nouveaux paramètres, a su réaliser des chefs-d'œuvre. Simplement, ce cinéma-là ne correspondait pas à mon tempérament de créateur.

Je n'avais pas appris le cinéma, mais j'en faisais, et ce que j'aimais en lui me rapprochait de jour en jour davantage du théâtre. Quelques années plus tôt, quand Wilson m'avait annoncé que Vilar lui cédait Chaillot, j'avais pensé que c'était un cadeau empoisonné et qu'il était fou d'accepter. Je me méfiais alors de l'attraction dangereuse du théâtre. J'ai changé d'avis. J'avais désormais envie de faire profiter le théâtre des atouts du cinéma, tout en conservant la magie créatrice laborieuse du travail de la scène.

Le travail du comédien est en effet complètement différent au théâtre. Le cinéma est beaucoup plus tranquille. On vient vous chercher, vous avez votre fauteuil, on vous maquille, on vous coiffe, vous avez des doublures lumière pour les mises en place et les réglages. Le moment venu, on vous appelle pour tourner une scène où il y a dix répliques, quelquefois vingt — c'est plus dur — des fois deux, à moins qu'il ne s'agisse d'une scène d'action où vous n'avez rien à dire. Ensuite, le travail se fera au montage, car on tourne toujours dans le désordre le plus complet. Le lieu impose que l'on fasse à la suite tous les plans, toutes les séquences devant s'y dérouler. De même la lumière régit-elle la succession des scènes qui se passent le matin, le soir, sous le soleil ou sous la pluie. À l'acteur de posséder suffisamment le scénario pour faire évoluer psychologiquement son personnage, selon le moment où la scène se déroule, les événements qui la précèdent et ceux qui la suivent. Il faut être vigilant là-dessus. Le comédien doit se préparer psychologiquement à la succession anarchique des attitudes et des sentiments, dans l'ordre où il va devoir les exprimer.

Au théâtre, on répète pendant deux mois, on entre dans un personnage, on enfile le costume, et l'on va jusqu'au bout de l'émotion, jusqu'au bout des rapports directs avec le public. Au cinéma, le montage fait en grande partie le film. Bien sûr il y a le scénario et le jeu des acteurs, mais le metteur en scène de cinéma intervient encore après les prises de vues, ce qui n'est pas le cas pour le metteur en scène de théâtre qui agit dans la continuité. Il est plus facile à mon sens de faire du cinéma que de faire du théâtre. Mon expérience dans ces deux disciplines me permet de l'affirmer.

Au théâtre, il faut être vrai en permanence et de surcroît passer la rampe. Dans une salle de mille places comme celle de Marigny, on doit se faire entendre partout — il faut que la voix porte jusqu'au fond de la salle —, et en même temps rester vrai, naturel. Une gageure ! Il y a des génies au cinéma qui se révèlent nuls au théâtre, des grands de la scène qui ne valent rien au cinéma, et des acteurs qui réussissent dans les deux. Certains ont une présence fantastique, ils sont extraordinaires mais pas géniaux ; d'autres n'ont pas de présence mais sont admirables d'intelligence. C'est très complexe. Il n'y a pas de loi, ni de profil idéal pour l'acteur. Ça n'existe pas ! En revanche, il y a le talent, une dimension irremplaçable.

Je ne me suis jamais considéré comme un bon acteur de cinéma. J'ai abordé mes rôles naturellement mais, à mes yeux, avec trop de facilité. Je me laissais cantonner dans des emplois que je connaissais bien, une majorité de gangsters, de flics plus ou moins purs et durs, de SS, deux ou trois héros de la Résistance, un prince oriental et Peyrac dans ses aventures. Je mets à part le vampire de Düsseldorf. Je ne choisissais pas souvent mes rôles. Comme je l'ai déjà dit, je louvoyais la plupart du temps entre la facilité et la complaisance à tel ou tel. Un film comme *Les Libertines,* qui reste heureusement un cas unique, est le pire exemple de cet état d'esprit lamentable. Sous le pseudonyme de Dave Young pour le réalisateur, se cache en effet Pierre Chenal, un très grand metteur en scène qui a fait *Crime et châtiment* (en 1935) avec Pierre Blanchar (Raskolnikov) et Harry Baur, *L'Alibi* avec Jouvet et von Stroheim, *La Maison du Maltais* avec Viviane Romance et Louis Jouvet... Là, c'était un « porno » déguisé où je ne faisais qu'ouvrir des portes derrière lesquelles — je ne l'ai compris que plus tard — des couples s'envoyaient en l'air... Pierre Chenal et moi avions des dettes à régler et des contrats à honorer. Lui avait pu se dissimuler derrière un pseudonyme, moi pas. C'était du commerce à l'état pur, une affaire à oublier d'urgence.

Cette aptitude à tourner un peu n'importe quoi a justifié nombre de critiques fondées, et la défiance de metteurs en scène avec lesquels j'aurais aimé travailler, tels Truffaut, Chabrol et Rivette qui me considéraient comme un emmerdeur, ou encore Becker, Carné, Clouzot, Clément et Max Ophuls qui pensaient sans doute que j'étais plutôt metteur en scène qu'acteur, le metteur en scène restant à leurs yeux, de surcroît, discutable.

On m'attaquait beaucoup. Les éreintements ne manquaient pas mais s'ils prenaient le prétexte — parfois justifié — d'un film, ils avaient toujours pour point de départ ou d'arrivée ma vie privée. Je ne vivais pas comme un acteur consacré, mais comme un bohème contestable. Je n'étais pas rentré dans le rang, je n'avais donc pas le vrai talent.

Pourtant, en contrepoint du concert des hyènes, s'élevaient quelques voix claires et fortes dont le nom faisait autorité. Frédéric Dard avait regroupé autour de moi François Chalais dont l'épouse merveilleuse — May Chen — perpétue toujours le souvenir, Louis Chauvet, Robert Chazal, Frédéric Rossif, une garde prétorienne qui par ses propos contenait la horde.

Pour ma part, je revendique très peu de films en tant qu'acteur, quant à mes propres films comme réalisateur, je retiens surtout (outre *Le Vampire de Düsseldorf*), *Toi le venin*, *Le Goût de la violence*, *Les Misérables* et, peut-être, *La Nuit des espions*...

En fait, l'acteur et le metteur en scène que je suis n'ont jamais réglé leurs comptes avec le cinéma. Je reste en deçà de ce que j'aurais voulu faire. Je n'ai pas véritablement réalisé, ou interprété, au sens où je l'entends — en dehors du *Vampire* ou de quelques films de Vadim — ce que je désirais. Et pourtant, j'ai adoré plus de la moitié des quelque quatre-vingt-dix films auxquels j'ai participé ou que j'ai dirigés, mais pas pour leur valeur intrinsèque : pour la vie alentour, les souvenirs de tournage, les nuits d'amitié.

L'amitié... Je crois que j'ai eu pendant longtemps

un trop grand sens de l'amitié. Je l'ai toujours, mais aujourd'hui il ne me fera plus faire le contraire de ce que j'estime devoir faire. L'amitié n'influence plus mes choix. Céder à un ami une part de son talent, voire de son âme, ne rend service ni à celui qu'on aime, ni à soi-même. Il m'aura fallu des années pour le comprendre. J'ai dû mettre encore plus de temps que Sophia Loren pour apprendre à dire non.

Et puis j'ai commis des erreurs. D'abord, je me moque de l'argent. Il ne m'intéresse pas. Je n'en ai pas envie, j'en ai seulement besoin. Si je n'en avais pas la nécessité, je n'examinais pas sérieusement les propositions — même mirobolantes — n'émanant pas de mon cercle amical et relationnel. Ensuite, j'ai refusé à plusieurs reprises des rôles que j'aurais aimé tenir, pour de mauvaises raisons — ou même sans raison du tout. Ainsi j'ai laissé passer l'opportunité de tourner avec Godard, par négligence. J'ai eu l'occasion d'avoir un rôle important dans *Un Taxi pour Tobrouk,* de Denys de La Patellière et, en 1964, dans le film d'Henri Verneuil *100 000 dollars au soleil* : j'ai refusé ! Je manquais de rigueur, de motivations profondes, et, à l'aube de l'aventure rémoise, je faisais mon mea culpa.

***

Au retour d'Italie, en 1971, je sentais une immense lassitude me gagner. À certains moments plus lucides que d'autres, je reconnaissais que je n'aurais jamais dû quitter le théâtre. Je m'étais vautré dans la facilité d'une vie mondaine faite d'oisiveté, de satisfactions, de luxe et de superflu, où les réjouissances se drapaient de raffinement. *La Part des lions,* de Jean Larriaga, m'avait valu le plaisir de retrouver Charles Aznavour, Elsa Martinelli, et celui de travailler avec Raymond Pellegrin et Michel Constantin. Mais en cette même année, *Le Casse* allait marquer la fin du parcours.

Nous étions à Athènes pour le tournage de ce film de Verneuil, un polar traditionnel, dont l'action tout entière avait pour cadre la capitale hellénique. J'éprouvais beaucoup de plaisir à jouer avec Jean-Paul Belmondo, mais mon rôle me décevait. Je le trouvais creux, inconsistant, comparé à ceux d'autres voyous qu'il m'avait été donné d'interpréter.

J'étais encore imprégné de *La neige était sale,* que j'avais repris le temps d'une tournée avec la compagnie Herbert-Karsenty, des années après l'avoir jouée pour la première fois devant Édith Piaf... À cette occasion, nous étions passés à Reims. J'avais visité la Maison de la culture. J'ai vu là deux salles polyvalentes dont la plus grande ne servait à rien puisqu'il n'y avait plus de troupe. Nous étions en pleine décentralisation culturelle, ce qui pour moi ne voulait rien dire, je constatais seulement qu'il y avait un théâtre vide en Champagne. Il correspondait à mes aspirations de créateur. J'ai donc pris contact avec le maire, M. Taittinger et, à tout hasard, posé ma candidature comme directeur de ce théâtre qu'on projetait de rouvrir.

Peu à peu je me suis senti habité par des projets au parfum de grande aventure. Si bien qu'à Athènes, pendant le tournage, je pris la décision d'en finir avec cet univers superficiel de plaisirs pour me consacrer à une mission plus conforme à mes aspirations. J'étais prêt à en assumer les conséquences, y compris sur le plan financier.

Entre deux prises de vues, je confiai à Jean-Paul Belmondo, qui n'en crut pas un mot, mon intention de tout quitter pour aller faire du théâtre à Reims. Je ne savais absolument pas si je reviendrais ou non un jour au cinéma. Je tournais peut-être là mon dernier film. La situation avait quelque chose de nostalgique. Je vivais la fin d'un temps. Un cycle venait de s'achever. La page suivante du livre était blanche.

Bien entendu, rien ne s'était fait du jour au lendemain. Je m'étais laissé aller à jouer un rôle qui m'avait convenu, pendant toutes ces années où j'avais soif d'argent et de reconnaissance. Ensuite je m'étais habitué. Et là, soudain, je ne m'y faisais plus. Le regard devenait plus objectif, moins complaisant. J'avais besoin de regagner ma propre estime.

Le Festival de Cannes avait contribué à cette prise de conscience. J'avais loué à Mougins une somptueuse villa avec piscine pour y recevoir mes copains et mes invités, dont certains parmi les plus démunis. J'avais voulu que tout y fût parfait afin que mes hôtes se sentent chez eux, tout en profitant du service impeccable et discret d'un palace. Un couple de gardiens assurait la cuisine, le ménage, le lavage et le repassage, l'entretien du jardin... Ils étaient efficaces, discrets, rapides. Je supervisais tout jusqu'au plus petit détail, j'établissais moi-même les menus avec un luxe d'imagination que j'avais plaisir à déployer. Certains jours, les invités ayant eux-mêmes lancé leurs propres invitations, il n'y avait plus de place pour moi dans la villa et je devais aller dormir à l'hôtel. Il arrivait aussi que je sois reçu en étranger chez moi par des gens que je ne connaissais pas et qui ne me connaissaient pas davantage. Ils n'en critiquaient que plus ouvertement le service ou le choix des menus. Les familiers eux-mêmes se laissaient aller à des commentaires plus ou moins agréables à mon endroit — ou violemment critiques — en parlant de mes films, tout cela sur un ton d'évidence polie. À les entendre, il m'est arrivé de frôler l'indigestion.

Longtemps, rien de tout cela n'avait eu réellement d'importance. C'était la belle vie. Je ne profitais pas tellement des maisons que je louais, mais je savais que mes hôtes étaient contents alors je l'étais aussi. Et voilà que soudain, cette façon d'être me paraissait dérisoire, voire insupportable.

Lorsque ma décision de partir pour Reims fut arrêtée, j'entrepris une tournée d'adieux. Mes amis ne me croyaient pas, sachant que je n'avais jamais supporté d'être seul. Ils m'imaginaient à Reims du lundi au vendredi après-midi, mais du vendredi au dimanche soir avec eux, à Paris, comme à l'accoutumée. De toute façon, ils ne me donnaient pas plus d'une semaine pour craquer et ne me l'envoyaient pas dire. Ils avaient tort.

Les membres de la jet-set, eux, que j'avais côtoyés pendant tant d'années, m'écoutaient sans jugement ni commentaires. J'avais tenu à les saluer avant de partir parce que j'avais vécu parmi eux et que j'en avais profité. Je ne m'en vante pas, mais je ne le regrette pas non plus. J'ai fait des connaissances — parfois passionnantes —, j'ai découvert un univers très particulier, peuplé de gens apparemment inoccupés, souvent très cultivés, intelligents, qui disposaient de moyens leur permettant de revoir la même pièce dans leur baignoire quatre fois, et, entre quatre bains, d'y réfléchir avant de retourner voir le spectacle... J'ai toujours été un dilettante dans ce milieu, un marginal du club, d'autant que ma peur de l'avion m'empêchait de suivre ces oiseaux migrateurs. J'ai reçu ainsi des dizaines d'invitations accompagnées du billet de vol en première classe, et je les ai toutes déclinées. Je suivais en train ! Pour aller à Gstaad ou n'importe où dans la vieille Europe, ce n'était pas vraiment un handicap, mais pour les autres parties du monde, c'était une autre affaire ! Je ne suis jamais allé à New York à cause de cela. Je ne sais même pas à quoi ressemble le Nouveau Monde...

Dans cet univers de jet-setteurs, j'ai passé mon temps sur le quai, agitant mon mouchoir en signe d'adieu, tandis qu'ils s'embarquaient sur des bateaux ou des oiseaux divers. Je les regardais vivre comme un anthropologue. Ces drôles de spécimens ont peuplé les premières classes des paquebots de la Cunard Line et de la White Star. Ils ont aimé le Concorde et restent familiers des salles d'attente pour VIP dans les cinq continents, où l'on connaît la moindre de leurs habitudes. Ils font des signes en souriant au moment de partir et on les revoit six mois plus tard, ou dix ans après, comme si on ne les avait jamais quittés. Les conversations reprennent presque à l'endroit où elles se sont arrêtées. Mais ce sont toujours des visites éclairs, annonciatrices d'un nouveau départ, ce qui fait de la fréquentation de ces voyageurs une mélancolie permanente. Je les ai trouvés parfaits et lisses, sans aspérités. Le seul reproche que je peux leur adresser, c'est d'avoir désapprouvé ma générosité, qu'ils devaient prendre pour de l'esbroufe. Et la seule question restée pour moi sans réponse, qui m'intrigue toujours sans toutefois m'empêcher de dormir, consiste à me demander à quel moment les managers de la jet-set travaillent, et comment ils opèrent pour gérer leurs empires...

⁂

Ma décision de partir était définitive, même si Reims me paraissait le bout du monde. Désormais, rien ni personne ne pouvait s'y opposer. Ma mère était consternée. Elle ne comprenait pas qu'à plus de quarante ans, au moment où j'avais acquis une position enviable et une renommée internationale, je quitte la proie pour l'ombre. Pourtant, je n'agissais pas sur un coup de tête. J'avais un projet précis. Je voulais tenter de concrétiser la vision du théâtre qui me hantait depuis l'enfance.

Partir ne me dérangeait pas. L'idée de quitter mon appartement et mes habitudes parisiennes non plus. Simplement Jean Lefebvre ne serait plus mon voisin de palier et j'allais perdre la vue imprenable dont je bénéficiais sur l'hôtel particulier de Madame Claude. Cette maison faisait de notre rue une des artères les mieux fréquentées de la capitale. Que de beau monde ! J'apercevais de ma fenêtre les stars qui venaient faire un petit tour dans ce havre accueillant. À l'occasion je ne me privais pas de leur faire signe en tirant les rideaux.

— Ça va ?

— Ahhh ! Oui... Bonjour... me répondaient-ils d'un air emprunté.

Ce qui m'amusait, c'étaient leurs tergiversations avant d'oser entrer chez la dame. Ils faisaient mine de se balader dans la rue, de s'intéresser à une vieille 2 CV, revenaient sur leurs pas puis tout à coup, ils se décidaient.

Et si d'aventure j'en voyais un ressortir, je l'interpellais joyeusement :

— Alors, ça va ? Vous avez bien rigolé ? Ça a marché ?

Ça les rendait fous !

Quoi qu'il en soit, quitter cet appartement ne fut guère douloureux. Ce n'était là encore qu'une escale. Je ne me suis jamais installé où que ce soit, je suis toujours de passage. Aujourd'hui comme hier, je reste un nostalgique de la liberté. Je n'aime pas être propriétaire et j'essaye de tout faire pour ne pas le rester, d'hypothéquer ce que j'ai, de partir à l'hôtel ici ou ailleurs. Je ne voudrais jamais avoir à m'encombrer. J'aimerais acheter mes chemises dans chaque ville où je me rends, partir en les laissant et en racheter d'autres à la prochaine étape. L'idée d'emporter une valise me navre...

⁂

Je n'allais pas au martyre, je m'étais simplement mis en marche vers mon destin, répondant à une voix intérieure trop longtemps négligée. J'avais soigneusement préparé le dossier, et pris des contacts au niveau de la municipalité comme à celui du ministère des Affaires culturelles. J'avais rencontré le directeur de la Maison de la culture de Reims et je savais pouvoir désormais compter sur une troupe disponible. Chose appréciable, je bénéficiais de l'appui personnel du maire, Jean Taittinger. Dans un climat général d'hostilité, il semblait la seule personne convaincue de l'intérêt de ma démarche.

La partie fut loin d'être facile. Le conseil d'administration devant lequel j'eus à m'expliquer était partagé. Dix de ses membres se montraient favorables, dix opposés. Mes motivations paraissaient suspectes à certains. Je me trouvais devant un tribunal qui ne comprenait pas le sens de ma candidature et jugeait plutôt mes anciennes prestations et ma vie privée que mon projet. J'étais poursuivi par mes rôles de mauvais garçon et regardé comme un dangereux libertin. Je finis par l'emporter grâce à la voix d'un membre absent que le président dut joindre par téléphone en désespoir de cause, afin de faire pencher la balance d'un côté ou de l'autre. Cela finit par être un blanc-seing, en aucun cas une victoire.

Mes appuis avaient été plus francs au ministère des Affaires culturelles où le ministre, Jacques Duhamel, son directeur de cabinet, Jacques Rigaud et le directeur des théâtres, M. Brajot, m'avaient soutenu et encouragé. Malgré cela, les avis divergeaient et l'un des conseillers du ministre se déclarait même prêt à coiffer un bonnet d'âne pour clamer publiquement « je suis un con ! » si jamais je faisais cinq mille places avec un seul spectacle. Dès la première représentation, j'allais avoir huit mille abonnés et vingt mille spectateurs hors abonnement. J'eus le bon goût de ne pas rappeler à cet homme sa promesse.

J'avais vraiment l'impression de partir en campagne, aussi je n'avais pas hésité à solliciter des avis quant à la constitution de l'équipe dont j'allais m'entourer. Jean Serge, d'Europe 1, m'avait conseillé utilement. L'entreprise présentait beaucoup d'inconnues et plus encore de risques. Devant de telles perspectives, un critique s'amusa à me comparer à Alain Gerbault dans son tour du monde en solitaire à la voile. En fait, j'étais à la rame et ma barque prenait l'eau.

Je me rappelais aussi, pour changer d'image, les mises en garde de mon ami Planchon quand je lui avais fait part de mon projet.

— Écoute, m'avait-il dit, j'ai une histoire pour toi!

Et le voilà qui se met à me raconter les malheurs du canard obstiné qui voulait à tout prix faire du cinéma... Ce cousin de Donald s'était présenté dans tous les studios. Il demandait partout si l'on avait besoin de quelqu'un, s'il y avait une figuration à faire, or il n'y avait jamais rien pour lui. Comme il insistait, on le fichait à la porte, mais le lendemain, il rentrait par la fenêtre. À la fin, dépité, désolé, renvoyé, désespéré, il prend son baluchon et il s'en va sur la route. Soudain, une voiture américaine avec chauffeur le rejoint et s'arrête à sa hauteur. Le passager l'interpelle :

— C'est vous le canard qui voulez faire du cinéma?

— Oui!

— Venez, c'est la chance de votre vie. Je suis producteur, je vous propose le principal rôle dans mon prochain film. Qu'en pensez-vous?

— Quoi, comme ça? Je n'y crois pas! Je me suis fait pas mal gruger, vous savez, alors je me méfie...

— Mais il n'y a aucune raison! Venez avec moi, vous signerez le contrat en arrivant au studio.

— Qui y a-t-il comme autres comédiens?

— Personne. Vous êtes la seule vedette.

— Et qu'est-ce que j'ai à faire?

— Pas grand-chose. C'est un rôle de tout repos. Vous nagez dans un petit lac au milieu d'une forêt, l'eau est claire, vous êtes heureux, vous chantez, vous mangez du pain...

— Ah, ça doit être intéressant, c'est un rôle qui me plaît.

— Oui, c'est un bon début.

— Et j'ai du texte?

— Mais... oui.

— C'est quoi, comme texte ?

— On vous le dira au moment de tourner.

Le canard plonge dans le lac, fait quelques essais pour la lumière, prend des repères pour ses changements de parcours, puis il ressort. On signe son contrat, on le maquille, on l'habille — il devient même un peu prétentieux.

« La vedette est prête ? Moteur ! » Il arrive en se dandinant, il se jette à l'eau et nage de-ci, de-là, en chantonnant...

— Bravo ! Naturel ! Très bon !

— Et le texte ?

— Vous dites à un moment donné : « Est-ce qu'il y a des chasseurs dans le coin ? »

— C'est tout ?

— Oui !

— Ah ! Très bien... Y a-t-il des chasseurs dans le coin ?

— Ouaaaiiiis !

Le cri a jailli de cent poitrines. Les chasseurs sortent armés des fourrés où ils se dissimulaient et l'abattent.

— Voilà, me dit Planchon, c'est comme toi quand tu t'obstines à vouloir faire du théâtre en province, parce qu'il y a la décentralisation culturelle. Tu vois le résultat !

J'étais écroulé de rire. Je savais pourtant qu'il n'avait pas tort, seulement il oubliait mon goût du défi et cette résistance obstinée que je tiens du loup, mon emblème.

***

Je n'ai gardé en souvenir de ma vie passée qu'un blouson, deux paires de lunettes, une brosse à dents et trois livres : *Lettres à un jeune poète*, de Rilke, *Chroniques italiennes*, de Stendhal, et *Premier*

Amour, de Tourgueniev. Je me suis débarrassé de tout le reste. Je ne voulais plus ni costumes, ni linge, ni objets, ni mobilier. Je disais aux gens : « Prenez tout, prenez tout, ne vous en faites pas. Il faut que tout ça s'en aille. » J'ai donné un maximum de choses à Henri, mon chauffeur, garçon fidèle qui m'avait accompagné partout, ainsi qu'à Madeleine, ma cuisinière. Elle boitait un peu et elle avait une rigidité d'un côté de la bouche, séquelle d'un accident vasculaire. Pour ces petites infirmités, elle se rendait régulièrement en pèlerinage à Lourdes. De temps à autre, son rictus changeait de côté et je la taquinais.

— Qu'avez-vous encore fait, Madeleine ? Ma parole, vous avez trop prié !

— Non ! À Lourdes j'ai seulement monté les escaliers à genoux.

— Vous voyez bien que vous en faites trop ! Si vous voulez que le rictus s'arrête au milieu, il faut mollir sur la dévotion, sinon, ça passe de l'autre côté !

Elle faisait semblant de se vexer. Finalement, elle haussait les épaules en riant.

Madeleine et Henri se trouvaient désemparés par mon départ. J'en étais ému. Ils ont réglé tous les détails. Je leur ai laissé un maximum de choses. Je leur devais bien ça.

À la gare, j'étais un des rares voyageurs sans bagage.

***

Je sortais d'un univers protégé, où grâce aux privilèges que confèrent l'argent et le statut de star, j'avais vécu avec le sentiment de liberté permanent que procure l'aisance. Quand je suis arrivé à Reims, mon salaire de directeur, metteur en scène et acteur se montait à trois mille francs par mois. Je pris un appartement modeste près de la cathédrale pour huit cents francs et, après un dernier repas fin, j'abandonnai définitivement le restaurant recommandé par le guide Michelin pour la cafétéria de la Maison de la culture. Je me retrouvais dans un milieu différent dont j'ignorais encore les arcanes mais où je me reconnaissais. Ce climat allait me permettre d'accéder à ce théâtre populaire dont je rêvais, inconsciemment, depuis toujours. Quand on a traîné ses souliers à l'Odéon en pleine adolescence inculte, on sait que le théâtre n'est pas réservé aux élites.

En perdant ma liberté, je gagnais celle de créer dans un environnement inconnu. Je n'avais plus de points de repère, ce qui me permettait d'oser davantage. Je vivais exactement ce que Sartre décrit à propos du regard que les autres posent sur vous. Dans ce nouveau milieu, je ne connaissais pas ceux qui me regardaient donc rien ne m'impressionnait. J'étais un Rastignac à l'envers parti conquérir la province. Dans la ville du sacre des rois de France, je me sentais l'énergie d'un conquérant : « Reims, à nous deux ! »

Dès mon arrivée, je fus remis à ma place par un étudiant encore tout imprégné de l'esprit soixante-huitard. Je tentais d'expliquer ma démarche et mon aspiration à créer ici un théâtre populaire mais je m'exprimais sans doute avec trop d'emphase. La réplique vint des gradins.

— Ferme ta gueule, eh, con ! Tes états d'âme on s'en fout ! Ici, tu ne dis ni « je », ni « moi ». Si tu veux parler de théâtre et qu'on t'écoute, alors parle en général...

Il avait raison ! Je digérai l'invective, et je compris également qu'ici, j'étais suspect. Personne n'arrivait à comprendre comment un personnage issu du star système pouvait se retrouver en province sans compromissions, promesses fallacieuses, subventions mystérieuses ou volonté cachée. Mon arrivée n'a pas été vue d'un bon œil. On se demandait si j'étais en mission pour faire plaisir à Taittinger, ou s'il n'avait pas manigancé mon arrivée pour se faire mousser. Une vedette de cinéma, ça ne s'exile pas pour faire du théâtre au Smic ! La réponse ne passait pas par des mots. J'allais devoir l'administrer jour après jour pendant des mois avant que le courant s'inverse.

Tout était houleux. Les âmes, les cœurs et les chairs étaient exacerbés depuis l'été 68. On avait espéré un grand soir humaniste qui, hélas, n'avait pas eu lieu. Heureusement, par la suite, il s'est passé des choses tout à fait exaltantes, mais l'opinion publique m'était au départ hostile. On allait jusqu'à mettre des tracts dans les boîtes aux lettres pour dénoncer une situation rendue indigne par ma présence. J'ai tenu bon et mes décisions n'ont jamais été influencées par ces événements extérieurs.

Les producteurs de champagne ne s'intéressaient pas à moi, ni à mon programme, ni à mes projets. Leur aide ne se manifestait qu'indirectement par la (faible) subvention de la municipalité. Comme je n'avais moi-même pas tellement le goût du champagne, nous coexistions dans un équilibre indifférent. Je m'intéressais bien davantage au football, non pas pour ce que ce sport représente, mais pour sa capacité à remplir les stades ! Ça m'a toujours obsédé. J'ignorais que par la suite, j'allais moi aussi faire stade comble avec mes grands spectacles. À l'époque, je me demandais simplement comment faire acheter, chaque soir, les mille places du théâtre.

Je me suis dit que pour avoir des spectateurs, la meilleure façon était encore d'aller les chercher. Alors j'ai pris mon bâton de pèlerin et je suis allé voir les comités d'entreprise l'un après l'autre. À Reims, je n'étais pas venu « faire » du théâtre, mais construire une relation entre le théâtre et un public qui ne le connaissait pas parce qu'il lui avait été rendu inaccessible. Les innombrables discussions que j'ai pu avoir sur le sujet me conduisirent à l'écoute et au respect de la dignité d'autrui.

J'avais pu rassembler une équipe extraordinaire qui est restée en place, soudée, durant sept ans. Pilette, mon directeur de scène, que Jean Lefebvre m'avait adressé et qui s'était occupé auparavant de Bourvil et de deux ou trois autres vedettes, Bernard Guillaumat, l'ingénieur du son, Martial pour les lumières, Guy Di Rigo, cascadeur et ami, professeur des disciplines physiques, et tous les techniciens avec qui nous avons partagé notre temps.

J'ai toujours été très proche de mes équipes. J'ai autant de respect et d'admiration pour les techniciens que pour les comédiens parce que je m'intéresse énormément à la technique dont je me sers beaucoup dans mes spectacles. S'il s'était agi simplement de donner un texte, il n'y aurait pas eu une relation aussi fine. Mais j'avais autant besoin des techniciens — y compris les machinos et les accessoiristes — que des acteurs. Ils sont aussi importants les uns que les autres. Nous travaillions ensemble, nous discutions ensemble de la manière de faire les choses, nous déjeunions et dînions ensemble. Je ne leur cachais rien, ni de ma pensée, ni de tout ce qui concernait la gestion dont je rendais également compte au ministère et à la ville dans un souci de totale transparence. Je tiens d'ailleurs à rendre hommage à mon administrateur Émile Herlic, à Jacques Miniot, animateur et acteur de talent, et à Marie-Françoise, secrétaire responsable des collectivités.

Sylvie Poulet est toujours ma costumière. Elle commence à avoir envie de se retirer, maintenant. J'essaye de l'en dissuader, de la détourner du droit chemin, car si je monte *Othello,* je vais avoir besoin d'elle. Elle a un goût rare, une imagination jamais prise en défaut. C'est une vraie grande professionnelle qui mène son travail jusqu'au bout avec une exigence constante, à une époque où il y en a de moins en moins. J'ai eu aussi des décorateurs admirables, dont Jean Mandaroux que j'avais connu sur le tournage du film de Labro, *Les Canailles,* en 1959, et qui travailla pour moi avec génie jusqu'à sa mort. Simonini, toujours fidèle au poste, est de la même trempe, tout comme Devidiaux.

J'ai eu des collaborateurs dévoués, extraordinaires, et parmi eux ma toujours fidèle Ghislaine Dewing qui, à Reims, s'occupait aussi bien de mes affaires que de celles du théâtre. Elle avait en charge la presse, les relations extérieures et intérieures — si je peux dire. Elle jouait extraordinairement ce rôle de femme orchestre. Elle était venue de Paris avec moi. Quand j'avais cherché une attachée de presse pour l'aventure rémoise, elle avait posé sa candidature. Elle restait sceptique quant à l'issue de cette aventure, mais elle était d'accord pour la tenter. Ghislaine connaissait admirablement son métier. Elle avait fait beaucoup de variétés ; elle avait été l'attachée de presse de Ferrat et de Devos. On l'a embarquée avec nous et depuis elle n'a jamais quitté le navire. Je crois qu'elle m'accompagnera jusqu'à la tombe.

***

On m'avait accordé un million de subvention avec un cahier des charges imposant quatre créations par saison et l'accueil de six à sept pièces. L'ouverture de mon école avait été tolérée, à condition que je m'en débrouille. Pour moi, cette école de théâtre était une pièce essentielle du puzzle. Je n'ai jamais pu dissocier la création de la formation et de l'éducation.

Je fis de ce lieu un centre de vie dont les allures de pensionnat me réjouissaient grandement. La formation des cinquante élèves se faisait sur un cycle de trois ans, en symbiose avec les acteurs professionnels. Les élèves étaient répartis en classes de cinq ou six et, pour quatre cents francs par mois, logés et nourris, ils recevaient une formation générale avec, le matin, des cours de langues étrangères, d'histoire et de littérature ; l'après-midi était consacrée à la technique, la maîtrise du corps, le chant, la cascade, la danse, l'escrime, la diction. Le soir, les pensionnaires participaient au spectacle dans des petits rôles ou en tant que figurants, ce qui leur permettait d'être confrontés avec les acteurs professionnels qui venaient de Paris et d'être payés au tarif « élèves » qui les dispensait de payer cours, nourriture et logement.

Ils ont eu des professeurs extraordinaires comme Peyrelon que j'avais rencontré sur le tournage du *Casse* d'Henri Verneuil, Florent qui a créé depuis longtemps le cours qui porte son nom, Di Rigo ou encore Martin Barbaz, metteur en scène, qui possède aujourd'hui sa propre compagnie. Jacques Weber, prix d'excellence au concours de sortie du Conservatoire, avait choisi de me suivre à Reims, ce qui nous a valu — à lui comme à moi — d'être en froid quelque temps avec Pierre Dux, l'administrateur de la Comédie-Française. Isabelle Huppert est venue jouer la pièce d'Ernest Hemingway *Pour qui sonne le glas,* tandis qu'Adjani préparait son bac.

⁂

Je me rappellerai toujours ma rencontre avec Isabelle. C'était à Paris, un soir à la sortie du Conservatoire où j'étais passé chercher Jacques Weber. Pendant que j'attends Jacques, je vois une gamine qui saute à la marelle devant le théâtre.

— Qu'est-ce que vous attendez là, vous ?

— J'attends Francis Huster.

— Vous faites du théâtre ?

— Non.

— Vous avez l'intention d'en faire ?

— Oui. Je dois aller dans un cours, mais il faut d'abord que je passe mon bac.

— En attendant, je vous invite, on va se taper un gâteau.

Nous sommes allés dans la pâtisserie voisine manger des éclairs en attendant Huster.

— Vous avez une scène? lui ai-je demandé...

— Huumm, me répondit-elle entre deux bouchées, *L'Annonce faite à Marie.*

— Quoi? À votre âge, à quinze ans, Claudel?

— Oui.

— Est-ce que vous pouvez me la passer demain au théâtre?

— Oui.

Je lui ai donné l'adresse, et le lendemain, ponctuelle, elle est venue me passer la scène. Je suis resté abasourdi. Sur le moment, je n'ai même pas pu lui faire part de mon jugement. J'ai simplement demandé :

— Où habites-tu, mon enfant?

— J'habite dans une HLM, à Gennevilliers.

Je l'y ai conduite. Soudain, elle m'a montré l'endroit.

— C'est là, de l'autre côté du terrain vague. Dans la boue.

On a traversé sous la pluie. J'ai rencontré sa famille, tout à fait délicieuse, humble et désargentée.

— J'emmène votre fille à Reims.

— Vous n'y pensez pas! Elle doit passer son bac cette année, et on s'est donné tant de mal...

— Ne vous inquiétez pas, elle passera son bac. Je vais m'arranger avec la directrice du lycée à Reims. Le matin, elle suivra ses cours, l'après-midi elle répétera avec moi, elle jouera le soir, et elle sera payée!

Les parents ont consenti. Comme elle était mineure, ils ont signé le contrat. Isabelle a pris son hamster sur le dos et elle est venue à Reims. Elle s'est installée dans l'école. Elle a suivi le programme que je lui avais tracé. J'avais rencontré comme promis la directrice du lycée. Isabelle avait donc cours le matin, et elle travaillait l'après-midi avec les autres élèves de l'école. Le soir, elle jouait. Ses études ont été parfaitement menées et le bac ne posa aucun problème pour cette élève studieuse et douée. Isabelle était une enfant pleine de confiance qui ouvrait de grands yeux sur les choses, avec un regard de profonde intelligence. Elle fut aussitôt acceptée par ses camarades.

En tant que comédienne, elle s'est tout de suite montrée d'une sensibilité et d'une intuition rares. La deuxième saison (1972-1973), elle joua dans la pièce de Federico Garcia Lorca, *La Maison de Bernarda,* un huis clos de femmes extrêmement puissant. Ce fut un régal. Annie Ducaux avait demandé un congé à la Comédie-Française pour pouvoir interpréter le rôle de la mère. Adjani était une des filles. Évidemment elle a été sublime et merveilleuse. Pierre Dux, qui était venu assister au spectacle, avait déjà vu *Les Bas-Fonds* que nous avions monté l'année précédente ; il m'a simplement dit :

— Vous pouvez jouer à l'Odéon les deux pièces.

Isabelle Adjani était déjà instinctivement tourmentée. Je l'ai prévenue.

— Toutes les portes te sont ouvertes : Prends soin de toi !

J'avais devant moi une jeune comédienne innée, un diamant, une enfant, une fleur, un personnage comme Mozart. J'étais en extase. Il lui arrivait de venir prendre des bains chez moi parce qu'à l'école il n'y avait que des douches et que, de temps en temps, elle avait envie de ce petit confort. En dix minutes, elle me racontait sa journée ou sa semaine, me disait comment marchaient ses études à l'approche du bac et puis elle repartait d'un même pas léger. Il n'a jamais rien existé d'autre dans nos relations qui demeurent professionnelles et paterno-filiales. Elle était aérienne et charmante, la fille que j'aurais adoré avoir.

Nous sommes donc allés jouer à l'Odéon. C'était très beau. Je me souviendrai toute ma vie de ce jour où, à midi, Isabelle est venue au théâtre avec Francis Huster pour me passer la plus belle scène à laquelle il nous ait été donner d'assister. Nous n'étions, hélas, que quelques-uns à pouvoir en profiter ! Lui jeune premier et elle toute gamine, dans l'âge du rôle, m'ont donné la mort de *Roméo et Juliette* comme je ne l'avais encore jamais vue ni entendue. Je leur avais confié mon intention de monter ce spectacle, alors ils avaient en secret travaillé la scène. J'ai connu avec eux l'émotion la plus rare. C'était fantastique ! Les camarades présents ont été témoins d'une espèce de miracle...

Je n'ai pourtant pas donné le rôle à Adjani, car je l'avais déjà promis à Pascale Rivault qui n'avait certes pas encore cette maturité adjanienne, mais je tiens toujours mes promesses contre vent et marées.

Et je crois que, par là même, j'ai rendu service à Isabelle. Aussitôt après, en effet, Pierre Dux l'a engagée à la Comédie-Française où elle a joué *L'École des femmes, Ondine,* et les pièces du répertoire. Si elle avait continué avec moi, elle n'aurait pas donné sa mesure dans ces rôles classiques où elle se montra si grande. C'eût été plus que dommage. Peu après elle, Francis Huster intégrait à son tour la maison de Molière.

Nous sommes toujours restés amis. Elle m'envoyait un oiseau, un bouquet de fleurs, un petit mot tous les trois mois, tous les quatre mois, tous les six mois, et puis elle est devenue la star que l'on sait.

*
**

Pascale Rivault interpréta donc Juliette. Elle était ravissante autant que talentueuse. Bien sûr elle manquait encore de métier, mais c'était dans l'esprit de la démarche que je m'étais fixé. Pour exalter les bienfaits de l'école, j'avais misé sur beaucoup de jeunes dans des rôles assez importants. Évidemment, l'expérience leur faisait défaut et ils commettaient quelques maladresses, mais la spontanéité autant que la passion arrangeaient tout. Ou presque ! Avec Shakespeare, il faut se montrer vigilant. La bonne volonté ne suffit pas. Il y a une technique et un phrasé indispensables pour restituer toute la beauté du texte. *Roméo et Juliette* remporta néanmoins un très beau succès.

Pascale avait partagé ma vie un moment avant Reims et nous étions désormais des amis, sinon je ne l'aurais pas acceptée à l'école. Je l'avais rencontrée un soir au Coupe-Choux. On m'avait parlé d'elle comme d'une jeune femme de qualité, ce qu'elle était. De surcroît, elle s'est révélée une comédienne pleine de promesses. Je lui avais donné en 1970 le rôle de la jeune kidnappée dans mon film, *Point de chute,* avec Johnny Hallyday que je rêvais de faire tourner et qui se montra remarquable dans son rôle de délinquant sous l'emprise d'un chef de bande que j'incarnais, auprès d'Albert Minsky, patron du King Club, qui jouait un gangster à mes côtés.

L'école était mon royaume. Nous l'avions aménagée de nos mains dans un vieil hôtel particulier décrépi. Je n'avais pas engagé de surveillant. Les élèves, qui avaient de seize à vingt-cinq ans, s'autogéraient parfaitement. Le soir les portes fermaient à vingt-deux heures. Les mineurs devaient être présents à l'appel sous peine d'être virés. Les autres se débrouillaient pour être à l'heure aux cours du matin. La méthode devait être bonne, car nous n'avons jamais rencontré aucun problème avec nos élèves, même pas en ce qui concernait la mixité des cours.

J'estimais qu'un comédien devait être libre pour pouvoir donner tout son potentiel. Aussi je m'attachais à ce que le mode de vie et d'enseignement permette aux adolescents de se libérer de leurs entraves. L'épanouissement d'un individu vient de l'intérieur. Les élèves l'ont amplement prouvé. C'était un bonheur de les voir se dégager peu à peu de leurs difficultés ou de leurs souffrances personnelles et familiales pour devenir eux-mêmes et prendre leur dimension, sur la scène comme au quotidien. L'existence de cette école, et ce lieu mis à ma disposition, je les dois à Christian Taittinger, maire de Reims, à qui je resterai toujours reconnaissant.

Faute de crédits pourtant, l'expérience prit fin à l'issue du cycle prévu des trois ans. Il y eut de vagues promesses de la part de l'Éducation nationale pour trouver une solution. Elles s'éteignirent d'elles-mêmes. Je fus triste, mais sans plus. L'expérience s'était révélée passionnante, nous n'avions plus les moyens de la prolonger, je devais passer à autre chose. J'ai toujours vécu dans le présent. Un projet fait long feu, j'en prépare un autre. Une tranche de vie s'arrête, j'en entame une nouvelle. Je n'ai pas de regrets. Ma nostalge est d'un autre ordre. Elle touche aux paradis ou aux enfers d'enfance, aux spleens de l'amitié, aux douleurs des disparitions, à l'espoir sans cesse déchiqueté d'une humanité meilleure — moi compris —, à l'attente d'un Dieu-guide, à défaut d'être un sauveur, qui nous montrerait le chemin.

***

Pour être fidèle à ma conception des choses, j'avais décidé de consacrer la totalité de la subvention à mon premier spectacle, *Crime et châtiment,* puis de monter *Les Bas-Fonds* de Gorki, *La Prison* de Simenon et *Le Bourgeois gentilhomme,* joué par les élèves, en faisant des dettes — que j'aurais à rembourser, bien entendu.

Le soir de la première de *Crime et châtiment,* je savais que je risquais gros. C'était mon va-tout. « Ça passe ou ça casse. » Je n'ignorais pas que des mots d'ordre avaient été donnés. Personne ne devait applaudir afin de boycotter la pièce — ou, plus justement, afin de « me » boycotter. J'étais prétendument un opportuniste, une vedette de cinéma venue tout à coup s'exiler, comme par caprice, à Reims... Moi je considérais ça plutôt comme une renaissance ou une résurrection par rapport au milieu que j'avais quitté en plein vedettariat. Toute cette malveillance me semblait stupide, et injuste face à la réalité du travail accompli.

Or ce soir-là, exactement comme le jour où j'avais repris le rôle de Gélin dans *La neige était sale,* lorsque le rideau s'est baissé, une vingtaine de secondes se sont écoulées dans un silence total, dense, palpable... et aussitôt après ce fut un tonnerre d'applaudissements, dix minutes de rappels ininterrompus, les spectateurs debout, des cris, du délire. Il s'est passé là quelque chose de prodigieux, un phénomène inexplicable de fusion entre le public, les comédiens et la pièce. Les spectateurs avaient totalement adhéré au spectacle et à sa conception.

⁂

Nous jouâmes ainsi une trentaine de fois *Crime et châtiment*. Paradoxalement, ce premier succès n'arrangea pas nos affaires. Les relations se dégradèrent avec la Maison de la culture qui n'était plus disposée à m'accorder les facilités de technique et de personnel, pourtant prévues par contrat, sous le prétexte fallacieux d'une trop grande inégalité à son détriment dans la répartition des charges. De leur côté, mes détracteurs parlaient de spectacle son et lumière, de grand guignol : « C'est tout sauf du théâtre », se plaisaient-ils à dire. Naturellement je n'en avais cure et je persistai dans le même esprit : du théâtre po-pu-laire ! *Les Bas-Fonds* remportèrent le même succès, salle comble et triomphe pour les trente représentations.

Très rapidement notre réputation grandit. Elle s'étendit à la région, aux départements limitrophes ainsi qu'à la Belgique. Les plus grands acteurs venaient jouer chez moi en invités. Peu à peu l'opinion publique a complètement basculé. On s'est aperçu que j'étais venu à Reims travailler pour le grand public et non pour effectuer quelque fausse retraite de vedette.

Les deux premières années là-bas comptent parmi les plus belles de mon existence. J'avais fait un choix difficile mais j'avais enfin le sentiment d'exister. Je n'étais pas venu non plus à Reims pour me faire plaisir en tant que comédien et j'ai attendu deux ans avant de jouer dans une pièce. De même, je n'ai pas mis les pieds à Paris pendant un an pour demeurer en immersion et ne pas accréditer l'image du Parisien faisant semblant de vivre en province mais regagnant la capitale à la hâte chaque fin de semaine. Mes conditions de vie, plutôt spartiates, ne me dérangeaient guère. Seuls les repas dans le succulent restaurant de Gérard Boyer me sortaient de l'ordinaire. Mais aucune importance : j'ai toujours été capable de passer sans problème de la chambre de bonne au palais, puis de revenir à la chambre de bonne — ce qui m'arrivera certainement encore. Je n'ai aucun état d'âme immobilier.

En sept saisons, j'ai monté dix-sept créations dont deux spectacles de ballets, sans compter la quarantaine de pièces que nous avons accueillies. J'ai réalisé pendant ce septennat ce que je portais au fond de moi et ce que j'aimais faire, avec des moyens très modestes que l'on a multipliés grâce aux recettes — ce qui est très rare.

Nous jouions tous les soirs à guichets fermés. C'était une grande salle de mille places comme celle de Marigny, avec des prix défiant toute concurrence, puisque nous étions censés être subventionnés. Ça n'a pas manqué de surprendre tout le monde. Sauf moi ! Quand on invite les gens à venir visiter Dostoïevski, Lorca, Gorki, Steinbeck, Shakespeare, je trouve normal qu'ils accourent. Dieu sait pourtant que l'on a critiqué mes choix « ringards ». À l'époque, Brecht était à la mode. On ne comprenait pas ce retour à des auteurs que l'on qualifiait de dépassés. Quelle bêtise ! Dépassés, ils ne le sont pas, ils ne l'ont jamais été, et ils ne le seront jamais parce qu'ils traitent des passions humaines. Le public ne s'y trompait pas. Trente mille personnes environ assistaient à chaque spectacle parce que ces spectacles s'adressaient avant tout à l'émotionnel des spectateurs et à leur cœur. L'émotion les conduisait à la réflexion. L'inverse se produit rarement.

Cela dit, ça ne s'est pas fait tout seul. Il a fallu qu'on s'apprivoise les uns et les autres, avec le public, avec l'équipe. Pour la mise en scène, je cherchais l'harmonie entre les costumes, le décor, la lumière et les sons. Il y avait des responsables à chaque département, et je réglais tout, en dernier ressort, avec eux. Je commençais par le décorateur, les maquettes des costumes, ensuite les comédiens. Je montais toute l'ambiance d'abord, avant de passer à la mise en place et à la direction d'acteurs.

Avec les trois spectacles en chantier, je n'avais pas eu beaucoup de répit. Lever 7 heures, arrêt du travail à minuit. Je passais devant l'ange de la cathédrale tous les jours. Il m'ignorait ou me souriait. Un matin, en empruntant l'impasse qui menait à l'école, je me suis dit que si jamais, après ma mort, il venait à la municipalité l'idée de mettre une petite plaque souvenir sur le vieil hôtel particulier qui avait accueilli mes élèves, les gamins passeraient devant en se disant : « Tiens, encore une source d'emmerdes pour les examens. Qui c'était, ce con-là ? »

Je n'ai pas de regrets dans la vie car je sais combien tout est éphémère...

*
**

Sept ans de saisons triomphales, mais les rêves, même bien mis en scène, se heurtent aux écueils de la réalité matérielle. J'étais arrivé là sept ans plus tôt, pour me sentir utile à quelque chose, me consacrer à un grand dessein culturel à travers le théâtre, afin de renouer avec ma vérité. J'avais atteint mon but mais je n'avais toujours pas les moyens de la politique que j'entendais mener. J'avais déjà dû sacrifier cette école à laquelle je tenais tant, et qui faisait partie intégrante de mon projet. Mais plus encore, le manque de moyens m'interdisait de faire connaître des œuvres qui éclairent le public sur la condition humaine, comme je le désirais à tout prix.

La subvention ne suffisait pas à couvrir les dépenses nécessaires à la création de plusieurs spectacles ambitieux. L'argent, c'est pourtant fait pour circuler ! Mais ceux qui en ont ne semblent pas toujours le savoir. Ils ont tendance à thésauriser. J'avais eu un million de francs la première année, et j'en avais dépensé deux ou trois fois plus. J'étais couvert de dettes, mais j'ai rencontré des indulgences, des gens patients. C'était leur façon de contribuer à notre effort. De toute façon, j'ai payé ce que je devais jusqu'au dernier centime avec mes salaires d'acteur, lorsque je suis revenu dans le privé. J'aurais pu rester à Reims puisque, en raison du travail accompli, le théâtre de la Maison de la culture était devenu un Centre dramatique national. Mais, outre le fait que je ne sais pas m'installer, on ne me donnait pas la possibilité d'aller au bout de mes ambitions. Or elles s'envolaient à la vitesse de la lumière, à l'assaut des étoiles, et les étoiles sont chères...

Le paradoxe tenait à ce que j'étais plébiscité par le public, mais que plus le succès s'avérait, plus je me couvrais de dettes. La subvention n'implique pas nécessairement la création mais l'inverse est faux. La création implique *toujours* la subvention. Avec un million de francs, on ne peut pas monter *Crime et châtiment* en l'exploitant seulement trente jours. Il faut une centaine de représentations pour rentabiliser les investissements. C'est la raison pour laquelle j'ai repris la pièce à Créteil puis au Théâtre de Paris, pendant une saison, dans le privé.

Privé-public, les inconvénients des deux systèmes peuvent se résumer ainsi : du côté du secteur public, on a des lieux mais pas d'argent, ou trop peu ; du côté du privé, il y a des fonds mais pas de salles !

Mais le plus grave, en matière de subvention, réside dans l'effet pervers de celle-ci. Si l'on a le malheur de faire des bénéfices, la subvention diminue et si l'on est en déficit, on la perd. On imagine aisément le résultat ! Ces invraisemblances conduisent les théâtres subventionnés à mener une politique d'équilibre fictif. Dans la plupart des cas, il est urgent de ne rien faire. C'est absurde et révoltant !

De plus, en général, même lorsqu'on en bénéficie, la subvention se révèle insuffisante. Les deux tiers servent à payer les charges fixes de la compagnie et à maintenir le personnel, le reste peut difficilement suffire à créer quoi que ce soit. C'est un non-sens absolu ! La subvention doit permettre la création, générer le mouvement, favoriser une dynamique dans la profession, faire découvrir des œuvres et des jeunes comédiens, même si la pièce exige qu'il y ait foule sur scène.

L'autre aberration, c'est que le cahier des charges est le même, quelle que soit la subvention. Une compagnie qui reçoit un million de francs et une autre qui touche cinq millions de francs sont tenues aux même obligations de création et d'accueil : quatre créations, accueil de six ou sept pièces extérieures. Or avec un million de francs, vous ne pouvez pas créer quatre grands spectacles. Alors on fait évoluer un ou deux comédiens sur scène, et l'intimisme n'est pas le fait du théâtre populaire.

À Reims, j'aurais pu faire un programme avec des œuvres de Pinter ou Beckett : j'aurais vécu sans souci. Mais aurais-je drainé trente mille personnes par spectacle ? Si l'on souhaite apprivoiser le grand public, il faut de grandes mises en scène. Après, le public s'ouvre au théâtre et devient mûr pour certaines pièces plus subtiles. J'étais venu à Reims pour attirer au théâtre une foule qui s'en croyait « indigne ». Le mot n'est pas trop fort : on a tout fait pour donner au commun des spectateurs cet a priori honteux. Pour deux de mes spectacles, j'ai fait monter sur scène jusqu'à cent comédiens. Leur nombre, quoi qu'on dise, n'était pas là pour compenser la qualité des pièces, ni une éventuelle absence de talent. Simplement, il soulevait l'émotion comme l'aurait fait une vague, et le résultat était là : « ils » étaient acquis au théâtre.

Sur la fin de ma carrière rémoise, j'ai quand même choisi des spectacles plus légers que j'ai fait répéter à Paris parce que cela coûtait moins cher. En effet, de cette façon, la salle de Reims continuait à accueillir des spectateurs tandis qu'une partie des comédiens répétaient à Paris, où ils pouvaient arrondir leurs fins de mois en faisant de la figuration ou des synchros.

J'ai terminé la saison 1977-1978 en montant *Les Loups,* de Romain Rolland avec Jacques Dacqmine. La pièce a été reprise au Théâtre de Boulogne-Billancourt avant de partir en tournée dans toute la France — car le théâtre doit aller vers ses spectateurs — et d'être primée au Festival de Sarlat.

***

On s'était opposé à ma venue et à présent on s'opposait avec la même énergie à mon départ. J'avais réussi ma mission, mais j'étais couvert de dettes que, par contrat, je devais assumer personnellement. Je mis plusieurs années à payer le prix de cette victoire qui m'avait au passage rendu ce que j'étais venu chercher, entre autres, dans le sourire de l'ange : l'estime de moi.

XIII

LA MAIN DU DIABLE ET L'ANGE GARDIEN

Je suis sorti de Reims avec le sentiment du devoir accompli en ayant vraiment réalisé quelque chose. Je me réjouissais qu'après ces années de travail acharné, et grâce au soutien de Christian Taittinger, le théâtre fût devenu un Centre dramatique national alors qu'il avait au départ le statut de théâtre populaire subventionné. Personnellement je n'ai pas profité de cette évolution favorable. J'ai cédé la place à quelqu'un d'autre. On m'a proposé de rester en tant que directeur du centre, j'ai refusé. Il ne faut jamais accepter de conduire une politique quand on n'en a pas les moyens. J'en savais quelque chose. Reims, qui m'avait donné tant de joies, restait pour moi une illustration troublante du paradoxe de l'échec dans la réussite. Réussite totalement aboutie quant au nombre de spectateurs et à l'accueil fait aux spectacles; échec financier dû au coût inévitable de ces spectacles populaires que même des salles combles ne suffisaient pas à compenser.

Normalement, après cette opération commando on aurait dû me donner un théâtre national, si la logique des choses avait été respectée. J'ai lu un jour dans *Libération* que l'on avait parlé de moi en conseil des ministres pour la Comédie-Française. Vraie ou fausse, cette information m'a fait froid dans le dos. Je n'ai jamais eu aucune ambition de ce côté-là, ni de celui de Chaillot d'ailleurs, qui ne m'a jamais intéressé et dont je n'aurais pas voulu pour tout l'or du monde. En revanche, mon cœur me portait vers le temple de l'Odéon. Ce lieu magique devant lequel je passais chaque jour en étant gosse représentait pour moi le traîneau d'Orson Welles dans *Citizen Kane*. C'était « Rosebud », ni plus ni moins.

J'aurais aimé faire de l'Odéon un grand théâtre populaire. Il y aurait eu des sociétaires, en clin d'œil au Français, mais je n'aurais pas touché aux classiques. Mon idée était de donner de vastes œuvres, comme celles de Victor Hugo, avec des auteurs à la fois français et étrangers, monter des fresques et des spectacles d'avant-garde. J'aurais également ouvert une école, un conservatoire de l'Odéon dont, par la qualité, on aurait pu se réclamer à l'égal de la Comédie-Française. Ça, c'était le rêve de ma vie. Il aurait peut-être pu se réaliser si j'avais fait le siège des ministères, arpenté les couloirs, frappé aux portes quotidiennement. Mais je n'aime pas lécher les parquets.

Reims, de toute façon, m'avait mis sur la piste d'autres projets, après que le sort m'eut apporté son lot de drames et d'inattendus réconforts.

***

À la fin de la saison 1973-1974 — la troisième à Reims — Michèle est entrée dans ma vie. Elle venait de terminer l'école brillamment et elle faisait partie de la joyeuse bande dont Jacques Weber était entouré en permanence. Je la connaissais peu, bien que notre première rencontre remontât à l'époque du film de Sergio Gobbi, *Le Temps des loups*, que nous avions tourné avec Charles Aznavour et Virna Lisi en 1969. Elle était venue se présenter sur le tournage en jeans, belle, sympathique, impeccable, de la part d'une relation commune. Deux ans après, je la rencontrai dans la rue avec un grand carton sous le bras, un book avec ses photos.

— Je veux être comédienne.

— Il faudra venir me voir à Reims, dans l'école de théâtre. Mais je vous préviens, il y a un examen et un directeur. Les choses dépendent de lui...

Elle a été acceptée. Je ne l'ai même pas su au début. Finalement, je l'ai retrouvée à Paris et une très belle histoire a commencé.

Après quelques hésitations, j'avais accepté la proposition de Pierre Dux de monter *Hernani* à la Comédie-Française. Mon enfance me revenait en plein visage. Ma mère pouvait être fière ! La pièce en elle-même se révélait très difficile à mettre en scène en raison des incohérences du récit et des difficultés du texte. Je devais également m'habituer aux acteurs du Français. Nous avons répété tout le mois de juillet 1974. Ils avaient un tel degré de conscience professionnelle qu'après quelques jours passés à nous découvrir mutuellement, j'avais trouvé mes marques. Nous abattîmes un travail fantastique.

Les vacances étaient en août pour tout le monde. Les répétitions reprendraient le premier septembre. Avec Michèle, nous avons décidé de profiter de la trêve de l'été pour nous marier dans le Midi. Nous devions prendre le train, mais finalement, nous sommes partis en voiture. Je ne sais plus pour quelle raison. Elle était au volant puisque je ne conduis pas. C'était un bel été. La route était tranquille sous le soleil et nous roulions vers le bonheur...

Aux environs de Valence, une voiture nous a percutés à l'arrière, nous projetant sur un autre véhicule ; notre voiture a rebondi et nous avons fini la course contre un camion. Sous le choc, le feu s'est déclaré en quelques secondes. Ma portière était coincée avec la vitre remontée. Je n'avais pas bouclé ma ceinture, Michèle si. Elle ne parvenait pas à la détacher. Je suis passé par-dessus elle pour tenter de la libérer. Complètement traumatisé par le choc, je n'y suis pas parvenu. Je suis sorti par sa fenêtre, qui, elle, était ouverte, pour essayer de la dégager de l'extérieur. Les flammes redoublaient. J'ai fait humainement tout ce qui était possible, animé par une énergie désespérée. En vain. Elle était bel et bien prisonnière de ce tas de ferrailles tordues. Soudain, on m'a tiré en arrière. Je me suis retrouvé étendu par terre. Elle m'a fait un petit signe d'adieu. Tout brûlait. Elle était au milieu des flammes, l'horreur absolue ! Même si je suis certain qu'elle n'était plus consciente, c'est une des morts les plus atroces que l'on puisse imaginer. Les pompiers sont arrivés trop tard...

L'accident s'étant produit près de Valence, on me conduisit à l'hôpital de la ville. On découvrit que j'avais été touché à la colonne vertébrale, aussi, dès le lendemain, je fus transféré à Nice et immobilisé complètement. La radio avait révélé une fracture de la quatrième lombaire, à un cheveu de la moelle épinière. Il avait fallu sans doute un miracle pour que je ne me retrouve pas paralysé à vie des membres inférieurs. Les journaux avaient bien entendu annoncé l'accident, de sorte que dans les jours qui suivirent, des tas de gens me croyant mort demandaient où j'étais enterré.

Psychologiquement et moralement, la fin tragique de Michèle me plongeait dans un état effroyable. Elle était belle, elle était nostalgique, elle était bonne comédienne. Elle avait vingt-cinq ans. Elle ressemblait à une pin-up de calendrier et en même temps elle avait un regard très étrange, comme une fenêtre de l'âme donnant sur un univers parallèle où elle aimait à se retirer. Elle gardait de vieux portraits des gens qu'elle avait connus et il y avait toujours chez elle des feuilles et des fleurs séchées dans tous les coins. C'était assez étrange... Tout se mêle encore dans ma tête dans un maelström de souvenirs que je refoule complètement. Pour moi, cette tragédie, c'était hier. Jamais je n'ai pu remonter les spectacles dans lesquels Michèle avait joué.

Cette femme a beaucoup compté pour moi. Elle avait un caractère, une grande personnalité, un sens vital de l'indépendance. Je ne sais pas du tout ce que serait devenu notre couple avec le temps. La question restera à jamais sans réponse.

Elle a été enterrée dans un petit cimetière de village près de Nancy d'où elle était originaire. Sur une tombe à côté de la sienne, on a gravé mon nom. Ce sont les parents de Michèle qui ont fait ça dès qu'ils ont appris le drame. Je n'ai jamais demandé à ce qu'on l'enlève. Je me suis rendu là-bas un jour, pour me recueillir, longtemps après l'inhumation. Je n'avais pas voulu assister à l'enterrement. Deux fois par an, j'envoie des fleurs sur cette tombe. Je le ferai jusqu'à la fin de mes jours. Je sais que ma divine Michèle est retournée à Dieu dans la pureté de son âme d'enfant, mais cette mort, c'était un geste du diable...

Je suis resté hospitalisé tout le mois d'août. Frédéric Dard est venu me voir aussitôt après l'accident. Il est resté un long moment dans ma chambre. Il ne m'a rien dit. On ne console pas de l'indicible. Il savait ma peine infinie... et mes difficultés financières. Avant de partir, il a ouvert un tiroir de la table de chevet et il a mis cinq briques [1] dedans, puis il est sorti en m'adressant un signe touchant de fraternelle complicité.

Ce séjour forcé m'a permis aussi de faire la connaissance de Grace Kelly que je n'ai pu m'empêcher de regarder par instants comme la sublime interprète d'Hitchcock. Elle est venue me voir la première fois avec ses enfants, les bras chargés de confitures faites de ses mains. Elle eut la bonté de me dire avoir beaucoup aimé certains de mes films... Elle me rendit ainsi visite à plusieurs reprises. Par la suite, j'ai mieux fait la connaissance du prince Rainier, que j'avais déjà entrevu à l'occasion de pourparlers pour

1. 50 000 francs.

la reprise d'un ballet de mon père à Monte-Carlo. Ces circonstances imprévisibles ont conduit à des relations durables et je suis resté ami avec la famille princière.

À la fin du mois d'août, je suis sorti de l'hôpital avec un corset et des béquilles. Je m'en tirais avec un handicap à vie de 25 %. Je suis rentré à Paris pour faire face à mes obligations. Je suis allé répéter avec mon attirail, entre deux séances de rééducation. On m'a poussé à vivre en me jetant dans le travail. Mon avocat m'a accueilli au sein de sa famille. J'ai été réconforté, protégé, remis sur pied. J'ai travaillé exactement comme si l'accident n'avait jamais eu lieu. Le prix de la Critique et le prix Europalia sont venus couronner la réussite d'*Hernani,* au cœur de la période la plus noire de ma vie.

⁂

Ma vraie rupture avec Reims est survenue à ce moment-là. Mais afin de ne pas remettre en question les acquis des trois premières saisons, en accord avec la nouvelle municipalité de la ville, je renouvelai mon contrat à quatre reprises tout en me réservant la possibilité de travailler à d'autres projets pour mon propre compte et de faire quelques tournages. Dès le début de cette aventure, j'avais fait en sorte de pouvoir exploiter le montage des pièces créées à Reims en continuant de les faire jouer à Paris. C'est ainsi que nous avions donné *Crime et châtiment* pour l'inauguration de la Maison de la culture de Créteil, puis au Théâtre de Paris, ensuite *Les Bas-Fonds* au théâtre de l'Odéon, la première saison. La saison suivante, ce fut la reprise de *La Maison de Bernarda* au théâtre de l'Odéon avec Adjani, et celle de *Roméo et Juliette* au théâtre de la Porte-Saint-Martin.

Afin de mieux maîtriser ces reprises, j'ai tenté de poursuivre l'exploitation du Théâtre de Paris lorsque le propriétaire du fonds, déterminé à l'abandonner, se mit en quête d'un acquéreur. La salle était intéressante mais je n'avais pas d'argent. Toutefois, par le biais d'un achat fictif de parts — un prêt du propriétaire que je lui rendis à la fin de l'expérience — je pris en main les destinées de ce théâtre deux années durant. C'était juste après *Hernani*, une fois les choses bien mises au clair avec Reims et les autorités culturelles, quant au rôle que je jouais désormais dans la continuité de mon action au TPR [1].

Je reprenais mon bâton de pèlerin d'autant plus facilement que l'année précédente, en 1973, dans *Prêtres interdits*, un film de Denys de La Patellière, j'avais déjà endossé la soutane pour incarner le rôle d'un curé de campagne dans la France des années 30. Je vivais dans ce film une liaison amoureuse qui allait me conduire à la paternité puis à la Résistance, une fois l'habit sacerdotal remisé au placard. La même année *Don Juan 73*, de Vadim, me permit de retrouver Brigitte Bardot pour la seconde fois à l'écran. Milliardaire sadique et cruel marié à Jane Birkin, ma troisième épouse dans le film, je me faisais proprement humilier par la belle Brigitte qui prit ici sa revanche sur nos personnages du *Repos du guerrier* où je l'avais dominée. Pour la morale de l'histoire, elle périt et justice fut faite. Je m'en tirais à bon compte, détruit peut-être, mais vivant — ce qui est suffisamment rare pour être souligné.

J'ai retrouvé ces années-là mon ami de jeunesse, mon complice du temps du Grand Guignol, Roger Hanin ; d'abord dans *Le Protecteur*, son premier film, avec Bruno Cremer et Jean Servais, où il me déguisa en travelo ténébreux pour les besoins d'un réquisitoire sur la prostitution. Dans son deuxième film, *Le Faux Cul*, je campais au côté de Bernard Blier un mercenaire-barbouze désenchanté qui, au terme

1. TPR : Théâtre populaire de Reims.

d'une trajectoire devenue classique, finit dans un cercueil. Quelques années plus tard, en 1982, je retrouverai Roger dans la peau d'un chef de gang pour *Le Grand Pardon* d'Alexandre Arcady, cette immense fresque retraçant la guerre des gangs des années 80. Bien que caïd du milieu parisien, je sortirai bien vite de la distribution, les pieds devant, abattu par Richard Bohringer dit « le sacristain », sur ordre du parrain Bettoun, Roger Hanin. À qui se fier ?

Je garde un excellent souvenir de ces rôles qui avaient en outre le mérite de me permettre de commencer à rembourser les dettes dont j'étais tenu responsable pour la gestion du théâtre de Reims. Roger Hanin, qui jouera pour moi au théâtre à la rentrée 2001, s'est toujours comporté comme un très grand ami et comme un seigneur. Il a fait une carrière exemplaire. Aujourd'hui où il est passé définitivement du côté des justiciers avec *Navarro,* je fais figure de pauvre à côté du prince. « Si un jour je suis dans la merde, il faudrait peut-être penser à moi ! » lui ai-je dit en prenant connaissance des chiffres de son audience à la télévision. Je sais qu'il ne me laissera jamais tomber. Roger partage ainsi avec Sophia Loren le privilège de pouvoir, si Dieu le veut, tenir un jour près de moi le rôle de sauveteur qui manque encore à son brillant palmarès !

Pour terminer en beauté la dernière saison rémoise, en 1977/1978, j'organisai avec Houdinière la seule tournée qui se fit jamais sous le label du TPR afin de jouer *Huis clos* et *La Putain respectueuse* de Sartre. Le vif succès que remporta cette tournée me fit regretter d'autant plus de ne pouvoir répéter cette expérience plus souvent, faute de moyens financiers. Il est vrai que je n'avais pas conçu mes spectacles dans cet esprit et que l'importance de la distribution constituait un obstacle supplémentaire.

*
**

Dans la détresse des jours maudits, une femme m'a aidé à vivre, à traverser mon épreuve, avec discrétion. Elle s'est montrée extraordinaire — dans le sens étymologique du terme — de patience, de compréhension intuitive et profonde, de fermeté aussi. Elle s'appelle Candice Patou et, avec cette même discrétion dont elle a fait preuve dès le début, un jour elle est devenue ma femme. Depuis 1975 nous partageons tout. Julien, notre fils, a fêté ses vingt-quatre ans en l'an 2000. Souvent, lorsque je regarde Candice, je repense à notre première entrevue et je mesure, une fois encore, combien pour les choses essentielles les voies du Seigneur sont impénétrables.

J'avais remarqué sa photo en feuilletant le bottin des acteurs. Jacques Weber pensait qu'elle avait dû être mannequin. Je préparais à cette époque la reprise de *Crime et châtiment* au Théâtre de Paris et, pour des questions de disponibilité de salle, je faisais passer des auditions au théâtre Marigny. Je pensais que Candice pouvait peut-être faire Dounia, la sœur de Raskolnikov. Notre premier rendez-vous fut décevant. Je la trouvais trop âgée pour le rôle. Je le lui dis. Néanmoins, je la convoquai pour passer quand même l'audition, quelques jours plus tard. Cette rencontre fut loin d'être un coup de foudre. Je crois d'ailleurs qu'elle m'a trouvé macho, autoritaire et grossier. Elle devait partir tourner en Allemagne, à Munich, mais elle se présenta quand même le jour prévu pour l'audition. Je la trouvai très originale et intéressante dans son jeu. Elle était effectivement un des personnages, mais pas celui que je cherchais. Je lui proposai donc un petit rôle, presque de la figuration, avec dix phrases de texte. Elle accepta. C'était courageux de sa part. Sa persévérance fut récompensée. Un mois après le début des représentations, la comédienne qui jouait Dounia dut s'arrêter et Candice, qui connaissait le rôle par cœur, la remplaça au pied levé. Elle se montra admirable dans le rôle de la sœur de Raskolnikov. C'est de cette manière que nous nous sommes connus, après l'accident, fin 1974.

Elle m'a aidé jour après jour sans qu'il y ait entre nous la moindre relation amoureuse, simplement parce que je ne m'en sortais pas. Je m'embrouillais, non dans le spectacle, mais dans la vie. À cette époque, j'habitais un peu chez mon avocat et un peu au George-V, car le père de cet avocat était patron du grand établissement parisien et du Carlton à Cannes. Candice était reçue partout. Elle faisait office de gouvernante. Je lui demandais son avis pour tout et, comme j'avais encore de la rééducation à faire, elle m'accompagnait à l'hôpital. Elle était la vivante incarnation de « Myra, l'infirmière héroïque », héroïne infatigable et dévouée de la bande dessinée du journal *Hourrah* qui avait enchanté mes dix ans...

Cette situation ne manquait pas d'être embarrassante pour elle qui avait sa vie, mais je ne m'en rendais pas compte. En fait, nous nous rapprochions l'un de l'autre sans nous en apercevoir. Par la force des choses elle était entrée dans mon existence et j'accaparais la sienne. Je lui parlais sans cesse de Reims mais je ne l'emmenais jamais là-bas, jusqu'au jour où j'eus l'envie de lui montrer la salle, les décors, les aménagements. Bref! Les lieux du défi. Et là, pour la première fois, nous avons découvert, bouleversés, ce que nous éprouvions l'un pour l'autre.

Par respect pour le passé, Candice ne voulait pas que nous vivions ni chez elle ni chez moi et, comme je n'avais pas un rond, la bohème recommença. Nous avons pris un petit meublé rue Quentin-Bauchard, dans le huitième arrondissement, près des Champs-Élysées et de l'avenue George-V. Et puis un jour, dans ce même théâtre Marigny où nous nous étions rencontrés, ce théâtre qui porte aujourd'hui mon nom, je lui ai demandé de m'épouser...

*
**

J'avais toujours eu un tempérament hypocondriaque, que ma blessure et les conséquences psychologiques de l'accident n'avaient pas arrangé. Un jour, au retour de Nice, Candice a rapporté du mimosa pour fleurir la maison. Comme nous étions pressés par le temps, elle a dû se contenter de mettre les fleurs dans des vases, sans y ajouter les sachets que l'on met dans l'eau pour les faire s'épanouir. Elle a versé le contenu de ces deux sachets de conservateur dans une grande bouteille de Vittel qu'elle a remplie d'eau du robinet et laissée sur la cheminée avant de partir au théâtre.

Dans la nuit, je me suis levé comme d'habitude pour boire. J'ai attrapé la bouteille. J'ai trouvé que l'eau avait un drôle de goût et je me suis rendu compte que je venais d'absorber la préparation spéciale pour les fleurs. L'affaire des poisons se reproduisait ! Je me voyais déjà à l'agonie. On réveilla sans scrupule un médecin : j'avais fait appeler le concierge du George-V qui savait tout et avait des solutions pour tout. Mais rien ni personne ne pouvait me calmer. Une demi-heure plus tard nous foncions en taxi vers l'hôpital. Avec la parfaite mauvaise foi qui me caractérise dans certaines circonstances, j'accusais presque ma femme d'avoir voulu se débarrasser de moi. Nous avons eu un dialogue fort intéressant qui a dû réjouir le chauffeur. Candice, venant d'apprendre qu'elle était enceinte, essayait de me faire comprendre qu'elle avait besoin d'un père pour son fils, et qu'en conséquence le moment aurait été bien mal choisi pour un veuvage précoce. Rien n'y faisait : je me sentais menacé !

L'interne qui nous accueillit aux urgences ramena les choses à leurs justes proportions en quelques mots. Après avoir consulté la formule inscrite sur le sachet, il me regarda avec un air de bienveillance ironique et dit simplement :

— Vous n'avez pas lieu de vous en faire. Si j'en crois ce qui est écrit ici, vous venez d'absorber de l'aspirine. Vous pouvez rentrer chez vous et dormir sur vos deux oreilles !

***

Je peux dire sans flatterie aucune que Candice est une femme merveilleuse. Elle sait avoir constamment de l'attrait, bien qu'il lui arrive de jouer les moralistes. Elle est intéressante, elle se renouvelle sans cesse, et elle a des rires d'enfant qui me ravissent. Souvent je me dis que j'aime ma femme d'autant plus qu'elle se révèle paradoxale...

Je suis toujours surpris par la qualité de ses intentions, l'attention qu'elle porte à l'autre malgré les années, ainsi que par son sens inné du « terrain » et de l'adaptation. Elle recule quand j'abuse, quand j'en profite elle se révolte, me menace de toutes les disparitions possibles et imaginables et puis l'instant d'après, elle est toute délicatesse, intelligence, cœur, patience, instinctive et pleine d'humour.

Il m'arrive de me demander ce qui la retient auprès de moi. Si ça se trouve elle se trompe complètement, il y a un malentendu. Elle doit aimer un autre moi-même dont j'ignore tout, pour conserver cette tolérance et cette indulgence dont elle ne se départ jamais. Elle est toujours là où il faut, quand il faut. Elle me soigne, elle me conseille, elle fait pour moi les choses sans hésiter, même quand ça l'ennuie prodigieusement. Je sais que si demain je n'avais plus rien, si je n'étais plus rien, abandonné, seul, sans espérance, elle serait là. Elle me l'a déjà prouvé. Au fil du temps, elle montre pour qui la regarde que l'on peut aimer les êtres pour des raisons autres qu'amoureuses, sociales et pratiques. Il y a une dimension d'amour divin en elle. Elle qui tutoie les anges et connaît tout de leur histoire, je me demande si elle n'en est pas un : l'ange gardien qui me libère de la main du diable et vient régulièrement me rechercher quand je m'égare dans mes nostalges désemparées. Un jour, je prendrai peut-être la peine de lui écrire quelque chose comme « Réflexion autour d'une femme ». Elle verra que je n'ai rien oublié de ce qu'elle m'a offert, avec tant de délicatesse.

Quand elle court ses dix kilomètres dans la campagne, je l'envie. Elle est heureuse, elle s'évade. De temps en temps je voudrais être allongé dans l'herbe et la voir passer en l'encourageant d'un geste de la main. Je regarderais sa silhouette s'éloigner et je reprendrais entre ciel et nuages ma rêverie d'enfant aux accents rimbaldiens là où je l'ai laissée, il y a tant d'années : « J'ai dessiné mes rêves sur une toupie, j'ai lancé la toupie dans un nuage, au bout d'un grand ciel bleu. Le nuage est allé, et je suis resté seul avec le grand ciel bleu, et j'ai beaucoup pleuré. »

Le soir, les dîners avec les amis nous réunissent. Ce qui nous rend très complices, c'est le rire. Tout à coup nous nous écroulons ensemble, sur une réflexion, une allusion, une silhouette entrevue. Le temps nous a amalgamés.

Elle a joué avec moi et sans moi. Avec moi *Crime et châtiment,* bien sûr, puis *Des souris et des hommes,* de Steinbeck, au Théâtre de Paris et en tournée à Genève. Elle a également joué dans *Le Cauchemar de Bella Manningham* d'après Hamilton, adapté de Frédéric Dard, que j'avais monté à Marigny, puis nous avons interprété tous deux *Lorna et Ted,* la pièce de John Hale, au Théâtre de Boulogne-Billancourt, au Petit Marigny et en tournée, deux ans plus tard. Michel Fagadeau a remarquablement mis en scène ce procès satirique du couple. Sous sa direction, Candice a également joué sans moi, à cette époque, *La Maison de poupée* d'Ibsen.

J'ai eu également beaucoup de plaisir à la diriger dans *Les Misérables,* où elle fut une remarquable Éponine. C'était en 1982. Après *Potemkine* et *Notre-Dame de Paris,* j'avais créé *Les Misérables* sous forme de comédie musicale au Palais des Sports. Deux ans après, je décidai de porter à l'écran une adaptation de l'œuvre de Victor Hugo pour montrer comment la justice divine venait compenser l'injustice humaine. Je me souviens encore de la façon dont Lino Ventura m'a envoyé promener, la première fois que je lui ai proposé de jouer dans ce film. Je suis revenu à la charge, il a râlé de plus belle :

— Je n'ai jamais fait de film en costume. Non, c'est aberrant. Et puis mon copain Gabin a déjà été un si génial Jean Valjean que je me demande ce que j'irais foutre là-dedans !

Je n'ai eu cure de ses propos et je l'ai tanné jour après jour jusqu'à ce qu'il accepte, comme Michel Bouquet et Jean Carmet, pour les rôles de Thénardier et de Javert. Je les ai tous emmerdés jusqu'au bout... Et le résultat est là. C'est une bonne version des *Misérables* dont je n'ai pas à rougir. Quelque chose s'est passé pendant le tournage et la magie a continué d'opérer à l'écran.

***

Le Théâtre de Paris reste un bon souvenir de travail acharné que nous avons partagé, Candice et moi, au début de notre vie commune. J'avais commencé par me planter avec mon spectacle sur le maccarthysme monté à Mogador. Je crois qu'il y avait une inadéquation entre le sujet et le lieu. Mogador n'est pas fait pour ce genre de pièce. La scène appelle le chant, la danse, la revue, pas ces thèmes de justice sociale que je souhaitais développer. La distribution ne pouvait être en cause avec Roger Hanin, Jean Topart, Paul Guers et Yolande Foliot, mais la mayonnaise ne prenait pas. C'était donc une question d'endroit, à moins que l'époque ne fût pas encore prête pour ce genre de revendication.

J'avais obtenu une exclusivité de trois ans pour la salle mais, désenchanté par ce premier échec, j'ai préféré renoncer. L'opération aurait pu avoir des conséquences catastrophiques. Toutefois, j'ai eu beaucoup de chance, car non seulement les propriétaires ne m'ont pas demandé de dédit, mais ils sont restés mes producteurs pour d'autres spectacles.

J'ai eu autant de chance de me voir proposer le Théâtre de Paris et de pouvoir le gérer à ma guise. En deux ans, grâce à Dostoïevski *(Crime et châtiment)* et à Steinbeck *(Des souris et des hommes)*, puis avec une pièce inspirée de Bresson, *Le Procès de Jeanne d'Arc*, j'ai séduit un public populaire, celui des collectivités qui, là encore, comme à Reims, ne connaissait que le répertoire des théâtres subventionnés. Peu à peu, ce public prit le chemin de la rue Blanche et en fit une habitude. Je remontai tout ce qui avait fait un succès au TPR.

J'ai vécu au Théâtre de Paris, en face de la caserne des pompiers, trois saisons merveilleuses au cours desquelles nous avons engrangé des souvenirs formidables. Pour la première fois, je me sentais dans « mon » théâtre. Je faisais l'ouverture et la fermeture des grilles, je bavardais avec les Camerounais chargés du ménage, je veillais sur François, le gardien, un ancien de la Royale qui chaloupait ferme le soir, afin qu'il ne lui arrive rien quand il allait se reposer dans la chaufferie. Je harcelais trois fois par jour les caissières afin de connaître l'état des locations et j'envoyais tous mes amis faire des déclarations d'amour à la plus âgée, qui avait largement plus de soixante-dix ans.

Pour la décoration, il y avait dans ce théâtre un huissier en habit qui dormait tout le temps. Il ne savait rien, il ne voyait rien, mais il impressionnait.

— Monsieur Hossein est-il arrivé ? lui demandai-je un jour, vers le milieu de la matinée.

— Non, monsieur, me répondit ce zélé serviteur avant de se rendormir, la joue posée contre son transistor...

Depuis, je me suis gardé de le déranger. Je baignais dans cette atmosphère bon enfant qui me réjouissait. C'était ma tanière.

Avec Candice nous habitions le petit studio du rez-de-chaussée, situé sous l'administration. Un jour, il s'est passé une chose étrange. Sans aucune raison apparente, un incendie s'est déclaré dans le studio qui a brûlé entièrement avec tout ce qu'il pouvait contenir, les objets, les vêtements. J'étais à ce moment-là au téléphone avec Roger Vadim dans les bureaux du premier étage. En quelques secondes, ce fut l'embrasement. Les pompiers, qui n'avaient que la rue à traverser, intervinrent à une allure record. Le théâtre fut épargné mais, quand je revins dans le studio, il ne restait plus rien. Tout avait fondu. Je ne comprenais absolument pas comment le feu pouvait bien avoir pris. Candice avait l'habitude de faire la cuisine sur un minuscule réchaud à butane où elle réussissait des prodiges quand nous dînions avec Huster et les amis, mais ce jour-là, la bonbonne était vide et elle n'avait rien pu faire chauffer.

Quand les pompiers eurent terminé, leur chef me tendit un objet en me disant :

— Tenez. Il ne reste plus rien, vos costumes sur les cintres, tout est en cendres. Il n'y a plus rien sauf cette petite bague, avec deux mains liées, que l'on a retrouvée.

J'étais stupéfait ! Michèle et moi portions chacun une bague qui figurait deux mains se rejoignant. Il y avait belle lurette que je croyais avoir perdu la mienne, mais lorsqu'elle était morte, brûlée vive, Michèle portait la sienne, j'en suis sûr. C'était comme si une flamme de cet accident, envoyée par le diable, était revenue chercher, de longs mois plus tard, celui qu'elle avait manqué ce jour-là...

Je ne pus m'empêcher de repenser à cette légende sur la destinée que mon père me contait lorsque j'étais enfant. Un soir, un homme se promenant dans les rues de Moscou voit tout à coup la mort se diriger vers lui. Il pousse un cri d'effroi. La mort le regarde, étonnée, et continue son chemin. Le cœur battant, l'homme s'enfuit comme un fou. Il rentre chez lui, fait ses bagages à la hâte et dit à sa femme :

— Ne t'inquiète pas, je pars, je vais à Samarkand, je fuis la mort !

Il prend le premier train en partance et arrive après un long voyage dans la cité persane, heureux, persuadé d'avoir sauvé sa vie. Il se promène dans les rues de la ville quand soudain la mort vient au devant de lui. Complètement abasourdi, il s'écrie :

— Mais c'est impossible, tu ne peux pas être là, je t'ai vue à Moscou !

— Mais oui. Tu m'as vue étonnée. Car j'avais rendez-vous avec toi, mais pas à Moscou : ce soir à Samarkand.

Au Théâtre de Paris, ce n'était pas mon heure. Je n'avais pas rendez-vous...

***

Tout marcha bien la première saison. Seulement, les mois de juillet et d'août, il me fallait soit fermer le théâtre, soit accueillir des conventions, des congrès, des spectacles exotiques, ou encore transformer l'endroit en studio de cinéma pour le rentabiliser. Les frais et les charges fixes n'arrêtaient pas de courir pendant la période des congés. Mais moi je refusais de faire de ce théâtre un garage.

Il m'en coûta 300 000 francs (150 000 francs par mois), soit 600 000 francs en deux ans. Impossible de continuer dans ces conditions. Au bout de ces deux années, je rendis mes parts au propriétaire. Je renonçais à « mon » théâtre et m'apprêtais, bien contre mon gré, à reprendre mes errances de metteur en scène free-lance.

Cette nouvelle expérience n'avait pas été inutile. D'abord je m'étais senti chez moi pour la première fois et, ensuite, c'est là que je me suis véritablement mis dans la tête de monter mes grands spectacles populaires comme ce *Potemkine* que j'allais bientôt réaliser au Palais des Sports, inaugurant ainsi une voie encore inexplorée. J'avais besoin de créer pour vivre et de retrouver cette angoisse particulière de la création, si différente de celle que connaît l'acteur.

***

Je n'ai jamais eu le temps d'entendre « c'est fantastique ce que vous avez fait », parce que, au moment où un projet se concrétise, je suis trop occupé. J'ai voulu attirer le spectateur pour partager avec lui l'essentiel du rêve et de la vraie dimension, celle de l'émotion et du cœur. Si les gens sont heureux, j'en suis heureux, mais je n'ai pas le temps de m'arrêter pour savourer mon bonheur. Il y a trop de choses à faire. Je suis dans un perpétuel état d'inquiétude qui fait que, même lorsque les choses sont sur rails, qu'elles roulent, je me préoccupe sans arrêt de savoir comment les gens reçoivent le spectacle, comment les acteurs le vivent, ce qui est perfectible. Je demande chaque jour, voire plusieurs fois par jour, la liste des réservations. Je veux savoir si les spectateurs sont toujours intéressés, s'il y a beaucoup de jeunes...

On me dit angoissé. Mais l'angoisse est partout dans ce métier ! À tous les échelons ! L'angoisse de l'acteur est réelle, mais elle est fluctuante. On dit volontiers : c'est le trac ! Sauf qu'on n'a pas le trac pendant les répétitions, ce n'est pas vrai. Au contraire, on est tout à fait passionné par le sujet, intéressé par ce que l'on fait, on est dans une phase de travail, au service du metteur en scène. On essaie de traduire aussi la pensée de l'auteur, avec fidélité, en apportant tout ce qu'on peut donner. Tant qu'on répète, on n'a pas le trac. Chez l'acteur, l'angoisse survient juste avant la première. Elle s'installe en tyran et ensuite, peu à peu, elle se calme. Alors on prend vraiment plaisir à jouer, l'angoisse se transforme en joie. On se laisse aller, sans trop prendre de recul. Si les acteurs se regardent jouer, c'est néfaste. J'aime beaucoup les acteurs d'instinct, spontanés, des natures comme Montgomery Clift. Il m'est plus proche que Brando, qui serait plutôt un cérébral.

Si l'acteur ne doit pas se poser de questions lorsque tout est en place, en revanche, c'est l'inverse pour le metteur en scène. Celui-ci doit réfléchir en permanence, donner un sens aux choses, nourrir la pensée de l'auteur et lui donner une dimension. Et tout le temps du spectacle, il doit demeurer d'une effarante lucidité.

Il m'arrive, comme dans *Huis clos,* de passer aisément d'un état à l'autre, selon que je suis acteur ou metteur en scène. À plusieurs reprises, en effet, j'ai joué le rôle de Garcin et mis en scène la pièce en même temps. Je sais donc par expérience que l'angoisse de l'acteur n'est absolument pas la même que celle du metteur en scène. Le metteur en scène s'est fixé un objectif, il a fait un choix par rapport au récit, à la manière dont il va non seulement le présenter, mais le faire revivre à travers les événements. Il y a dans sa démarche une part de création, d'imagination, d'invention. L'angoisse du créateur et celle de l'interprète ne sont pas de même nature. Mais enfin l'angoisse, c'est toujours l'angoisse, donc elles se rejoignent, au bout du compte... avec celle de l'auteur qui est encore différente !

***

Au moment d'une distribution d'acteurs ou d'actrices, on me présente des photos, et soudain, on me voit frémir, m'intéresser... Je pense à l'interprète et à toutes les joies qu'il ou elle pourra me procurer pendant le travail. Ensuite, je ne vois plus que le travail. Et là on me reproche de me montrer parfois inhumain. Je dis toujours aux femmes : « Allons, allons les gars, allons-y ! » Ça les terrifie ! Je veux simplement qu'elles s'oublient pour ne plus être que leur personnage, une femme certes, mais celle du rôle, et non plus la comédienne qui est venue au théâtre pour répéter cinq minutes plus tôt.

Et puis il y a l'atmosphère... Le plus subtil à évoquer. Quand j'ai monté *La Maison de Bernarda* avec Adjani, j'ai réussi à recréer un monde refermé dans l'ombre, avec au dehors le soleil éclatant. Dans ce huis clos de femmes, j'ai mis toutes les musiques d'Espagne, le chant des grillons, la nostalgie méditerranéenne. De la même manière j'ai travaillé l'atmosphère des *Bas-Fonds* de Gorki, celle de *Crime et châtiment* de Dostoïevski. Je n'ai eu aucun mal à recréer ces univers, même ceux que je n'ai pas connus. Mon imagination peut s'accrocher à des images d'Épinal : j'assume ! Je passe tout par un broyeur qui intervient comme un concept, un parti pris spécifique à l'œuvre telle que je la ressens au fond de moi. Et tout à coup, la mise en scène prend corps.

Lorsque j'ai fait *Les Misérables,* le film avec Lino, pendant le premier mois du tournage qui en a duré six, je préparais les plans, je m'inquiétais et puis après, je disais « caméra là, caméra là, caméra là » ; c'était comme si un voile se déchirait, tout m'apparaissait. C'était très simple, très clair.

Il y a une grande part d'inspiration chez moi, je ne sais pas d'où elle vient. De mes parents ? Mystère ! J'évoque une chose, aussitôt je la vois ! Par exemple, pour *Coupable ou non coupable,* j'ai tout de suite vu la place de chaque acteur, le déroulement même du procès et la manière dont les spectateurs allaient réagir. C'est absolument extraordinaire !

Dans *Huis clos,* c'était plus difficile, parce qu'avec trois divans et trois personnages, les possibilités de déplacement et de réactions ne sont pas infinies. Et puis je ne sais jamais comment les spectateurs vont recevoir cette pièce intimiste. Tout dépend de l'époque, de la préoccupation, de la culture. A contrario, des spectacles comme ceux que j'ai montés au Palais des Sports ou au Palais des Congrès — comme *Celui qui a dit non* — ne me posent aucun problème. Ils en ont posé à tous ceux qui m'ont envoyé promener. Il faut dire que mes interlocuteurs s'affolaient parce qu'ils ne se référaient qu'aux dimensions extérieures du projet et au nombre de paramètres nécessaires à sa gestion, tout cela se traduisant évidemment par des montants et des délais. Ils étaient incapables de faire preuve d'imagination. Moi, par contre, j'arrivais à anticiper. Aussi je ne pouvais que nier les difficultés dont on me parlait, ce qui ne facilitait pas le dialogue.

Est-ce à dire que quand le spectacle commence, je suis sûr qu'il est bon ? Pas toujours. En général ce que je livre est proche de ce que j'avais dans la tête, mais pas à cent pour cent. Chaque fois, je m'acharne à atteindre une certaine perfection... Mais ce que je fais est parfois trop poli pour être honnête. Il arrive que tout soit trop précis, trop méticuleux. Parce que je suis obligé de calculer les risques. Le choix de départ est spontané, sauvage, brut de fonderie, téméraire. Quand je passe à la réalisation, je m'impose des garde-fous. Sans eux, je pourrais m'engloutir dans des égarements dangereux pour une minute de génie, peut-être... mais à quel prix ! Alors contre ma nature même, j'essaie de respecter une certaine mesure...

Et pourtant ! J'attends toujours le sujet qui me permettrait la pire folie, les pires délires. *Gengis Khan*, par exemple, tel que je le vois, pourrait se révéler délirant. Mais qui me donnera le temps et les moyens de mener un tel projet à terme ? Mon rêve, c'est d'avoir les moyens de réaliser mes rêves, non par une espèce de boulimie personnelle et égocentrique, mais pour concrétiser ce que je vois, afin de tout remettre entre les mains du public et des autres réalisateurs, une fois la brèche ouverte.

Si j'avais ces moyens, du point de vue de la création, de l'inspiration et de la technologie, je serais déjà à des centaines de kilomètres ! Je ferais des tentatives insensées. Je bondirais pour attraper l'impossible, je jouerais encore plus avec l'interactif et j'irais jusqu'au bout de l'image.

⁂

Au sortir de Reims, tous ces rêves fous de technologie mise au service du plan vibratoire de la salle, ce désir frénétique de faire participer le public au spectacle, ne serait-ce que sur ce plan vibratoire, justement, continuaient de me hanter. Et pour que l'osmose soit plus complète, je cherchais des thèmes. Ce n'est pas l'histoire que je voulais raconter, mais ce qu'il y avait à l'intérieur de l'histoire. Je voulais entraîner les spectateurs dans une autre dimension. Avoir matière à les troubler, à réveiller les consciences.

Pour une première, quand la foule des invités de marque se presse, j'ai presque toujours envie de prendre une bouteille de champagne et de la casser comme on le fait pour le lancement d'un navire. Alfred Jarry, qui ne reculait jamais devant une excentricité, arrivait à La Source, et lorsqu'il y voyait une jolie femme, il cassait avec sa canne le miroir derrière elle, et déclarait :

— La glace est brisée, maintenant, madame. Causons !

Il suffit parfois de créer la surprise pour accéder au cœur des spectateurs.

XIV

LES GRANDS MOYENS

Depuis toujours j'ai mené une vie parallèle qui est pour moi la vraie vie, et qui n'a rien à voir avec mon quotidien. À toutes les occasions, même encore aujourd'hui à plus de soixante-dix ans, dès que je peux le faire, je prends le large à une vitesse supersonique... Le fait d'être metteur en scène ou de monter des spectacles me permet de m'évader. Je me suis toujours débrouillé pour m'évader. Avec *Notre-Dame de Paris,* avec *Jésus,* avec *De Gaulle...* Je vais encore me faire la belle avec le procès de *Coupable ou non coupable* puis avec *Othello,* tous deux à Marigny. Je suis un récidiviste impénitent, je passe ma vie à préparer mes évasions !

Si j'ai développé l'interactivité dans mes spectacles, c'est bien entendu parce que cela répond à l'une de mes préoccupations premières quant à la relation de l'œuvre avec les spectateurs, mais aussi et surtout parce que je veux essayer de ramener ces spectateurs à mon univers. J'aimerais les faire citoyens de mon monde, parce que sur ma planète les gens sont généreux, ils sont bons, ils sont heureux, ils ont le sens du partage. Ils possèdent une espèce de dignité. Ils reconnaissent du talent aux autres. Ils sont inspirés...

Peu à peu, dans mes rêves, je me suis bâti un modèle de société composé d'hommes et de femmes qui ne seraient ni des stars, ni des chômeurs, qui vivraient dignement le métier qu'ils auraient choisi, grâce à l'accès naturel à la connaissance. Dans la réalité actuelle, tout est floué depuis le départ. On confond connaissance et savoir, on se barde de diplômes qui ferment l'horizon. Sur terre aujourd'hui, on « gestionne », mais on ne visionne pas. Le monde occidental est peuplé de gestionnaires, or c'est de visionnaires dont nous avons besoin. Il y en a tout au plus deux ou trois par siècle, qu'on prend le plus souvent pour de doux dingues ou de dangereux illuminés — c'est selon — et que l'on neutralise avant de leur élever des monuments longtemps après leur mort...

À cause de mes divagations, sans doute, les intellos me trouvent suspect. Ils n'arrivent pas à me cerner. Ils me considèrent comme un électron libre incapable d'envisager la ligne droite comme le plus court chemin d'un point à un autre. Ils ont raison, parce que la ligne droite m'appauvrit ! C'est en musardant qu'on arrive à l'essentiel, enrichi de toutes ses observations, persuadé que la réalité apparente cache d'autres formes de vie.

J'ai dû m'égarer quelque part, dès ma naissance. Ce n'était pas la planète où j'aurais dû naître. Je l'ai tout de suite senti dans les humiliations, les tristesses, les vies difficiles que j'ai observées autour de moi. Ce décalage m'a constamment donné envie de chercher à transformer la société pour en arriver à « mon » univers. J'éprouve le besoin d'inviter les gens, au travers de mes spectacles, à pénétrer dans cette dimension de l'imaginaire qui figure peut-être la réalité idéale. Je vis ça comme un sacerdoce. J'ai l'impression d'avoir été missionné pour ramener les spectateurs au véritable sens de la vie. Ce n'est pas de la prétention. Il doit s'agir de réminiscences de mondes différents où nous sommes passés et dont il nous reste des bribes, comme le sentiment d'avoir vécu telle et telle chose dans tel et tel endroit, et la nostalge, pour nous, d'un monde meilleur.

Je n'ignore pas qu'avec de pareilles idées, je passe souvent pour un fou au pays de Descartes. Raison de plus pour persister ! Je voudrais convaincre les hommes de ne pas être cartésiens, parce que je pense qu'il n'y a aucun avenir ici-bas, si l'on continue sur cette trajectoire qui nous emprisonne la vie. Je pense que si nous persévérons dans cette voie, nous allons vers l'appauvrissement, la sécheresse et en fin de compte vers une grande catastrophe. Pour que l'humanité se ressaisisse il faut qu'elle accepte de renouer avec l'utopie, que pour ma part j'appelle espérance.

C'est tout ce qui est utopique, tout ce qui semble inutile, impossible, qui va nous sauver. L'utopie, contrairement à ce qu'on croit, s'appuie sur l'observation de ce qui nous entoure et des sentiments profonds qui nous animent. Comment peut-on s'habituer, à l'automne sur le chemin de l'école, à regarder sans les voir, et sans comprendre surtout, les marrons qui tombent avec un bruit sourd, les bogues qui éclatent, révélant la couleur vernissée des écorces vulnérables ? Nous sommes entourés de messages, de signaux qui nous parlent d'un mouvement perpétuel et cyclique, d'une spirale dynamique, et nous nous racornissons dans l'incrédulité, le ralentissement, la prudence. On n'ose pas. On n'y croit plus. Au lieu de chercher à s'unir, les hommes nourrissent des conflits permanents avec leurs semblables, sans se rendre compte que par là même, ils se détruisent.

Et pourtant, je ne les crois pas mauvais. Ils ne pleurent pas pour rien sur les malheurs d'Esméralda, ils ne reçoivent pas sans raison le message de Jésus, même s'ils n'y croient pas : ils retrouvent dans ces émotions leur véritable nature, leur besoin de fraternité, de justice et d'amour. Je ne monte pas de grands spectacles pour faire du tintamarre mais pour que résonne, en chacun de nous, la bonté perdue.

⁂

C'est dans cet esprit que j'ai voulu poursuivre mes desseins théâtraux, après que le Théâtre de Paris où j'avais œuvré pendant deux ans eut trouvé acquéreur. À nouveau je me retrouvais libre, tout en continuant à m'occuper de Reims sur les bases nouvellement redéfinies. Je désirais ardemment poursuivre dans la voie du théâtre populaire tel que je le concevais, c'est-à-dire monter de grands spectacles à partir de grands auteurs français ou étrangers, pour un prix de place le moins cher possible... Je ne prétends pas donner ici « la » définition du théâtre populaire : c'est seulement ma conception personnelle. Autant d'hommes, autant de conceptions, toutes aussi valables les unes que les autres. Vilar a eu la sienne, et Planchon, Maréchal, Bourseiller, Vitez, Brooks, Lavelli, Arias, Strehler, Chéreau, Mesguich, Huster ou Weber.

Pour ma part, j'estime qu'une des meilleures façons d'avoir beaucoup de spectateurs, c'est d'abord de les rassembler dans une grande salle. Cela me paraît logique, et en termes de gestion beaucoup plus rentable. À Reims où je jouais chaque jour à guichets fermés, il fallait quatre représentations pour toucher 4 000 spectateurs. Au Palais des Sports où j'allais bientôt pouvoir travailler, la salle étant quatre fois plus grande, en quatre représentations, 16 000 personnes assistaient au spectacle. Quant à *Un homme nommé Jésus,* qui figure au Guinness Book des records avec 700 000 spectateurs, il aurait fallu pour en arriver là dans une salle ordinaire plus de sept cents représentations. Il y en a eu cent quatre-vingt-onze au Palais des Sports.

Il n'empêche qu'avant de drainer les foules, il faut trouver les subsides nécessaires pour mener à bien le projet...

⁂

Je crois avoir passé une bonne moitié de ma vie à chercher de l'argent, d'abord pour subsister dans les circonstances que j'ai narrées, puis pour monter mes spectacles du Palais des Sports ou du Palais des Congrès, dont les budgets étaient extrêmement lourds, plus près des coûts des productions cinématographiques que de ceux des pièces de boulevard, ce qui condamne à la réussite. L'argent m'aide à concrétiser mes rêves...

J'ai très tôt pris l'habitude, au lieu de le taire, de déclarer urbi et orbi que je devais de l'argent, jusqu'au moment où ceux à qui je le devais me suppliaient d'arrêter, parce que ça donnait à d'autres l'envie de les taper à leur tour! Mais je pense qu'en la matière il faut s'expliquer, être clair, ne pas prendre ses interlocuteurs pour des imbéciles. Les investisseurs ne sont pas dupes des tenants et aboutissants d'opérations qui se chiffrent en millions de francs. J'ai dit un jour à François Pinault, mon boss actuel : « Je suis le Chat Botté. Je passe partout pour vous. » Quand on me demande, à propos de Marigny : « Ça, c'est à qui ? », je réponds : « Au marquis de Carabas. Je lui fais le terrain sans arrêt ! »

Je rends grâce et je remercie tous les gens qui m'ont aidé, et tous ceux qui m'aident, parce qu'ils n'étaient et ne sont absolument pas obligés de le faire et méritent bien cette reconnaissance. Comme je suis un rien provocateur, j'adore leur dire : « Vous pouvez tout me confier, vous ne retrouverez rien ! » Mais en fait j'ai un vilain défaut : je paye mes dettes. C'est pour cela que je n'ai jamais d'argent. Mais c'est aussi pour cette raison, sans doute, qu'on me fait toujours crédit. Enfin, presque toujours...

Cela dit, pour mes spectacles, il a fallu trouver non pas simplement de l'argent, mais des commanditaires car le processus habituel de financement des banques est totalement inadapté à mes besoins, à la fois à cause des sommes demandées et à cause des délais de remboursement. Les banques exigent un tour de table des partenaires intéressés, des garanties et une étude de marché afin d'examiner la « faisabilité » du projet. Tout cela est très lent, et d'ailleurs si mes partenaires se portent garants au cours du fameux tour de table, je ne vois pas en quoi je peux avoir besoin d'un banquier.

Aujourd'hui, trouver des commanditaires se révèle plus simple parce qu'il y a vingt-cinq ans que la machine tourne et que, sur quatorze grands spectacles, douze ont été bénéficiaires et certains largement. Mais pour le premier, *Potemkine,* j'ai eu du mal. Il m'a fallu convaincre d'abord Robert Thominet, le directeur du Palais des Sports, et ensuite les spectacles Lambroso de participer au financement aux côtés d'Europe 1 qui avait plongé en premier. En effet, mes amis Sylvain Floirat et Jean Serge se sont tout de suite enthousiasmés. Ils ont été les premiers à croire au succès de l'entreprise. Je n'ai eu qu'à leur expliquer le concept. Ils y ont adhéré et m'ont fait confiance, comme l'ont fait à leur tour Jean-Luc Lagardère et la douce Betty, à qui je serai toujours reconnaissant d'avoir amicalement et financièrement co-produit nombre de mes spectacles, ainsi que M. Botson, trop tôt disparu, à qui je dois les moyens de la création de *Danton et Robespierre* au Palais des Congrès.

Après le triomphe de *Potemkine,* l'ASPDS, la société de M. Thominet, est devenue co-productrice des autres spectacles avec L'ALAP — les spectacles Lambroso, spécialistes des relations avec les artistes des pays de l'Est (les Chœurs de l'armée Rouge, le Cirque de Moscou, les ballets du Kirov) — et Europe 1. Il n'empêche qu'à chaque fois, il m'a fallu convaincre. Je rencontrais d'abord mes co-producteurs individuellement, puis je les réunissais dans le bureau de Robert Thominet au Palais des Sports. Là, je racontais la pièce, presque comme autrefois au pensionnat pour mes compagnons d'infortune : les bruits, la fureur des éléments, tous les personnages et la mise en scène y passaient, jusqu'à ce qu'ils

« voient » ce que je voyais. Ce n'était pas toujours facile mais je l'emportais à la conviction. Dieu m'est témoin que, dans l'ensemble, mes commanditaires n'ont pas eu à le regretter. S'il en était allé différemment, ils n'auraient pas continué à me suivre depuis maintenant un quart de siècle.

Sans les producteurs privés, je n'aurais jamais pu réussir. Ils ont mis des moyens énormes à ma disposition, et ils ont surtout accepté ma programmation, ce qui m'a permis de préserver un certain idéal auquel j'étais attaché : traiter les thèmes sociaux qui me tenaient à cœur comme la misère, les droits de l'Homme ou le pouvoir, illustrés par *Les Misérables, Danton et Robespierre,* puis *Jules César.* Je remercie tout particulièrement M. Thominet, qui a su me faire confiance et continue de le faire, et pour lequel j'éprouve une amitié sincère.

Chaque projet a été pratiquement décidé en une seule réunion. Je me consacrais ensuite entièrement à mon travail de metteur en scène pendant les deux mois de répétitions menées à un rythme intensif, et bientôt le spectacle suivant trottait dans ma tête.

J'ai toujours maintenu — et je l'ai prouvé — qu'on pouvait intéresser le public populaire à des œuvres de qualité, indépendamment de tout effet de mode, à condition de s'adresser aux collectivités par le biais des comités d'entreprise, et aux associations ou établissements scolaires par le biais de la presse écrite, de la radio et de la télévision, mais aussi par les contacts directs.

Si je n'avais pas disposé de la salle du Palais des Sports, je ne sais pas si j'aurais été en mesure de poursuivre cette démarche, car le fait de devoir changer de salle interdit le suivi d'une politique culturelle, puisqu'on ne peut pas programmer les spectacles. J'ai aussi eu la chance de pouvoir m'appuyer à trois reprises sur la salle du Palais des Congrès de la Porte

Maillot pour *Danton et Robespierre, La Liberté ou la mort* et *De Gaulle, celui qui a dit non.* Cette très belle salle nécessite pourtant des efforts financiers supplémentaires : elle n'appartient pas aux sociétés co-organisatrices de mes spectacles, il faut donc en acquitter la location.

Indirectement, les grandes salles m'ont aussi amené à concrétiser le souhait que j'avais depuis longtemps de faire participer le public en l'impliquant dans le déroulement de l'action et en lui proposant des variantes qui tiendraient compte de ses choix. Il est évident qu'il n'était pas envisageable de faire quelque chose en ce sens avec les pièces du répertoire. Ce n'était possible qu'avec des sujets et des thèmes historiques ayant suscité en leur temps des débats ou des jugements susceptibles d'être appréciés différemment de nos jours.

Les ordinateurs et l'électronique donnent désormais au spectateur la possibilité de voter ou de donner son opinion à tout moment au cours du spectacle, nous pouvons ainsi tenir compte de ses choix pour la fin de la pièce. J'ai commencé le jour où j'ai eu l'audace de monter *L'Affaire du courrier de Lyon.* J'ai décidé qu'on choisirait parmi le public une centaine de personnes qui se mettraient autour de la piste, jeunes, vieux, hommes et femmes, et qu'ils voteraient pour ou contre la peine de mort, la fin de la pièce comportant deux versions selon ces deux possibilités. Dès la première représentation, tout le monde voulait être juré ! On voyait s'inscrire les résultats sur un grand tableau tout au long du spectacle.

J'ai repris le procédé avec *Marie-Antoinette,* et même dans *Les Brumes de Manchester* en 1986 au théâtre Marigny, où l'on décernait un diplôme de Sherlock Holmes aux spectateurs. Je récidive avec *Coupable ou non coupable* où, cette fois-ci, toute la salle est prise comme jury et vote dans des isoloirs à l'entracte, une fois les plaidoiries terminées.

Je conçois que l'on ne soit pas attiré par cette forme de théâtre, d'autant que les grandes salles posent des problèmes techniques qui n'existent pas ailleurs, comme celui de la sonorisation. Il est en effet impossible que la voix d'un comédien porte jusqu'au dernier rang compte tenu des dimensions et de l'acoustique de la salle. Il faut donc avoir recours à des micros. Et ce qui peut paraître naturel pour une comédie musicale comme *Les Misérables* l'est peut-être moins pour le *Jules César* de Shakespeare. Mais quand il y a plus de cent comédiens sur scène, il est important que l'on sache qui parle et que l'on puisse suivre les déplacements de chacun sans risque d'erreur. De toute manière, je n'ai de ma vie jamais monté un spectacle pour faire plaisir à la critique. Je n'ai pas monté non plus de spectacle pour y jouer la vedette ; d'ailleurs je n'ai jamais joué moi-même ni au Palais des Sports, ni au Palais des Congrès, me contentant le cas échéant du rôle de l'animateur. J'ai toujours suivi mes désirs profonds, parce que chaque spectacle possède un sens propre et entre en résonance avec les préoccupations du public, vient souligner une actualité sociale, ou un problème de société, comme la peine de mort aujourd'hui. Ce qui m'intéresse dans ces entreprises, c'est l'âme des choses, et l'écho reproduit des réactions humaines.

*
**

Le premier de ces défis fut *Potemkine*. J'avais vu le film d'Eisenstein [1] dans ma jeunesse, il m'avait ébloui. Je m'étais dit qu'un jour il faudrait que j'en fasse une transposition pour le théâtre. On m'avait assuré que j'étais fou, j'avais répondu « oui, sans doute ». Mais lorsque Georges Soria, l'un des directeurs de l'ALAP, Europe 1 et Robert Thominet au Palais des Sports,

1. *Le Cuirassé Potemkine,* 1925, chef-d'œuvre du cinéaste soviétique Serge Mikhaïlovitch Eisenstein (1898-1948).

ont accepté de produire *Potemkine* en décembre 1975, je n'ai pas hésité une seconde. Alain Decaux et Soria lui-même ont fait l'adaptation et les dialogues du *Cuirassé.* Je me suis précipité, fou de joie et d'angoisse, à l'intérieur de ce superbe bateau de guerre chargé d'histoire et, avec une extraordinaire équipe de techniciens et de jeunes comédiens, nous avons pris la mer.

J'avais décidé d'en faire une création à part entière, tout en rendant hommage à Eisenstein dont le film avait été désigné à Bruxelles en 1958 comme « le meilleur film de tous les temps ». Il avait obtenu 100 voix sur les 117 votants d'un jury composé d'historiens du cinéma représentant vingt-six nations. Eisenstein avait tourné son film sur commande, en 1925, pour illustrer la révolution russe. Il était alors âgé de vingt-sept ans et il s'était attaché à reconstituer les événements réels dans un film descriptif où ces événements suscitaient l'émotion, à l'opposé du cinéma américain où ce sont les personnages, les vedettes qui véhiculent l'émotionnel. Le film avait été tourné à Odessa en quelques semaines. Eisenstein s'était inspiré des croquis d'un artiste français ayant assisté aux événements pour réaliser ses plans et il avait introduit pour la première fois dans un film un élément social déterminant. Une véritable provocation ! *Le Cuirassé Potemkine* a été présenté au Bolchoï de Moscou fin décembre 1925 et à Paris un an plus tard, à l'Artistic, rue de Douai, à l'initiative du Ciné-club de France, avant d'être interdit dans le monde entier en raison de son contenu révolutionnaire. En France, la censure pesa vingt-sept ans sur cette œuvre, dont la représentation ne devint légale qu'en mars 1953, dans une nouvelle version.

Si j'ai voulu rendre hommage au film d'Eisenstein, c'est que j'ai abordé le sujet dans une optique identique à la sienne. Les quatorze spectacles que j'allais monter en vingt-cinq ans ont d'ailleurs été réalisés dans cet esprit : je tiens essentiellement à ce que ce soient les événements eux-mêmes qui suscitent l'émotion. Je ne fais pas de pièces à thèse. Les faits parlent d'eux-mêmes. Encore une fois, c'est l'émotion qui doit générer la réflexion.

En fait, « mon » *Potemkine* profita d'une première expérience édifiante. Au printemps 1973, Robert Thominet avait cherché pour la rentrée d'octobre une idée nouvelle et originale pour renouveler le genre des spectacles du Palais des Sports. Maurice Siégel, directeur d'Europe 1, qu'il avait consulté amicalement, lui avait parlé d'une œuvre musicale intitulée *La Révolution française,* due à de jeunes compositeurs et paroliers, Claude-Michel Schönberg et Alain Boublil, dont plusieurs airs caracolaient en tête du hit-parade. Europe 1 et la société du Palais des Sports s'associèrent donc pour produire ce spectacle. Tout fut monté un peu légèrement, mais le spectacle remporta un vif succès qui alerta les producteurs. Une voie nouvelle venait de s'ouvrir, on allait l'emprunter, en essayant de tirer les leçons des erreurs du premier spectacle.

Pourquoi Georges Soria a-t-il eu le désir de monter *Potemkine* auquel je rêvais moi-même depuis des années ? Comment fit-il pour faire accepter cette pièce si éloignée de notre propre culture à Robert Thominet avant de venir me trouver pour me demander d'en assurer la mise en scène ? Mystère... J'ai toujours pensé que le point de départ de tous les grands spectacles devait être l'Histoire, aussi je croyais dur comme fer à ce sujet qui de surcroît me touchait personnellement en raison de mes origines. Il n'empêche que lorsque je me suis retrouvé devant les producteurs en disant « je vais reprendre l'histoire de *Potemkine* et il y aura des bateaux sur la scène », j'ai bien vu leurs regards... Certains pensaient « il est fou ! », d'autres « quel orgueil ! » Pourtant tout mon projet était déjà construit.

— Mais comment ferez-vous pour faire entrer deux

cuirassés sur la scène du Palais des Sports ? Et le grand escalier d'Odessa, où le mettrez-vous ?

— J'ai un décorateur de génie, Jean Mandaroux. C'est possible. Ça se fera !

Dans le bureau, le silence était à couper au couteau. J'avais mis néanmoins une telle force dans la description de ma vision que Robert Thominet et les autres producteurs présents me donnèrent leur accord le jour même. Le spectacle fut programmé du 18 septembre au 23 novembre 1975.

J'expédiai aussitôt Mandaroux au travail. Je lui expliquai ce que je voulais et il revint quelques semaines plus tard avec un projet d'une exceptionnelle intelligence. Le décor de fond permettait d'avoir la perspective du grand escalier d'Odessa. Sur le côté, l'avant du cuirassé *Potemkine* et celui d'un second cuirassé, le *Georges le Victorieux,* sortaient de la scène et donnaient l'impression d'avancer dans la salle. C'était extraordinaire d'ingéniosité.

Georges Soria et Alain Decaux se mirent à l'adaptation avec Stellio Lorenzi. Les répétitions commencèrent à l'été avec un grand nombre des élèves que j'avais pu former dans l'école de Reims. Il n'y avait cette fois pas de problème de casting : la vedette, c'était le *Potemkine...* Je travaillai les jeux de lumière et la mise en place des comédiens afin de composer une succession de tableaux vivants, tous plus frappants les uns que les autres. Sylvie Poulet, ma costumière, avait fait des miracles. Les uniformes qu'elle avait réalisés semblaient provenir en droite ligne des ateliers du fourrier de la marine impériale. Maxime Le Forestier avait écrit les chansons et Jean Ferrat en avait fait une, magnifique, qu'il interprétait lui-même. Nous avons œuvré dans un climat exceptionnel, fait de tension et de passion. Nous fûmes prêts en temps et en heure et ce fut un triomphe. Plus de 250 000 spectateurs se pressèrent pour voir le spectacle. *Potemkine* resta à l'affiche soixante-sept jours. Il aurait pu tenir le double sans peine, mais on ne pouvait pas poursuivre, la salle n'étant plus disponible.

Ce premier succès allait ouvrir la porte à toute une série, avec des producteurs rendus plus confiants par l'engouement populaire. Ils devenaient mes partenaires [1]. Restait à établir une programmation. Il fallait compter une longue période pour le montage des décors, le réglage des jeux de lumière et les répétitions très minutieuses en raison des mises en place réglées au centimètre près pour la composition des tableaux vivants. Quant au spectacle lui-même, il fallait le prévoir sur trois mois, pour cent vingt ou cent trente représentations, afin d'amortir le coût très élevé des investissements.

Comme le Palais des Sports tournait à plein régime à longueur d'année avec *Holiday on ice*, les ballets issus des différents pays, le cirque de Moscou, les concerts et les soirées de boxe, il fut décidé de programmer un de mes spectacles tous les deux ans, de la mi-septembre jusqu'à janvier ou février. C'est ainsi que *Notre-Dame de Paris* prit place dans le calendrier du 20 septembre 1978 au 7 janvier 1979, pour cent trente et une représentations.

***

Notre-Dame de Paris : le début d'une autre aventure ! J'avais pu imposer mon sujet avec l'appui de Georges Soria et d'Alain Decaux. Robert Thominet me posa la même question que pour *Potemkine* et je lui fis la même réponse.

— Comment allez-vous faire rentrer Notre-Dame de Paris sous la coupole du Palais des Sports ?

— Jean Mandaroux va s'en charger.

Et c'est ce que ce magicien réussit de manière extraordinaire. Il lui fallut plusieurs mois d'études pour proposer une parfaite reconstitution de la cathédrale, à l'échelle un tiers, sur un plateau tournant de 220 m². Cette fois, le pari était d'autant plus intéres-

1. L'ASPDS, l'ALAP, les spectacles Lambroso et Europe 1.

sant que l'action se déroulait tantôt sur le parvis et tantôt dans le haut des tours, ce qui impliquait de concevoir le décor de telle sorte qu'il montre, selon les cas, le bas ou la partie haute du monument, comme l'exigeait le récit.

Tandis que je travaillais à l'adaptation avec Soria et Decaux, les sculpteurs se mirent à l'œuvre. Il leur fallut six mois pour venir à bout de la tâche. Chaque détail était conforme à l'original. Sylvie Poulet, pendant ce temps, confectionnait trois cents costumes pour les cent comédiens et techniciens qui allaient être présents sur le plateau, tandis que les éclairagistes mettaient au point les six cents effets de lumière dont j'avais besoin. Hommage, au passage, à Christian Bréan.

Le spectacle se construisait dans une sorte de fureur créatrice avec beaucoup de coups de gueule de ma part, non pas dirigés contre untel ou untel, mais en général, pour bousculer les choses, tenir le planning et faire coïncider avec ma vision ce qui se passait sur le plateau. Je travaillais sur ce grand espace sans notes ni schémas préalables. J'avais tout en tête depuis le commencement. De même j'exige toujours des acteurs qu'ils sachent leur texte quand on répète. Avec moi, personne n'a jamais répété le manuscrit à la main. Est-ce qu'on répète le texte en main quand on tourne pour le cinéma ? Peut-on peaufiner son personnage, suivre les suggestions du metteur en scène, discuter au besoin sur telle ou telle interprétation si l'on n'a pas déjà en soi les mots que l'on doit dire, donc les sentiments qu'on doit exprimer ?

La préparation dura six mois. Je faisais marquer au sol l'emplacement de chaque comédien par un repère en plastique de couleur différente selon les scènes. Je veillais à la position des bras et des jambes, aux plis des vêtements et à la manière dont la lumière jouait sur le moindre détail afin de faire de chaque scène un véritable tableau.

Il me faut rendre un hommage particulier aux comédiens et aux techniciens qui ont participé à cette aventure et à toutes celles qui ont suivi. J'ai eu la chance, à compter de ce moment-là, de disposer de collaborateurs exceptionnels. Depuis *Potemkine,* Janine Ringuet, la directrice de production de l'ALAP (l'organisatrice des tournées des pays de l'Est qui amena Noureev à Paris et qui parle russe comme moi), m'a beaucoup aidé et soutenu. Avec *Notre-Dame,* je découvris François Chouquet, le fils du directeur de France Inter. Il est venu chez moi à dix-huit ans faire ses classes. Il a débuté comme acteur et comme stagiaire à la production au côté de mon assistant, Maurice Attias, qui avait ouvert la voie. Peu à peu il est devenu un assistant modèle, quelqu'un de rare. Et aujourd'hui Chouquet est un régisseur général prodigieux sur lequel on peut se reposer pour le bon déroulement d'un spectacle, aussi complexe soit-il.

La particularité du Palais des Sports tient à ce que l'on peut moduler la salle et la scène en fonction des besoins. Dans *Notre-Dame de Paris,* la cathédrale était plantée au milieu du plateau avec une grande avant-scène en terre sur laquelle se développaient les actions. Il a fallu onze camions de trente tonnes pour apporter tous les éléments du décor ! Une face représentait la partie basse, et l'autre face — en tournette — les tours de Notre-Dame sur lesquelles Quasimodo, le comédien Gérard Boucaron, se pendait à une énorme cloche pour se balancer, illustrant la métaphore de Victor Hugo sur son personnage : « La laideur à cheval sur le bruit. » Boucaron fut sans doute le plus extraordinaire Quasimodo que le théâtre et le cinéma aient jamais vu.

Philippe Ventadour, le régisseur chargé de la synchronisation, était perché avec son électronique sur une passerelle surplombant la scène. De là, il commandait la mise en place des éléments de décors et la rotation de la cathédrale, ce qui représentait vingt-cinq manipulations par séance. Un jour, Notre-Dame n'a pas tourné, sans que l'on comprenne pourquoi. Il a fallu se mettre à quatre-vingts, dans les coulisses, pour la faire démarrer à la main. On s'en est très bien sortis, mais j'ai cru devenir fou. Techniquement, on n'est jamais à l'abri des surprises.

La très belle Anne Fontaine, qui campait magnifiquement Esméralda, m'obligea à faire une entorse bien involontaire au roman. Si curieux que cela puisse paraître, on n'arrivait pas à la pendre convenablement au gibet qui descendait des cintres et elle souffrait comme une damnée à chaque essai. De guerre lasse, j'ai décidé d'abandonner et de la faire passer de vie à trépas d'une autre manière.

— Ça suffit ! Laissez tomber. Fichez-lui un coup de lame !

C'est ainsi qu'Esméralda finit non en se balançant au bout d'une corde, mais clouée au pilori par le poignard d'un soldat du roi.

En guise d'apothéose, j'ai voulu, à ma manière, rendre un hommage solennel à l'auteur. À chaque fin de spectacle, une des portes du parvis de la cathédrale s'ouvrait, laissant s'avancer une ombre en contre-jour dans un faisceau vert bleuté. Victor Hugo entrait sur scène, accueilli par tous les personnages de son roman. Tous les morts du parvis se relevaient et tendaient les bras vers lui. Les spectateurs restaient muets de saisissement. Marcel Reuzé, un vieux comédien, passait ses journées à se grimer dans sa loge pour ressembler le plus parfaitement possible à son illustre modèle quelques minutes par jour.

477 620 spectateurs assistèrent aux représentations.

⁂

J'ai choisi de créer *Danton et Robespierre* au Palais des Congrès en 1979, entre deux programmations du Palais des Sports, parce que cette salle que j'aime particulièrement convenait le mieux à ce que je voulais faire. Il existe toujours une adéquation entre une salle et un sujet. On ne monte pas n'importe quoi n'importe où. Je l'avais vérifié avec l'échec de ma pièce sur le maccarthysme à Mogador, quelques années plus tôt.

Pour la première entrée de l'Assemblée au Palais des Congrès, toutes les portes s'ouvraient d'un coup afin de laisser le passage aux quatre-vingts députés qui traversaient la salle pour gagner la scène. Les spectateurs furent d'abord médusés, ensuite ce fut l'ovation, dans un climat tout de suite très chaud. Car les députés étaient groupés par blocs politiques et, bien sûr, entre ceux de Danton et ceux de Robespierre, les opinions se révélaient très tranchées. Or ce qui était drôle, c'est qu'on retrouvait un peu les mêmes antagonismes dans la salle. Il faut dire qu'en 1979, la politique était différente de ce qu'elle est aujourd'hui. Les gens étaient moins blasés et les clivages plus marqués entre les différents partis. Les spectateurs réagissaient au spectacle en fonction de leurs propres opinions. Et aussi, il faut le dire, en fonction du talent et de la présence des comédiens ! Des acteurs comme Bernard Fresson, Jean Negroni, Daniel Mesguich ou François Mestre, sans oublier Hugues Quester, ont des dons d'orateur, ils exercent une emprise. En tout cas, au fil des débats, les gens s'investissaient de plus en plus et bientôt ils ne savaient plus s'ils se situaient comme individus ou en tant que spectateurs... C'était assez troublant et cette implication faisait une grande partie de l'intérêt du spectacle. Il est arrivé que certains entament de véritables discussions politiques et s'affrontent sur le thème de la Révolution, au cours même de la représentation.

Un jour, nous nous sommes rendu compte que tout le haut de la salle avait été réservé par les Jeunesses communistes. Ce soir-là, pendant le discours de Robespierre, on s'est retrouvés avec tout le monde debout, là-haut, en train de chanter *L'Internationale.*

On en est restés stupéfaits. Le spectacle s'est arrêté quelques minutes, puis il a repris avec une rigueur parfaite. La part d'improvisation demeurait très mince. Ensuite, c'était au talent des comédiens d'opérer. Mais avec ceux que j'avais choisis, ça fonctionnait toujours.

445 152 spectateurs ont assisté aux 136 représentations de la première version. J'ai monté une version légèrement différente en 1989, avec un tableau supplémentaire, pour la célébration du bicentenaire de la Révolution française...

⁂

Notre-Dame de Paris avait rencontré un tel succès que la direction du Palais des Sports décida de monter *Les Misérables* — qui reste une des œuvres les plus lues dans le monde entier — en comédie musicale. J'ai commencé par refuser en disant « je ne donne pas dans ce genre, et puis de toute façon, il faut d'abord l'écrire ». J'ai souvent dit « non », comme ça, à beaucoup de choses au départ. Après...

Il faut dire que la situation qui avait conduit à monter *La Révolution française* se reproduisait. Claude-Michel Schönberg et Alain Boublil avaient récidivé avec une œuvre musicale bien conçue, *Les Misérables,* qui figurait dans les toutes premières places du hit-parade sur Europe 1.

Lorsque la décision fut prise, Boublil et Natel se sont attaqués aux textes. La dimension sociale de l'œuvre ne me laissait pas indifférent, j'ai finalement accepté de monter le spectacle. C'était d'autant plus intéressant que venait d'apparaître un élément technique déterminant : les premiers micros HF, c'est-à-dire sans fil, que l'on pouvait dissimuler dans les cheveux des comédiens-chanteurs. Nous étions pour la première fois libérés de ces satanés fils qui, dans une comédie musicale, finissent toujours par s'emmêler, formant de véritables écheveaux qu'il faut démêler en coulisse, entre deux chansons.

Jean Mandaroux a conçu un décor simple et dépouillé, un décor de misère avec des jeux de volumes, des perspectives, des escaliers coulissants, une grille, une barricade, un fauteuil où Jean Valjean se laissait mourir, réhabilité, dans les bras de Cosette et de Marius. Cela permettait de moduler complètement, de tableau en tableau, l'architecture du lieu. Il fallut vingt mois de travail dans tous les domaines dont deux mois de répétitions, pour parvenir au but que je m'étais fixé dans le respect de l'esprit de l'œuvre.

Le soir de la première, il se produisit un phénomène étrange et nous avons frôlé la catastrophe. Tout était pourtant au point, que ce soient les éclairages, extrêmement complexes, ou la sonorisation. L'ingénieur du son d'Europe 1 maîtrisait parfaitement le système HF de sonorisation des chanteurs et des comédiens. Certes, ces premières miniaturisations qui nous venaient d'Angleterre et coûtaient une fortune n'avaient pas la fiabilité qu'on leur connaît aujourd'hui, mais tout avait été vu et revu : où qu'on se trouve dans la salle, le son était excellent.

Or ce soir-là, une demi-heure avant le début du spectacle, alors que les premiers spectateurs commençaient à s'installer, les ingénieurs du son viennent nous voir, affolés.

— On a un problème énorme ! Un certain nombre de fréquences, presque la moitié des douze dont nous disposons, sont inutilisables. Totalement brouillées ! On n'arrive pas à savoir pourquoi et les micros sifflent...

Incompréhensible ! Nous avions quand même répété pendant un mois et demi sans jamais rencontrer ce problème ! Il y avait bien eu des pannes de micro, mais pas de cette ampleur. Et les fréquences de secours ne pouvaient pas compenser six fréquences déficientes !

On appela la préfecture, les taxis, la police, enfin tous les utilisateurs référencés du son HF, pour savoir s'ils avaient déjà été confrontés à semblable situation : non ! À l'heure du spectacle, on n'avait toujours pas trouvé la solution. 8 h 30, 8 h 45, toujours rien. Neuf heures ! Tout le monde cherchait le miracle dans tous les azimuts, on débranchait les réfrigérateurs pour voir si ça ne venait pas de là, les radiateurs de projecteurs, rien n'y faisait.

Dans la salle, les spectateurs commençaient à s'impatienter et à manifester. J'ai dû intervenir. Il y avait quatre mille personnes et pas une place vide. Il fallait faire attention à ce que ça ne dégénère pas. Je leur ai expliqué en détail ce qui se passait, les efforts que nous avions déployés pour eux, pour que ce spectacle soit le plus beau, le plus extraordinaire qu'ils aient jamais vu et je leur ai demandé d'être encore un peu patients. Ils ont applaudi.

Un quart d'heure plus tard, toujours rien. Là, les gens se sont énervés, demandant à être remboursés. Certains prenaient carrément le chemin de la sortie. J'ai dû à nouveau m'adresser à eux.

— Je vous en prie, sortez un petit peu si vous voulez, mais ne vous éloignez pas trop, on est toujours dessus, on pense à vous, on vous aime...

C'est encore passé. Finalement, nous sommes arrivés comme ça à quarante-cinq minutes de retard. Et puis tout à coup, ça a remarché. On n'a jamais compris pourquoi, mais ça a remarché. On l'a annoncé aux spectateurs. Ils ont regagné leur place, tout le monde est revenu.

Et comme dans ces moments de tension-là naissent souvent les événements les plus forts, il y a eu une sorte de consensus, de fusion, dans la troupe, évidemment, mais dans la salle aussi. Ç'a été une première absolument délirante, comme si le public était partie prenante du spectacle, plus interactif que jamais.

Quelques jours plus tard, au cours d'une séance de débriefing, nous avons appelé les ingénieurs anglais pour tenter de comprendre ce qui s'était passé avec ces fichus micros le 17 septembre 1980, entre

20 heures et 21 h 15. Notre question les a beaucoup troublés. En effet, ce soir-là, exactement à la même heure, ils avaient rencontré le même problème lors de la représentation de la comédie musicale *Evita,* sans pouvoir trouver la moindre explication, ni la parade au phénomène... qui ne s'est jamais reproduit !

Les Misérables, eux, ont connu un destin digne de leur auteur, je parle bien sûr du père Hugo : 410 960 spectateurs au Palais des Sports et, au-delà de nos frontières, un succès mondial retentissant.

⁂

Je continuai donc à chercher des thèmes et de l'argent, tout à mon besoin de public populaire. Candice, mon ange gardien, veillait sur moi. La cinquantaine ne me privait guère de succès féminins mais sait-on jamais à quoi on les doit ? Lorsque j'étais acteur, je me demandais déjà si c'était vraiment moi que les filles désiraient ou les personnages que j'avais représentés, Joffrey de Peyrac en tête. Maintenant que j'étais metteur en scène, je pensais qu'elles recherchaient sans doute une forme de notoriété, de pouvoir et surtout, pour les comédiennes, un rôle à la clé de l'aventure. Dans ce dernier cas, je les prévenais.

— Très bien, mademoiselle. Alors je vous avertis tout de suite : ou on baise, ou on répète. Je suis incapable de faire les deux avec la même personne en même temps. Que préférez-vous ?

Après un silence confus, elles répondaient généralement :

— Répéter...

XV

JÉSUS ÉTAIT SON NOM

J'ai toujours été obsédé par l'histoire du Christ et par son message. Ce n'est pas une question de foi. Oui, je crois, mais cela n'engage que moi. Ma volonté obstinée de traiter le sujet n'a jamais rien eu à voir avec un quelconque désir de prosélytisme. J'étais simplement fasciné par cet homme. L'idée de représenter sa vie m'habitait depuis des années. J'éprouvais le besoin viscéral de monter un spectacle pour parler de ce Dieu de miséricorde venu délivrer un message d'amour à l'humanité.

J'avais voulu le porter à la scène bien avant *Les Misérables,* mais les producteurs n'y croyaient pas, ne s'y intéressaient pas et me regardaient comme un illuminé. Il est vrai que je devais leur paraître étrange car je me sentais « missionné » — le mot n'est pas trop fort — et j'avais même, par moments, la sensation d'avoir les stigmates ! Le symbole de la croix s'imposait à moi sans cesse, jusque dans les reflets du soleil sur les parois du hall des expositions que nous apercevions par l'immense baie vitrée du bureau de Robert Thominet. Les barres verticales et horizontales de la façade se mariaient pour former des croix à l'infini... J'y voyais un appel et, bien entendu, tout le monde en riait. Mais cela n'enlevait rien à ma vision ni à la nécessité de la traduire.

Tandis que je leur parlais de Jésus, les producteurs

me suggéraient avec ménagement Bonaparte, sujet moins scabreux et plus facile à conduire, à croire qu'ils redoutaient de voir le Palais des Sports se transformer en église. Ils mirent même André Castelot à l'ouvrage sur le Premier Consul pour me convaincre. Tandis que Castelot alignait les tableaux des victoires du petit caporal, je parlais de la guérison des lépreux, de la multiplication des pains, du lac de Tibériade, du mont des Oliviers, du Golgotha... Ce dialogue de sourds virait presque à l'affrontement. Je réussis néanmoins à faire admettre l'importance contemporaine de ce message d'amour christique. Ma conception du spectacle finit par emporter l'adhésion des producteurs. Hachette Première, en la personne de Jean-Luc Lagardère, et l'UGC (l'Union générale cinématographique) sont venus les rejoindre pour l'occasion. *Un homme nommé Jésus* fut définitivement programmé du 20 septembre 1983 au 18 février 1984, soit pour un nombre record de cent quatre-vingt-douze représentations.

Je n'avais pas besoin de scénario, j'avais les Évangiles. Avec Alain Decaux, je choisis les scènes essentielles de la vie du Christ et nous nous mîmes au travail. Je suis allé puiser mes sources à La Procure, la grande librairie spécialisée à deux pas de Saint-Sulpice. Alain Decaux, comme d'habitude, a mis son talent au service du spectacle. Cet homme-là n'est pas qu'un complice et ami : c'est la plume de ma vie, et mon garde-fou historique !

Pour le reste, tout allait s'ordonner avec une facilité déconcertante. Les répétitions se déroulèrent dans un calme et une atmosphère de recueillement monastiques. Les techniciens eux-mêmes déambulaient avec précaution, et en silence, comme pour ne pas troubler cette étrange vibration qui courait sur la scène et jusque dans la salle vide.

Je subis bien évidemment un certain nombre

d'attaques, les plus hargneuses provenant de quelques journaux à vocation catholique, quand ils apprirent la programmation de ce projet. Faire de l'argent avec Jésus, n'était-ce pas renouveler la scène des marchands du Temple ? Je ne voulais pourtant que faire réfléchir au plus beau message des temps modernes. Certains le savaient et, derrière Monseigneur Lustiger et Monseigneur Di Falco, me soutenaient fidèlement.

D'autres craignaient qu'en ces temps de prudent agnostisme, le spectacle ne suscite plus de rires que de recueillement. Ils avaient tort. Les spectateurs, croyants ou non, vinrent voir *Un homme nommé Jésus* comme on se rend à la messe. Aucun d'entre eux n'a quitté la salle, j'en suis sûr, sans méditer profondément sur ce qui venait de se passer.

Cette fois, les décors n'étaient pas de Jean Mandaroux. La maladie qui devait l'emporter avant la première du spectacle l'avait tenu à l'écart. Ce fut pour moi une immense tristesse. François Comtet et Francis Robin réalisèrent néanmoins ce que j'attendais, une suite de roches et de falaises percées de grottes. Trente-cinq semi-remorques acheminèrent les éléments de ce décor en dix jours et il fallut dix-huit compagnons, travaillant en deux équipes, de six heures à minuit, pour le mettre en place. Pendant ce temps, je faisais passer l'audition à plus de cent comédiens, cherchant parmi eux les deux hommes qui allaient incarner Jésus en alternance.

En cinquante jours de répétitions intensives, je réalisai trente-trois tableaux. Les deux Christs — Jean-Claude Broche et Philippe Caroit — et les douze apôtres étaient en tenue biblique, tous les autres personnages portaient des habits qui traversaient l'Histoire, comme pour pérenniser cette récurrente aventure. À partir de l'adaptation que nous avions faite au départ avec Alain Decaux, j'ai complètement réinventé le spectacle, développé l'action au fil de mes visions successives.

Je voulais également faire participer le public. Un pari insensé ! Nous ne pouvions déjà pas savoir quelles seraient ses réactions par rapport au sujet, alors, y ajouter le côté interactif à peine entrevu à l'époque, c'était d'une témérité inouïe ! Et pourtant... la scène de la multiplication des pains dans la salle reste le souvenir d'une véritable épopée pour tous ceux qui l'ont vécue.

Le soir de la première nous étions tous là, derrière les rangées de fauteuils, en attendant de voir comment les spectateurs allaient prendre notre initiative. Robert Thominet était blanc comme un linge, tout le monde tremblait en se demandant comment les quatre-vingt-cinq comédiens allaient distribuer en deux minutes trois mille six cents pains aux trois mille six cents personnes présentes dans la salle... On savait que techniquement c'était possible, puisqu'on avait soigneusement répété, mais tout dépendait de l'accueil que le public allait réserver à cette démarche. Or depuis le début du spectacle, ce public n'avait pas réagi. On savait bien que cela ne voulait pas dire grand-chose. Il y a des publics qui ne réagissent pas au début et qui à la fin explosent et d'autres qui ne réagissent jamais, soit parce qu'ils sont mécontents, soit parce qu'ils n'ont pas adhéré. Il n'empêche que nous avons vécu quarante minutes d'angoisse. Nous nous demandions ce que les gens comprenaient à cette mise en scène. C'était une formule particulière. Il y avait la voix de Jésus, et puis la mienne, celle de l'évangéliste. Les tableaux se succédaient mais rien ne se passait. Juste une présence, des scènes vivantes, et un narrateur. Est-ce que la salle allait marcher ?

Pour la multiplication des pains, le principe était de couper ces pains, de donner le premier morceau au premier de chaque rang et d'inviter tous les suivants à partager les autres.

Lors des répétitions, la distribution s'était faite

sans problème. Nous connaissions le nombre de rangs, le nombre de personnes par rang et nous avions chronométré le temps nécessaire à la distribution. Nous maîtrisions tout, mais pour les spectateurs c'était un acte inattendu, il y aurait peut-être des hésitations, des refus, et la clé de voûte du spectacle risquait alors de s'écrouler.

Or non seulement ça a fonctionné, mais à un moment donné il s'est produit une espèce d'envolée incroyable. Tous les spectateurs se sont mis à applaudir. Une ovation extraordinaire ! Un moment vraiment très fort ! Nous avons alors compris que non seulement le spectacle fonctionnait totalement, mais que le message passait.

Pendant les représentations — hormis le soir de la première — la salle vibra d'emblée avec les comédiens. À l'entracte, Jésus, entouré de ses apôtres, restait en prière sur l'avant-scène. Et là, c'était absolument incroyable. Des gens s'approchaient en silence, d'autres venaient se mettre à genoux avec eux et prier. On ne s'était pas attendu à ça au départ. Il y eut quelquefois des excès, bien sûr, des gens qui ne gardaient plus la distance. Des femmes, des hommes et des enfants apportaient à manger à Jésus, d'autres venaient lui raconter leurs malheurs, c'était à la fois émouvant et tragique. Le mercredi après-midi, on a vu des classes bien ordonnées, une bonne sœur en tête, traverser la salle en prière, puis regagner leur place. On a surtout vu des milliers de personnes bouleversées.

C'est à l'occasion de ce premier spectacle sur Jésus que j'ai rencontré le pape avec « mes » apôtres, en 1983. J'ai conversé un moment avec lui en russe. C'est pour moi un souvenir très chaleureux. Nous avons bien sympathisé. J'allais le revoir à Paris à l'été 1998, à l'occasion du grand rassemblement des jeunes, lorsque j'ai lu l'épître à cinq mètres de lui à

Longchamp. Entre-temps j'avais monté un deuxième *Jésus* et j'en préparais un troisième.

Le deuxième spectacle, en 1991, s'appelait *Jésus était son nom.* Sœur Emmanuelle est venue y assister. Je la vois encore s'avancer dans la salle pour nous rejoindre sur scène... L'abbé Pierre nous a également fait la joie de sa présence. Il allait revenir me voir, en 1992, au théâtre Mogador, lors de la reprise du spectacle que j'avais créé à Reims, *Les Bas-Fonds.* Il a salué la troupe avec quelques mots chaleureux. Et nous étions tous touchés par la dimension de compassion qui émanait de sa personne.

Au printemps 2000, j'allais récidiver avec *Jésus, la Résurrection.* Quand ce sujet vous tient, il ne vous lâche plus !

⁂

Lorsque le lendemain de la dernière représentation de *Un homme nommé Jésus,* j'ai fait part aux producteurs de mon intention de monter *Jules César,* la plupart d'entre eux exprimèrent la crainte que l'œuvre de Shakespeare soit trop difficile pour un public populaire non averti.

— Vous vous trompez ! Avec la salle que nous avons, les orateurs s'adresseront aux spectateurs comme autrefois à la foule, pour expliquer ce qui est en cause. C'est un message dur et violent, un cri d'alarme que les gens entendront et comprendront !

Les succès précédents eurent le mérite d'écourter les débats. On me fit confiance une fois de plus et je me mis aussitôt au travail. J'avais choisi l'adaptation de Maurice Clavel. Toute mon équipe était là, à la lumière, au son et aux costumes. Il ne me restait plus qu'à choisir les comédiens, parmi des gens de grande expérience cette fois-ci, car on n'aborde pas Shakespeare comme ça. Je réussis à convaincre Robert Party de jouer César ; François Marthouret, Brutus ;

Jean-Claude Jay, Cassius; Jean-Pierre Sentier, Marc Antoine... Il me fallut ensuite sélectionner la centaine de figurants dont j'avais besoin autour des rôles principaux.

J'avais une fois encore réussi à convaincre les producteurs de l'intérêt de ce spectacle et ils arrêtèrent la programmation du 18 septembre 1985 au 5 février 1986, soit cent cinquante-huit séances, quelque chose qui ne s'était jamais vu — même en Angleterre — dans une salle de quatre mille places. Aux dires de nos amis anglais qui sont pourtant très attachés à Shakespeare, pas un seul producteur n'aurait été prêt à prendre un tel risque de l'autre côté de la Manche. C'était plutôt flatteur pour nos couleurs !

Pour le décor, j'avais dû m'écarter de la vérité historique en représentant un forum romain en ruines, avec une énorme mosaïque sur l'avant-scène. Je ne pouvais suivre César dans toutes ses pérégrinations. Un seul immense décor, donc, avec une succession d'escaliers et de colonnes tronquées. Aucun élément de décoration superflu, juste la statue de César sur son socle. C'était comme si on avait mis au jour une partie du forum d'une cité engloutie : gigantesque et très impressionnant. Je réussis à mettre cent quinze personnes en scène, dont la plupart incarnaient des légionnaires romains.

Au cours de la première répétition, je vois arriver mes comédiens, tous solides et connaissant bien leur texte, mais habitués à travailler avec des metteurs en scène plus « classiques » que moi, dirons-nous, et surtout avec une approche beaucoup plus intellectuelle des choses. J'étais planté au beau milieu de la scène et leur ai crié :

— Allez les gars, venez. Je vous attends. On y va !

François Marthouret s'étonna :

— Mais comment, il n'y a pas de table, ici ?

Dans le travail « intellectuel », on s'assoit ainsi autour d'une table pour lire le texte, répéter de la sorte pendant quinze jours ou trois semaines.

— La table ? On en a des tas, si tu veux, mais ce n'est pas ce qui m'intéresse. Allez ! Au charbon, tout de suite ! Première scène...

Ils étaient un peu surpris, mais ça a très bien marché. Je les ai laissés commencer à leur manière et, peu à peu, je les ai conduits à modifier leur jeu en fonction du résultat que je désirais obtenir. Je travaillais bien entendu la mise en place, mais surtout la direction d'acteurs.

Les répétitions se passèrent de manière très professionnelle, avec des interprètes de grande qualité. Je me souviens pourtant d'un jour où je piquai une colère mémorable. Dans l'enchaînement, je devais voir s'avancer deux files d'une vingtaine de légionnaires chacune qui allaient se rejoindre et prendre rang en éventail au pied des colonnes sous un jeu d'éclairage particulier que je tenais à vérifier. Or je vois apparaître à l'appel six légionnaires en tout et pour tout ! La voûte a résonné de mes imprécations. J'ai d'ailleurs menacé de tout laisser tomber et je suis parti faire un tour dans la salle pour me calmer.

Je n'ai su que bien plus tard la cause de cette désertion : un match de football de Coupe d'Europe, que mes légionnaires avaient eu envie de regarder... Si je l'avais su plus tôt, je crois que j'aurais fait un malheur. François Chouquet a été bien inspiré de ne pas m'avoir dit la vérité sur le moment...

Jules César attira 484 135 spectateurs auxquels il rendit Shakespeare accessible, du moins je le crois.

*
**

L'Affaire du courrier de Lyon me tenait à cœur, non seulement parce qu'elle me permettait d'aborder le thème de la justice, c'est-à-dire de l'injustice et de l'erreur judiciaire, mais encore parce que, pour la première fois, j'allais pouvoir faire intervenir le public dans l'action. J'allais le faire voter ! Et il pourrait se voir proposer une fin conforme à son verdict.

J'allais prendre quatre-vingts volontaires dans la salle pour les placer autour du plateau sur des sièges équipés d'un boîtier électronique leur permettant de voter selon trois possibilités.

Le décor était simple d'apparence, mais sophistiqué dans sa conception. Il représentait une salle de tribunal stylisée, montée sur un plateau tournant de quatorze mètres de diamètre et placée sous des éclairages très travaillés, au rôle très important. J'avais voulu cette plaque tournante pour que tous les spectateurs puissent voir les choses sous le même angle et sous le même éclairage, ce qui me paraissait essentiel en matière de justice.

Le plateau était ceinturé par une piste en terre de quatre mètres de large et de quarante-quatre mètres de développement, sur laquelle j'avais décidé de faire évoluer, au début du récit, une reproduction fidèle de la malle-poste, tirée par trois chevaux qui effectueraient trois tours de piste. Les chevaux choisis pour ce travail particulier furent confiés à Mario Luraschi, un spécialiste du dressage et des cascades équestres. Il commença son entraînement afin que les chevaux effectuent parfaitement leurs trois tours sur cette piste étroite.

Lorsqu'il me présente ce travail, parfaitement au point, il m'apparaît que trois tours, c'est trop long et que deux suffisent. Je lui demande donc de ne faire que deux tours.

— Vous savez, les chevaux ont beau être intelligents, ils ont du mal à changer leurs habitudes une fois qu'elles sont acquises, me répond-il. Il faudrait de longues semaines pour revenir à ce que vous désirez. Je crois qu'il est préférable de s'en tenir aux trois tours initialement demandés.

— Ça m'est égal. Je n'ai pas le temps ! Deux tours, c'est tout. Débrouillez-vous !

Le lendemain, je demande un essai sur deux tours pour juger du minutage et de l'enchaînement. Premier tour impeccable, mais à la fin du deuxième, seul le cheval placé à l'extérieur obéit au postillon, les deux autres continuent sur leur lancée ! L'attelage sort de la piste et je vois avec effroi les chevaux, le postillon et la malle-poste basculer dans la fosse des jurés, heureusement vide. Par miracle il n'y a pas de blessés, ni homme, ni chevaux, et la malle-poste est indemne.

Je devrai pourtant renoncer à cet effet au bout de quelques représentations : les chevaux projetaient de la terre jusqu'au quatrième rang, ce qui n'était guère supportable pour les spectateurs... Tant d'efforts remis en cause pour un détail que nous n'avions pas détecté au moment des répétitions !

Le guillotine fut un autre de mes soucis. Comme on ne peut pas changer l'histoire et que Lesurques a été exécuté, quel que soit le verdict des jurés aujourd'hui, il doit monter à l'échafaud. On procède donc aux essais. La sinistre « veuve », copie conforme de la véritable, fait 4,50 m de haut. Le comédien s'allonge, une tête en plastique emplie d'un liquide rougeâtre est prête à être tranchée. Le couperet glisse dans un miaulement sinistre et la fausse tête bascule, coupée nette, en répandant un flot de sang artificiel. Le corps du comédien est parcouru d'un tressautement. C'est tellement saisissant que je renonce !

— Non, ce n'est pas possible de faire voir ça au public. On n'est pas au Grand Guignol !

Je décide donc que l'exécution se fera dans le noir et qu'on entendra seulement le couperet tomber dans son chuintement de mort. Un seul inconvénient : dans le noir, les comédiens ont du mal à retrouver leur place sur le plateau tournant lorsqu'ils doivent y revenir. Il faudra de minutieuses répétitions pour que tout se déroule sans accroc.

Les jurés s'acquitteront parfaitement de leur tâche, avec une sérénité et une conscience exemplaires. Je tenais mon grand sujet sur l'injustice !

Tout le monde m'avait dit que c'était trop long. Je ne le croyais pas et j'étais passé outre aux avis les plus alarmistes. Un jour, j'ai programmé une représentation où tous les jurés étaient des hommes de justice, des avocats, des magistrats. Ces gens-là ne venaient pas sur scène pour s'amuser ! Ils ont joué le jeu très sérieusement. Lesurques a été acquitté, bien sûr. C'était d'une évidence absolue.

Il y eut 623 096 spectateurs, tous prêts à dénoncer l'erreur judiciaire.

***

Neuf années après *Danton et Robespierre,* je suis retourné au Palais des Congrès pour monter un spectacle qui traitait, une fois encore, de la Révolution française : *La Liberté ou la mort.* Il rencontra un succès encore plus grand que le premier. Cent soixante-six représentations, plus trente séances supplémentaires : 562 987 spectateurs, soit 120 000 de plus que *Danton et Robespierre.* Un très grand succès !

Nous avons travaillé exactement de la même manière que lors de ma première mise en scène. Le comportement des spectateurs, en fonction des tendances politiques comme de l'influence des tribuns, se reproduisait presque fidèlement. Cela donna lieu, là encore, à quelques incidents. Pourtant une des anecdotes parmi les plus drôles ne vient pas du public, mais de mon cher ami Dalban.

Le Comité de salut public était sur scène tandis que le tribunal révolutionnaire siégeait dans la salle. Bob jouait Fouquier-Tinville, l'accusateur public. Nous étions entre copains, avec Arman, Mario David et un troisième larron. Bob, déjà assez âgé, somnolait de temps en temps sur son fauteuil pendant les débats du Comité de salut public. Soudain, une voix s'élève dans les rangs du Comité :

— Je demande au citoyen Fouquier-Tinville ce que l'on doit faire de ces gens-là ?

Un grand silence... Bob pique toujours du nez. Il n'a pas entendu. Mario David, l'homme du Comité de salut public, récidive d'une voix forte :

— Je vous le demande !

Cette fois, Dalban se réveille et, devant la salle comble, réplique sans hésitation :

— Le menu !

Tout le monde reste pétrifié. Sauf Mario David qui, nullement désemparé, réitère sa question sur un ton encore plus incisif.

— Nous redemandons au citoyen Fouquier-Tinville ce que nous devons faire de ces gens-là ?

— Alors, à la carte ! concède Dalban, magnanime.

Il fallut baisser le rideau. Juste avant d'entrer en scène, nous avions parlé de recettes de cuisine avec Bob, un gourmand impénitent... En coulisses, Mario David qui trouvait que son texte était plus court que celui de Fouquier lui déclara sans ménagement :

— Dorénavant, tu me refiles ton texte, comme ça tu pourras continuer à pioncer sans être dérangé !

⁂

Le succès de mes représentations m'avait permis de créer ma propre compagnie. Grâce à cela, je devenais le sixième producteur associé de mes propres spectacles.

Depuis plusieurs mois, déjà, Robert Thominet tentait de me convaincre de remonter à la scène la saga des *Angélique, marquise des Anges.* J'étais plus que réticent. Je ne sentais pas du tout cette affaire. Fort heureusement, Jean-Luc Lagardère vint à mon secours, en insistant sur l'intérêt qu'il y aurait à faire plutôt un drame sur la Résistance. Le choix se porta sur la pièce de Frédéric Dard, *Dans la nuit, la liberté,* une pièce très dure où les membres d'un important réseau de Résistance qui est sur le point d'être découvert acceptent de se sacrifier en servant d'appât, afin que leur chef, qui les dénonce à la gestapo, puisse sauver sa vie et continuer sa lutte clandestine.

Jacques d'Oviedo, le décorateur, dans la droite ligne de Jean Mandaroux, réalisa un décor complexe à trois niveaux, avec un plateau circulaire tournant de quatorze mètres de diamètre, ce qui permettait de changer complètement de décor à chaque demi-tour qui se faisait dans le noir. Il fallut régler minutieusement tous les détails car, avec ce décor tournant, si l'on cherchait à accélérer le mouvement, on courait le risque de voir le plateau se transformer en assiette au beurre, éjectant hommes et accessoires.

J'eus la chance de pouvoir faire jouer les acteurs de ma compagnie dans les principaux rôles, avec des gens solides comme Maurice Barrier, Jean-Pierre Bernard, Paul Le Person, Jean Negroni, Philippe Mareuil, Mario David, Régis Bouquet ou Pierre Hatet, et beaucoup d'autres comédiens de talent.

Le spectacle s'ouvrait sur une sorte de procès qui, au moyen de flash-back, nous ramenait à l'histoire elle-même. Le chant des partisans, les ordres gutturaux, les étendards à croix gammée, le portrait de Hitler, les uniformes vert-de-gris, le bruit des bottes troublaient puis bouleversaient le public qui se souvenait encore douloureusement de la guerre. Le sujet était-il trop pénible ? Le spectacle ne connut pas le succès escompté. Il n'y eut que 2 418 spectateurs en moyenne par séance, le chiffre le plus bas que nous ayons jamais connu dans cette salle de 4 000 places.

***

En 1993, je réussis à convaincre mes coproducteurs de l'intérêt qu'il pouvait y avoir à faire rejuger, en 1993, la reine de France, Marie-Antoinette, à condition de trouver un moyen de faire voter tous les spectateurs. Restait à trouver comment faire voter une salle entière sans risque d'erreurs et dans un délai convenable.

André Castelot et Alain Decaux ont serré au plus près la vérité historique et le déroulement même du procès. Le décor est sinistre à souhait. La reine de France se trouve face à ses juges qui devront choisir entre l'acquittement, l'exil, la prison ou la mort.

J'ai finalement résolu le problème du vote en faisant remettre aux spectateurs, à l'entrée, une petite plaquette en plastique de 20 grammes qui se scindait en deux morceaux de 10 grammes chacun. L'un servait en quelque sorte de talon-souvenir pour le spectateur qui votait en déposant les dix grammes restants dans l'un des paniers correspondant à son choix. Ensuite on plaçait les corbeilles sur des balances et elles donnaient, au poids, le résultat du vote. C'était simple et parfaitement efficace. Nous craignions néanmoins que les gens ne se bousculent, qu'ils ne sautent par-dessus les fauteuils. En fait, il n'y a jamais eu aucun problème.

En revanche, les réactions concernant la personne même de Marie-Antoinette se sont révélées beaucoup plus inattendues. Il y avait des gens qui l'insultaient, la traitaient de « putain, salope, ordure, Allemande ». Caroline Sihol, l'actrice, qui est d'une sensibilité extrême, avait travaillé son rôle avec une telle conviction qu'elle était devenue Marie-Antoinette. Elle supportait d'autant plus mal les insultes de la foule.

Le 16 octobre, deux siècles après l'exécution de la « veuve Capet », on a vu arriver des royalistes avec des banderoles... Les gens se sont battus dans la salle.

L'exploitation de la pièce a duré cinq mois et plus on avançait, plus Caroline Sihol était mise à l'épreuve. Il y avait des moments plus ou moins douloureux pour elle, comme ce long monologue sur son destin de mère, sur sa souffrance... Or les gens l'attaquaient là-dessus ! Et ça, elle le supportait difficilement. On la retrouvait en larmes dans sa loge. Un jour, elle refusa de venir saluer. Un autre soir, à

Noël, elle s'est écroulée sur scène. Les soldats qui étaient près d'elle l'ont aidée à rejoindre les coulisses. Nous n'avons pas arrêté le spectacle pour autant, mais il était pénible de voir à quel point le public se montrait agressif à l'égard du personnage.

Il est curieux d'observer que jamais Marie-Antoinette n'a été acquittée. Selon les jours, ils l'ont en majorité exilée, quelquefois mise en prison, ou, rarement, condamnée à mort... Mais acquittée, jamais !

Le soir de la première, elle fut condamnée à l'exil par 24,8 kg contre 1,4 kg pour la peine de mort. À chaque séance, le public a revécu ce procès avec la même intensité. 146 représentations amenèrent 367 047 spectateurs à voter en leur âme et conscience sur le sort de la reine de France et à reconsidérer les manuels d'Histoire. C'était très intéressant, mais très dur. Seule consolation, la peine de mort n'a jamais dépassé les 1,5 kg, contre les 20 kg habituels de l'exil. Deux siècles après la Révolution, Marie-Antoinette aurait eu la vie sauve.

Moi qui suis habité de regards que je croise, je me souviens qu'à la fin d'une représentation, une jeune fille est venue vers moi. Elle avait un visage que je n'oublierai jamais, lumineux, beau, fin, régulier, avec une expression qui ressemblait exactement à celle de la reine. Elle m'a embrassé et elle a serré ma main. J'aurais voulu la retenir ne serait-ce qu'un instant, lui demander n'importe quoi, parce qu'elle était comme une apparition, un être d'une autre planète, peut-être un ange. Je n'ai pas pu la retenir. Elle ne saura jamais combien elle m'a ému, attendri... C'était un peu comme sur la plage, ce jour où, avec Vadim, nous contemplions une jeune beauté sans rien faire d'autre que de nous emplir les yeux, et l'âme, d'une dimension intemporelle, presque divine...

Il y avait un charme autour de la reine de France. Je l'ai vu, je l'ai touché. Je ne l'ai pas oublié.

J'ai l'impression d'avoir vécu ainsi, tout au long de ma vie, avec des gens que je ne connaissais pas, que j'avais juste entr'aperçus et avec lesquels j'aurais bien fait un bout de chemin. Je n'ai pas fait un mètre. Ma vie et ma mémoire sont peuplées de ces apparitions fugitives. « J'ai vu quelquefois ce que d'autres ont cru voir », comme le dit si bien Rimbaud. Je m'imprègne de visages évanouis et, à partir de là, j'imagine des histoires fantastiques. En fait, je vis avec ceux que je connais, ceux que j'aime, et puis avec d'autres que j'aime aussi mais que je ne connais pas. Il n'y a pratiquement pas de différence. C'est très inquiétant ! D'autant qu'avec les gens que j'ai beaucoup chéris, je me suis toujours montré très maladroit. J'ai toujours donné l'impression que je ne les aimais pas, ou mal, par pudeur peut-être...

***

Angélique, marquise des Anges finit par me rattraper vingt ans après *Potemkine*. Je ne voulais pas de ce spectacle, j'ai cédé, ce fut une erreur. D'abord parce qu'on ne revient pas sur un scénario qui a fantastiquement marché au cinéma en le transposant au théâtre et puis, sans Michèle Mercier, le couple Angélique et Peyrac n'avait plus de sens, malgré le talent de Cécile Bois. Ensuite, le succès de mes spectacles reposait sur l'Histoire, alors qu'*Angélique* n'était qu'une histoire. Cela ne pouvait pas fonctionner.

Mes réticences ont sans doute joué dans l'affaire. Je me rends compte aujourd'hui que je ne suis pas monté sur scène avant la veille de la première, ce qui ne m'était encore jamais arrivé. Tout semblait montrer que le contexte avait changé. Pourtant le grand escalier qui allait porter les intrigues de la cour, les merveilleux costumes de Sylvie Poulet et Martine Mulotte, dignes du Roi-Soleil, étaient de purs chefs-d'œuvre. J'avais demandé à un très grand ensemblier, architecte et décorateur, de concevoir les décors. Il a fait un travail remarquable mais je ne m'y retrouvais plus. J'ai donc fait tout repeindre en noir. J'avais besoin de cette neutralité, de l'anonymat des lieux où l'on ne voit plus qu'une scène et les lumières de la scène. Au bout du compte, les répétitions me réjouirent.

Et puis le 25 juillet 1995, c'est le drame. Une bombe explose dans le RER à la station Saint-Michel, faisant sept morts et quatre-vingt-trois blessés. Le plan Vigipirate est mis en place. Plus personne, ou presque, n'ose se rendre dans les lieux publics. Les locations s'arrêtent.

Quelques semaines plus tard, néanmoins, la vie reprend. Le 28 septembre 1995, jour de la première, le spectacle est longuement applaudi, mais je sens dans le public comme une insatisfaction. En fait, les spectateurs ne retrouvent pas les images que, consciemment ou inconsciemment, ils sont venus chercher. Elles sont sur la pellicule et dans les grands espaces de mes aventures. Elles ne sont pas sur la scène du Palais des Sports.

Le 29 novembre, la grève totale des transports parisiens, qui va durer dix-sept jours, achève de porter un coup fatal à cette *Angélique* qui ne peut pas vivre sans spectateurs. Nous étions à moins de cinquante pour cent de la salle. Certains soirs, il y avait un tiers de salle. C'était terrible ! Il fallait une moyenne de 2 500 personnes par jour pour équilibrer, il y en a eu 1 694, ce qui reste un miracle compte tenu des circonstances. *Angélique* s'arrêta néanmoins le 4 février 1996, un mois avant la fin de sa programmation. Je décidai sans regret de ne plus jamais céder au chant des sirènes, et, pour l'heure, de revenir à l'Histoire.

***

Lorsque j'ai voulu monter *De Gaulle* pour l'inauguration du nouveau Palais des Congrès, j'ai fait tout Paris pour trouver le financement. En vain. Et puis j'ai eu la chance de rencontrer un homme remarquable, François Pinault, qui s'est conduit avec moi de manière prodigieuse. J'ai compté dans ma vie sur beaucoup de coproducteurs à qui je rends hommage, des hommes de théâtre, et d'autres personnes qui m'ont aidé mais comme le fit François Pinault, jamais.

J'étais donc allé frapper à toutes les portes pour *De Gaulle,* et je m'étais sévèrement endetté pour louer la salle du Palais des Congrès à la chambre de Commerce. Je m'étais engagé avec un de mes amis, Coullier, que je tiens en grande estime et que je remercie pour sa fidélité. Il s'occupe de Céline Dion et de beaucoup de chanteurs et il a monté de nombreux spectacles, seul ou avec des coproducteurs.

J'ai écrit une longue lettre à François Pinault, que je ne connaissais pas...

— Qu'est-ce que vous voulez faire ? me demanda-t-il d'emblée lors de notre première rencontre.

— De Gaulle.

— Hein ! De Gaulle ?

— De Gaulle pour parler d'autre chose que de De Gaulle, pour parler de Jean Moulin, pour parler des camps, de la Résistance, des socialistes, des communistes, des gaullistes, de la dernière guerre.

En général, les producteurs que j'avais rencontrés jusqu'ici tiquaient sur le sujet. De Gaulle-France libre, soit, mais, me disaient-ils, il y a la suite. De Gaulle, dans l'esprit des gens, c'est aussi la guerre d'Algérie, mai 68. « Vous ne craignez pas que tout ça soit trop lourd ? Et puis, même si l'on s'en tient à la guerre, vous allez raconter des histoires tristes, tous ceux qui ont laissé leur vie dans ce drame, les camps de concentration. Enfin de Gaulle, comme héros, ce n'est tout de même pas Gary Cooper ! »

— Vous croyez que les gens vont s'intéresser à ça ? me dit simplement Pinault.

— De la manière dont je veux le faire, j'en suis convaincu.

— Vous avez des partenaires ?

— Non, pas ce coup-là.

— Autrement dit, vous voulez que je vous donne tous les moyens de monter ce spectacle ? Bien. Je vais réfléchir.

Je me suis dit que c'était fichu.

Huit jours plus tard, Pinault me téléphone et m'annonce :

— J'ai réfléchi. C'est d'accord !

Je l'ai rappelé plusieurs fois dans la journée pour être sûr que j'avais bien entendu...

De Gaulle... Il y a tous ceux qui se sont présentés à lui, qui sont morts pour nous, pour que je puisse être libre aujourd'hui. C'était pour moi la moindre des choses de rendre hommage à cet homme et à la Résistance. La suite ne me regarde pas. Je ne suis pas un homme de parti. Si j'aimais passionnément de Gaulle, je n'aurais jamais monté ce spectacle et si je n'aimais pas du tout de Gaulle, je ne l'aurais jamais monté non plus. Je voulais juste exalter le souvenir de tous ceux, de toutes les obédiences, de tous les partis, de toutes les religions, de toutes les nationalités, qui ont donné leur vie pour nous.

Alain Decaux et Alain Peyrefitte se sont chargés de l'adaptation, d'après les *Mémoires* du Général. En souvenir du jeune frère de ma mère, fusillé en tant que résistant, j'ai écrit un poème...

La mise en scène technique était lourde, nous étions cent vingt personnes sur le plateau. Il y avait des scènes d'ensemble très difficiles à monter, plus des scènes de comédiens, des jeux d'acteurs et en prime le problème que posait la taille de la salle. Mais tout se passa très bien.

Il y eut 120 représentations, et 423 000 entrées.

⁂

Jésus n° 3, appelé *Jésus, la Résurrection,* a été décidé à la hâte, sur un coup de tête. J'estimais qu'il fallait faire quelque chose pour l'an 2000. Je pensais que tous les chrétiens de France et de Navarre allaient se précipiter...

Dès la fin du *De Gaulle,* on s'est mis à répéter. Évidemment, je connaissais l'affaire par cœur. Nous pûmes commencer le spectacle en février. Erreur ! Il y a de bonnes et de mauvaises dates de programmation. Ce n'est pas pour rien que la « saison théâtrale » démarre au retour des vacances. On a eu l'été pour les répétitions, les gens retrouvent la grisaille citadine, ils sont disposés à passer leurs soirées près des feux de la rampe. Nous, nous avons débuté en pleines vacances scolaires de février, ont suivi mars et avril, le printemps et ses escapades de fin de semaine, Pâques et ses migrations. Quant au mois de mai, il n'y a que des ponts ! *Jésus, la Résurrection,* s'est terminé le 25 juin au lieu du 8 juillet, comme cela avait été prévu. Il a quand même drainé un peu plus de 250 000 spectateurs.

Certains ont pensé que j'avais monté ce troisième *Jésus* uniquement pour me faire plaisir. Un critique de *La France catholique,* Gérard Leclerc, a plus justement écrit, me semble-t-il : « On ne sort pas indemne d'un tel spectacle qui touche au plus profond de la condition humaine. »

Mais ce ne fut pas la grand-messe du souvenir que j'avais espérée. L'an 2000 était pourtant, à mon sens, l'anniversaire symbolique de la naissance du Christ, quelles que soient les querelles concernant la date exacte de la venue au monde de Jésus. On a tout oublié au profit de trois zéros. Des festoiements hors de prix, des courses folles à travers les fuseaux horaires, une frénésie sans fondement qui n'eut jamais la chaleur fraternelle de la Coupe du monde. La tour Eiffel en lévitation dans sa robe scintillante de mariée du siècle sut quand même m'éblouir. Et, dans les gigantesques feux d'artifice de la planète enfolie, je vis pour ma part autant de supplications lancées vers un Dieu qui serait bien inspiré de venir nous sauver, à nouveau, au plus vite.

XVI

UN THÉÂTRE, UN MÉCÈNE

Ça doit faire une quarantaine d'années que Jean-Paul Belmondo essaie amicalement de me culpabiliser pour ne pas l'avoir pris dans mon deuxième film. *Pardonnez nos offenses,* tourné en 1956 et qu'on ne m'a pas pardonné tant il était mauvais. J'avais organisé des auditions aux studios de Billancourt. Depuis, c'est devenu une plaisanterie rituelle entre Belmondo et moi.

— Je n'oublierai jamais! Je suis venu, je faisais la queue pour avoir un petit rôle, et tu ne m'as pas pris!

— Remercie le ciel, c'est Dieu qui t'a protégé!

Je l'ai retrouvé pendant *Le Casse,* d'Henri Verneuil, au moment où j'ai pris la décision de tout plaquer pour me tourner vers le théâtre et où Jean-Paul a mis en doute ma subite démarche. Dix ans plus tard, je jouais avec lui dans un film de Georges Lautner, *Le Professionnel.* Jean-Paul est un acteur remarquable, un homme modeste qui sait écouter et un ami merveilleux. Le théâtre nous a toujours unis. Nous avons le même amour, le même respect, la même admiration pour quelques comédiens des années trente, quarante. Nous avons eu plusieurs projets, au fil du temps, qui n'ont pas abouti. Pourtant, mon obsession, c'était de le faire revenir au théâtre.

Sur une scène, Jean-Paul est extraordinaire, aussi je l'ai tanné jusqu'à ce qu'il accepte d'y remonter. Je suis parvenu à mes fins en 1987 avec *Kean*, d'Alexandre Dumas, dans une adaptation de Jean-Paul Sartre, au théâtre Marigny, où il s'est montré génial. Il y avait trente-huit ans qu'il n'était pas remonté sur les planches et s'il n'avait pas accepté ce coup-là, je sais qu'il n'aurait plus jamais joué devant un public et que c'eût été une perte irrémédiable. Naturellement, ce fut un triomphe. J'eus donc beaucoup moins de mal à l'inciter à récidiver trois ans plus tard, en 1990, pour le fabuleux *Cyrano de Bergerac* d'Edmond Rostand, toujours au théâtre Marigny. Ceux qui l'ont vu s'en souviennent encore...

Le théâtre Marigny doit être inscrit quelque part dans ma destinée, car il n'a cessé d'être sur mon chemin jusqu'à ce qu'aujourd'hui, par la grâce de François Pinault, il soit devenu le théâtre Marigny-Robert Hossein, la tête de mon loup fétiche bien posée au fronton, comme pour veiller sur nos destinées communes.

C'est un lieu que je connais depuis de longues années et où j'ai mes habitudes. J'y ai mis en scène *Le Cauchemar de Bella Manningham,* de Frédéric Dard, d'après Hamilton, en 1978. Puis j'ai joué *Lorna et Ted,* mis en scène par Michel Fagadeau, avec ma femme Candice Patou, en 1985 dans la petite salle. J'ai mis en scène *Les Brumes de Manchester* de Frédéric Dard en 1986, juste avant *Kean* et *Cyrano de Bergerac.* Tout dernièrement, en 1998, j'ai présenté et mis en scène un spectacle interactif, *Surtout ne coupez pas,* de Lucille Fletcher, qui a fait l'objet d'une tournée en France, Belgique, Suisse, Monaco et Luxembourg. Et c'est aussi à Marigny, je l'ai raconté, que j'ai rencontré Candice la première fois, lui refusant au départ le rôle de Dounia dans *Crime et châtiment,* en 1971. Quoi qu'elle dise, elle a dû m'en vouloir. La preuve : quand, dans ce même théâtre Marigny, quelques années plus tard, je lui ai demandé de m'épouser, elle a accepté, ce qui montre bien qu'elle envisageait de se venger longuement... D'ailleurs le jour de notre mariage, elle n'a pas dit vraiment « oui », c'est louche. Je suis arrivé à la mairie en courant, j'étais en retard, et j'ai atterri devant l'officier d'état civil après une longue glissade sur le parquet. « Voulez-vous prendre pour épouse... » « Oui ! » « Voulez-vous prendre pour époux... »

Elle n'a pas dit oui, elle a dit « Ouf ! »

Elle était enceinte de huit mois...

***

François Pinault est intervenu dans mon destin à un moment capital. Sans lui je serais redevenu un metteur en scène « free-lance », sans attaches autres que celles de mes rendez-vous du Palais des Sports, tous les deux ans, pour ces grands spectacles où le public redécouvre l'Histoire, celle de ses origines et de la dignité humaine.

Je ne dis pas qu'avant Marigny j'étais marginal, mais j'étais néanmoins toujours dans la marge. Ce n'est pas l'idée d'être un jour en difficulté matérielle qui m'obsédait. Cela ne m'a jamais beaucoup préoccupé, ni gêné Candice d'ailleurs. J'ai une femme étonnante à ce sujet. Elle est d'une philosophie ! Dans les moments difficiles, elle me dit :

— On n'a plus rien ? Alors on n'a plus rien !

— Tu sais, on va se retrouver dans une chambre de bonne...

— Oui, mais pourquoi pas ? Ça nous est déjà arrivé.

C'est vrai, ça nous est déjà arrivé. Mon père avait raison, il me disait toujours : « C'est la première cinquantaine la plus dure. Après, ça va mieux. Pourquoi ? Parce qu'ensuite, on s'habitue. Aussi on se prépare. Considère toujours le pire comme un état chronique. À partir de là, par instinct et par réflexe, tu interviens au moment le plus délicat et tu fais une pirouette. Tu joues avec le feu, tu risques tout, tu es toujours sur une corde raide, et quand tu as un sursis, alors tu replonges dans tes conneries. Et ainsi de suite... »

De toute façon, même quand j'ai eu de l'argent, il fondait comme neige au soleil. Je n'ai donc pas eu le temps de m'habituer à la richesse. Quant à la réussite, ou au moins à une certaine forme de reconnaissance, aujourd'hui je la dois à François Pinault. J'ai lu dans un magazine, sous une photo qui nous réunissait : « Hossein ne choisit pas n'importe quel type... Deux pointures vont de nouveau faire la paire. À ce moment-là, tout sera complet. » Puissent les augures de ce genre voir juste et Dieu m'aider à faire en sorte que par le choix de mes spectacles, la qualité des interprètes et les prix pratiqués, les deux salles du Marigny affichent effectivement complet durant les années de ma direction artistique ! C'est le seul vœu que je formule désormais, afin de me montrer fidèle à mes engagements jusqu'au bout.

Comment décrire un homme comme François Pinault ? C'est pour moi difficile. On ne peut pas se montrer objectif avec quelqu'un à qui l'on doit tant. Mais je ne saurais pour autant flagorner en guise de gratitude. Ce n'est pas dans mon tempérament. Je m'en tiendrai donc aux faits et à mes simples observations.

Je garde déjà un souvenir fracassant de notre première rencontre, quand je suis venu lui demander carrément de commanditer *De Gaulle,* après lui avoir fait parvenir une longue lettre par l'intermédiaire de mon amie Line Renaud. Il a pris connaissance du budget, du synopsis et, huit jours plus tard, il m'a répondu qu'il était d'accord. Pourtant il a dit à ses collaborateurs, à l'époque : « On va perdre, mais tant pis. Il faut y aller. »

Et on a gagné ! Mais là n'est pas l'important. Ce qui me fascine, c'est qu'un homme accepte de perdre parce qu'un projet lui semble incontournable. Il « fallait » faire *De Gaulle,* il l'a fait.

Quand François Pinault m'a reçu chez lui, sur la Côte d'Azur, il m'a prié de lui parler en détail de mon expérience rémoise et de ma conception du théâtre populaire. Et soudain, il m'a demandé à quoi je rêvais. Je lui ai répondu que je rêvais de l'Odéon de mon enfance, d'un théâtre, du traîneau de *Citizen Kane*, de « Rosebud »... Il m'a dit qu'il existait une opportunité avec le théâtre Marigny, propriété de la ville, le plus récent des théâtres parisiens.

Et le plus simplement du monde, il l'a repris en mars 2000 et il me l'a offert.

— C'est désormais le théâtre Robert Hossein, m'a-t-il déclaré.

J'en fus profondément reconnaissant, infiniment touché, avant même d'avoir réfléchi à quoi je m'engageais en prenant la responsabilité de la programmation des deux salles, et celle d'ouvrir une école, tout en voulant faire, à Marigny, une politique de théâtre subventionné sans subventions.

Dieu sait si je suis familiarisé avec le spectacle et le théâtre, mais à Marigny, c'est différent. À Reims, je mettais en scène, je jouais, j'enseignais, j'accueillais, je choisissais mes spectacles. J'avais moins de scrupules car j'étais subventionné. À Marigny, je joue avec de l'argent privé. L'expérience de Reims n'est pas transposable : on ne peut comparer que ce qui est comparable. Dans le régime subventionné qui défie toute concurrence, la grande part de réussite est due au prix modique des places. Et le théâtre populaire doit rester à un prix raisonnable. Si je veux m'adresser à un public populaire à Marigny, il faut que je monte des choses importantes tout en restant à l'intérieur d'un budget, avec des prix de place abordables. Cela tient de la quadrature du cercle. Pour moi, Marigny est un sacerdoce absolu mis au service du théâtre comme à celui de l'enseignement. C'est un engagement sans concession. À moi de savoir si j'ai l'aspiration (pas l'inspiration) à y répondre dans la matérialité d'une responsabilité bien concrète. Il y a quelques années, j'aurais envisagé ce pari avec beaucoup plus de légèreté. Aujourd'hui, comme je suis d'un naturel sceptique qui me permet de rester humble, je suis obligé de ne pas me prendre trop au sérieux et de faire en même temps les choses sérieusement. Je suis à l'orée d'une grande aventure, la dernière sans doute, je me demande seulement si j'aurai la force et le courage de l'assumer. Le théâtre populaire à Marigny, c'est un pari fou. Si j'arrive à le gagner, ce sera grâce à François Pinault qui m'en aura donné les moyens parce qu'il aime les arts, les artistes et les projets insensés.

Ce qui naguère paraissait simple à tenter, comme un coup de poker ou un défi sportif, est devenu beaucoup plus difficile ces dernières années. On assiste à une évolution extraordinaire dans les métiers de la production, de la distribution et de l'exploitation, pour le cinéma comme pour le théâtre. Un film n'est plus qu'un produit proposé à des financiers qui ont les moyens de le faire réaliser et qui, ensuite, auront besoin de gens qui le distribueront, et d'exploitants qui donneront leurs salles. Le film, dès sa conception, dès son écriture, est maqué par toute la chaîne qui va conduire à sa projection publique. Il en va exactement de même pour les grands spectacles. Or les échelons administratifs et comptables opèrent avec un manque total de confiance en l'homme. Moi non plus, je n'ai pas confiance. Je n'ai pas confiance du tout, et en personne, mais je *fais* toujours confiance — ce qui est totalement différent. Il faut se méfier, prendre des précautions, mais aussi faire confiance. C'est une grande leçon.

François Pinault m'a fait confiance. Il ne me connaissait pas, il n'avait pas besoin de moi, il m'a écouté et m'a tendu la main. Je trouve cela absolument prodigieux. Et pas seulement parce que ça m'arrive à moi. Je dis parfois à Pinault, en plaisantant et toutes proportions gardées : « Vous êtes le pape, et je suis Michel-Ange. » Ce qui n'implique pas pour moi la veulerie. Un jour de l'été 2000 où nous allions visiter le chantier des travaux de rénovation de Marigny menés tambour battant pour être prêts à accueillir *La Dame aux camélias* à la rentrée, j'ai recommandé à mon mécène de prendre garde, car lorsque Michel-Ange montait sur ses échafaudages pour peindre le plafond de la chapelle Sixtine, il lui arrivait de balancer des pots de peinture sur la tête du pape, quand ce dernier trouvait que les travaux n'avançaient pas assez vite.

— Venez faire un tour au théâtre et gueulez, parce que, effectivement, ça n'avance pas assez vite. Mais faites tout de même attention de ne pas recevoir un pot de peinture égaré au coin d'un échafaudage. Sait-on jamais ! À part moi, dans un autre genre, il y a peut-être des descendants de Michel-Ange qui jouent du pinceau en ce moment au plafond de Marigny...

De jour en jour, j'apprends davantage à connaître ce très grand manager extrêmement généreux, et couvert de doutes — ce qui est génial pour quelqu'un qui entreprend comme il le fait sans la moindre hésitation apparente. Intérieurement, il n'est que doute ! Mais un doute positif, en amont des projets. Après quoi il se livre à son seul instinct.

Voilà un homme qui sait gérer l'utopie. C'est un imaginatif aux aspirations illimitées comme, par exemple, celle de vouloir créer cette prodigieuse fondation Pinault, sur l'île Seguin qu'il a achetée pour y implanter un musée d'art contemporain incomparable.

— Vous êtes Fouquet ! lui ai-je dit un jour.

Il m'a répondu :

— J'espère quand même ne pas finir comme lui !

À mon sens, ça n'arrivera pas. D'abord parce qu'on n'a aucun Louis XIV à se mettre sous le soleil, ensuite parce que Pinault ne joue pas les mécènes par esbroufe. Il est beaucoup trop lucide pour croire à la gloire. Mais il croit à ce qu'il entreprend, avec un enthousiasme d'enfant. Il est prêt à prendre tous les risques, dans ce cas-là. S'il échoue, c'est à lui-même qu'il rend des comptes. C'est par ailleurs un être multiple. Très sensible à la douleur, aux difficultés des autres et aux soubresauts du monde ; très attendri par les femmes ; toutefois il ne supporte pas la médiocrité ni l'absence d'enthousiasme. Si vous le sollicitez sans croire à votre projet, le couperet va tomber sans appel, ce sera non. S'il vous sent déterminé, il va « réfléchir ».

Seulement il faut se montrer d'une détermination hors normes ! Quand je pense que le soir du réveillon 2001, que nous avions convenablement arrosé, il m'a soudain déclaré :

— Le problème, avec vous, c'est que vous n'avez pas d'ambition.

— Quoi ?

Mais oui ! Enfin ! Un type comme vous devrait envahir la Russie ! Il y a autre chose que...

Je l'ai arrêté net : pour un peu il m'aurait dit qu'il y avait autre chose que mes « petits » spectacles.

Ah, bien sûr ! Il y a *Docteur Jivago,* Tolstoï, *Résurrection*...

Eh bien oui !

Et nous voilà partis dans les steppes et les toundras, envahissant le monde de mes Russes préférés, comme des enfants en mal de féerie qu'eux seuls ne jugent pas inaccessibles.

Cet homme n'est pas qu'un homme d'affaires, il mise aussi, comme les poètes, sur l'impossible.

⁂

En me rendant à Marigny, de temps en temps, je m'arrête devant le petit guignol du jardin près du théâtre, à deux pas du restaurant Laurent. Je prends mon billet et je m'installe au fond — comme autrefois au Luxembourg. Personne ne me voit, personne ne fait attention à moi. Alors je regarde Guignol et je ris, et je crie, et je râle avec les mômes. Ça me fait du bien. Ça m'aide à m'habituer à l'idée que je suis maintenant directeur d'un lieu magnifique sur la plus belle avenue du monde et que je viens d'être nommé vice-président du Syndicat des directeurs de théâtre — sans doute en raison de mon âge avancé. Je trouve ça au demeurant assez théâtral.

Marigny me touche, Marigny m'émeut. Bien sûr, je suis attentif au passé, je suis fier de vivre aujourd'hui dans un espace qui a vu et entendu en cent soixante-cinq ans Offenbach, Debureau, Maurice Chevalier, Raimu, Sacha Guitry, Joséphine Baker, Elvire Popesco, Madeleine Renaud, Jean-Louis Barrault, Pierre Fresnay, Yvonne Printemps, Albert Camus, Paul Claudel, Jean Giraudoux, Jean Anouilh, Jean Cocteau, Pierre Brasseur, Édih Piaf, Danielle Darieux, Jean-Claude Brialy, Jean Rochefort, Jean-Pierre Marielle, Thierry Le Luron, Daniel Auteuil, François Périer, Roman Polanski, Christian Clavier, Francis Huster, Christina Reali, Michel Leeb, Alain Delon et des milliers d'autres comédiens, auteurs, chanteurs et techniciens. Je sais que les plateaux, les loges et les coulisses ont une mémoire, et que les fantômes considèrent d'un œil bienveillant ceux qui prennent leur suite pour pérenniser l'amour du métier. C'est dans cet esprit que je vais remonter, salle Popesco, dès la rentrée 2001, un théâtre-école comme à Reims. Cinquante jeunes auditionnés apprendront les bases et les perfectionnements de notre art : comédie classique et moderne, danse, chant, improvisation. Pour ces élèves, l'enseignement sera gratuit et ils seront distribués, donc rétribués, dès 2002, dans des spectacles joués sur les deux espaces du théâtre (la grande salle et la salle Popesco). De jeunes écrivains donneront à cette relève des textes novateurs. Parallèlement à cette formation, je poursuivrai la réalisation de spectacles populaires. On ne sera pas surpris d'y retrouver les grands thèmes qui m'ont toujours motivé : la liberté, la solidarité, la justice et le partage, facettes d'un humanisme si nécessaire aujourd'hui.

Je ferai montre de plus d'exigence encore qu'à Reims. Enseignement théorique et pratique non dissociés, sinon, ça n'a pas de sens. Cette école ne sera pas un cours à la mode. Ceux qui y entreront et y termineront leur cycle d'études devraient tous figurer, a priori, parmi les comédiens de demain.

François Pinault m'a donné là encore les moyens de faire ce que je désirais. Pas de subvention : c'est lui qui assure. Il a d'autant plus de mérite que le budget de l'école oscillera entre 2 et 3 millions de francs par an.

L'activité de l'école dans la journée ne fera pas obstacle à la programmation de la salle, le soir, pour le spectacle. Cette fois-ci, l'école ne sera pas un centre de vie. Les élèves ne seront pas pensionnaires. Ils seront donc libres. J'exigerai leur présence de telle à telle heure dans la journée et pourvu que le travail demandé soit fait et le texte appris, je ne m'occuperai pas du reste. S'il y a un problème, ils pourront néanmoins venir m'en parler, mais je ne veux pas d'affaires sentimentales pendant la période des cours ! Je ne suis pas moraliste, ils font ce qu'ils veulent, mais cette école est là pour qu'ils puissent étaler les états d'âme des personnages qu'ils travaillent, pas les leurs.

***

Pour l'inauguration du théâtre rénové, j'avais décidé de programmer en fanfare *La Dame aux camélias*, avec le retour à la scène après dix-sept ans d'absence d'Isabelle Adjani, et *Huis clos* de Jean-Paul Sartre, parce que nombreux sont ceux qui pensent encore aujourd'hui — avec moi — que cette pièce demeure une des œuvres majeures du XXe siècle.

Je devais initialement faire la mise en scène des deux spectacles et jouer dans *Huis clos*. Mais en raison d'engagements cinématographiques antérieurs, Isabelle Adjani ne pouvait assurer que cent représentations. Il me fallait donc assurer la continuité de la saison en mettant sur pied un autre spectacle pour la fin février 2001. Un théâtre comme Marigny, en ordre de marche, coûte cher. Il est hors de question de ne pas jouer pendant la saison tout entière ! Cette responsabilité nouvelle de directeur artistique et la certitude, dès le mois de juillet, de devoir subir avant la rentrée une intervention chirurgicale pour mon genou droit (celui de Peyrac !) m'obligèrent à renoncer, courant août, à jouer dans *Huis clos* dont je continuais néanmoins à assurer la mise en scène.

Par l'intermédiaire de Michel Feller, Isabelle Adjani avait fait appel à René de Ceccatty pour une adaptation originale de *La Dame aux camélias*, non à partir de la pièce de théâtre montée si souvent depuis sa création, mais à partir du roman même d'Alexandre Dumas fils. Il fit plusieurs choix originaux. D'abord la création, d'un personnage, un témoin, ami d'Armand Duval, observateur fin et pondéré du déroulement de cette passion ; puis l'élimination des événements anecdotiques, et le maintien autour de Marguerite Gautier des seuls personnages indispensables à la conduite de la dramaturgie jusqu'au dénouement.

René de Ceccatty a suggéré à Isabelle Adjani le nom d'Alfredo Arias pour la mise en scène. Alfredo, Isabelle et René ont choisi ensemble les comédiens en fonction des aspects du récit ou des traits psychologiques majeurs des personnages. Les costumes furent confiés à Dominique Borg, une amie proche d'Isabelle avec laquelle elle avait déjà travaillé au cinéma. Bientôt toute l'équipe se mit au travail à un train d'enfer et les répétitions eurent lieu portes closes.

Arias a fait de la pièce un lent requiem d'où Isabelle émerge, triomphante, en seconde partie. Une démarche originale qui se démarque de toutes les adaptations présentées jusqu'alors. Arias a choisi d'entrer dans une autre dimension, où la mort tient la vedette dès le premier instant. Adjani est présente, très juste dans la première partie récitative, et admirable dans la seconde où c'est la tragédie totale. Elle ne tousse jamais, mais elle est malade. C'est une Dame aux camélias transposée. On est aux antipodes de *La Traviata* de Zeffirelli qui, dans un autre genre, reste un chef-d'œuvre. Le parti pris a été celui de la stylisation sans lyrisme, sans émotions apparentes. Il n'y a pas de fête. Moi j'aurais aimé qu'Isabelle s'étourdisse, valse, s'enivre avant de sombrer. Cela dit, c'est le choix d'Arias et je le respecte. Les gens se déplacent, règlent des comptes, annoncent ce qui va se passer. Le rythme est soutenu, il n'y a pas d'arrêt, pas de temps mort. C'est une démarche aboutie, une inspiration nostalgique centrée sur la finalité de cette passion mélodramatique. Arias et son équipe se sont mis au service de cet univers. C'est à la fois plus intelligent et plus froid que tous les partis pris adoptés jusqu'ici. On se prive des émotions secondaires pour ne vivre que l'ultime.

On sait très bien, quand on a lu *La Dame aux camélias,* qu'on va au théâtre voir la pièce pour y pleurer. Et Adjani est tellement sublime dans sa mort que ces quelques minutes suffiraient à la consacrer si elle ne l'était pas déjà. Le public qui lui a rendu hommage chaque soir, debout, les yeux embués et la gorge serrée, ne s'y est pas trompé. Sans lustres, sans orchestre ni folies, Isabelle a su faire de la mort de son personnage une résurrection.

Isabelle Adjani inspire toujours la passion. Elle ne laisse personne indifférent. Un soir, entre minuit et une heure du matin, un homme a réussi à entrer dans sa loge et lui a dérobé son sac, non pour le lui voler — comme il le fit savoir plus tard — mais pour qu'elle le reçoive. Quelques jours plus tard, la police arrêta cet homme, qui rôdait autour du théâtre. C'était un admirateur éperdu qui voulait dîner avec sa vedette !

Adjani avait accepté de jouer dans cette pièce sous certaines conditions : elles n'étaient pas financières. Isabelle se fiche de l'argent, je crois d'ailleurs qu'elle n'en a pas. Elle aurait pu exiger le triple de ce qu'elle a touché pour son rôle, mais elle n'en a rien fait. Ce qui l'intéresse, c'est de réussir son personnage. Cette immense professionnelle qui a tout Paris à ses pieds craint toujours de ne pas être à la hauteur, de décevoir. C'est une grande, l'équivalent de Sarah Bernhardt. Je souhaite simplement qu'elle ait toujours le succès qu'elle mérite. Dans *La Dame aux camélias,* elle s'est montrée parfaite. Elle a accepté d'aller au bout de ses choix, consciente et inquiète comme elle l'est toujours, et ça m'a terriblement rassuré. Pendant les répétitions, il n'y pas eu d'incidents, ni de heurts. Elle s'est montrée faite de travail et d'exigence, et puis elle a passé le cap du doute, et elle a abordé la dernière ligne droite dans la solitude. Il fallait la laisser filer. Après, cela n'a plus eu d'importance. Les critiques sont venus. Le public aussi, une salle comble presque chaque soir. Certains ont aimé le spectacle, d'autres non, tous ont ovationné Isabelle.

***

Huis clos est un peu une pièce fétiche pour moi. Je l'ai jouée au tout début de ma carrière au théâtre de la Gaîté-Montparnasse, puis dans différentes villes de France avec la tournée Rosimi et ensuite avec Jean-Claude Houdinière au cours d'une tournée d'une exceptionnelle qualité. J'avais terriblement envie de la mettre en scène et d'interpréter le rôle de Garcin dans l'écrin de la salle Popesco avec les interprètes que j'avais choisis, Claire Borotra (Estelle), Claire Nebout (Inès), François Marthouret, et Yves Le Moign' (le garçon).

Un jour, pendant la préparation, j'ai fait une découverte qui m'a bouleversé... J'ai trouvé à France Inter un enregistrement de Sartre où il explique, outre les circonstances de l'écriture de sa pièce, ce qu'il entend par « l'enfer, c'est les autres », généralement mal compris. Il ne signifie pas par là en effet que les autres sont infernaux et que nos rapports avec eux sont nécessairement source de malheur. Il veut dire que le regard des autres, leur jugement, entre pour beaucoup dans l'opinion que nous avons de nous-mêmes, et que si nous restons prisonniers de ce jugement, figés dans des comportements préconçus, nous n'avons aucune chance de changer, de progresser. Or, dit-il, « quel que soit le cercle d'enfer dans lequel nous vivons, je pense que nous sommes libres de le briser ». En fait, insiste-t-il, les rapports avec les autres, l'encroûtement et la liberté sont les trois thèmes de la pièce.

J'ai trouvé cette explication très éclairante. On a dit parfois de Sartre qu'il se trompait magistralement. Peut-être sur certaines choses, mais pas pour *Huis clos*, créé le 27 mai 1944 au théâtre du Vieux Colombier !

J'ai eu la chance d'entendre un enregistrement original de la pièce par les créateurs : Gaby Sylvia — Estelle, Tania Balachova — Inès, Vitold — Garcin, et R.J. Chauffard — le garçon. Vitold était génial. C'était un immense acteur, plus au théâtre qu'au cinéma d'ailleurs. Il était russe. Il avait comme moi des atavismes intacts et il gardait encore, de temps en temps, un très léger accent reconnaissable. Je l'ai aussi admiré dans *Les Frères Karamazov*. Il avait épousé Christiane Lennier, une comédienne déjà connue à l'époque. Je l'ai côtoyée chez Simon, au cours. Elle traînait un peu avec nous. C'était une jeune femme ravissante et une excellente comédienne. Vitold, qui déjà triomphait tous les soirs dans *Huis clos,* faisait l'admiration et le respect de nous tous.

Il faut dire que cette pièce est un pur chef-d'œuvre. Je l'ai disséquée avant de prendre la décision de la monter pour voir si elle n'avait pas pris de rides. J'ai regardé la mécanique, elle est parfaite et les rapports entre les personnages d'une extrême justesse. Pas démodés du tout. Il y a longtemps qu'on n'avait pas monté cette œuvre et elle méritait de revenir à l'affiche. Je l'ai mise en place facilement. Ensuite il a fallu travailler à fond les rôles. Il n'y paraît pas au premier abord, mais c'est un texte très exigeant. Il faut interpréter les sentiments, faire sortir une vérité, avec une justesse, non seulement de ton, mais aussi de déplacements, chaque déplacement ayant une signification précise. Il faut faire un gros travail sur les acteurs. C'est pour cette raison que j'avais demandé à Jean-Luc Tardieu de me mettre moi-même en scène quand je pensais encore pouvoir jouer Garcin.

Il a fallu tout refaire, les affiches, les annonces, lorsque j'eus convaincu François Marthouret de prendre ma place comme comédien, tandis que je continuais d'assurer la mise en scène. J'avais eu le temps de tout mettre en place, l'ossature, les fondements, le squelette, la musique... Je me suis occupé particulièrement des sons, des lumières, des acteurs. Il me fallut un peu bousculer les filles. J'ai dû faire travailler Estelle (Claire Borotra) comme une folle. Elle était une petite jeune première, elle est devenue une femme avant même les trois coups. A priori pourtant, elle n'était pas prédisposée pour jouer Estelle. Elle m'a dit cent fois « je n'y arriverai pas ». Or elle est allée au-delà même de ce que je lui avais demandé. Pour l'aider à dépasser ses propres barrières, la première fois que je l'ai vue, je lui ai dit :

— Tu viens, tu es une jeune première, tu as fait

Planchon, Molière, or j'ai besoin d'une comédienne qui joue le rôle d'une salope. Alors je te dis « salope ! » pour que tu t'y habitues et que tu deviennes le personnage le plus vite possible.

Elle y est merveilleusement parvenue.

Claire Nebout avait au départ plus de métier, aussi son inquiétude ne se portait-elle pas sur son personnage mais sur ce que l'on pouvait penser d'elle à cause de ce rôle d'Inès.

— Tu te rends compte, on va dire que je suis lesbienne !

— Mais non ! Tout le monde sait que tu es mariée et que tu as deux gosses. Laisse tomber.

— Ah, tout de même...

Malheureusement, quand je vais partir en tournée pour la pièce, ce ne sera sans doute plus avec mes deux interprètes, si bien rodées, car elles ne savent pas si elles seront libres à cette époque. Comme je ne peux attendre le dernier moment, je vais donc devoir recommencer bientôt tout le travail.

Huis clos a eu un très grand impact, auquel je ne m'attendais pas. Ce fut une bonne surprise. Je n'ai pas travaillé pendant deux mois en vain ! Car j'ai eu autant de mal à monter *Huis clos* qu'à monter *De Gaulle*. Deux mois pour régler trois personnages... Je monte plus aisément des spectacles avec deux cents personnes qu'avec trois. Parce que comme je suis tatillon, maniaque, quand il y a peu d'acteurs, j'en profite pour faire du perfectionnisme, je n'en finis plus...

Pour la première fois de ma vie, j'ai fait une générale de presse, avec tous les critiques, tout le monde, dans le petit théâtre. Certains critiques s'en sont pris à Sartre, comme si c'était un ringard passéiste. D'autres ont porté le spectacle aux nues et j'ai fait salle comble tous les soirs. Beaucoup de jeunes ont découvert Sartre à cette occasion, et l'ont apprécié !

Et pour ce qui est du passéisme, je dirai qu'en ce qui concerne *Huis clos,* selon la façon dont on le monte, au filage on a l'impression que c'est complètement contemporain. Ça dépend de la manière de recréer l'affrontement. C'est extraordinaire ! J'ai voulu un *Huis clos* poussé jusqu'à l'impertinence. Car l'enfer, c'est toujours nous, aujourd'hui, au XXIe siècle, dehors, dans la rue, dans le regard des autres, dans leur jugement et dans notre tendance à nous laisser aliéner par ce jugement figé, alors qu'il nous suffirait d'accepter de changer pour que la photo soit meilleure.

⁂

Marigny est un immense cadeau qui ne deviendra une très belle aventure que si je parviens à l'inscrire dans le temps, contre les vents et marées de l'équilibre budgétaire appliqué à une programmation populaire ambitieuse dans un théâtre non subventionné. On ne pourra commencer à se faire une idée du résultat que dans trois ans. Programmer la petite salle et la grande n'est pas évident. Ouvrir une école non plus. Mais j'y suis attaché. J'ai monté *Huis clos* et fait monter *La Dame aux camélias* mise en scène par Arias pour le baptême, pour l'introduction à la renaissance d'un théâtre. Mais c'est la suite qui compte, désormais.

Je me suis aperçu d'une chose : si l'on veut respecter des budgets, si l'on veut tenir le prix des places, si l'on veut donner dans la grande salle des pièces prestigieuses, en faisant fi du star système, eh bien il faut monter des spectacles qui veulent dire quelque chose, avec quand même beaucoup de comédiens en scène. Il n'est pas question de penser à mon enrichissement personnel, c'est sûr. Mais simplement réaliser tout cela sans subvention représente quand même une première ! Il n'existait pas jusqu'ici un théâtre auquel des animateurs, tels Dullin, Baty,

Copeau, Vilar, Barrault, avaient accepté de consacrer leur vie sans recevoir de subvention. Tous ces talents disposaient de subventions pour faire du théâtre. Moi, je ne peux compter que sur l'argent de monsieur Pinault et d'éventuels coproducteurs. Ça me donne quelques scrupules ! François Pinault n'a certes pas pris Marigny pour gagner de l'argent, mais ce n'est pas une raison pour amorcer un fleuve ininterrompu de pertes. Il m'appartient de tenter d'arriver à un équilibre tout en jonglant avec nos ambitions communes. Mais je ne suis pas seul. Je tiens à saluer ici Nicolas Dussard, qui a consacré beaucoup d'énergie et de temps à mettre sur orbite le théâtre, surveillant ses travaux et s'arrangeant pour que son ouverture se fasse dans les meilleures conditions. Et je n'oublie pas Stéphane Prouvé, mon administrateur, qui s'est déjà montré dans le passé un collaborateur compétent et zélé. Je lui fais confiance pour l'avenir.

La première difficulté a été surmontée avec la mise en répétition dès le mois de décembre 2000 de mon nouveau spectacle interactif sur la peine de mort, *Coupable ou non coupable,* pour prendre le relais de *La Dame aux camélias* jusqu'à la fin de la saison, avec des prix de place moins élevés.

Et puis il y a la manne des tournées... quand on a le bonheur de voir les tourneurs engager un spectacle ! On monte une pièce, puis une deuxième, une troisième sur un certain nombre de mois, et parmi ces trois, il y en a une qui part en tournée. On se met alors à bien gagner sa vie, avec une pièce qui, au départ, ne devait rien rapporter. On ne sait jamais le destin d'un spectacle. Est-ce qu'il va être rentable ? Est-ce qu'il va équilibrer ? Est-ce qu'il va perdre ? C'est vraiment une loterie. Les chances pour une pièce de partir en tournée ne sont guère plus élevées que les miennes, le dimanche, quand je joue au Loto.

Coupable ou non coupable est une création. J'ai

adapté l'œuvre originale d'Ayn Rand, qui sera à l'affiche au moment où sortira ce livre. Mais ce sujet assez fantastique sur la culpabilité, le doute et la peine de mort, je n'ai pas voulu engager de célébrités, et c'est déjà un pari périlleux, après Adjani. Il aura fallu faire la distribution, monter le spectacle, assurer la promotion, surveiller l'exploitation, la commercialisation, en ayant l'œil rivé sur les réservations, avec une épée de Damoclès suspendue au-dessus de la tête pendant des mois durant. Mais si l'ambition de servir une cause publique est à ce prix, pourquoi pas ?

Et de quoi me plaindrais-je ? J'ai la chance d'avoir un producteur extraordinaire, un homme qui se conduit en seigneur... J'ai eu toute ma vie la sensation d'être en sursis, et que quelqu'un, à l'ultime instant, me tendait la main. Mais c'est éprouvant, exténuant. Il est difficile d'avoir de l'inspiration lorsqu'on est dans le stress permanent de problèmes à résoudre et de démarches qui vous empêchent de vous consacrer pleinement à ce pour quoi vous êtes fait. Mais je pense que c'est le lot de bien des créateurs, surtout actuellement.

***

J'aime mon bureau du théâtre Marigny, une grande pièce carrée, sobre, dans des tons chauds, tout au bout du couloir circulaire, la dernière porte au fond de l'administration. Je vais mettre au mur quelques slogans du genre « Il y a ceux qui en veulent et ceux qui en vivent » ; après tout, je suis chez moi. Par la grande baie vitrée qui court tout le long du mur de façade, à mi-hauteur, je vois le jardin, le restaurant Laurent, le marché aux timbres et ses lents promeneurs attentifs aux étals des marchands, ou assis sur un banc et procédant à des échanges selon un rituel compliqué pour les non-initiés qui ne regardent que les « images » ou les formes étranges de certaines pièces. C'est beau, la vie derrière une vitre rectangulaire. C'est comme une toile vivante faite de feuilles et de morceaux de paysages, de badauds et de vie qui passe.

De temps à autre, je regarde avec émotion et nostalge le presse-papier posé sur mon bureau. Il représente le coucher de la lune sur un lit. C'est un bel objet qui appartenait à Frédéric Dard et que sa femme vient de me faire parvenir tout exprès pour Marigny...

XVII

DES CAUSES JUSTES ET DES RÊVES...

J'avais envie depuis longtemps d'attaquer de front le sujet de la peine de mort qui dérange tant nos sociétés occidentales. Je l'avais déjà abordé indirectement sous divers aspects avec *Danton et Robespierre, L'Affaire du courrier de Lyon, La Liberté ou la mort, Dans la nuit, la liberté, Je m'appelais Marie-Antoinette.* Et j'avais déjà appelé le public à s'exprimer sur ce thème grâce à des affaires célèbres que l'Histoire avait jugées, d'abord dans *L'Affaire du courrier de Lyon,* puis avec *Marie-Antoinette.* Il était intéressant de constater combien les verdicts pouvaient changer avec le temps et l'évolution des mœurs et de mesurer, par là-même, la relativité subjective des jugements.

Dieu m'est témoin qu'en reprenant le sujet à l'automne 2000, poussé par la nécessité de la programmation de mon théâtre, je ne cherchais pas à profiter d'un courant porteur, qui devait être alimenté quelques mois plus tard par des exécutions capitales aux États-Unis — notamment dans l'État du Texas — avec des pétitions émanant du monde entier, les interventions des journaux et les prises de position respectives des candidats à la présidence des États-Unis. Je n'avais d'ailleurs pas besoin de traverser l'Atlantique pour me sentir interpellé par le problème de la peine de mort : bien qu'elle n'existe plus chez nous, les remous de la société française à cet égard me suffisent amplement.

Partout d'ailleurs, à mon avis, règne sur ce sujet une hypocrisie dangereuse. Si dans de nombreux pays on assiste aujourd'hui à la suppression légale de la peine de mort ou à la lente désuétude de son application, dès que la société se sent menacée, une grande partie de l'opinion publique devient favorable à son rétablissement ou à sa mise en application. Là est le vrai débat, qui ne pourra jamais se régler au niveau des principes, mais au niveau de la réalité des faits. Or l'élimination des éléments jugés irrécupérables est toujours un constat d'échec qui rejaillit sur la société tout entière.

L'abolition légale de la peine de mort dont nous nous sommes montrés si fiers en France, comme si nous venions de faire franchir un pas au monde, ne remonte qu'à 1981. Le Portugal avait franchi ce pas en 1867 pour les crimes de droit commun et pas moins de dix autres pays d'Europe avaient renoncé à ce verdict fatal entre 1870 et 1965.

Si nous avons ainsi tardé, c'est peut-être parce que les cinq à dix condamnations annuelles prononcées aux assises chaque année n'étaient généralement pas exécutées en raison du recours au droit de grâce présidentiel qui était presque systématiquement appliqué.

Mais même aujourd'hui, malgré le combat et la victoire de Robert Badinter et de Raymond Forni, rien n'est définitivement gagné. Des mouvements alternatifs contraires s'entrecroisent de manière souterraine avant d'émerger, pour un temps, au grand jour. Il faut savoir aujourd'hui que dans la société civile comme dans les grands corps de l'État — et à tous niveaux — malgré les discours officiels, il existe de fervents partisans du retour à la peine capitale. Il faut en prendre conscience, si l'on veut continuer d'expliquer aux gens la nécessité de son abolition dans le monde au nom de la dignité humaine. C'est dans cet esprit que j'ai pris le pari, dangereux, de monter *Coupable ou non coupable,* et de faire voter la totalité de la salle.

J'ai découvert cette pièce, dont le titre original est *Penthouse Legend,* presque par hasard. L'adaptateur français de cette œuvre américaine est mort il y a pas mal d'années en léguant tous ses biens à l'Église. Il avait fait en 1933 une adaptation assez conventionnelle et plutôt édulcorée, inspirée de faits authentiques. J'ai cherché à savoir lesquels et j'ai appris que la victime, le héros dont on parle tout le temps, au fil des actes, puisqu'on juge sa maîtresse soupçonnée de l'avoir assassiné, avait eu pour modèle le roi des allumettes suédoises, Ivar Kreuger, découvert mort dans des conditions mystérieuses le 12 mars 1932. Cette mort fut suivie par le krach du vaste empire financier qu'il avait créé, et entraîna des révélations et des dénonciations stupéfiantes. En fait, cet habile homme d'affaires avait prêté de l'argent à différents gouvernements européens pour détenir le monopole des allumettes dans leurs pays, or les prêts ne furent pas remboursés et entraînèrent sa perte. Ce qui intéressa l'auteur de la pièce, c'est le problème de la quête de grandeur et de ses dramatiques conséquences. Avec son héros, Björn Faulkner, cet auteur présente non le portrait d'un homme parfait, mais l'idée qu'une femme peut se faire de l'homme parfait. L'auteur a donc reproduit la vie du milliardaire, sa célébrité, sa fortune, sa renommée, sa vie privée très mouvementée, jusqu'à sa mort mystérieuse et opportune. Et il a souhaité tirer le jury du public... Exactement comme je le fais moi-même ! Toutefois, à l'époque, les producteurs ne suivirent pas car ils pensaient que, pour les spectateurs, cette initiative détruirait l'illusion du théâtre et qu'elle conduirait le spectacle à l'échec.

La pièce fut produite pour la première fois au théâtre d'Hollywood sous le titre *Le Jugement d'une femme,* le rôle de la maîtresse étant tenu par Barbara Bedford, une star du cinéma muet. Ensuite, l'œuvre fut dénaturée par un producteur de Broadway, Woods, spécialisé dans les mélodrames, qui introduisit des éléments destinés à embrouiller l'enquête, dans l'intention de créer artificiellement un suspense avec de faux indices au lieu de laisser à la psychologie des personnages et des témoins le soin de nourrir les deux hypothèses en présence — innocence ou culpabilité — jusqu'au dénouement. Il transformait quelque chose de grave en une distraction, par peur d'ennuyer le public. Cette nouvelle adaptation, qui fut donnée à Broadway en septembre 1935, n'avait plus de sens pour l'auteur. Elle devint quand même ce que l'on appelle aux États-Unis un *success,* et tint l'affiche pendant de longs mois, sans doute grâce au jury pris dans la salle, dont Woods avait fort heureusement repris l'idée, introduisant ainsi pour la première fois l'interactivité dans un spectacle. Comme pour mes propres réalisations, il y eut toujours plus de volontaires pour faire partie du jury qu'on ne pouvait en accepter.

La pièce fut également jouée à Chicago, Los Angeles et Londres où elle reçut un excellent accueil. À l'été 1936, dix-huit théâtres l'avaient mise à l'affiche. Par la suite, elle gagna l'Europe où elle échappa totalement à son créateur. Il y eut même une version cinématographique ratée, sans intérêt...

En 1960, pour une lecture au Nathaniel Branden Institut, l'auteur reprit sa pièce entièrement, enleva tous les ajouts et signa sa version définitive. C'est en cherchant à découvrir toute l'histoire de la pièce que j'ai appris que cet auteur était une femme, Ayn Rand. C'est d'ailleurs la seule ébauche de pièce qu'elle ait écrite parmi six romans et plusieurs ouvrages de philosophie où elle développe une théorie exaltant l'individualisme, la raison et la liberté.

J'ai appris encore, plus récemment, que les œuvres d'Ayn Rand s'étaient vendues à plus de vingt millions d'exemplaires, ce qui est considérable, et qu'elle était une fabuleuse évocatrice de l'Amérique des années trente. Mais ce qui m'a personnellement interpellé, c'est qu'elle était russe, née à Saint-Pétersbourg en 1905, diplômée d'histoire et de philosophie à l'Université de Petrograd, qu'elle avait fait l'expérience de la désagrégation de la libre pensée. Elle était également scénariste, diplômée de l'Institut d'État des arts du cinéma.

Ayn Rand est arrivée à New York en février 1926 où elle a collaboré avec Cecil B. De Mille. Mariée à l'acteur Franck O'Connor en 1929, elle a commencé sa brillante carrière de romancière en 1935. Elle est décédée dans son appartement new-yorkais, le 6 mars 1982.

Coupable ou non coupable a donc déjà une longue histoire et, surtout, reste par sa nature au cœur de toutes les tourmentes culturelles.

J'ai mis longtemps à trouver mes comédiennes. Surtout la maîtresse, Karen Borg. Cette femme est accusée de meurtre, mais sa culpabilité n'est pas évidente. Il me la fallait fascinante, énigmatique, problématique. C'est en fin de compte à Natacha Amal qu'incombe la lourde responsabilité du rôle.

Les affiches du spectacle annoncent clairement la couleur : « Cette femme risque la peine de mort. Coupable ou non coupable. Les jurés, c'est vous ! » Les choses sont présentées au public de la manière suivante :

« Janvier 1954, Salle d'audience du tribunal de New York.

Karen Borg est-elle coupable du meurtre horrible dont on l'accuse ?

Coupable, c'est la chaise électrique.

Coupable avec circonstances atténuantes, la prison.

Non coupable, l'acquittement.

Tous les spectateurs assisteront, en tant que jurés, aux audiences du procès, aux auditions des témoins, aux interrogatoires et aux plaidoiries. Ils seront ensuite invités à se prononcer par un vote totalement anonyme, en se rendant dans le hall du théâtre où des isoloirs seront placés à cet effet.

Le vote majoritaire décidera du sort de la jeune femme.

Dans ce spectacle sous haute tension, c'est à chacun d'entre vous qu'il appartiendra, en son âme et conscience, d'exprimer son verdict.

Une pièce inspirée d'un fait divers...

Un grand spectacle interactif au service de la justice des hommes. »

J'ai dû introduire dans mon adaptation la notion de « circonstances atténuantes » qui n'existe pas aux États-Unis où la seule alternative est : coupable, non coupable. Je crois que si je m'en étais tenu à ce choix sans nuances, il y aurait eu des bagarres dans la salle. Chaque soir, il y aura [1] une part d'inconnu et nul ne peut présager des réactions du public, ni de son choix.

Mon rôle est celui du meneur de jeu, le plus discret mais le plus efficace possible. « Mesdames, messieurs, vous êtes le jury appelé à juger cette affaire criminelle. À la fin des débats, vous rendrez votre verdict. Je vous recommande d'écouter attentivement les dépositions des témoins et de ne prononcer votre jugement que selon votre cœur et votre conscience. La parole est à l'avocat général. »

« Mesdames et messieurs les jurés, voici les faits : le 16 janvier vers minuit, alors que les lumières de Broadway éclairaient encore la foule joyeuse qui se

1. J'emploie le futur car, au moment où j'écris ces lignes, les représentations n'ont pas encore commencé.

pressait dans la rue, le corps d'un homme tournoyant dans l'air est venu s'écraser sur le sol. La victime se serait jetée de l'appartement qu'elle occupait au dernier étage d'un building... Meurtre ou suicide, l'état du corps n'a pas permis de déterminer les causes de la mort. Les précisions de l'enquête demandée par le juge apporteront des éléments d'appréciation. Premier témoin... »

Le défilé des témoins, les interrogatoires et contre-interrogatoires permettront à la fois de faire apparaître un portrait de plus en plus précis de la victime et nourriront les arguments en faveur comme en défaveur de la culpabilité de l'accusée, jusqu'au moment des plaidoiries. Ensuite, ce sera au public de décider en son âme et conscience. De retour dans la salle, le verdict sera énoncé.

La dernière version de la pièce accréditée par l'auteur plaçait les événements dans le New York d'après-guerre. J'ai donc choisi les années cinquante, l'époque très puritaine où le concubinage était proscrit et où les relations adultérines donnèrent naissance à l'expression « back street ».

En fait, Ayn Rand s'est inspirée de la vie et de la mort d'un homme qui est pour elle le véritable héros de ce procès, puisque tout a été provoqué par sa personnalité, sa conduite, sa banqueroute, ses échecs. Il était ambitieux, il avait envie de pouvoir, il l'a perdu. Dans sa pièce, l'auteur pose la question : s'est-il donné la mort ou sa maîtresse a-t-elle voulu se venger de sa désillusion ?

Au tout début, j'avais pensé prendre les membres du jury dans la salle et les faire monter sur scène en jouant le jeu de l'acceptation et de la récusation des jurés par les avocats, en fonction de l'équilibre des sexes et des professions. En deuxième analyse, j'ai opté pour l'implication de la salle dans son entier. Elle restera donc éclairée pendant tout le déroulement de la pièce.

D'ailleurs on ne saura jamais réellement qui a tué. Est-ce l'accusée, ou ce meurtre est-il dû à une machination terrible ? Il y a des arguments pour et des arguments contre. On laisse aux gens le soin de choisir. C'est d'autant plus difficile qu'il y a vraiment des présomptions sur la culpabilité de la maîtresse. Il faut faire attention à elle, savoir comment elle va se battre, rester d'une objectivité totale pour que le choix du public n'en soit que plus difficile et que l'expression « en son âme et conscience » prenne tout son poids.

J'ai dû aussi tenir compte des différences entre la justice américaine et celle de notre pays. Dans leur plaidoirie à l'américaine, les avocats ne disent pas « cette femme risque la peine de mort », ils essaient simplement de prouver qu'elle est ou qu'elle n'est pas coupable. Mais nous, nous savons pertinemment que coupable signifie la chaise et non coupable, l'acquittement. D'autres détails différencient les deux systèmes de justice comme, par exemple, la possibilité pour la défense, aux États-Unis, d'engager un détective pour apporter des éléments favorables, ce qui revient à appliquer une justice des riches et une justice des pauvres, en fonction des ressources des justiciables.

À l'entracte, une fois les plaidoiries terminées, toute la salle sera conviée à se diriger vers les six isoloirs placés dans le hall pour un vote électronique. Les résultats seront annoncés et le public assistera à une fin conforme à ce qu'il a choisi.

Je pense qu'ici, l'accusée peut bénéficier du doute, car les arguments « pour » et « contre » sont assez équilibrés. Or en France, il ne faut jamais oublier que le doute doit rester favorable à l'accusé. L'avocat général dit « je condamne untel, sans aucune circonstance atténuante », et celui de la défense : « Si vous n'êtes pas convaincus de son innocence, vous pouvez le faire bénéficier des circonstances atténuantes ». De cette manière, il y aura sûrement des votes de peine de mort mais surtout, je l'espère, des manifestations du doute, tantôt vers l'acquittement, tantôt vers les vingt ans de prison.

Avant de préparer la pièce, je ne savais pas que ce thème prendrait des proportions aussi grandes. Sept journaux se sont associés récemment pour faire des pétitions contre la peine de mort au Texas, il y a eu une importante manifestation place de la Concorde et, depuis, je reçois des tracts sans arrêt. En fonction de cela, j'écris, je réécris, je corrige et je recorrige, non pour actualiser, mais pour que chaque mot ait un sens, qu'il n'y ait aucune ambiguïté. Le texte original étant américain, même le meilleur adaptateur a souvent le choix entre plusieurs termes. Je veille à ce que chaque expression soit juste.

Pour défendre une juste cause.

***

Pendant ce temps, je continue à échafauder des plans à mes moments perdus. Quand je ne suis pas en train de monter quelque chose, je me sens comme en hibernation ! Je déteste cet état, c'est pourquoi je m'engouffre dans les projets, qu'ils aboutissent ou non : ils me font exister.

Il y a en effet quantité de spectacles sur lesquels j'ai travaillé, et qui n'ont pas abouti. *Le Pont de la rivière Kwaï,* dont j'avais imaginé les décors, une première version de *La Seconde Guerre mondiale* qui a finalement cédé la place à *De Gaulle,* et *La Condition humaine* de Malraux, que j'ai envisagé à une époque au théâtre des Champs-Élysées.

Malraux me fascinait. Je l'ai rencontré un jour, du temps de Reims, chez Lasserre, près des Champs-Élysées, où il avait ses habitudes. Je lui ai fait passer un petit mot depuis ma table : « Je suis celui qui est responsable de la Maison de la culture André Malraux, à Reims. » Il m'a répondu en retour : « J'en suis très heureux. Mais nous nous rencontrons un peu tard. » Il est mort quelques jours après. Sa disparition m'a touché. En repensant à notre bref échange, je ne pouvais m'empêcher d'évoquer Beethoven, sourd et presque aveugle, se promenant avec une petite ardoise et une craie. Un jour, on vint lui faire savoir que « l'Empereur, à la Neuvième Symphonie, avait applaudi trois fois et s'était levé ». Il a pris la craie et il a écrit : « Trop tard ! »

***

Parmi les choses folles auxquelles j'ai pu penser un jour, il y a eu *Guerre et paix*. J'avais imaginé de couper le film en deux parties et de les projeter l'une les jours pairs et l'autre les jours impairs. Les spectateurs auraient pu acheter un billet pour les deux séances, moins cher que deux billets successifs... Ça ne s'est pas fait pour je ne sais plus quelles raisons.

C'est insensé, tout me paraît absolument possible ! Un jour, des gens de chez Disney sont venus me voir. Ils avaient en projet l'ouverture d'un grand site cinématographique à côté de Disneyland, et ils désiraient inaugurer ce site avec un grand spectacle à la manière de ceux que je monte au Palais des Sports.

— Vous avez l'habitude de ce genre de chose. Que pouvez-vous nous proposer ?

Je leur ai fait sur le ton de l'évidence une proposition concernant à la fois un projet qui me tient à cœur et la forme technique pour le raconter. Ce qui les a laissés songeurs... et sceptiques ! Ils m'ont regardé sans proférer un mot, comme si j'étais un mythomane illuminé. Pourtant j'étais sérieux. Je suis sûr que ce genre de grand spectacle appartient à l'avenir. C'est obligatoire. C'est comme pour les livres. Gutenberg va en prendre un petit coup avec Internet, mais il ne disparaîtra jamais. Le papier est irremplaçable, le théâtre et le cinéma le sont également. Pourtant, l'écriture devra évoluer, le théâtre aussi. Il lui faudra des images. L'image a un pouvoir de suggestion irremplaçable. C'est un prétexte qui nous entraîne de manière irrésistible vers une autre dimension. Il va falloir s'habituer à beaucoup de choses. Je le sais. Toute mon enfance m'a permis de rêver à tout ça. J'y suis préparé.

Je suis porteur de thèmes mais je cherche des sujets qui permettent mes images, qui collent à mes visions. Quand je confie à Alain Decaux que j'ai envie de monter *Raspoutine,* il me demande : « Mais pourquoi ? » Je lui réponds : « Parce que je vois des ivresses et que j'entends des sons fantastiques. »

Si je voulais monter *Raspoutine,* il faudrait d'abord que je déniche le héros. J'aimerais un comédien comme Sami Frey. Il faudrait aussi trouver l'assassin, Youssoupov. Ce pourrait être Lambert Wilson. Le sujet, l'environnement d'une pièce m'inspirent, mais j'aime bien, aussi, dès le départ, mettre un visage sur tel ou tel personnage.

Un comédien remarquable comme Gert Froebe correspondait assez à Raspoutine, mais la réalité d'un moine fou est encore plus mystérieuse, fascinante, angoissante. C'est une conception très « moujik » ; Raspoutine avait quelque chose d'impénétrable, un regard, des zones d'ombre. Il faut que le comédien le sente et le comprenne pour pouvoir interpréter le rôle.

Quai des Brumes représente un autre de mes fantasmes, un autre écho de mon enfance et je me suis juré que j'allais le faire, rien que pour y retrouver les dialogues de Prévert.

— Ah, c'que je rêve de dormir dans des draps blancs !

— Rêve pas tout debout mon pote, tu vas te casser la gueule.

Je veux monter ça au théâtre. C'est une obsession. J'ai dit longtemps « c'est mon film de chevet » et j'ai cherché quels comédiens pourraient l'interpréter aujourd'hui. Mais où est le charisme de Gabin, de Morgan, de l'irremplaçable Michel Simon ? Il faut prendre garde aux remakes. Certes il y a toujours de bons acteurs, mais quand Boyer joue dans *Casbah,* un remake de *Pépé le Moko,* après Gabin, ça ne tient pas la route !

J'ai aussi dans la tête *Le Paquebot Tenacity,* une vieille pièce remarquable que personne n'a pourtant montée. C'est l'histoire de deux hommes qui doivent s'embarquer pour l'Amérique. Ils viennent de Paris et vont au Havre prendre le paquebot, mais celui-ci doit réparer une avarie et il leur faut attendre quarante-huit heures. Il y en a un qui veut tout casser. Il a entraîné dans l'aventure un copain plus timide, plus réservé et qui n'avait d'ailleurs pas tellement envie de partir. Ils vont donc passer deux jours dans un hôtel pension, là, sur le port. Ils y trouvent une petite servante pas farouche, qui de temps en temps se laisse séduire par un client, avec l'assentiment des patrons. C'est un jour comme les autres, la routine, il pleut, il y a du brouillard, puis il fait beau, puis on retrouve des familiers, tel marin, tel ouvrier. Des silhouettes passent comme dans les films de Carné. Le jeune est sous le charme de la petite. Il se montre prévenant, il est doux avec elle, il ne la brusque pas. Et l'autre lui dit « Mais tu es con ! On part dans quarante-huit heures, et tu baratines cette fille ! Attends, attends, laisse-moi faire ! » La veille du départ, le fier-à-bras embarque la serveuse, il couche avec elle et au matin, les deux tourtereaux s'enfuient. Et le jeune qui ne voulait pas partir s'embarque, seul, pour les États-Unis.

On m'a dit « non, non, c'est fini, c'est démodé ». Je réponds : « C'est faux. Rien n'est démodé. Certaines situations n'ont pas d'âge. Tout est une question de regard. »

Au cinéma, je voudrais tourner *Gengis Khan,* pour m'emplir la vue des espaces sauvages. J'y suis déjà. Le premier plan montre une steppe immense et là-bas, tout au fond, posés sur l'horizon, des montagnes, des monts, dont on ne sait rien. Un vieil homme aveugle et un enfant marchent silencieusement. Dans l'aube naissante, tout à coup, le vieillard s'arrête et se met à genoux, imité par l'enfant, pour écouter la terre d'où sort un grondement sourd. Tous les deux restent ainsi un moment. Soudain, à l'horizon, apparaissent dans la brume des milliers de chevaux, des chevaux à perte de vue. Le vieillard et l'enfant se relèvent, médusés. Et la caméra monte et l'on voit ces chevaux qui arrivent au galop. Des chevaux sauvages, en liberté croit-on. Mais la caméra redescend, et à ce moment-là, les chevaux sautent par-dessus elle tandis que la terre tremble sous leurs sabots. Et l'on découvre tous les cavaliers collés au ventre des chevaux ! D'un coup de rein, ils repassent sur leur dos, agrippés aux crinières. C'est la bande à Gengis Khan qui déferle ! Une armée qui attaque pour s'emparer de la ville proche. La horde de Gengis Khan ravage tout sur son passage, vision terrible et grandiose. Pour tourner ce plan, il faut simplement aller là-bas, chez les Mongols : ils savent faire ça, admirablement. Mais pour en arriver là, il me faut un temps et des moyens fous.

Comme moi.

Le soir où François Pinault m'a dit que je manquais d'ambition, un amical encouragement à « oser », je lui ai répondu en fin de discussion : « Alors ce sera *Michel Strogoff* ou *Résurrection*, Verne ou Tolstoï. Au choix ! »

Ce qui est intéressant dans l'œuvre de Tolstoï, c'est que sous l'effet du remords, un prince immensément riche et puissant qui a séduit sans scrupule la servante de sa tante va devenir réellement un autre homme, dans la grandeur et dans la dignité. Nous avons tous en nous des opportunités de *Résurrection.*

*
**

Un autre rêve me tient à cœur. Plus personnel, plus lancinant. J'aimerais un jour pouvoir rendre hommage à mon père comme Belmondo le fit pour le sien en lui organisant une exposition souvenir. Je voudrais lui consacrer une soirée dans un théâtre plus vaste que Marigny, comme le théâtre des Champs-Élysées, ou même l'Opéra, pour donner un immense concert avec le meilleur soliste au piano, une chanteuse de renommée internationale, un sublime orchestre et le plus grand de tous les chefs. On aurait droit à une symphonie, un concerto, des mélodies et un extrait de ballet. Deux heures magiques, avec ce qu'il y a de mieux dans son œuvre. Une soirée sans but lucratif, organisée au profit d'une noble cause. Bien sûr il me faudrait pour monter ça refaire un peu fortune, dépenser deux ou trois millions à titre personnel. Si Dieu me le permet, je le ferai. Mon père traîne dans mon âme comme un regret fertile. Sa présence m'a souvent manqué mais il m'a légué des chemins, des envies de création, des empires. Il avait l'humilité des grands, lui qui fut un tel musicien. Il savait concilier sagesse et folie. Il ne cédait jamais à l'amertume mais quelquefois à la « nostalge », comme moi. Il était beaucoup moins expansif que moi et sans doute en ai-je souffert, mais je n'ai pas eu, comme lui, à courir le cachet pour nourrir mes enfants au yaourt. Je ne sais pas dans quelle mesure je lui ressemble : je ne cherche pas à connaître ma part d'héritage dans ce domaine. Et pourtant, moi qui me moquais tellement de son hypocondrie, de sa peur des microbes et de son obstination à tout désinfecter, depuis quelque temps, j'évite de serrer les mains, et je passe les miennes à l'alcool au moins quinze fois par jour...

XVIII

L'ESPÉRANCE

Mon père m'a dit un jour :

— Quand ton grand-père est mort à Samarkand, il a mis la main sur moi, petit garçon, et il m'a déclaré : « De toi viendra la lumière ! »

— Eh bien il avait raison, ai-je répondu. Tu es un grand musicien, tu es un immense compositeur, et c'est bien la lumière que tu crées.

— Oui, c'est de la lumière... Mais toi tu es dedans, tu fais partie des faisceaux.

Cette phrase m'a laissé perplexe, et quelque peu terrifié. Je me trouvais soudain chargé d'une responsabilité dont j'ignorais tout et je me sentais incapable d'y faire face. Encore aujourd'hui, je me demande si je me suis montré digne de cette responsabilité. Chaque fois que des gens me disent « on aime beaucoup vos spectacles, on vous aime vous-même beaucoup », ça me bouleverse mais ça me gêne terriblement. Je réponds à la hâte « oui, oui, merci », et je m'efforce de disparaître, tant j'ai le sentiment de n'avoir rien fait d'utile sur un plan autre que celui de la création artistique. Et encore... Parfois, il m'arrive de me demander si mes grands spectacles ne figurent pas pour moi une compensation des bons points que je n'ai jamais eus à l'école. Les heureux lauréats venaient chercher les belles images ou les médailles qu'ils avaient gagnées. Moi, je restais au fond de la salle, consterné. Je me sentais mal doué, pas même fainéant : impuissant. Et surtout solitaire, en quête d'autres paysages. Il paraît que c'est russe, ce genre de comportement, que c'est tout l'atavisme slave. Peut-être ! Toujours est-il que je trouvais injuste de ne pas recevoir, moi aussi, de belles images. Je rêvais alors de me payer ce que j'appelais « la jouvence de l'abbé Soury » : l'évasion totale. Je me rappelle encore la bouteille ambrée de cet élixir... L'étiquette représentait un paysage champêtre d'abbaye qui me fascinait. Je me disais que ce devait être chouette d'aller « en vacances à l'élixir de l'abbé Soury ». J'ai mis le temps, mais j'ai fini par y parvenir. Enfin... l'espace d'une représentation. Car je cours sans arrêt vers autre chose. Frédéric Dard l'a bien compris. La « réussite » ne m'arrête pas. Elle me procure quelques satisfactions narcissiques passagères. C'est tout.

Car au bout du compte, je les ai reçus, les fameux bons points, les médailles convoitées de mon enfance ! Un jour, les décorations ont commencé à fleurir. Me voici maître commandeur de l'ordre du Mérite national, commandeur des Arts et des Lettres, officier de la Légion d'honneur. Ça présente bien ! Même si j'ai beaucoup de mal à faire des trous dans mes boutonnières...

Je garde un très bon souvenir de la cérémonie de remise de la Légion d'honneur, en novembre 2000. Il y avait les copains et puis, comme aux Césars, les autres nommés, dans une ambiance complice. Chacun voulait savoir comment l'autre s'était débrouillé pour obtenir cette distinction. Nous échangions des plaisanteries.

— Qu'avez-vous fait pour l'avoir, cher confrère ?
— Rien ! Mais longtemps...
— Ah, bravo.
— Et vous ?
— Beaucoup de démarches !

Pour ce qui me concerne, je n'ai jamais rien

demandé, ce qui est, paraît-il, très rare. Plusieurs décorations m'ont été décernées par les Affaires culturelles et la Légion d'honneur me fut donnée directement par la présidence de la République, « pour services rendus à la France », comme je l'ai déjà mentionné. Ce motif m'a beaucoup touché. J'ai donné tout mon cœur à ce pays. Je n'ai jamais eu l'idée de le quitter. Je l'aime, et je ne sais pas pourquoi ! Sans doute parce que je trouve aux Français des enthousiasmes slaves. Quand ils voient un spectacle, ils peuvent se transporter dans des états seconds. Et puis ils aiment râler, ça fait bouger les choses.

Mon fils Julien n'a pas assisté à la cérémonie, car je l'ai très bien élevé dans l'indifférence des honneurs, qu'il s'agisse des autres ou de moi. Il ne faut pas se prendre au sérieux parce qu'on se retrouve épinglé. J'ai préféré donner à mon fils la passion des films en noir et blanc. Je ne veux pas que se perde la trace de ces films. Quand on aime le cinéma et si l'on veut s'y consacrer, on ne peut pas faire l'impasse sur les chefs-d'œuvre d'avant-guerre, et sur ceux qui ont suivi jusqu'aux années soixante. Ils sont irremplaçables.

J'ai pourri mon fils Julien, le fils de Candice, que j'ai élevé non pas aux petits pots Nestlé, mais aux dessins animés de Disney et aux fêtes foraines. À vingt-trois ans c'est un garçon doué qui a déjà une histoire. Il a été reçu à Cambridge où il a perfectionné son anglais. Ensuite il est allé aux États-Unis passer ses diplômes de cinéma à l'université, il est devenu directeur d'une salle de la Warner à vingt-deux ans, et il travaille maintenant comme assistant stagiaire pour des films à la télévision, en attendant de réaliser le sien.

Un soir à Tahiti où l'on fêtait un match de football, une voiture est rentrée dans la foule au moment où l'un de mes autres fils, Igor, sortait d'une boîte de nuit avec des copains. Plusieurs d'entre eux sont morts, d'autres se sont retrouvés paralysés à vie, Igor est resté un mois dans le coma. Marina, sa mère, en a souffert atrocement. Igor s'est finalement rétabli mais il a dû subir nombre d'interventions chirurgicales pour son genou droit, ce qui fait qu'il boite désormais de la même jambe que Peyrac, et que moi aujourd'hui. Nous avons un peu travaillé ensemble. Il a fait du théâtre, il a tourné avec Lelouch, puis il est parti... Lui et son frère Pierre sont des aventuriers, ces garçons ont besoin d'oxygène, de voyages. Ils ont été longtemps en cavale à travers le monde. Pierre est un guitariste bourré de talent, très tzigane, bourré de talent comme l'était son grand-père, mon père.

Ces deux enfants avaient cinq ans lorsque nous nous sommes séparés, Marina et moi. J'ai eu avec eux des rapports charmants pendant leur adolescence, mais après, je les ai vus comme ça, à la sauvette, pas beaucoup. Marina les a élevés admirablement, et la « tribu » s'est évidemment chargée de s'en occuper. Moi, ils me voyaient quand ils en avaient envie, et c'était bien...

Nicolas, lui, est parti dans une autre dimension. Après des débuts extrêmement prometteurs au cinéma et au théâtre, il a soudain tout abandonné, à mon grand désespoir. Il a changé de métier, s'est installé en province, s'est marié, a fondé une nombreuse famille, et se consacre essentiellement à des études ésotériques. J'en éprouve la tristesse d'un vrai talent perdu, mais ses choix ne m'appartiennent pas.

Et en écrivant ces lignes, je pense aussi à un autre fils, Stéphane... Il ne manque pas d'ambition, ni d'aspirations. J'espère seulement qu'il trouvera un jour sa vraie raison d'être. Sa vie sera tributaire de ses choix...

Quoi qu'il en soit, je sais que je n'ai pas été pour ces enfants le père que j'aurais voulu être, non pour leur donner des conseils ou leur faire une morale dont je me moque comme de ma dernière chemise, mais pour rire et pleurer avec eux, pour commettre avec eux quelques actes gratuits en toute complicité. Je n'en ai pas eu l'occasion. Ce n'est pas de l'indifférence. Dieu m'est témoin que j'aime tous mes fils, mais la vie n'a pas fait de moi un pélican, c'est comme ça.

C'est curieux, d'ailleurs, cette impression que j'ai parfois d'être dans un train et de regarder passer ma vie comme si je restais à la fenêtre, à la voir défiler dans le staccato des rails. J'aperçois çà et là un sourire de femme, je vois Candice courir dans le vent du matin, mes enfants faire leurs pas dans l'existence buissonnière, mes amis me lancer de grands signes, le cher Frédéric, Bernard Buffet et son talent immense, précurseur, Annabel la gardienne de son souvenir et la ciseleuse de mots, les autres disparus, les vivants...

J'ai encore la chance, en effet, d'avoir des amis qui ne font pas semblant de l'être, comme Francis Huster, qui est même allé, un jour, jusqu'à dire du bien de *Huis clos,* sur Europe 1, avant d'avoir vu la pièce ! Admirable amitié, profonde, instinctive, qui ne nécessite pas qu'on se la rappelle toutes les dix minutes. C'est la même chose avec sa délicieuse épouse. J'espère jouer avec elle prochainement et les accueillir tous deux à Marigny quand ils voudront. Ils y seront chez eux.

Je me souviens aussi de tous ceux qui m'ont soutenu, comme le maire de Vittel Guy de La Motte Bouloumié et son épouse, qui m'ont permis de travailler chez eux à mes spectacles ; j'ai même là-bas une plaque à mon nom sur un banc public ! Je ne compte d'ailleurs plus les Maisons des jeunes et de la culture, médiathèques et autres établissements baptisés Robert Hossein au fin fond des campagnes. Cela me fait tout drôle, comme si j'appartenais déjà au temps des commémorations. Mais cela me fait aussi plaisir : c'est la France profonde.

Un clin d'œil également à André Magnus, témoin vigilant et fidèle de mes débuts, à mon ami Sergio Gobbi, à Pierre Cardin, le précurseur, qui n'est pas seulement le grand couturier que l'on sait mais qui s'intéresse à l'art, aux êtres humains et à tout ce qui se passe dans le monde, et à André Toscano, attentif mais imprévisible compagnon.

Il y a ainsi quelques êtres rares, comme Jean-Paul Belmondo, Roger Hanin ou Jacques Weber, que je tiens dans cette même affection. Une mention toute particulière à Henri-Jean Servat, qui depuis des années, sans défection aucune, nous couvre d'attentions, Candice et moi. Je n'oublierai jamais la soirée qu'il a organisée à Mogador, avec la complicité de ma femme et de Denise Petitdidier, ancienne directrice de ce théâtre, pour un de mes anniversaires. Un ami rare, au jour le jour, à vie...

Il y en a d'autres, un peu plus intéressés, mais je ne vois pas pourquoi ça me les rendrait moins chers et les empêcherait d'être mes amis. N'ai-je pas, moi aussi, profité des miens ?

***

Je crois que je mériterais de mourir dans une quatrième dimension, celle de tous mes univers, de tous mes environnements oniriques, ceux que je me suis créés, où j'ai vécu avec les princes de la littérature, du cinéma, des bandes dessinées. Il va falloir que je commence sérieusement à penser au passage. Il y a un âge pour tout. La mort ne me fait pas peur. Enfin... ça dépend des jours, et de l'humeur ! La mort vous apprivoise, déjà, en enlevant vos proches. Mon père a disparu le premier. Je ne sais pas de quoi il est mort. Personne ne le sait, pas même les médecins. Tous les examens pratiqués, tous les scanners se sont révélés normaux. Je crois qu'il est mort de désenchantement, d'un manque de considération, de cette nostalge qu'il m'a léguée. Je suis allé le voir tous les jours à l'hôpital, mais je ne suis pas allé à son enterrement. On s'était déjà dit au revoir. Ma mère, elle, lui avait fait ses adieux avant qu'il soit hospitalisé. Elle qui l'avait veillé pendant plus de cinquante ans sans le quitter d'une semelle, d'un ongle ou d'un cheveu, à partir du moment où il est entré à l'hosto, elle ne l'a plus revu. Ils étaient sans doute d'accord sur ce point : leur attachement mutuel ne supportait pas l'agonie.

Ma mère est morte il y a deux ans seulement. Comme pour mon père, j'ai tenu sa main, puis un jour, je l'ai quittée. Elle a rendu l'âme le lendemain...

Pour moi les tombes ne sont pas les lieux du souvenir. Elles n'évoquent rien d'autre que la mise en terre de dépouilles inanimées. Le cher souvenir de ceux que j'ai aimés m'accompagne dans la vie de tous les jours. J'ai leur voix, leurs rires dans les oreilles, et des milliers de détails me les ressuscitent quotidiennement... Ils sont tous devenus les figurants de ma vie. Je discute avec eux, ils occupent mon existence. Comme si la mort n'était pas ce que l'on croit.

Je me prends souvent à souhaiter que cette mort soit pour moi l'opportunité radieuse de retrouver des personnages que je n'ai pas eu le bonheur de connaître parce qu'ils n'étaient déjà plus là à ma naissance, mais que j'ai lus, admirés, j'oserai dire « connus ». Je leur dirais : « Excusez-moi de vous déranger, monsieur Hugo, monsieur Rimbaud, monsieur Verlaine, monsieur Dumas... Permettez-moi de me présenter... Venez, je vous emmène au café boire un verre. Vous savez, je vous connais, je connais vos œuvres, je pourrais vous raconter votre vie... Vous, vous ne me connaissez pas. C'est normal, puisque je suis né après vous. » Je retrouverais les Artaud, les Adamov, les Derichaud, mes visionnaires fous qui généraient l'utopie, mes « clodos enchantés », comme je les appelais, non qu'ils aient vécu comme des clochards, mais parce que ces vagabonds du rêve proposaient l'enchantement. J'aimerais aussi connaître enfin les femmes dont j'ai admiré les portraits. Quelle tristesse de ne pas avoir fait l'amour avec ces reines d'une autre époque ! J'ai toujours rêvé de sortir avec elles. Enfant, j'aurais donné ma vie pour Louise Brooks...

J'irais aussi saluer les météores. Ceux qui, en un éclair, semblent avoir accompli leur tâche. Rimbaud avait tout dit à trente-sept ans. Alain-Fournier publie *Le Grand Meaulnes,* son seul roman, et il meurt l'année suivante, en 1914. Raymond Radiguet écrit *Le Diable au corps* en 1923 ; son deuxième livre, *Le Bal du comte d'Orgel,* paraît un an plus tard, à titre posthume. Chacun a son rôle sur cette terre. Sans doute Giuseppe Tomasi di Lampedusa devait-il d'abord écrire cette admirable chronique de la vie sicilienne à l'époque du Risorgimento qui s'appelle *Le Guépard,* pour qu'un jour Luchino Visconti en fît le chef-d'œuvre que l'on sait ? Je pense que nous sommes tous programmés pour faire quelque chose ici-bas, dans notre domaine de compétence, celui de nos talents, depuis les métiers et les vies les plus humbles jusqu'aux réussites les plus flamboyantes, sans hiérarchie de valorisation. Et lorsque nous avons terminé notre travail, quel que soit l'âge, vient l'heure du grand départ.

Je refuse que ce départ soit synonyme d'obscurité. J'imagine parfois que la mort mène à Dieu à travers une nature paisible, comme dans *Les Verts Pâturages,* ce film américain qui m'a tant fait rêver. Mais je ne suis pas un animal de prairie. Je cours comme les loups dans les steppes, les étendues sauvages, vers Dieu je l'espère, mais surtout pour l'humanité. Parce que « j'en suis », comme on chantait dans *La Canaille,* pendant la Commune de Paris. Parce que tout parcours terrestre implique de faire quelque chose, même trois fois rien, pour ses semblables. Y suis-je parvenu ? Ce n'est pas si simple...

*
**

J'ai l'impression que c'est par mauvaise conscience que j'ai toujours redistribué ce que j'ai gagné. J'ai dû me demander pourquoi j'avais eu de la chance et d'autres non, et j'en ai conclu qu'il convenait de payer ma dîme, c'est tout.

J'ai donc cherché à faire le bien autour de moi, mais avec en mémoire le film de Buñuel, *Nazarin,* que j'avais vu à sa sortie lorsque j'avais vingt ans. C'est l'histoire d'un prêtre qui, partout où il passait, voulait réparer les torts commis, dissiper les malentendus, apaiser le désespoir. Il séparait ceux qui se battaient, réconciliait ceux qui étaient fâchés. Bref, il apportait la bonne parole. Mais quand il partait, c'était pire que lorsqu'il était arrivé ! Tout recommençait d'une manière encore plus violente et dans une injustice totale. À la fin, la police dut intervenir. Dès qu'il entrait dans une cité, on l'appréhendait, on lui donnait un ananas et on l'emmenait loin de la ville.

Depuis, j'ai remarqué que tous ceux qui voulaient prendre en charge les maux de l'humanité finissaient généralement mal. Il y a ceux qui tentent et ceux qui font tout pour que ceux qui tentent soient dans le pétrin. C'est décourageant, à la longue...

J'ai gardé néanmoins ce penchant incorrigible, enfantin, qui me porte à essayer de comprendre les autres — surtout s'ils semblent en détresse — et à vouloir les aider, presque malgré eux. Cela m'a valu parfois de rudes leçons. Ainsi, un jour où il pleuvait des hallebardes, j'étais en voiture avec un copain. Soudain, je vois passer un homme de type hindou, cheveux noués en queue de cheval et pieds nus. Je me dis « c'est un penseur, il est démuni de tout... ». Je le suis des yeux avec une compassion grandissante. La voiture le dépasse, je me retourne et, n'y tenant plus, je demande à mon copain de s'arrêter. Je descends de l'automobile et je vais au-devant de l'homme. Je l'appelle en lui criant « Hé ! Hé ! ». L'homme s'avance dans ma direction. J'enlève hâtivement mes chaussures, et je les pose sur le trottoir, bien en évidence. Mon copain resté dans la voiture me hurle : « Fais pas le con ! Tu vas attraper un rhume ! » Je n'en ai cure, tout occupé à attirer l'attention de mon Hindou qui, arrivé à ma hauteur, passe près de moi sans ralentir, me fait un bras d'honneur et me maudit. Je sors de ma poche l'argent que j'ai sur moi et, en chaussettes, brandissant les chaussures d'une main et l'argent de l'autre, je fonce sous la pluie à la poursuite du bonhomme : « Mon ami, mon ami, venez, venez ! » Le gars se retourne, et me re-maudit, trois fois ! Alors, dépité, je remonte dans la voiture et je remets mes godasses. J'étais complètement désespéré. Évidemment, je pleurais, comme d'habitude. Le copain essayait de me réconforter : « Ne t'en fais pas, ce n'est pas grave ! »

De retour à la maison, je raconte l'anecdote à mon fils :

— C'est affreux ! Tu te rends compte, moi qui voudrais sauver l'humanité, je n'arrive même pas à convaincre un mec qui marche pieds nus d'accepter mes chaussures. Il doit avoir plein de problèmes, et il n'a rien voulu entendre !

Et là mon fils me regarde, goguenard, et balance :

— Dis donc, papa, c'est toi qui as un problème. Lui, il a déjà résolu le sien depuis longtemps. Tu aurais mieux fait de lui demander comment on se débrouille pour marcher sans ses pompes !

Pourtant rien ne m'empêchera de souffrir pour ceux qui souffrent, et de les aimer plus que tout. Rien ne m'empêchera, au théâtre comme à la ville, de me soucier des humbles. Quand je vois les joies rayonnantes de ceux qui n'ont rien, leurs sourires, leur générosité, ça me bouleverse. Je ne dis pas qu'ils ont le monopole du cœur, mais j'ai souvent trouvé plus de sentiments chez eux que chez les nantis. C'est définitif : je serai toujours avec ceux qui n'ont rien. Je me moque éperdument de savoir s'ils ont fait des études ou non, s'ils ont eu ou non des revers de fortune. Je les aime, tout simplement. J'ai envie de les prendre dans mes bras.

Souvent je me demande pourquoi, au niveau de l'humanité, les cartes semblent distribuées de manière aussi incohérente. Il y a ceux qui ont des emplois et ceux qui n'en ont pas, le méchant qui tue, la victime, les accidents, les handicapés... Qui a présidé à ce choix ? Pourquoi nous a-t-Il faits ainsi ? Personne, quelles que soient les théories avancées, n'aura jamais la réponse. Le sens de Dieu, c'est le sens du mystère.

Mais le sens même de la grandeur de l'homme, c'est d'essayer de se comporter avec amour et compassion vis-à-vis des plus démunis et ne pas se retrancher derrière des lois ou des règlements paravents pour laisser faire sans s'occuper de rien. Je pense d'ailleurs que les lois ne sont pas à la hauteur de la condition humaine. Une grande part du problème est là. Il est rare aujourd'hui, sur la planète, qu'un individu puisse tranquillement aller à l'école, choisir un métier qu'il aime, l'exercer en en retirant de quoi vivre décemment, créer un foyer, élever ses enfants et vivre honorablement jusqu'à la fin de ses jours. C'est un scandale.

Seulement il ne suffit pas de le dire et de se figer dans le rôle de « voyeur » de souffrances. Plus le temps passe, plus je prends soin des autres. Je les écoute, les conseille, je les fais soigner lorsqu'ils en ont besoin et qu'ils n'ont pas les moyens de faire appel à la médecine. Mais cela ne suffit pas. « Mes » autres ne sont pas « tous » les autres. Il faudrait qu'on s'y mette par milliers. Certains le font cent fois plus et mieux que moi, mais il faudrait que chacun s'y colle, chacun selon ses possibilités, même un tout petit peu !

Il y a trop de détresse, de nos jours, pour qu'on admette de ne s'occuper que de soi. Il faut expliquer à l'enfant en âge de comprendre que ses frères et ses sœurs, ce sont tous les enfants du monde. Il ne suffit plus de se donner bonne conscience en élevant les siens, en vivant dans la droiture et en s'efforçant de ne faire du tort à personne : il faut prendre en charge autre chose que soi-même et ses proches. Dans une société où l'on a tout fait pour instaurer la différence et la division, où l'on ne s'intéresse qu'aux premiers de la classe, on doit prendre conscience de l'importance de tous, premiers inclus d'ailleurs. Car il ne faudrait pas croire que les premiers, les « meilleurs », sont capables de se débrouiller tout seuls ! On a tous besoin de tout le monde. Je respecterai toujours celui qui a mis le blé en terre, parce qu'il me permet de manger, d'avoir des idées, de créer. Je bénirai toujours ceux qui sont morts à la guerre, ceux qui ont donné leur vie, qui se sont battus pour que je puisse aujourd'hui respirer librement. Et je prierai toujours pour qu'ensemble, nous ne laissions pas au bord du chemin ceux qui manquent de tout, ou ceux qui, prétendument, ne nous ressemblent pas. C'est à cela qu'il faut penser, au lieu de nous gargariser avec l'évolution technologique. Et l'évolution humaine, elle en est où ? Nous ne sommes même pas capables d'assumer la terre, le ciel et la mer de notre propre planète ! Certes, on tente de nous rassurer sur notre sort. Il est possible, en effet, que dans les années à venir, on vive plus aisément, grâce à la technique, aux découvertes médicales, à Internet. Mais alors pourquoi l'homme n'a-t-il jamais été aussi angoissé, aussi inquiet de son devenir ?

En ce début de troisième millénaire, l'être humain se trouve dans un désarroi absolument vertigineux. On essaie de tout justifier, de tout raisonner, de tout expliquer. On trouve des raisons, on trouve des coupables... Mais ce n'est pas pour ça que l'homme est fait ! Il n'est pas fait pour travailler comme un damné afin de survivre. Il est fait pour permettre à l'humanité d'avancer. Aujourd'hui, il perd son temps et son énergie à subsister. C'est une régression. Un certain nombre de responsables n'entendent rien au monde en dehors des chiffres, des courbes, des statistiques et de la technique. Ils vivent avec des œillères dans un univers clos qu'ils pensent universel. Ce sont des morts vivants. Comment se pencheraient-ils sur le sort des autres ? Aujourd'hui, l'usage des technologies améliorant les conditions de vie reste un privilège. Et l'on s'en glorifierait ? L'Europe compte cinquante millions d'exclus. Il va bien falloir trouver quelque chose à leur dire, un de ces jours ! Va-t-on leur expliquer que certaines catégories d'êtres humains valent plus que d'autres ? N'ont-ils pas les mêmes goûts, les mêmes besoins, les mêmes aspirations ? Faudra-t-il qu'il y ait toujours des hommes à n'avoir comme destin que de regarder passer les autres ?

Il nous faut prendre garde. Car un jour ces bannis de la terre ne se contenteront plus de nous contempler. Si la violence, aujourd'hui, devient un credo, c'est que certains d'entre nous, à défaut de trouver leur place et leur dignité, se sont installés dans une forme de besoin de reconnaissance primitive, la seule accessible aux plus démunis. Le mouvement est déjà en marche. On assiste à la banalisation de l'agression et du meurtre. On s'en indigne, on pousse des cris, mais peu à peu, on s'y habitue. On admet maintenant que la violence fasse partie d'un certain bagage culturel et qu'elle prenne place dans notre civilisation. Et comme c'est néanmoins insupportable, on se met à haïr l'autre en face, qui nous hait lui aussi parce que nous l'avons toujours méprisé.

Or la haine n'est pas un sentiment, c'est un accident déplorable. C'est quelque chose de nous qui s'est fourvoyé quelque part. L'humanité n'arrivera jamais à s'en tirer tant qu'elle agira sous l'emprise de la haine, quels que soient les prétextes dont celle-ci s'affuble. La haine ne peut en aucun cas servir quelque cause que ce soit, politique, religieuse ou spirituelle. Il faut éradiquer ce cancer de l'âme, par nécessité, par instinct de conservation. On le voit bien disparaître, le temps d'un cataclysme, d'une catastrophe dite naturelle — à moins que nous ne l'ayons provoquée —, mais combien faudra-t-il de tempêtes, d'éruptions volcaniques et de tremblements de terre pour nous faire tous baisser les armes, et unir nos forces dans la reconstruction ?

***

Quand on a traversé la vie les yeux ouverts, que l'on ait compris ou non le sens de sa propre existence, on ne trouve pas d'autre issue à la condition humaine que l'amour. Il n'y a pas d'alternative, les choses ne commencent à s'enclencher qu'à partir de ce sentiment. Tout part de là et tout y revient. Même si l'on ne parvient pas à aimer de cet amour universel, même si on n'aime que timidement, il faut toujours tenter cette voie. On n'a plus de temps à perdre. L'époque des analyses nombrilistes est finie. Le temps est venu de la prise de conscience, au-delà des partis, des systèmes, des nationalités. D'ailleurs il faut obligatoirement respecter les cultures, ne serait-ce que par égoïsme, afin de pouvoir en profiter et de bénéficier de la réciprocité... Il faut aimer les autres, s'aider mutuellement. Seul l'échange permet d'évoluer.

Je ne sais pas si j'arriverai à vivre un jour cette équivalence fondamentale, « aime ton prochain comme toi-même », mais en attendant, j'aimerais suivre tous ceux qui, même modestement, permettent à l'humanité de reprendre son souffle. Je comprends pourquoi Tolstoï a écrit *Résurrection* : parce qu'en quittant tout pour se racheter, son personnage rachète un peu, en même temps, l'humanité entière. Je sens confusément qu'il y a quelque chose, qu'il existe une dimension où il faut essayer d'entrer. Au milieu de la tempête, quelque chose m'attire, irrésistiblement, et ce n'est pas le chant des sirènes. C'est la possibilité de se reprendre, de trouver des chemins meilleurs. Avec l'aide de Dieu. Je n'ai pas été convaincu par *L'Être et le néant*. Si l'homme était vraiment seul, il aurait disparu depuis longtemps du cosmos.

Quand on croit en Dieu, on peut être désespéré, mais on ne peut pas être pessimiste. Il suffit de très peu de chose pour se rendre compte que rien n'est impossible. Je sais, par expérience, qu'il y a toujours une main pour vous sauver au dernier moment, si vous êtes juste et de bonne volonté. Cette certitude ne m'a jamais quitté. Je n'ai jamais cru en Dieu à cause des merveilles de la nature, mais j'y ai toujours cru par rapport aux hommes. C'est parce que je crois dans les hommes que je crois en Dieu, et c'est parce que j'aime les hommes que j'aime Dieu. Il y a en chaque être humain une part divine qui, en s'additionnant à celle de ses frères, pourrait faire des miracles. Qu'en faisons-nous ?

J'ai le sentiment atroce, pour ce qui me concerne, d'être passé à côté de l'essentiel. J'ai couru comme un loup, je n'ai pas assez couru vers les autres. J'ai trop voulu rattraper mon enfance. J'ai trop rêvé d'autres planètes. Le jeu, la carrière m'ont distrait, mais sans les délires de mon imagination je ne serais rien, sinon un immense vide. J'aurais tant voulu être utile, à défaut d'être nécessaire !

J'aurais aimé que Dieu me donne une mission, me dise ce qu'il attendait de moi sur terre. J'ai toujours espéré qu'il me soufflerait à l'oreille. Je pense d'ailleurs qu'il le fait par instants. Mais est-ce que j'entends bien ? Je n'ai pas la vanité de croire que ce que j'ai fait soit utile au théâtre, encore moins à l'humanité. Dieu a dû m'inspirer autre chose, et moi j'ai fait la sourde oreille. J'ai mauvaise conscience, je pense que je me suis trompé.

Pourtant, çà et là dans ma vie de saltimbanque, lorsque je sens des salles vibrer d'indignation devant l'injustice, s'attendrir sur *Les Misérables* et partager le pain de *Jésus*, quand je les devine retrouvant, avec les gamins de la Résistance, le courage de secouer leur joug, quand je les vois rire, pleurer puis aimer de concert, je me dis que j'ai peut-être apporté ma petite pierre à l'édifice scabreux de la reconquête humaine. J'ai au moins pu offrir à ceux qui étaient là un instant de fraternité immanente, et un peu de cet amour qui fonde l'espérance.

C'est pourquoi je continuerai, jusqu'au bout de mes forces, à monter des tableaux, à bâtir des répliques d'arènes, de tribunaux et de cathédrales, harmoniser des chœurs, susciter des miracles, quitte à « en faire des tonnes », comme on me le reproche si souvent.

Parce qu'il faut des tonnes d'artifices fulminants pour qu'explose enfin l'émotion salvatrice qui ouvre le cœur des hommes.

ANNEXES

CINÉMA

(Par ordre chronologique.
Les années mentionnées sont celles des tournages.)

1948 — *Le Diable souffle* — [illegible] — Avec notamment : [illegible] Maurice [illegible] Marconi.

— *Aux yeux du souvenir* — Jean Delannoy — Avec notamment : Michèle Morgan, Jean Marais, Jean Chevrier, Robert Murzeau.

1949 — *Les Souvenirs ne sont pas à vendre* — [illegible] — Avec notamment : Blanchette Brunoy, Sophie Desmarets, [illegible] Martine Carol.

[illegible]

[illegible]

[illegible]

— [illegible] — Avec notamment : [illegible]

1953 — [illegible] — Avec notamment : [illegible]

1956 — [illegible] — Avec notamment : Jean Gabin, [illegible]

— [illegible] — Avec notamment : [illegible]

CINÉMA

(Par ordre chronologique.
Les années mentionnées sont celles des tournages.)

1948 — *Le Diable boiteux* — SACHA GUITRY — Avec notamment : Émile Drain, Maurice Teynac, Lana Marconi.

— *Aux yeux du souvenir* — JEAN DELANNOY — Avec notamment : Michèle Morgan, Jean Marais, Jean Chevrier, Robert Murzeau.

1949 — *Les souvenirs ne sont pas à vendre* — ROBERT HENNION — Avec notamment : Blanchette Brunoy, Sophie Desmarets, Colette Darfeuil, Martine Carol.

— *Maya* — RAYMOND BERNARD — Avec notamment : Viviane Romance, Louis Seigner, Fréhel, Jacques Castelot.

1953 — *Quai des blondes* — PAUL CADÉAC — Avec notamment : Michel Auclair, Barbara Laage, Madeleine Lebeau, Dario Moreno.

1954 — *Série noire* — PIERRE FOUCAUD — Avec notamment : Henri Vidal, Monique Van Vooren, Eric von Stroheim (et Sydney Bechet).

— *Du rififi chez les hommes* — JULES DASSIN — Avec notamment : Jean Servais, Carl Möhner, Robert Manuel, Magali Noël.

1955 — *Les salauds vont en enfer* — ROBERT HOSSEIN — Avec notamment : Marina Vlady, Henri Vidal, Serge Reggiani, Robert Dalban.

1956 — *Crime et châtiment* — GEORGES LAMPIN — Avec notamment : Jean Gabin, Marina Vlady, Bernard Blier, Gaby Morlay.

— *Pardonnez nos offenses* — ROBERT HOSSEIN — Avec notamment : Marina Vlady, Pierre Vaneck, Giani Esposito, Hélène Vallier.

1957 — *Sait-on jamais ?* — ROGER VADIM — Avec notamment : Françoise Arnoul, Christian Marquand, Otto Hasse, Franco Fabrizi.

— *Méfiez-vous fillettes* — YVES ALLÉGRET — Avec notamment : Antonella Lualdi, Gérard Oury, Jean Gaven, André Luguet.

— *Liberté surveillée* — WLADIMIR KOTCHEK & HENRI AISNER — Avec notamment : Marina Vlady, René Lefèvre, Georges Nemetchek, Paul Bisciglia.

1958 — *Toi le venin* — ROBERT HOSSEIN — Avec notamment : Marina Vlady, Odile Versois, Héléna Manson, Amélie.

1959 — *Des femmes disparaissent* — ÉDOUARD MOLINARO — Avec notamment : Estella Blain, Magali Noël, Philippe Clay, Jacques Dacqmine.

— *Du rififi chez les femmes* — ALEX JOFFÉ — Avec notamment : Nadja Tiller, Silvia Montfort, Roger Hanin, Pierre Blanchar.

— *La Nuit des espions* — ROBERT HOSSEIN — Avec notamment : Marina Vlady, Robert Le Béal, Roger Crouzet, Georges Vitaly.

— *La Sentence* — JEAN VALÈRE — Avec notamment : Marina Vlady, Roger Hanin, Béatrice Bretty, Lucien Raimbourg.

— *Les Canailles* — MAURICE LABRO — Avec notamment : Marina Vlady, Philippe Clay, Scilla Gabel, Claire Maurier.

1960 — *Les Scélérats* — ROBERT HOSSEIN — Avec notamment : Michèle Morgan, Perrette Pradier, Olivier Hussenot, Jacqueline Morane.

— *La Menace* — GÉRARD OURY — Avec notamment : Marie-José Nat, Philippe Caster, Henri Tisot, Elsa Martinelli.

1961 — *Le Goût de la violence* — ROBERT HOSSEIN — Avec notamment : Giovanna Ralli, Mario Adorf, Madeleine Robinson, Hans Neubert.

— *Madame Sans-Gêne* — CHRISTIAN-JAQUE — Avec notamment : Sophia Loren, Julien Bertheau, Renaud Mary, Marina Berti.

— *Le Monte-Charge* — MARCEL BLÜWAL — Avec notamment : Léa Massari, Maurice Biraud, Robert Dalban, Pascale Brouillard.

— *Le Jeu de la vérité* — ROBERT HOSSEIN — Avec notamment : Marc Cassot, Jacques Dacqmine, Jean Servais, Jean-Louis Trintignant.

— *Les Petits Matins* — JACQUELINE AUDRY — Avec notamment : Darry Cowl, Pierre Mondy, Lino Ventura, Daniel Gélin.

1962 — *Le Repos du guerrier* — ROGER VADIM — Avec notamment : Brigitte Bardot, James Robertson Justice, Macha Méril, Yves Barsacq.

— *Les Grands Chemins* — CHRISTIAN MARQUAND — Avec notamment : Renato Salvatori, Anouk Aimée, Bervil, Jean Lefebvre.

— *Pourquoi Paris* — DENYS DE LA PATELLIÈRE — Avec notamment : Monique Bertho, Ray Ventura, Bernard Blier, Danielle Darrieux.

— *Le Vice et la vertu* — ROGER VADIM — Avec notamment : Annie Girardot, Otto Hasse, Philippe Lemaire, Catherine Deneuve.

— *Le Meurtrier* — CLAUDE AUTANT-LARA — Avec notamment : Marina Vlady, Maurice Ronet, Yvonne Furneaux, Paulette Dubost.

1963 — *Chair de poule* — JULIEN DUVIVIER — Avec notamment : Georges Wilson, Jean Sorel, Catherine Rouvel, Lucien Raimbourg.

— *La Mort d'un tueur* — ROBERT HOSSEIN — Avec notamment : Marie-France Pisier, Simon Andreu, Robert Dalban, Jean Lefebvre.

1964 — *Banco à Bangkok pour OSS 117* — ANDRÉ HUNEBELLE — Avec notamment : Kerwin Mathews, Anna Maria Pierangeli, Dominique Wilms, Henri Virlojeux.

— *Les Yeux cernés* — ROBERT HOSSEIN — Avec notamment : Michèle Morgan, Marie-France Pisier, François Patrice, P. Mazzotti.

— *Angélique, marquise des Anges* — BERNARD BORDERIE — Avec notamment : Michèle Mercier, Jean Rochefort, Claude Giraud, Madeleine Lebeau.

— *La Fabuleuse Aventure de Marco Polo* — DENYS DE LA PATELLIÈRE — Avec notamment : Horst Buchholtz, Anthony Quinn, Elsa Martinelli, Orson Welles.

— *Le Vampire de Düsseldorf* — ROBERT HOSSEIN — Avec notamment : Marie-France Pisier, Roger Dutot, Paloma Valdès, Annie Anderson.

— *Le commissaire mène l'enquête* — FABIEN COLIN & JACQUES DELILE — Avec notamment : Paul Frankeur, Claude Serval, Dany Carrel, Georges Rivière.

1965 — *Guerre secrète* — Terence Young — Avec notamment : Henry Fonda, Peter Van Eyck, Mario Adorf, Robert Ryan.

— *Le Tonnerre de Dieu* — Denys de La Patellière — Avec notamment : Jean Gabin, Michèle Mercier, Lilli Palmer, Georges Géret.

— *Le Chevalier de Maupin* — Mauro Bolognini — Avec notamment : Catherine Spaak, Thomas Milian, Mikaela, Ottavio Piccolo.

— *La Longue Marche* — Alexandre Astruc — Avec notamment : Jean-Louis Trintignant, Maurice Ronet, Paul Frankeur, Jean-Pierre Kalfon.

— *Angélique et le Roy* — Bernard Borderie — Avec notamment : Michèle Mercier, Jean Rochefort, Sami Frey, Claude Giraud.

— *La Seconde Vérité* — Christian-Jaque — Avec notamment : Michèle Mercier, Jean-Claude Rolland, Bernard Tiphaine, Pascale de Boysson.

1966 — *La Brigade antigang* — Bernard Borderie — Avec notamment : Raymond Pellegrin, Gabriele Tinti, Pierre Clémenti, Carol Lebel.

— *La Musica* — Marguerite Duras & Paul Seban — Avec notamment : Delphine Seyrig, Julie Dassin.

— *L'homme qui trahit la mafia* — Charles Gérard — Avec notamment : Claude Mann, Claudine Coster, Robert Manuel, Jacques Monod.

1967 — *J'ai tué Raspoutine* — Robert Hossein — Avec notamment : Gert Froebe, Peter McEnnery, Géraldine Chaplin, Ira de Furstenberg.

— *Lamiel* — Jean Aurel — Avec notamment : Anna Karina, Jean-Claude Brialy, Michel Bouquet, Claude Dauphin.

— *Indomptable Angélique* — Bernard Borderie — Avec notamment : Michèle Mercier, Roger Pigault, Pasquale Martino, Christian Rode, Serge Marquand.

— *La Petite Vertu* — Serge Korber — Avec notamment : Dany Carrel, Jacques Perrin, Pierre Brasseur, Micheline Luccioni, Robert Dalban.

— *Pas de roses pour OSS 117* — André Hunebelle — Avec notamment : John Gavin, Margaret Lee, Curd Jürgens, Piero Lulli.

1968 — *Une corde, un colt* — Robert Hossein — Avec notamment : Michèle Mercier, Anne-Marie Balin, Daniel Varga, Serge Marquand.

— *Angélique et le sultan* — Bernard Borderie — Avec notamment : Michèle Mercier, Jean-Claude Pascal, Ali Ben Ayed, Helmut Schneider.

— *La Leçon particulière* — Michel Boisrond — Avec notamment : Nathalie Delon, Renaud Verley, Bernard Le Coq, Martine Sarcey.

— *Le Voleur de crimes* — Nadine Trintignant — Avec notamment : Jean-Louis Trintignant, Florinda Bolkan, Georgia Moll, Bernadette Lafont.

— *La Bataille d'El Alamein* — C.J. Padget — Avec notamment : Frédérick Stafford, George Hilton, Michaël Rennie, Enrico Maria Salermo.

— *Maldonne* — Sergio Gobbi — Avec notamment : Pierre Vaneck, Elsa Martinelli, Jean Topart, Roger Coggio.

— *La Femme écarlate* — Jean Valère — Avec notamment : Monica Vitti, Maurice Ronet, Claudio Brook, Gérard Lartigau.

1969 — *Sept Hommes pour Tobrouk* — Mino Loy — Avec notamment : George Hilton, Frank Wolff, Rik Battaglia, Ivano Stallioli.

— *Les Libertines* — Dave Young (P. Chenal) — Avec notamment : Marisa Melle, Ellen Bahl, Ettore Mani, Albert Daves.

— *Le Temps des loups* — Sergio Gobbi — Avec notamment : Charles Aznavour, Virna Lisi, Geneviève Thénier, Albert Minsky.

1970 — *Les Conspirateurs* — Luigi Magni — Avec notamment : Nino Manfredi, Claudia Cardinale, Alberto Sordi, Ugo Tognazzi.

— *Point de chute* — Robert Hossein — Avec notamment : Johnny Hallyday, Pascale Rivault, Albert Minsky, Robert Dalban.

— *Le Juge* — Jean Girault — Avec notamment : Pierre Perret, Silvia Monti, Angelo Infanti, Xavier Gélin.

1971 — *La Part des lions* — Jean Larriaga — Avec notamment : Charles Aznavour, Raymond Pellegrin, Michel Constantin, Elsa Martinelli.

— *Le Casse* — Henri Verneuil — Avec notamment : Jean-Paul Belmondo, Omar Sharif, Dyan Cannon, Nicole Calfan.

— *Helle* — Roger Vadim — Avec notamment : Maria Mauban, Gwen Welles, Bruno Pradal, Jean-Claude Bouillon.

1972 — *Un meurtre est un meurtre* — Étienne Périer — Avec notamment : Stéphane Audran, Catherine Spaak, Jean-Claude Brialy, Michel Serrault.

— *Don Juan 73* — Roger Vadim — Avec notamment : Brigitte Bardot, Maurice Ronet, Mathieu Carrière, Jane Birkin.

— *Un officier de police sans importance* — Jean Larriaga — Avec notamment : Marc Porel, Julien Negulesco, Dani, Charles Denner.

1973 — *Prêtres interdits* — Denys de La Patellière — Avec notamment : Claude Piéplu, Claude Jade, Louis Seigner.

— *Le Protecteur* — Roger Hanin — Avec notamment : Georges Géret, Bruno Cremer, Roger Coggio, Jean Servais.

— *Vogue la galère* — Raymond Rouleau.

1975 — *Le Faux Cul* — Roger Hanin — Avec notamment : Bernard Blier, Sabine Glaser, Michel Peyrelon, Marie Grinevald.

1977 — *L'Amant de poche* — Bernard Queysanne — Avec notamment : Mimsy Farmer, Pascal Sellier, Serge Sauvion, Andréa Ferréol.

1979 — *Les Démons de midi* — Christian Paureilhe — Avec notamment : Pierre Mondy, Micheline Presle, Sylvie Coste, Francis Lemaire.

1981 — *Les Uns, les autres* — Claude Lelouch — Avec notamment : Nicole Garcia, James Caan, Géraldine Chaplin, Daniel Olbrychski.

— *Le Professionnel* — Georges Lautner — Avec notamment : Jean-Paul Belmondo, Jean Desailly, Jean-Louis Richard, Michel Beaune.

1982 — *Le Grand Pardon* — Alexandre Arcady — Avec notamment : Roger Hanin, Bernard Giraudeau, Jean-Louis Trintignant, Richard Berry.

— *Les Misérables* — Robert Hossein — Avec notamment : Lino Ventura, Jean Carmet, Michel Bouquet, Françoise Seigner.

1983 — *Surprise-party* — Roger Vadim — Avec notamment : Philippine Leroy-Beaulieu, Christian Vadim, Charlotte Walior, Caroline Cellier.

1985 — *Le Caviar rouge* — Robert Hossein — Avec notamment : Candice Patou, Ivan Desny, Maurice Aufair, Constantin Koltlarow.

1986 — *La Croisade des enfants* — Serge Moati.

— *Lévy et Goliath* — Gérard Oury — Avec notamment : Richard Anconina, Michel Boujenah, Jean-Claude Brialy, Souad Amidou.

— *Un homme et une femme, vingt ans déjà* — Claude Lelouch — Avec notamment : Anouk Aimée, Jean-Louis Trintignant, Évelyne Bouix, Marie-Sophie Pochat.

1988 — *Les Enfants du désordre* — Yannick Bellon — Avec notamment : Emmanuelle Béart, Patrick Catalifo, Mona Bausson, Pierre Bergez.

1993 — *L'Affaire* — Sergio Gobbi — Avec notamment : Abraham Murrey, Bruno Wolkowitch, Candice Patou.

1996 — *Le Masque de cire* — Sergio Stivaletti.

1998 — *Vénus Institut* — Tonie Marshall — Avec notamment : Nathalie Baye, Samuel Le Bihan.

— *Gialo Parma* — Alberto Bevilaqua — Avec notamment : Natacha Amal.

THÉÂTRE

Auteur

— *Responsabilité limitée,* au Théâtre Fontaine, par la Compagnie Grenier-Hussenot.

Auteur — acteur

— *Les Voyous,* au Théâtre du Vieux Colombier.
— *Vous qui nous jugez,* au Théâtre de l'Œuvre.

Auteur — acteur — metteur en scène

— *Les Six Hommes en question,* au Théâtre Antoine.

Interprète

— *Huis clos,* de Jean-Paul Sartre, au Théâtre de la Gaîté-Montparnasse, tournée Rosimi, et tournée Jean-Claude Houdinière.
— *La Putain respectueuse,* de Jean-Paul Sartre, au Théâtre de la Gaîté-Montparnasse.
— *Haute Surveillance,* de Jean Genet, au Théâtre des Mathurins.
— *La Corde,* de Patrick Hamilton, au Théâtre de la Renaissance.

— *La neige était sale,* de Frédéric Dard, au Théâtre de l'Œuvre.
— *Du plomb pour ces demoiselles,* de Frédéric Dard, au Grand Guignol.
— *Lorna et Ted,* de John Hale (avec Candice Patou), au Théâtre de Boulogne-Billancourt. Reprise au Petit Marigny et en tournée.

Metteur en scène

— *Les salauds vont en enfer,* de Frédéric Dard, au Grand Guignol.
— *Docteur Jekyll et Mister Hyde,* d'après Stevenson, adaptation de Frédéric Dard, au Grand Guignol.
— *L'Homme traqué,* d'après Francis Carco, au Théâtre des Noctambules et à Nice.
— *La Chair de l'orchidée,* d'après James Hadley Chase, au Grand Guignol.
— *Le Cauchemar de Bella Manningham,* de Frédéric Dard, d'après Hamilton, au Théâtre Marigny.
— *Un grand avocat,* d'Henry Denker, adaptation de Pol Quentin, avec Roger Hanin, au Théâtre Mogador.
— *Les Brumes de Manchester,* de Frédéric Dard, au Théâtre Marigny.
— *Kean,* d'Alexandre Dumas, adaptation de Jean-Paul Sartre, avec Jean-Paul Belmondo, Sabine Haudepin, au Théâtre Marigny.
— *Cyrano de Bergerac,* d'Edmond Rostand, avec Jean-Paul Belmondo, Béatrice Agenin, au Théâtre Marigny. Tournée en Europe et au Japon.
— *Les Bas-Fonds,* de Maxime Gorki, au Théâtre Mogador.
— *La Vie en bleu,* création de la comédie musicale à l'Opéra de Monte-Carlo. Reprise au Théâtre Mogador.
— *Surtout ne coupez pas!* de Lucille Fletcher, spectacle interactif, avec Anne Jacquemin, créé au Théâtre Marigny. Tournée en France, Belgique, Suisse, Monaco, Luxembourg.

Metteur en scène — interprète

— *La Moitié du plaisir,* d'après Steve Passeur, au Théâtre des Variétés et au Théâtre Antoine.
— *Les Hauts de Hurlevent,* au Théâtre de Boulogne-Billancourt.
— *La Nuit du crime,* spectacle interactif, au Théâtre de Paris.
— *Ouragan sur le Caine,* de Herman Wouk, avec Sylvain Joubert, Marc Cassot, Hélène Médique et Hervé Bellon. Tournée en France, Belgique, Suisse, Monaco, Luxembourg. Reprise au théâtre de la Comédie des Champs-Élysées.

Directeur du Théâtre Marigny-Robert Hossein

Grande salle — (Inauguration le 18 octobre 2000)
— *La Dame aux camélias,* d'après le roman d'Alexandre Dumas fils. Mise en scène d'Alfredo Arias, adaptation de René de Ceccatty, avec Isabelle Adjani, Yannis Baraban, Aurore Clément, Marylin Even, Didier Flamand, Thibault de Montalambert, François-Xavier Noah, Nicolas Struve, Anne Suarez, Per Tofte.
— *Coupable, non coupable,* d'après Ayn Rand (réalisation et présentation), avec Benoît Allemane, Natacha Amal, Éric Averlant, Laurence Badie, Michel Baladi, Michel Creton, André Chaumeau, Jean de Coninck, Cheik Doukoure, Jean Gouley, Michel Morizot, Karine Pinoteau, Georges Ser, Jean-Paul Solal, Dominique Rozan, Michel Ruhl.

Salle Popesco — (Inauguration le 28 septembre 2000)
— *Huis clos,* de Jean-Paul Sartre, mise en scène de Robert Hossein, avec Claire Nebout, François Marthouret, Claire Borotra, Yves Le Moign'.
— *Libres pensées de San Antonio,* avec Bernard Mabille et Maxence Mailfort, d'après l'œuvre de San Antonio *Réflexions* (Éditions Fleuve noir). Adaptation de Bernard Mabille, mise en scène et scénographie de François Bourcier.

MISES EN SCÈNE À REIMS, REPRISES À PARIS ET TOURNÉES

THÉÂTRE POPULAIRE (1971-1978)

Saison 1971-1972

— *Crime et châtiment,* de Dostoïevski (avec Jacques Weber dans le rôle de Raskolnikov). Reprise au Théâtre de Paris.
— *Les Bas-Fonds,* de Gorki. Reprise au Théâtre de l'Odéon.
— *La Prison,* de Georges Simenon.

Saison 1972-1973

— *La Maison de Bernarda,* de Federico García Lorca (avec Annie Ducaux, Isabelle Adjani, Dominique Vilar). Reprise au Théâtre de l'Odéon.
— *Roméo et Juliette,* de Shakespeare (avec Pascale Rivault). Reprise au Théâtre de la Porte Saint-Martin.

Saison 1973-1974

— *Pour qui sonne le glas,* d'Ernest Hemingway, avec Marc Cassot, Maria Mériko, Isabelle Huppert.
— *La Maison des otages* (mise en scène et interprétation), de Joseph Hayes.

Saison 1974-1975

— *Hernani,* de Victor Hugo. Reprise à la Comédie-Française avec François Beaulieu, Nicolas Silberg et Geneviève Casile (mise en scène de Robert Hossein) : Grand prix de la critique.
— *Shéhérazade,* ballet d'André Hossein. Reprise au Théâtre de Paris.

Saison 1975-1976

— *Le Procès de Jeanne d'Arc,* écrit par Robert Bresson, avec Anne Doat, Henri Virlogeux, Jean-Marie Proslier.
— *Des souris et des hommes,* de Steinbeck (mise en scène et interprétation), avec Claude Brosset et Candice Patou. Reprise au Théâtre de Paris, ainsi qu'à Genève.

Saison 1976-1977

— *L'Histoire du Chevalier Des Grieux et de Manon Lescaut,* d'après l'abbé Prévost, adaptation de Guy Dumur, avec Georges Caudron, Didou Kapour, Jean-Marie Proslier.
— *Pas d'orchidées pour miss Blandish,* d'après James Hadley Chase, adaptation de Frédéric Dard (mise en scène et interprétation), avec Jean-Marie Proslier, René Havard, Mario David, Guy Di Rigo. (Filmé pour la télévision par Claude Barma.)
— *Mosaïques,* ballet d'André Hossein et Georges Skibine.

Saison 1977-1978

— *Le Cauchemar de Bella Manningham,* de Patrick Hamilton, adaptation de Frédéric Dard, avec Jean Desailly, Simone Valère, Candice Patou. Reprise au Théâtre Marigny.
— *Les Loups,* de Romain Rolland, avec Jacques Dacqmine. Reprise au Théâtre de Boulogne-Billancourt. Tournée dans toute la France. Primé au Festival de Sarlat.

LES GRANDS SPECTACLES

Palais des Sports (3 500 à 4 600 places, suivant la configuration de la salle)

1975 *Le Cuirassé Potemkine*
1977-1978 *Notre-Dame de Paris*
1979-1980 *Les Misérables*
1983-1984 *Un homme nommé Jésus*
Ce spectacle est entré dans le Livre des Records (Le « Guinness Book »), pour avoir battu tous les records d'affluence à Paris.
1985-1986 *Jules César*
1987-1988 *L'Affaire du courrier de Lyon*
1989 *Dans la nuit, la liberté*
1991-1992 *Jésus était son nom*
A fait l'objet d'une tournée mondiale (Europe, États-Unis, Canada)
1993-1994 *Je m'appelais Marie-Antoinette*
1995-1996 *Angélique, marquise des Anges*
2000 *Jésus, la Résurrection*

Palais des Congrès (3 650 places)

1979-1980 *Danton et Robespierre*
1988-1989 *La Liberté ou la mort*
1999-2000 *De Gaulle, celui qui a dit non*
D'après les mémoires du général de Gaulle. Adaptation : Alain Decaux de l'Académie française et Alain Peyrefitte de l'Académie française. (Inauguration du nouveau Palais des Congrès à Paris, Porte Maillot.)

Robert Hossein a obtenu le prix de la Critique, le prix Dominique du meilleur metteur en scène de l'année, la grande médaille d'Or de la Ville de Paris, et le Molière pour l'ensemble de son œuvre.

Table

Du même auteur

La Sentinelle aveugle, Grasset, 1978
Nomade sans tribu, Fayard, 1981
En désespoir de cause, Plon, 1987

Composition réalisée par EURONUMÉRIQUE

IMPRIMÉ EN ALLEMAGNE PAR ELSNERDRUCK
Dépôt légal Édit. : 20993-05/2002
LIBRAIRIE GÉNÉRALE FRANÇAISE - 43, quai de Grenelle - 75015 Paris.
ISBN : 2-253-15323-0 31/5323/6